El beso secreto de la oscuridad

Christina Courtenay

El beso secreto de la oscuridad

El beso secreto de la oscuridad. Libro 1 de la serie *Marcombe Hall.*

Título original: *The Secret Kiss of Darkness.*

Copyright © 2014, Christina Courtenay
Published in Great Britain by Choc Lit Limited as
The Secret Kiss of Darkness

© de la traducción: Rosa Fragua Corbacho e Irene Prat Soto.

© de esta edición: Libros de Seda, S.L.
Paseo de Gracia 118, principal
08008 Barcelona
www.librosdeseda.com
www.facebook.com/librosdeseda
info@librosdeseda.com

Diseño de cubierta: Mario Arturo
Maquetación: Books & Chips
Imágenes de la cubierta: Shots Studio

Primera edición: abril de 2015

Depósito legal: B. 5045-2015
ISBN: 978-84-15854-47-0

Impreso en España – Printed in Spain

Para mis tres encantadoras tías:
Görel Larsson, Christina Jelmhag
y Barbara Andrews.
Con muchísimo amor.

Agradecimientos

Una primera versión de esta historia llegó hasta la Romantic Novelists Association, a su programa para nuevos autores, y por las palabras de ánimo que recibí de lectores anónimos, decidí seguir escribiendo. Nunca podré agradecerle suficientemente a Margaret James, lectora y a la vez organizadora, su apoyo por hacerme creer que, un día, mis libros se publicarían. Sin ellos, habría abandonado.

Como siempre, unas gracias enormes al maravilloso equipo de Choc Lit, especialmente a su panel de lectoras —siempre agradezco recibir su visto bueno— y a mis colegas que publican en la misma editorial. ¡Sois increíbles y me dais mucho más apoyo del que pudiera imaginar!

Gracias también a mi familia —Richard, Josceline y Jessamy— por defender el fuerte y por apoyarme. Y a mis colegas escritores y amigos de la RNA, ¡muchas gracias por estar ahí!

Nota de la autora

Los personajes de esta novela son ficticios, excepto el artista Thomas Gainsborough y su sobrino Gainsborough Dupont. Ellos sí viajaron por el West Country, el sudoeste del Reino Unido, al menos en dos ocasiones, aunque obviamente nunca pintaron ningún retrato como los que describo en mi libro.

He intentado mantener el personaje de Thomas Gainsborough según se le describe en las diversas biografías que hay de él, y algunas de las cosas que dice son aparentemente lo que sentía en realidad. Mientras leía sobre él, tenía la sensación de que le hubiera deleitado encontrarse con una intriga y un secreto como el de Jago y Eliza, y me parecía que tenía que haber sido un hombre muy simpático. Espero haberle hecho justicia.

Prólogo

Se había prometido que la esperaría una eternidad si hacía falta, asumiendo que la espera sería recompensada. Pero pasaron años y siglos y no se veía un final, por lo que él empezó a desesperarse. Dudaba. ¿Volverían alguna vez a estar juntos?

Iba y venía de la oscuridad que le mantenía cautivo, a veces consciente de las cosas que pasaban a su alrededor, a veces solo escuchando lo que sucedía. Se daba cuenta de cómo el mundo estaba cambiando, evolucionando en una sociedad mucho más tolerante que aquella en la que él había vivido. Eso le daba esperanza, pero también le entristecía. Ojalá las cosas hubieran sido así cuando él vivía.

La esencia de madreselva y rosas le sacudió de repente y le sacó de las sombras. Entonces miró a la mujer que permanecía de pie frente a él, mirándole con mucha atención. No era ella, su amor perdido, pero sí había en ella ciertos rasgos parecidos y ese perfume que jugueteaba con su olfato y que le traía a la memoria recuerdos agridulces. Se sintió esperanzado una vez más, pero en esta ocasión con mayor intensidad. ¿Tal vez fuera una señal? Sí. Tenía que serlo.

Ella se alejó, pero regresaría, estaba seguro. Sonrió para sus adentros al regresar al beso secreto de la oscuridad.

Capítulo 1

Londres, 2013

¿Qué estoy haciendo aquí? Debía de estar loca para venir...

Kayla Sinclair no dejaba de moverse en su asiento, presa de emociones encontradas. Una parte de ella quería desesperadamente quedarse en la sala de subastas de Sotheby's en New Bond Street, pero la mitad racional de su ser le decía que se equivocaba. En realidad, no debería estar allí.

Sorprendentemente, aquel lugar era muy ruidoso. Los posibles compradores murmuraban entre ellos y la plantilla hablaba en voz baja por teléfono a los posibles licitadores, lo que creaba un constante zumbido de fondo. Kayla casi no se daba cuenta, no obstante, ya que el sonido de los latidos de su propio corazón martilleando en sus oídos bloqueaban cualquier otro ruido. Respiró hondo y trató de concentrarse en lo que iba a decir el subastador. Tenía una voz fuerte, profunda y que transmitía bien lo que decía, tanto que superó incluso la sordera temporal de Kayla.

—Y aquí tenemos el lote número trecientos cuatro —anunció el hombre, aunque el resto de la frase quedó enmascarado por el repentino acceso de sangre en la cabeza de Kayla. Dos hombres que vestían delantales azules sacaron un gran cuadro y, haciendo algunas maniobras, consiguieron ponerlo derecho entre ambos, de pie en la parte derecha de la tribuna.

Kayla bajó la vista a su regazo donde reposaba la paleta con su número en la subasta, que yacía sobre el catálogo de ventas. ¿Para qué se había molestado en conseguir uno? «No voy a comprar nada, claro que no voy a comprar nada», se decía a sí misma en silencio, al tiempo que tomaba aire otra vez. El ruido dentro de su cabeza disminuyó y se dio cuenta del hecho de que el subastador había empezado a tomar nota de las ofertas.

—Tenemos un precio de partida de cinco mil libras. ¿Alguien ofrece cinco mil? —El hombre miró a los asistentes para ver si alguno levantaba su paleta.

Kayla se quedó fría.

—A mi derecha ofrecen cinco mil quinientas, seis mil la dama que está junto al pasillo...

Ella empezó a agitarse y, casi como si tuviera vida propia, su mano derecha se levantó y su oferta fue anotada.

—Siete mil, la dama rubia del fondo.

«Oh, demonios, esa soy yo.» Kayla cerró los ojos, sin querer ver lo que acababa de hacer.

—Vaya, alguien ofrece siete mil quinientas, ¿alguien ofrece ocho mil?

Kayla se agarró la mano derecha con la izquierda y la mantuvo así en un esfuerzo infantil por impedirle el movimiento. No debía comprar ese cuadro. Sería de locos. De una parte, era demasiado grande y de otra... no, no quedaría bien. ¿Tal vez si intentaba concentrarse en alguna otra cosa se olvidaría un poco de los procedimientos legales? Se volvió para examinar a las personas que la rodeaban, mirando a todas partes salvo en dirección a donde estaba el cuadro. Así evitaría el peligro.

Nunca antes había estado en una subasta y siempre había pensado que a este tipo de acontecimientos solo iba gente muy rica, pero el público allí concentrado resultó ser una mezcla inesperada. Había señoras vestidas de Chanel, llenas de joyas, y hombres con trajes caros, pero Kayla también podía ver algún que otro individuo un tanto desaliñado.

Un hombre en particular le pareció que tenía el aspecto de ser alguien que ni siquiera pudiera pagarse al día siguiente la comida, sin importar cuántos miles de libras había allí en arte y, sin embargo, en ese momento levantó la mano para hacer una oferta.

—Diez mil para el caballero de mi derecha, ¿diez mil quinientas? ¿Hay alguien que ofrezca diez mil quinientas?

Resuelta a no hacer caso del subastador, Kayla continuó mirando la estancia en la que se encontraba. Como no era muy alta, tuvo que estirar el cuello para ver el brillante estrado de madera de caoba de delante. A su derecha había una fila de pupitres, ocupados por los empleados encargados de atender las ofertas telefónicas, tan brillantes como lo demás. El conjunto le pareció que, en cierto modo, intimidaba. Sus ocupantes miraban a los asistentes a la subasta y Kayla se sentía como un miserable mortal. No debería haber venido. En realidad, aquel no era su sitio. Pero no había tenido elección. ¿O sí?

—¿Alguien ofrece doce mil?

¡Doce mil! Era muchísimo dinero. Pero la pieza valía hasta el último penique. Miró el cuadro, y entonces hizo otro esfuerzo para concentrarse en la sala en lugar de en la pintura. Una enorme claraboya dejaba entrar el pálido sol de primavera, complementando a la luz artificial que iluminaba las obras de arte que estaban colgadas en las paredes. Se preguntó por qué ninguna de ellas le llamaba la atención. La única que le interesaba era la que estaba siendo subastada en aquel momento. Su mano derecha se levantó, todavía con la mano izquierda que la sujetaba encima, como si alguien estuviera tirando de una cuerda invisible.

No, esto era ridículo. Pero no podía evitarlo.

—Ah, doce mil para la dama rubia del fondo, ¿doce mil quinientas? ¿Alguien ofrece doce mil quinientas? —La voz seguía hablando y Kayla se concentró desesperadamente en el enorme tablero que se encontraba cerca del techo, que mostraba la última oferta realizada en libras esterlinas así como en varias monedas más. Las cantidades cambiaban y las conversiones a las distintas divisas seguían automáticamente. Vio entonces que la puja iba ya por las dieciséis mil libras, pero parecía que se hubiera ralentizado. «Dieciséis mil libras.» Eso era, desde luego, mucho más de lo que ella podía permitirse, aunque daba igual, se dijo, y trató de reprimir el descontento que crecía en su interior.

—Ofrecen dieciséis mil —dijo entonces el subastador, levantando el martillo de madera.

La emoción en la sala casi se podía tocar al tiempo que el silencio se adueñaba de la estancia. ¿Sería este el precio final? Todo el mundo parecía contener la respiración al unísono, incluida Kayla.

Rápidamente, levantó la mano otra vez. ¿Podría gastarse seis mil libras más? «Ya me compraré un vestido de novia más barato.»

—Bien, dieciséis mil quinientas, para la dama rubia del fondo. —El hombre levantó el martillo y miró a la audiencia en busca de alguna otra puja—. Diecisiete mil, el caballero de mi derecha. ¿Diecisiete mil quinientas? ¿Alguien ofrece diecisiete mil quinientas? Sí, señoras y señores, alguien ofrece diecisiete mil quinientas —dijo, haciendo de nuevo una pausa.

El pesado catálogo se deslizó de los repentinamente entumecidos dedos de Kayla, pero aunque le costó un esfuerzo enorme, se las apañó para levantar la mano de nuevo. Cuando el subastador asintió, sintió como si un peso de plomo se hundiera en su estómago.

—Dieciocho mil. Ofrecen dieciocho mil, la dama del fondo. —Nadie se movió y Kayla siguió conteniendo la respiración. ¿Habría alguien que hiciera alguna otra oferta en el último minuto? La tensión era insoportable. Quería gritar: «¡Por favor, que alguien haga esa oferta! Prometo que si lo hace, lo dejaré. ¡Que alguien haga algo!».

Nadie movió ni un dedo.

—De acuerdo, ¿queda en dieciocho mil? Adjudicada por... —el hombre esperó unos minutos más—... dieciocho mil libras. —El martillo descendió con un crack, lo que hizo que Kayla diera un salto incluso aunque lo vio venir. El corazón le latía tan fuete que pensó que, en cualquier momento, se le saldría del pecho. Consciente de ello, levantó su paleta—. Para el comprador número quinientos dieciséis.

Kayla cerró los ojos y respiró rápidamente, pues el pánico la asaltaba desde todas las direcciones. «Oh, Dios, ¿qué he hecho?» ¿Cómo iba a explicarlo? ¿Cómo pagaría aquel cuadro?

Dieciocho mil libras. Esa cifra superaba al menos en tres mil lo que ella podía permitirse. No había vuelta atrás, su puja había sido aceptada. Aturdida, se levantó y se abrió camino hasta la mesa de la sala de la habitación de al lado para efectuar el pago. Se preguntaba si la arrestarían o si le harían algo si, de repente, decía que ya no quería la pintura después de todo. Ese pensamiento la hizo reírse con nerviosismo, histérica, y tuvo que hacer un enorme esfuerzo para mantenerse serena.

—Número quinientos dieciséis, ¿verdad? Bien, entonces serán dieciocho mil libras, por favor. —El tono brusco y profesional de la mujer despertó de una patada el helado cerebro de Kayla. Se recuperó lo suficiente para sacar su talonario de cheques del bolso de mano y escribir la cifra con los dedos temblorosos.

—Tardarán unos tres días en confirmar su cheque y hasta que se haya hecho este trámite guardaremos el cuadro en nuestro almacén. Luego se lo entregaremos. Muchas gracias. Espero que disfrute de su compra.

La risa histérica volvió de nuevo al interior de Kayla. Le costaba suprimirla. «¿Disfrute de su compra?» Sí, quizá de la misma manera que algunos disfrutan de las drogas: de manera ilícita, culpable. Con una calma solo superficial, estaba muy lejos de sentir nada, comentó posibles horarios de entrega y condiciones antes de salir del edificio.

Capítulo 2

Devon, 1781

El camino que llevaba hasta Marcombe Hall desde la costa era empinado pero Jago Kerswell se lo tomó con calma. Acarreaba dos toneles de *brandy* atados a sus poderosos hombros, que le golpeaban el pecho levemente una y otra vez con cada paso, pero incluso con este peso extra, el hombre se movía como si hubiera salido para dar un paseo en domingo. La oscuridad era casi absoluta, ya que la fina línea de luna, similar a un gajo de naranja, que antes se veía, había quedado oculta tras una capa de espesas nubes, por lo que él solo podía ver vagos perfiles de los árboles y los matorrales que bordeaban el camino. La oscuridad había ocultado la infame actividad que él y sus colegas contrabandistas habían llevado a cabo esa noche. Todo había salido bien. Jago estaba encantado.

Con el paso seguro de un animal con visión nocturna, continuó subiendo la escarpada cuesta. Conocía estos senderos como la palma de su mano y no le hacía falta ver hacia dónde iba. Podría haberlos hecho con los ojos vendados. Según se acercaba al límite de los jardines de la casa, se puso a calcular mentalmente con rapidez el beneficio que representaría el trabajo de esa noche. Una sonrisa de satisfacción tiró de las comisuras de su boca. Incluso después de que *sir* John hubiera recibido su parte —los dos barriles que transportaba— por hacer la vista gorda, los hombres de Jago y sus familias vivirían bien durante una temporada, una vez la mercancía de contrabando hubiera sido vendida en Londres. Algunos de esos productos incluso no llegarían a Lambeth, mientras que el resto esperarían escondidos en diversos escondites. Casi se le escapó una carcajada. Si el bueno del reverendo Mountford supiera lo que había bajo su púlpito le daría un ataque de apoplejía.

Todavía perdido en sus pensamientos, Jago dobló la esquina de un seto y casi pierde el equilibrio al ver una pequeña figura blanca abalanzarse sobre él a una velocidad tremenda. Carraspeó y se detuvo de repente.

—¡Oh, ay! —Por su voz, dedujo que se trataba de una mujer cuya frente se había topado violentamente con uno de los barriles que transportaba, en concreto el que llevaba por delante del pecho. Ella rebotó hacia atrás y acabó cayendo de espaldas con un golpe sordo. Jago la oyó quejarse un poco.

—¡Condenada mujer! ¿Qué haces fuera de casa así, en mitad de la noche? ¿Es que has perdido la cabeza? —siseó Jago. La ira mezclada con la compasión hicieron presa en él mientras levantaba los barriles, se los descolgaba por encima de la cabeza y los dejaba en el suelo junto a la joven. Alargó una mano, dio con su brazo y tiró de ella para que se levantara—. ¿Te has hecho daño? Deja que te vea, por favor. —Pero como, en realidad, no podría ver nada, alargó una mano y le tocó la frente. Con cuidado, olvidando sus malas palabras, palpó con sus manos decaídas y sus dedos notaron una gran protuberancia. Ella tomó aire y dejó caer la cabeza.

—No... no es nada, señor —dijo la mujer, tratando de alejarse de él. Jago la agarró por el hombro derecho con una mano para evitar que se marchara.

—Señora —empezó a decir, pues se dio cuenta de que no podía ser otra que la señora de Marcombe Hall, ya que era la única mujer del vecindario que hablaba de una manera tan educada—. No sé qué puede haberla poseído para salir a pasear sin rumbo por los jardines en mitad de la noche, pero le sugeriría que regresara de inmediato a la casa. Y

busque algo que ponerse en ese chichón que le está saliendo en la frente. Un pedazo de carne cruda sería lo ideal. Incluso así, me temo que mañana tendrá que dar algunas explicaciones.

Ella se sacudió la mano que la asía con impaciencia, algo que solo pudo hacer porque él se lo permitió.

—Gracias por su consejo, señor, pero quiero dar un paseo por los acantilados. —Le temblaba la voz, pero sonaba altiva y desafiante, con cierto transfondo de desesperación.

—¿Un paseo? ¿Ahora? ¿Sin nada más encima? De verdad, señora, no creo que...

—No me importa lo que piense, buen hombre, además llevo una bata perfectamente respetable. Bien, también me he traído mi chal, ¿y quién va a darse cuenta en la oscuridad? Ahora, por qué no vuelve a lo que estaba haciendo antes de que le pillen y me deja que yo siga con lo mío. —Le dio la espalda y se alejó, pero se detuvo al oír que él le hablaba de nuevo.

—¿Sabe lo que estoy haciendo?

—Desde luego. Usted es un contrabandista. ¿Por qué si no estaría cargando con unos barriles de *brandy* en mitad de la noche?

—La verdad es que a nosotros nos gusta pensar que somos más bien «comerciantes», señora. —Sonrió levemente, divertido por la bravuconería de la mujer—. Sea como fuere, ¿se ha parado a pensar en el hecho de que yo no sea el único que esté rondando por aquí esta noche? Hay muchos «comerciantes» que operan en grupo y la mayoría de ellos son gente ruda. No hará falta que le explique qué harían si se topasen con una mujer sola paseando por los acantilados en camisón y bata.

Ella dejó escapar una sonrisa triste.

—Ya no me importa —repuso airada—. No puedo quedarme en esa casa ni un minuto más. De todos modos —murmuró—, no creo que puedan hacerme más daño que John. —Se puso a caminar para alejarse una vez más, pasando de largo de donde él estaba con un sonido de tejido suave que se deslizaba por su trasero, pero él la alcanzó en unos segundos e hizo que se diera la vuelta a la fuerza agarrándola de un brazo.

—¿Qué ha hecho exactamente mi dichoso hermano ahora? —gruñó—. ¿Acaso le ha mordido?

—¿Su hermano? ¿Qué tiene que ver él con todo esto? —Ella intentó liberarse de nuevo, pero sus pobres esfuerzos no sirvieron de nada, pues esta vez él la asía con fuerza.

—Su marido, señora, es mi medio hermano. ¿Tengo que pensar que se le ha olvidado mencionárselo?

Ella se quedó quieta al instante.

—¿Su medio hermano? Pero... pero qué... ¿Cómo? No entiendo nada. Usted es un contrabandista y John es... bien, él es...

Esta vez le tocaba a él reírse.

—Le ruego que me disculpe, señora, no debería haberlo mencionado. Soy un bastardo. El padre de *sir* John me engendró tras la muerte de su esposa, pero por supuesto su marido nunca ha reconocido nuestro parentesco abiertamente. Creía que, por lo menos, se lo habría dicho a su esposa, pero está claro que me equivocaba. Será mejor que no hable de esto.

Una fina luna salió un instante y entonces él vio que ella se había quedado plantada en el sitio, mirando a la oscuridad como si buscase algún tipo de aclaración.

—¿Está diciéndome la verdad? —preguntó al fin.

—¿Por qué iba a mentirle diciendo que soy un bastardo? Pregunte a cualquiera de por aquí, todo el mundo sabrá contarle lo que sucedió. No es ningún secreto ni lo fue entonces. —Liberó el brazo de ella y le hizo una reverencia exagerada, aunque como la luna había vuelto a desaparecer de nuevo, lo más probable es que ella no pudiera verle—. Jago Kerswell, a su servicio, señora. Soy el propietario del King's Head Inn, en el pueblo. Puede preguntarle a cualquiera acerca de mi persona.

—No, no, le creo. De hecho, ¿por qué iba a mentirme?

—En efecto, para qué. Ahora, dígame, por favor, *lady*... ¿Cómo se llama?

—Elizabeth. Eliza para mi familia.

—Muy bien, *lady* Eliza...

—No, no, señor Kerswell, no puede llamarme así. No soy *lady* por derecho propio. Soy *lady* Marcombe solo por ser la esposa de mi marido, que es «*sir*».

—Y yo soy un comerciante libre, *lady* Eliza, no me importan esas tonterías. A ver, ¿por dónde iba? Oh, sí, dígame en qué ha estado metido mi hermano últimamente. ¿La trata con crueldad? ¿Es ese el motivo por

el que nadie la ha visto nunca? ¿Acaso le da vergüenza que le vean los moratones?

La respuesta a su pregunta no llegó de inmediato pero él oyó un profundo suspiro, como si hubiera dado en el clavo y sacado a la luz una verdad incómoda.

—¿*Lady* Eliza? —preguntó, con la voz firme, pero amablemente.

—Yo... verá, preferiría no hablar de semejantes cosas con un extraño.

—¿Extraño? ¿Pero no había quedado claro que estamos emparentados? —Ojalá ella pudiera darse cuenta de que le estaba sonriendo, pero al pensar en el asunto que estaban tratando, volvió a hablar con seriedad una vez más—. Ahora, vamos, mi querida señora, cuénteme qué fue lo que la hizo salir estando tan oscuro y de esta manera. Desde luego, no puedo permitir que mi cuñada esté dando vueltas por ahí a solas.

Para su absoluta sorpresa, la dama no le respondió, pero se echó a llorar. Lloraba a mares, así que Jago empezó a pensar que hubiera sido mejor haber mantenido la boca cerrada por una vez. Si había algo con lo que no tenía ni idea de cómo enfrentarse, era a una mujer llorando.

—¡Oh, demonios! Perdóneme, pero... —Él se pasó una mano de manera distraída por el pelo, que estaba ya lo suficientemente desgreñado por la brisa marina y que le caía suelto, pues se le había escapado de la coleta. Resulta que, después de todo, la noche no estaba resultando tan perfecta como parecía. Había cantado victoria demasiado pronto. Bien, solo había una cosa que podía hacer dadas las circunstancias.

Con un suspiro, abrazó a *lady* Eliza y la atrajo hacia sí, meciéndola como si fuera una niña y susurrándole al oído palabras tranquilizadoras. Los sollozos estuvieron sacudiendo su pequeño cuerpo durante un buen rato, pero él no hizo nada por detenerlos. Sabía que aquello le hacía falta, que tenía que expulsar toda aquella angustia. Solo entonces podría saber a qué se debían. Y lo descubriría, desde luego.

Capítulo 3

—¿**D**ónde te habías metido? Iba a llevarte a comer conmigo hoy, pues es el único día libre que tengo esta semana. —La impaciente voz de su jefe, Mike Russell, dio la bienvenida a Kayla en el preciso instante en que entraba en la oficina. Ella se quedó mirándole, sorprendida.

—Oh, lo siento, deberías habérmelo dicho —repuso ella, tratando de responder con calma y en un tono razonable, a pesar de que todavía estaba nerviosa tras su reciente experiencia—. Es que hoy era la subasta, ¿te acuerdas? Ya te había dicho que iría. Ese es el motivo de que me tomara la mañana libre.

—Oh, la subasta. Maldita sea, lo había olvidado. Disculpa. —Frunció el ceño y se pasó sus largos dedos por el pelo rubio, como peinándose, para acto seguido inclinarse y besarla cuando nadie les miraba. Mike no era solo su jefe, sino también su novio, pero desde que se había convertido en socio del bufete para el que ambos trabajaban, se había vuelto más cuidadoso en lo relativo a las muestras de afecto en público.

—Siempre deben vernos actuar de manera profesional ahora que soy un abogado senior —le dijo a Kayla, y aunque ella pensaba que no importaba mucho, pues todos sabían que eran pareja, le había seguido el juego a pesar de no estar muy de acuerdo. Hoy, no obstante, el hecho la irritó, pero no dijo nada. Después de todo, que ella estuviera temblando de la cabeza a los pies no era culpa de Mike.

Kayla colgó el abrigo en un perchero que estaba detrás de la puerta y se sacudió la melena, que le llegaba hasta los hombros, antes de hundirse en su silla y sentarse a su mesa de trabajo. Para mantener ocupadas las manos, que todavía le temblaban, empezó a buscar entre el montón de trabajo acumulado del día, mientras que respiraba hondo para calmar el latir irregular de su corazón.

—¿De qué cinta quieres que me ocupe primero? ¿De esta? —preguntó. Había dos pilas de archivos sonoros, cada una de ellas con un pequeño radiocasete encima. Ella estaba apuntando a la más cercana.

—¿Qué? Oh, no importa. Cualquiera de las dos. Ambas tienen que estar listas para esta tarde. —Todavía parecía algo enfadado y Kayla sabía que él odiaba que se le torcieran los planes, pero, sinceramente, no le había dicho nada de aquel almuerzo. ¿O sí? Un atisbo de culpa le atravesó la mente. Ella había estado bastante preocupada las últimas dos semanas...

Había sido culpa de la tía Emily. Se había muerto antes de Navidad y había dejado a todos sus sobrinos una herencia de quince mil libras a cada uno. La parte de Kayla había llegado a su cuenta bancaria hacía solo dos semanas y ella había decidido entonces qué quería hacer con el dinero.

—Creo que me compraré un cuadro o una antigüedad. Algo que vaya creciendo en valor, pero que al mismo tiempo resulte decorativo —le había dicho a Mike. Aunque era su dinero y podía hacer con él lo que quisiera, creyó que lo mejor sería al menos comentarlo con él. Después de todo, lo que ambos poseían sería pronto de los dos cuando se hubieran casado.

—¿Estás segura? —preguntó él—. ¿No crees que sería mejor invertirlo en acciones o algo así? Pasan muchos años hasta que puedes vender una antigüedad y hacer negocio con la venta, pero si compras acciones recibes regularmente un dividendo.

Sabía que él tenía razón. Sería una opción más práctica, pero algo en su interior se rebelaba contra esa idea. Le parecía demasiado mercenaria y fría y estaba segura de que la tía Emily habría querido que ella

disfrutara de lo que le había dejado permitiéndose un capricho de alguna manera.

—No, quiero algo que pueda ver. Algo que me recuerde a la tía Em —insistió.

—Bien, supongo que no puedo hacer que cambies de idea. Después de todo, es tu dinero. —El disgusto de Mike había quedado patente, pero por una vez Kayla no le hizo caso. Era «su» dinero y se lo gastaría como quisiera.

Preparada mentalmente, Kayla había ido a visitar Sotheby's, la famosa casa de subastas, que quedaba tan solo a unas pocas calles del bufete en Mayfair donde Mike y ella trabajaban. Pasaba frente aquel edificio casi todos los días de camino al trabajo, pero nunca antes había entrado dentro. Según se acercaba al antiguo establecimiento por primera vez, sintió cierta inquietud.

Justo detrás de las dobles puertas se abría un pequeño y oscuro vestíbulo donde un portero uniformado la saludó. Ella le sonrió dudando y continuó decidida hacia la recepción, que era espaciosa y luminosa. Había un amplio mostrador en el centro de una de las paredes y Kayla casi se acercó de puntillas, sintiéndose bastante fuera de lugar.

—Disculpe, pero ¿podría darme un calendario con las siguientes subastas previstas, por favor? —preguntó a la mujer que estaba atendiendo al público.

—Sí, por supuesto, señora. —Le dio un pequeño folleto y se sentó en un sofá de piel rojo para echarle un vistazo.

Según parecía habría pronto una subasta de pintura británica, dentro de dos semanas, así que Kayla pensó que lo mejor sería comprar el catálogo. Casi se quedó lívida cuando le dijeron el precio, pero no tuvo el valor de decirle a la mujer que le parecía demasiado caro, así que lo pagó rápidamente y se marchó.

La mayoría de las pinturas que aparecían en el catálogo estaban muy por encima de sus posibilidades, pero Kayla volvió a echar un vistazo al día siguiente de todos modos. Mientras subía por una escalera en forma de «U» que llevaba a las galerías del piso de arriba, el primero, la emoción se apoderó de ella e hizo que empezara a disfrutar. Caminó lentamente por las diversas salas, deteniéndose de vez en cuando frente a alguna pieza que le parecía particularmente bella. Había varios paisajes

 21 

muy bonitos, pero nada que en realidad le gustara de verdad y que sintiera el impulso de comprar.

Hasta que entró en la última sala.

—¿Kayla? Kayla, hola, ¿hay alguien ahí? —La voz de Mike la trajo de vuelta al presente de golpe. Ella se sobresaltó.

—¿Qué? Disculpa, tenía la cabeza en otra parte.

—Te he preguntado si habías comprado algo. —Fruncía el ceño ligeramente y tamborileaba con sus dedos sobre el escritorio mientras esperaba que ella le diera una respuesta. Era un hábito al que ella se había acostumbrado, pues no era el hombre más paciente que digamos, pero hoy Kayla tuvo que reprimir la necesidad de que dejara de hacer ruido con ellos. «Por Dios, ¿qué me pasa?» Inspiró hondo para calmarse. No era propio de ella estar tan irritable y mucho menos con Mike.

—Sí, en realidad sí he comprado algo. He comprado un cuadro. —Sintió cómo un sonrojo de culpabilidad se extendía por sus mejillas mientras recordaba exactamente cuánto dinero había pagado por él, pero Mike no se dio cuenta.

—Estupendo —dijo él, como si la respuesta que le había dado no le hubiera interesado mucho, y volvió a su tema anterior de conversación—. Entonces, ¿qué te parece si cenamos juntos? Casi no te he visto en toda la semana. Estoy seguro de que debe de haber mil cosas de las que tenemos que hablar en cuanto a la boda. Ya no queda mucho tiempo.

—Sí, lo sé. Cinco semanas y tres días. —Le sonrió desde su silla y él asintió con la cabeza. La cuenta atrás de Kayla le resultaba muy divertida. Estaba segura de que él se sentía impaciente por que llegara el gran día, aunque no dudaba de que lo único que le importaba a Mike era quitarse el asunto de encima puesto que todo aquello no hacía otra cosa que descolocar un poco su ordenada vida y la planificación sin fin de todo aquello le estaba volviendo loco. Ella se tragó un suspiro. Mike no era muy romántico, pero probablemente todos los hombres pensaban de las bodas que no eran más que un jaleo, así que él no era el único.

Para su sorpresa, no obstante, una sensación de pánico se apoderó de ella al oír el eco de sus palabras en su cabeza. ¿Cinco semanas y tres días? No era mucho tiempo al fin y al cabo. Antes de todo este asunto de la pintura, sus nervios previos a la boda habían ido creciendo de manera regular según iba contando los días, pero eso era algo normal. Hoy, no obstante, se preguntaba por primera vez el porqué de tanta prisa. No había una razón en particular por la que tuvieran que casarse tan pronto. No, ¿en qué estaba pensando? Habían querido casarse cuanto antes. Asintió mentalmente y se concentró en el hombre que estaba frente a ella, que la miraba con las cejas levantadas, esperando una respuesta otra vez.

—Mmm, hoy me duele un poco la cabeza y parece que me has dejado mucho trabajo que hacer aquí. Puede que tenga que quedarme hasta tarde —dijo sin ser muy sincera—. Y mañana he prometido que acompañaría a Maddie y tú tienes esa cena en el...

—Oh, sí. Bien, esperaba que pudiéramos pasar un rato juntos esta noche, pero quizá me vaya con los chicos de arriba a tomar unas pintas. No te habrás olvidado de la fiesta del sábado, ¿verdad?

Kayla casi se rió.

—Pues claro que no. —Como si pudiera haber olvidado la fiesta que sus padres daban en su honor. Una reunión del clan Russell para echar un vistazo a la última adquisición y ver si daba la talla, pensó con un mohín para sus adentros. Llevaba semanas pensando qué ropa se pondría, pero de repente eso pareció no tener importancia.

Ella le dedicó una sonrisa calma y alargó la mano hasta alcanzar la suya, que todavía estaba dando vueltas por su escritorio, apretándola.

—Lo siento, Mike. Me hubiera encantado salir contigo esta noche, pero pronto estaremos juntos todas las noches, ¿verdad? Cuando haya pasado la boda y yo me haya mudado a tu piso, tendremos mucho tiempo para nosotros.

—Sí, tienes razón. —Se inclinó sobre el escritorio para darle otro beso rápido, después de haberse cerciorado de que nadie les veía. Kayla sintió una nueva punzada de disgusto. ¿Qué más daba que alguien les viera? Pronto serían marido y mujer.

—Será mejor que siga con esto. —Se puso los cascos e insertó la primera cinta de casete en el aparato reproductor, con lo que puso punto y final de manera efectiva a la conversación. Sin embargo, Mike no había acabado del todo y le dio un golpecito en el hombro. Dudando, ella se quitó los cascos.

—¿Sí?

—No te olvides de hacer esa búsqueda de la autoridad local para la casa Peterson y mándala con el pago correcto. Les he prometido que lo haríamos hoy.

—Está en mi lista de cosas pendientes. —Kayla apretó los dientes para controlar otra repentina ola de enfado mientras Mike desaparecía en el interior de su despacho. Llevaba trabajando siete años como secretaria legal y sabía tan bien como él lo que tenía que hacer, pero desde la promoción de Mike parecía como si este tuviera la necesidad de reforzar su papel de jefe de vez en cuando. A veces, solo a veces, hacía que se enfadara de tan pesado como se ponía. Otra pequeña duda apareció en su mente, ensombreciendo la anterior confianza. ¿Estaba haciendo lo que debía casándose con él?

—Oh, por Dios, no seas tonta —se dijo a sí misma—. Pues claro que sí.

Kayla apartó las dudas de su mente así como los miedos previos a la boda, puso en marcha el radiocasete y comenzó a teclear. La voz de Mike empezó a sonar, dictando el mismo tipo de cartas que ella había transcrito cientos de veces antes, así que continuó con el piloto automático puesto y dejó que su mente volviera a su reciente compra. Se preguntó cuánto tardaría Sotheby's en entregársela. ¿Quizá dentro de unos días? Un estremecimiento de emoción le recorrió la espalda.

Las interminables cartas en la pantalla del ordenador frente a ella parpadearon y en lugar de pensar en eso, volvió a la primera vez que vio su cuadro en todo su esplendor.

Capítulo 4

Eliza se sintió frágil entre sus brazos, pero suave y femenina. Aunque de baja estatura, tenía una figura exquisita y la sensación de sus pechos presionando contra su torso le embargaba. Trató de no abrazarla tan de cerca, pero ella se pegó a él como si fuera lo único en el mundo que pudiera salvarla. Trató de pensar en otras cosas, pero cuanto más tiempo la abrazaba, más la deseaba. Era imposible detener la reacción de su cuerpo con respecto a aquella mujer.

La joven olía de maravilla, como a madreselva y rosas mezcladas. No solo su persona, sino también su cabello y su piel. Jago inspiró profundamente, guardando para sí aquella esencia única en su memoria. Estaba seguro de que nunca olvidaría esta noche por muchos años que viviera.

Sabía qué aspecto tenía ella. La había visto una vez o dos mirando por la ventanilla del carruaje según atravesaba el pueblo. Tenía el pelo, de color rubio ceniza, y los ojos verde avellana enmarcados por unas pestañas gruesas y oscuras, en una carita encantadora y pequeña. No había duda alguna de que había sido su belleza lo que había cautivado a su medio hermano, pues ella no había aportado dote al matrimonio, o eso era lo que Jago había oído decir. Y ahora la tenía en sus brazos, con su precioso cabello cayéndole suelto sobre los hombros, acariciándole el empeine de las manos como si se lo hubiera traído hasta allí la brisa del mar.

Cuando los sollozos se convirtieron en algo más leve, él le levantó la cabeza hacia su cara con su manaza callosa y acercó su boca a la de ella. La besó con la mayor delicadeza de que sabía era capaz. Un beso secreto en la oscuridad del que nadie sabría nada nunca. Era consciente de que no debería haberlo hecho, pero el deseo de besarla resultaba demasiado fuerte. Tan débil como estaba, la joven no le rechazaría, pero tampoco le devolvió el beso. Le dio la sensación de que ella no tenía ni idea de cómo hacerlo, lo que quería decir que nunca la habían besado como Dios manda. Pero ¿cómo podía ser eso posible? ¿O sí lo era?

—Eliza —dijo él con tranquilidad—. Dígame qué es lo que la angustia. Quizá pueda ayudarla.

—No. Nadie puede ayudarme —repuso ella con una voz tan triste como el mar en invierno. Se abrazó a él y Jago inspiró de nuevo su fragancia, lo que le obligó a luchar por mantener a raya su deseo para concentrarse en las palabras de ella—. El matrimonio es para toda la vida. Juré amar, respetar y obedecer, y aunque tengo problemas con los dos primeros puntos, no puedo olvidar el tercero.

—Ya veo. —Así que no amaba a su marido. Bueno, no era algo tan raro. La mayoría de matrimonios se hacían por conveniencia, por lo menos para las mujeres de su clase. Pero había algo más que la angustiaba—. ¿Qué quiere John que hagas? ¿De qué modo debes obedecerle?

—Quiere que le dé un hijo. Un heredero. Y no puedo. Dios sabe que lo hemos intentado durante dos años. Siempre. —Su voz se apagó tras un sollozo otra vez, así que él la besó rápidamente una vez más para evitar otra explosión de llanto. Obtuvo el efecto deseado y esta vez ella respondió con timidez, moviendo los labios con suavidad, casi de manera inquisitiva, bajo los de él.

—¿Y... bueno, no le proporcionaba placer mientras lo hacíais? —preguntó él, mesándole el pelo distraídamente.

—¿Placer? No entiendo. —Ella se removió entre sus brazos, como si quisiera verle la cara, pero la oscuridad era impenetrable.

—No, puede que no. —Él suspiró y la dejó ir. Sintió el vacío entre sus brazos—. Debería haber placer en la cama conyugal, *lady* Eliza, independientemente de que se engendren hijos o no, pero tenía razón. En eso no puedo ayudarla. Mi hermano es un idiota. —Tras una corta pausa, añadió—: Mire, lo que decía antes de otros hombres iba en serio.

No dudarían en atacarla y, créame, eso sería peor que cualquier cosa que John pudiera hacerle. Por favor, váyase a casa y olvídese de que tuvimos esta conversación. —Con un esfuerzo inmenso, se dio la vuelta y se inclinó para recoger los barriles de *brandy*. Esa sería una de las cosas más duras que Jago tendría que hacer en su vida.

—¿Señor Kerswell? ¿Jago? —Él notó el tono dubitativo de su voz y contuvo el aliento, a la espera de oír las siguientes palabras, preguntándose si le habría entendido—. ¿Podría enseñarme? —Ella le puso una de sus pequeñas manos de manera tentativa sobre su musculoso antebrazo. Él sintió su tacto como si le quemaran con hierro candente y dio un fuerte suspiro. Desató la cuerda que sujetaba los dos barriles.

—¿Cómo dice, señora? —preguntó él, insistiendo en lo de «señora» para hacer que ella se diera cuenta de la locura que era hacer lo que él creía que le estaba pidiendo.

Ella se mantuvo inmóvil.

—¿Solo una vez? ¿Podría mostrarme ese placer? Quizá así la próxima vez me resulte más soportable. —Hablaba tan bajo que él casi dudó de estar oyendo bien, pero ella tenía ambas manos sobre sus brazos, lo que le estaba volviendo loco de deseo.

Aquello era una locura, del todo. Sabía que tal petición era fruto de la desesperación. John la había llevado con su actitud egoísta al borde de la locura. Obviamente, la joven no estaba en su sano juicio y era su deber protegerla de sí misma. Apretó los puños. Cuando los dedos de ella alcanzaron su rostro y trazaron su perfil, le hizo falta toda su fuerza de voluntad para no atraerla hacia sí y enseñárselo ahí mismo, en ese mismo momento, pero no podía. No debía.

Él la sujetó por sus finos hombros y la agitó con rudeza.

—¿Has perdido la cabeza, mujer? ¿Te das cuenta de lo que me estás pidiendo?

Ella dejó escapar una risita nerviosa, un tanto histérica, que acabó en un sollozo.

—Sí, creó que sí, pero si no me quiere...

¿No quererla? Le estaba tentando tanto que estaba a punto de perder la razón.

—¿Por qué yo? —dijo entre dientes—. Ni siquiera sabe qué aspecto tengo. —Él sabía que estaba hablando con una pared, pero su cabeza se

negaba a funcionar como era debido cuando su mera esencia le estaba volviendo loco, distrayéndole.

—¿Acaso importa? Sé que usted es un hombre honorable, pues de otro modo ya hubiera abusado de mí. También es amable, compasivo y sincero. ¿Qué más puedo pedir? Duermo todas las noches con un hombre que no tiene ninguna de esas cualidades.

Luchó consigo mismo durante quizá otros diez segundos, pero no servía de nada. Sabía que ella había ganado la batalla antes de empezarla. No había nada en el mundo que le impidiera aceptar aquella invitación, aunque sabía que debería rechazarla. Solo era un hombre.

—Muy bien, Eliza, será como tú digas. Es un honor que confíes en mí. —Asió su pequeña mano y entrelazó los dedos con los de ella—. Vayamos a la casa de verano y te enseñaré lo que significa hacer el amor. Pero solo esta vez. No debe volver a ocurrir. ¿Me has oído?

—Sí, Jago Kerswell, te he oído. Sus palabras eran dóciles, pero en su voz pudo notar excitación y esperanza.

—Vayamos entonces.

Kayla casi había decidido abandonar aquella subasta cuando, llevada por la curiosidad, entró en la última sala que según parecía albergaba solo retratos de varios tamaños. Y en un rincón lo encontró.

Un hombre alto, moreno, la miraba desde arriba casi desafiante, con los brazos cruzados sobre su poderoso pecho y un pie apoyado con indiferencia sobre una roca. Cuando le miró a los ojos, se dio cuenta de que era incapaz de darse la vuelta. Su mirada la mantenía pegada al lugar donde estaba, completamente fascinada, y una extraña languidez se abrió paso en su cuerpo como si de alguna manera hubiera minado su fuerza de voluntad. No quería hacer otra cosa que quedarse ahí de pie y mirarle durante lo que quedaba del día. Los ruidos a su alrededor desaparecieron al fondo y todo lo que la rodeaba dejó de existir hasta quedar solo ellos dos.

Aquellos ojos penetrantes de un color azul intenso parecían traspasarla hasta llegarle al alma, como si la mirasen fijamente a los suyos retándola en silencio, embelesándola. Se dio cuenta de que habían sido pintados de tal manera que siempre que moviese la cabeza, incluso aunque solo fuera un poco, aquellos ojos la seguían. Era como si el hombre del retrato estuviera de pie frente a ella, observándola. Kayla tembló.

Resultaba asombroso. Con dificultad, pestañeó y dio algunos pasos hacia atrás para estudiar mejor el resto del retrato. Estaba bastante segura de que no lo habían incluido en el catálogo, pues de haber sido así lo habría visto de inmediato.

Tenía que comprarlo.

Echó un vistazo a la placa de la pared que estaba junto al marco. *Retrato de un caballero. Escuela inglesa, finales del siglo XVIII.* Para su sorpresa, el precio de salida era de tan solo diez mil libras, muy inferior al de los demás retratos que había en venta. Incluso si al subastarlo subía de precio, podría comprarlo. Durante un buen rato, se quedó mirándolo, hasta que un pensamiento racional le vino a la cabeza.

«¿Dónde demonios vas a colgar un cuadro de semejante tamaño?», le decía una vocecilla en su interior. La voz de la razón. Era un retrato a tamaño natural con bastante paisaje de fondo. Debía de medir por lo menos metro y medio de ancho y más de dos metros de alto. Imposible. Mike y ella iban a compartir su piso de dos habitaciones en Battersea tras la boda y, aunque era bastante espacioso, no había ningún sitio donde pudiera colgarse un cuadro de esas dimensiones. Además, a Mike le gustaban mucho más las obras de arte moderno que los retratos dieciochescos. Sabía de sobra que incluso un bonito paisaje acabaría siendo relegado al dormitorio de ambos.

«¡Mike! ¿Por qué...?» Pensaría que se había vuelto loca si compraba algo así. Kayla se echó una reprimenda a sí misma y, tras echar un último vistazo al hombre, no sin cierto cargo de conciencia, se forzó a salir de la galería.

Los dos días siguientes, no obstante, vieron su regreso una y otra vez a la galería para echar un vistazo al retrato. Se pasó la hora del almuerzo allí, olvidándose de la comida, y entraba a verlo cada vez que salía del trabajo e iba de camino a casa. El desconocido del retrato ocupaba sus pensamientos e incluso aparecía en sus sueños mientras dormía. Empezó a levantarse cada mañana como desorientada, como si algo vital le faltara. Se olvidó de Mike y relegó a lo más profundo de su mente todo lo relativo a su pronta boda. En el trabajo, lo hacía todo como un zombie. Y era incapaz de alejarse de la sala de subastas.

Vio a una mujer que estaba trabajando tras un pequeño escritorio en una de las salas de la galería y aprovechó para pedirle más información sobre el cuadro.

—¿Se refiere al lote trescientos cuatro? —La mujer era muy amable y tecleó el número en su ordenador para obtener los datos que le pedía—. Oh, sí, lo recuerdo, se añadió a última hora a la subasta. Se trata de un hombre de pelo oscuro vestido con un abrigo de terciopelo rojo, ¿verdad? ¿No es divino? —Rió entre dientes, con complicidad. Kayla le devolvió la sonrisa. El hombre no era una belleza clásica, pero desde luego resultaba atractivo. Había algo llamativo en él, cierta característica difícil de definir pero que atraía la vista. Desprendía seguridad en sí mismo, tal vez era eso, además de ese brillo de «chico malo» que tenía en los ojos, o tal vez fuera la manera de mirar que tenía, como si al hacerlo pudiera leer sus pensamientos más profundos.

—Sí —repuso Kayla—. Es ese. ¿Puede decirme algo más acerca del cuadro? Quién lo pintó, de dónde procede, ese tipo de cosas.

—No mucho, me temo. Había todavía trabajo que hacer al respecto, según recuerdo. Nuestros expertos pensaron en un principio que era de Gainsborough o de su sobrino tal vez. Pero aunque aparentemente siga su estilo, en algunos puntos el trabajo del pincel se ve un tanto descuidado, como si el pintor hubiera tratado de acabarlo rápidamente. No tiene firma. Lo hemos fechado en torno a 1870 porque la vestimenta del hombre es de esa época, pero no hemos hallado ninguna otra prueba que pueda servir para identificarlo. De hecho, aquí dice que «el fondo es un paisaje de mar algo difuso con acantilados oscuros», así que podría localizarse en cualquier sitio. Y los únicos elementos que pueden distinguirse en él, además del propio retratado y del paisaje, son unos barriles y una pistola. Quizá se tratara de un soldado retirado que se hubiera convertido en comerciante de vinos. Lo siento, pero eso es todo lo que sabemos.

—Ya veo. Bien, muchas gracias.

—De nada. Suerte en la subasta. —La mujer sonrió ampliamente y Kayla se dio la vuelta, sonrojándose como una colegiala a la que hubieran pillado en pleno flechazo con un rompecorazones.

Al encaminarse de vuelta a la lejana galería, un pensamiento la asaltó: sí había sentido un flechazo con el hombre del cuadro, de la misma manera que se quedaba embelesada con las estrellas del pop cuando era una adolescente. Con solo mirarlo el corazón le latía más deprisa y le flojeaban las piernas. Era como estar desesperada, apasionadamente enamorada del hombre con el que querías casarte.

¿Como de Mike?

Se detuvo una vez más frente al cuadro y echó un vistazo a la enigmática cara del retratado. No, lo que ella sentía por Mike ni se parecía siquiera a las increíbles sensaciones que la inundaban cada vez que venía aquí. Así que, ¿qué demonios decía eso de ella? ¿Y de su relación con su prometido?

«¿Qué diablos me está pasando?»

Kayla tragó saliva con fuerza y cerró los ojos. A Mike y a ella les iría bien. Lo que le estaba pasando era una anormalidad temporal. Como todos los flechazos, este seguiría su curso y ella volvería a su vida normal y a su futuro con el que había de ser su marido. Quizá su amor por él fuera algo más corriente, algo terreno, pero al menos él era real. El hombre del cuadro jamás sería otra cosa que pura fantasía. Todo el mundo tiene fantasías después de todo, ¿verdad?

Sabía que era una locura, pero no podía permitir que nadie más comprara aquel lienzo. Aunque había intentado distanciarse de la dichosa subasta, no lo había conseguido. Y ahora le pertenecía.

—Aquí la tienes, una confesión completa de mis delitos recientes —dijo Kayla con un suspiro la tarde siguiente, al tiempo que tomaba un sorbo de su bebida. Miró a su mejor amiga, Maddie, y esperó su veredicto, pero por una vez, algo totalmente fuera de lo común, su amiga permaneció en silencio durante un buen rato.

Estaban sentadas en un pequeño reservado en uno de los bares de moda que habían abierto cerca de la oficina de Maddie y gracias a Dios la música todavía no había subido hasta el punto de que la conversación resultara imposible. Kayla había contado la historia del cuadro sin dejarse ningún detalle. Ella y Maddie habían sido inseparables desde el primer día, cuando se conocieron en un curso para secretarias de abogacía, y no tenían secretos la una para con la otra. Si alguien pudiera entender lo que sentía, esa persona sería Maddie, así que el hecho de que su amiga continuara en silencio la ponía un poco nerviosa.

—¿Y bien? —preguntó, ansiosa, mirando cómo su interlocutora no dejaba de darle vueltas a uno de sus rizos cobrizos con el dedo corazón.

—La verdad es que no sé qué decirte —dijo al fin—, salvo que te has metido en un buen lío.

—De eso ya me he dado cuenta yo sola, gracias. —Kayla rió—. La pregunta es, ¿qué puedo hacer para aminorar lo que se me viene encima? Tengo que decírselo a Mike, eso está claro, pero lo que no sé es cómo.

—¿Estás realmente segura de querer seguir adelante con esta monstruosidad? En fin, lo que quiero decir es que ni siguiera sabes quién es ese individuo, así que no es como si fuera algún antepasado tuyo o algo así. —Maddie estaba frunciendo el ceño, muy pensativa—. Aunque, eso es una idea. Tal vez deberías decirle que lo es, ¿qué te parece? ¿No tendrías algún tío en Devon o algo así que pudiera llevar tu árbol genealógico hasta allí? De ese modo podrías decir que el tipo del cuadro es algún antepasado tuyo.

—El hombre del cuadro no es una monstruosidad. Espera a verlo. ¡Es increíble! El artista que lo pintó debe de haber sido un genio. Cada vez que lo miro me da la sensación como de que fuera a salir del cuadro y hablarme. Te lo juro, el otro día pensé que me había guiñado un ojo.

—Vaya, pues eso ayuda mucho —murmuró Maddie en tono sarcástico.

—No, te lo digo en serio, no voy a echarme atrás. Voy a quedarme con el cuadro pase lo que pase. —Kayla se mantenía firme, pero al pronunciar aquellas palabras no estaba completamente segura de si estaba intentando convencer a Maddie o a sí misma—. Además, casi me he quedado en la ruina para comprarlo. No puedo echarme atrás ahora.

—¿Cómo de «en la ruina» te has quedado?

—Bueno, no es que me haya quedado exactamente en la ruina, pero sí he tenido que emplear todos mis ahorros, además del dinero de la tía Em, así que tendré que pedirle dinero prestado a mi madre para comprarme el vestido de novia. Y si Mike espera que contribuya con los gastos de la luna de miel, bueno, ese sí será un asunto un tanto delicado.

—Oh, Kayla. —Maddie sacudió la cabeza—. ¿Te has dado cuenta de que puedes haber estado poniendo en peligro tu boda con este asunto? ¿Qué va a decir Mike cuando se entere que te has gastado hasta el último céntimo que tenías? Y, además, en el retrato de un tipo guapo guapísimo?

—No es que sea exactamente guapo pero... no sé. —Kayla dejó caer la cabeza—. En realidad, iba a preguntarte algo. —Dudó antes

de seguir adelante—. La cosa es que ayer Mike se comportó de una manera bastante irritante y de pronto tuve la sensación de que estaba a punto de cometer un gran error casándome con él. ¿Le conozco lo suficientemente bien en realidad? Nos hemos ido dejando llevar por la situación, ¿no te parece? Lo que quiero decir es que solo hemos estado comprometidos durante un corto período de tiempo y que no llevábamos saliendo juntos tanto tiempo cuando Mike me propuso matrimonio. Es como si tuviera que ser así, pero ahora no estoy tan segura. ¿Qué...?

—Espera un momento. —Maddie levantó la mano para detener a Kayla a mitad del discurso—. Esto no se deberá al dichoso asunto del cuadro, ¿verdad?

—No, no tiene nada que ver con eso. —Incluso mientras lo decía, Kayla sabía que estaba mintiendo. El cuadro tenía mucho que ver, el misterioso hombre del retrato tenía todo que ver con lo que estaba pasando. Había hecho que ella se diera cuenta de que quizá le faltaba algo en su vida amorosa. Algo fundamental. Miró a otra parte y por suerte Maddie no le rebatió ese punto.

—Bien, ya sabes que todo el mundo se pone nervioso antes de casarse. Es completamente normal. No debe sorprenderte.

Kayla asintió con la cabeza.

—Lo sé, pero ahora mismo siento de repente que necesito más tiempo para pensar en ello. Todo ha sucedido tan deprisa, la proposición de matrimonio y todo eso, y yo estaba ya metida de lleno en los preparativos antes siquiera de haberme dado cuenta de lo que estaba pasando. Quizá deberíamos haber tenido un noviazgo más largo, pero todo el mundo empezó a decir que no había ningún motivo para esperar, y de algún modo, simplemente, me dejé llevar.

—Oh, deja de preocuparte. Has estado saliendo con él, cuánto, ¿un año? Y durante todo ese tiempo no se te ha pasado por la cabeza dejarle. De acuerdo, quizá Mike no sea el tipo de hombre que demuestra sus sentimientos, pero te propuso matrimonio sin que tuvieras que empujarle. Eso tiene que significar algo, ¿no te parece? —Maddie le sonrió para demostrar que estaba bromeando—. En serio, estoy segura de que os irá bien a los dos. Todo el mundo tiene días y me apuesto algo a que él se está poniendo también un poco nervioso, ya sabes.

—Sí, supongo, aunque Mike no suele ponerse nervioso por nada. Eso es lo que hace que sea tan buen abogado.

—Esto es algo distinto, personal. Un hombre no se casa todos los días. Tiene que afectarle.

—Tal vez, pero luego está la fiesta del sábado. Ya sabes que no me llevo demasiado bien con su madre y si el resto de su familia es igual, será un infierno.

—Bueno, después de todo no vas a casarte con ella ni con el resto de sus parientes, vas a casarte con Mike. Y le quieres, ¿verdad? —Kayla asintió lentamente, furiosa consigo misma por dudarlo aunque solo hubiera sido durante una fracción de segundo—. Bien, entonces deja de preocuparte y en lugar de eso ayúdame a pensar en un plan para resolver el asunto de ese dichoso cuadro tuyo. Tal vez la cosa funcione si le dejas caer la noticia a Mike con suavidad y le propones que no lo colgarás aquí, en el apartamento. ¿Qué te parece? Oh, y dile que, dentro de unos años, el cuadro valdrá mucho más.

Kayla dudó.

—¿De verdad crees que eso le convencerá? No sé, supongo que vale la pena intentarlo, aunque él investigará.

—Mierda. Entonces mueve las pestañas y sonríele con dulzura, y así se olvidará de todo lo demás. De todos modos, seguirás con tu piso una vez te hayas casado, ¿no?

—Sí, tenía pensado alquilarlo. Serán unos ingresos adicionales que pueden venirnos muy bien si me quedo embarazada o algo. —Maddie le lanzó una mirada inquisitiva y entonces ella se apresuró a añadir—: No es que esté pensando en tener familia tan pronto. —Por suerte, Maddie lo dejó pasar a pesar de que sabía lo mucho que Kayla deseaba tener hijos.

—Bien, entonces, dejemos sin más el cuadro ahí como parte del mobiliario.

—Creo que podría. —Kayla sonrió—. Tendré que colarme cada vez que el arrendatario haya salido para echarle un vistazo al tipo del cuadro durante un rato, no obstante. Oh, Maddie, espera a verlo, es realmente...

—Por el amor de Dios, mujer, ¡escucha lo que estás diciendo! —Maddie volvió los ojos—. No estoy muy segura de que valga la pena que te diga nada, pero ahí va lo que creo que deberías hacer...

Mientras Maddie detallaba su plan, Kayla tuvo que concentrarse haciendo un gran esfuerzo. Todo lo que su cerebro quería era pensar en el hombre del cuadro e incluso cuando cerraba los ojos unos instantes, eran las facciones de él lo único que podía ver. Tomó un sorbo de vino y fijó los ojos en Maddie. «Ya está bien», se dijo a sí misma con severidad. Tenía que calmarse.

Capítulo 5

Naturalmente, una sola vez no era suficiente. Nunca lo habría sido, y Jago lo supo incluso antes de pronunciar las palabras. Una noche con Eliza había sellado su destino y le había unido a ella para siempre.

Se había mantenido alejado de la mujer, por supuesto. ¿Qué otra cosa podía hacer? No podía encaminarse hacia la casa y decir que quería hablar con la señora. Él no era más que un mesonero de baja estofa, un bastardo, y ella era una dama. Punto. Pero ella encontró la manera de superar las barreras.

Una semana después de su primer encuentro, la tarde del día en que *sir* John había salido para hacer una larga visita en Londres, ella entró en la taberna de King's Head. Su ropa de amazona de color azul medianoche con su blazer le quedaba a la perfección. Se había puesto además un sombrero negro, un poco de lado, con un par de plumas de avestruz que hacían que pareciera más alta. Pasó junto a varios clientes de la taberna y se sentó en una de las mesas. Su mozo de cuadra, un muchacho joven y nervioso, no hacía más que dar vueltas a su alrededor hasta que ella le pidió que se sentara. Parecía contrariado, como si quisiera negarse, pero estaba demasiado intimidado por su señora como para protestar.

Una camarera se acercó a ella con respeto e hizo una ligera reverencia.

—*Milady*. ¿Qué puedo ofrecerle, señora?

—Cerveza para mi mozo y para mí una jarra de la mejor sidra que tenga, por favor.

—Ahora mismo, *milady*.

Eliza miró a su alrededor con interés. Parecía que con sus bellos ojos estuviera observando hasta el más mínimo detalle del establecimiento. Sonreía a los demás clientes, que la miraban entre asombrados y consternados, y les saludaba con la cabeza. Abrían la boca atónitos. Esta era la primera vez que la nueva *lady* Marcombe se atrevía a salir del nido de águilas en que vivía y se acercaba al pueblo, así que no sabían muy bien qué hacer. Por no mencionar el hecho de que nadie esperaba verla poner el pie en una taberna normal y corriente con la única compañía de su mozo de cuadra.

Jago miraba desde detrás del mostrador y necesitó un tiempo para intervenir. Arrebató la bandeja con las bebidas a la camarera y la llevó a la mesa personalmente, haciendo una amplia reverencia.

—*Lady* Marcombe, es un honor contar con su presencia aquí. —Él se tensó y le lanzó una mirada de advertencia mientras el camarero les servía las bebidas en la mesa. Ella le devolvió la mirada inocentemente, y entonces él se dio cuenta de que los ojos de ella se abrieron mucho por la repentina admiración cuando atrapó los de él. Jago sabía que sus ojos de color azul cielo marcaban un claro contraste con su oscura mirada y se había dado cuenta de que, sin ser vanidoso, aquella mujer pensaba que la combinación de ambas cosas resultaba atractiva. Se lo habían dicho. Eliza continuó estudiando su cara y volvió a sonreír. ¿Le estaba gustando lo que veía? Un escalofrío le recorrió la espalda. No debería importarle tal cosa, pero le importaba. Que Dios le ayudara, le importaba. Quería gustarle, que le gustara su aspecto, no solo las sensaciones que él le hacía sentir.

—Permítame que me presente. Soy Jago Kerswell, el propietario de esta taberna. —Hizo una nueva reverencia.

—Encantada de conocerle, señor Kerswell. ¿Le importaría tomar un vaso de sidra conmigo y contarme un poco más acerca de su establecimiento y del pueblo? Me temo que he sido un tanto descuidada al no haberlo visitado antes y me gustaría corregir eso.

Aquella era una proposición bastante inusual, como ella debería saber muy bien, pero viniendo de Eliza sonaba lo suficientemente inocente. Era valiente, eso tenía que reconocerlo. Él sabía por qué había venido, pero al menos había traído con ella una carabina y había actuado de la manera más prudente posible, dadas las circunstancias. No obstante, estaba seguro de que este incidente llegaría a oídos de *sir* John, así que no debería volver a repetirse.

—Desde luego, señora mía. Será un honor. —Sacó una silla de debajo de la mesa y la colocó lo más lejos posible de la dama.

Durante la siguiente media hora permaneció sentado allí hablándole del pueblo y contándole todas las anécdotas divertidas que se le ocurrían, y mientras tanto vio como, de vez en cuando, ella le devolvía una sonrisa. Así, tan cerca de él y a plena luz del día, le parecía exquisita, como si fuera una de esas muñecas de porcelana que había visto una vez en los escaparates de Exeter. Ella desempeñaba su papel de dama a la perfección para regocijo de su audiencia, con la nota justa de condescendencia en su voz, pero él sabía que todo era teatro. Que aquella no era la Eliza de verdad, pues él ya había estado con ella y la conocía.

Finalmente, cuando la joven se dio cuenta de que no podía quedarse más tiempo por razones obvias, hizo un gesto al mozo de cuadra con la cabeza y dijo:

—Hobbs, ¿sería tan amable de preparar mi yegua, por favor? —El tono era arrogante, no admitía discusión, incluso a pesar de que el mozo de cuadra hubiera estado pensando en negarse.

—Sí, por supuesto, mi señora. —El joven, que había permanecido callado durante casi toda la visita, se levantó de un salto y se apresuró a cumplir lo que le pedía. Y por fin, Jago se quedó a solas con ella, lejos de los oídos de los demás clientes.

—Veámonos esta noche —le susurró ella tan bajo que él era el único que podía oírla—. ¿Vendrás, Jago?

Él asintió, se levantó y asintió de nuevo con la cabeza.

—Ha sido un gran placer verla aquí, señora. Espero que vuelva a visitarnos pronto.

—Muchas gracias, señor Kerswell. Su sidra es excelente. —La mujer traspasó la puerta sin mirar atrás. Y Jago supo que aunque ella jamás regresaría a la taberna, la vería mucho más a menudo a partir de ahora. Y vería mucho más de ella.

La fiesta era tan espantosa como solo puede serlo la reunión de una gran familia.

—Llegas tarde —susurró Mike, mientras Kayla entraba con sus padres—. ¿Y qué diablos te has puesto?

—Es un vestido nuevo que me pareció bastante bonito, muchas gracias. Estaba segura de que te gustaría. —Kayla le empujó y entró en la casa, tratando de tragarse el enfado y la desilusión. Tan solo habían llegado cinco minutos tarde y había sido porque su padre había insistido en tomar lo que había llamado «un atajo», que por supuesto no había sido tal, sino todo lo contrario.

—Me gusta, bueno, quiero decir, está muy bien, pero... mis padres. —Mike la miró aturullado, para añadir sin mucho acierto—: Bien, pero ¡por el amor de Dios, hagas lo que hagas, no te sientes!

Kayla no hizo caso de su comentario y ayudó a su madre a colgar el abrigo. Elegir qué ponerse para la fiesta no había estado entre las primeras posiciones de su lista de prioridades esa mañana. Y es que Sotheby's no la había llamado para decirle cuándo le entregarían en cuadro y Kayla estaba casi frenética por la preocupación. ¿Y si no había el suficiente dinero en su cuenta y su cheque había sido devuelto? Ella estaba segura de que tendría los fondos suficientes, pero podría no haber calculado bien. ¿Y si el cuadro se había perdido o había sido robado de camino al almacén?

—Déjalo ya —se dijo a sí misma con severidad mientras intentaba concentrarse en qué ropa ponerse. Dudaba entre algo convencional, como el típico vestidito negro, que sabía que le sentaba muy bien, pero que los padres de él ya habían visto, o uno nuevo de color lila, que era un poco corto pero iba con un cárdigan a juego. Finalmente, eligió el lila. Aunque no era muy alta, tenía las piernas bastante largas y eso destacaba en ella. No había motivo por el que no pudiera lucirlas. Además, los Russell debían irse acostumbrando a su aspecto, pensó y, si no les gustaba, peor para ellos.

—¿No te parece que deberías haberte puesto algo un poquito más largo? —fue lo primero que le preguntó su madre cuando llegó con su padre para recogerla.

—Oh, mamá, no empieces. Este vestido es perfectamente respetable.

—Supongo que podríamos discutirlo.

—Bueno, lo corto es lo que se lleva ahora.

Su madre sonrió mientras a Kayla se le ponían los pelos de punta.

—En serio, cariño, allí estarán esos tíos viejos y estirados de Mike.

—No me voy a casar con ellos —dijo Kayla, repitiendo las amables palabras de Maddie—. Además, ahora ya no tengo tiempo para cambiarme.

Al oír por casualidad el comentario de Mike al llegar, su madre le echó una mirada como diciendo «ya te lo había dicho» que hizo que ella sintiera una determinación mayor para despreciarla. La terrible verdad era que le importaba bastante poco lo que los Russell pudieran pensar y eso la preocupaba. Debería importarle. Debería querer impresionar a los familiares de Mike, pero por el momento lo único de lo que era capaz era de pensar en el hombre del retrato. ¿Cuándo llegaría?

Propinándose a sí misma una sacudida mental, Kayla se dispuso a llevar a cabo su tarea con los familiares de Mike, tirando hacia abajo del vestido de vez en cuando, sin que se dieran cuenta. Se abrió paso en la estancia, contestando a cada pregunta que le hacían, por banal o poco original que fuera, siempre con una sonrisa educada.

Sí, estaba muy nerviosa por la ceremonia.

Sí, era una chica muy afortunada.

Sí, estaba deseando que llegara la luna de miel y no, todavía no estaba pensando en tener familia.

Esta última pregunta se la había hecho un viejo tío de Mike con un guiño y dándole un codazo, así que Kayla se apartó de él rápidamente. Tan pronto como tuvo la oportunidad de arreglárselas sin ofender a nadie, se sirvió un vaso de vino y se quedó un rato en un rincón, observando al conjunto de los invitados.

Sus padres estaban hablando con los de Mike. Kayla se dio cuenta de que ambas parejas se comportaban de una manera tan educada como fría al hacerlo, de que no había una amistad real y de que todo lo que decían parecía calculado como si aquello fuera una especie de competición.

—Sí, naturalmente, cariño, Mike va para director y lo está haciendo muy bien en la firma para la que trabajan.

—Sí, pero el marido de nuestra hija mayor es un especialista del corazón y visita a pacientes en Harley Street varias veces a la semana. Es un gran negocio, ya sabe. La verdad es que no sé quién puede permitirse acudir a su consulta con los tiempos que corren.

—Tendrían que conocer a nuestro último nieto. ¡Es tan listo! Y su hermana...

Kayla se imaginó un sin fin de navidades y cumpleaños escuchando todo ese tipo de cosas y se dio la vuelta, horrorizada, buscando alguien con quien poder charlar un rato más a gusto. Por desgracia, no había nadie así.

—Cariño, estás ahí. Ven, tienes que conocer a la tía Phyllis, hace tiempo que quería verte. —Mike estaba tirando de ella del codo, apartándola de una joven de su misma edad que parecía una candidata prometedora para tener una conversación decente—. Y por todos los cielos, trata de estirarte un poco más hacia abajo ese vestido cuando hables con ella —le susurró entre dientes. Kayla le miró con el ceño fruncido, pues eso era precisamente lo que ya estaba haciendo.

La esperaba una nueva procesión de tías, tíos, primos y abuelos que parecía no tener fin, a los que Kayla sonreía y sonreía hasta que le dolió la mandíbula. Cada vez que era incapaz de aguantar más, se iba al cuarto de baño, donde se quedaba, pensando embelesada en el hombre de ojos azules del retrato, hasta que los golpes en la puerta del servicio se hicieron demasiado intensos como para no hacer caso de ellos.

Era como una fiesta infernal, justo lo que se había estado temiendo. Y cuando finalmente llegó a casa, habiendo desarrollado para entonces un dolor de cabeza monumental, se encontró con un mensaje de Sotheby's para organizar la entrega del cuadro, pero que como no la habían encontrado en casa, la llamarían otro día. Lanzó un juramento y tiró un cojín contra la pared.

La brisa marina acariciaba sus cabellos y le levantaba la falda, pero casi no se daba cuenta. Cerró los ojos y apoyó la espalda en el sólido pecho que había tras ella al tiempo que dos fuertes brazos se alzaron para envolverla en un fuerte abrazo. Él apoyó la barbilla en el hombro de ella, acercando la mejilla a la suya, y ella sintió cómo la barba incipiente de él rascaba su delicada piel. Se estremeció de placer.

—Ojalá pudiéramos estar así para siempre —susurró ella con una mirada, y se dio la vuelta entre sus brazos.

Él sonrió y le acarició la mejilla con el pulgar, con ternura.

Kayla se despertó de repente, con lágrimas de frustración corriéndole por las mejillas y el corazón latiéndole con fuerza. El sueño le había parecido tan real. Había sentido los brazos de él abrazándola, sus labios besándola e incluso había saboreado el aroma salado del aire. Tenía el cuerpo tenso por el deseo no satisfecho. Quería al hombre del retrato y lo quería ya.

—¡Demonios! —Se sentó en la cama y echó mano de la almohada, que agitó con fuerza para luego tirarla de nuevo sobre la cama. Tal vez Maddie estuviera en lo cierto después de todo. Podía devolver el cuadro antes de que fuera demasiado tarde, antes de que lo arruinara todo. Se suponía que las semanas que faltaban para su boda deberían ser una de las épocas más felices de su vida. Debería estar inmersa en preparativos, entusiasmada, pero en cambio lo único que había hecho era soñar con que hacía el amor con un hombre que ni siquiera existía. Un hombre al que jamás tendría la oportunidad de conocer porque hacía siglos que había muerto, si es que alguna vez había existido, para empezar.

Aquello no estaba bien. Tenía que acabar.

—Está bien. Lo venderé. —Asintió para sí misma con la cabeza, satisfecha por haber tomado al fin una decisión. Pero una vocecilla en su interior le susurraba que era demasiado tarde, muy tarde. Lo deseaba demasiado. Mucho más de lo que jamás hubiera deseado a Mike.

¿Era justo para su prometido que se casara con él sintiendo lo que sentía? Empezaba a tener serias dudas.

El cuadro llegó por fin y le pareció tan maravilloso como lo había visto en la sala de exposiciones. Tal vez incluso más, pues ahora era definitivamente suyo.

«Por poco tiempo», pensó para sí.

Kayla se sentó en el sofá y echó un vistazo al enorme retrato que estaba en el suelo, apoyado contra la chimenea. No tenía ni idea de cómo colgarlo en la pared ni tampoco de si quedaría bien. El cuadro debía de pesar muchísimo. Pensó entonces en que tal vez debería haber pedido consejo a Sotheby's, aunque ahora mismo eso no le importaba. Estaba bien donde estaba.

Tal vez era su abrigo de color rojo borgoña lo que llamó en primer lugar su atención. Desgastado y ajado en algunas partes, no era desde luego el tipo de atavío propio de un aristócrata, a no ser que el hombre hubiera estado visitando los barrios pobres que rodeaban su propiedad, aunque al fijarse en la arrogancia del retratado, lo último que parecía era un noble. A pesar de lo burdo del tejido, el artista se las había arreglado para crear la ilusión de que fuera terciopelo suave. Parecía tan perfecto que Kayla quiso tocarlo, reseguir la manga con los dedos y sentir su suavidad. Y también los duros músculos que se escondían debajo. Sin pensarlo, alargó el brazo hacia el lienzo, pero lo retiró en el último momento. Agitó la cabeza, se sentía como si se la hubieran llenado de bolas de algodón. ¿Cómo era posible crear tal imagen con solo unas pinceladas y un poco de pintura?

Trató de estudiar al hombre separándose un poco de la imagen, pero los ojos se le iban a él, con lo que su cara se le metía en la cabeza sin quererlo. Era fuerte, tosco, y esas características parecían haber sido atenuadas por los elementos, puesto que su cara se veía bastante morena. El pintor no había hecho nada para embellecer su mirada, sino que había pintado al hombre de verdad, exactamente como debía de verle. Así, había añadido las patas de gallo que se abrían desde la comisura de sus ojos y unas profundas arrugas a los lados de la boca, fruto de la risa. Una coleta de pelo negro azabache, muy brillante, le caía por uno de los hombros, añadiendo al conjunto oscuridad. El hombre la miraba con una media sonrisa en la boca, como si supiera algo que ella desconocía y eso le divirtiera.

—¿Por qué me miras así? —susurró. Luego, cerró los ojos para romper el hechizo. Tenía que librarse del cuadro. No le quedaba más

remedio. Pero hasta que pudiera negociar con Sotheby's la devolución, seguiría donde estaba—. Lo siento, pero tengo que dejarte. Voy a salir a cenar con Mike. —Lo miró—. ¡Por Dios, resulta que me estoy poniendo a hablar con un cuadro! Debo de estar volviéndome loca.

Aquel pensamiento le hizo sentir un escalofrío por todo el cuerpo, pero ella no hizo caso. Lo único que le estaba pasando era que estaba un poco sensible aquellos días, algo de lo que, de hecho, no había que sorprenderse.

—Todo va a ir bien —murmuró, para luego mirar el retrato una última vez—. Y tú no te vas a quedar aquí.

Pero la sonrisa del hombre parecía burlarse de ella. Incluso tuvo que obligarse a volverse y darle la espalda.

Capítulo 6

La casa de verano estaba demasiado cerca de Marcombe Hall y Jago no quería correr el riesgo de que le pillaran. No es que le asustara su medio hermano, que era mucho más bajo que él y también más débil. Jago dudaba que John hubiera hecho ejercicio en su vida y, por lo que había observado, le gustaba demasiado comer. No, era por Eliza por quien temía. Sabía que si les descubrían, ella sería la que sufriría las consecuencias y eso era algo que no podía permitir.

Así pues, decidió navegar cerca de la costa y trajeron provisiones para poder pasar todo el día fuera. La costa del sur de Devon le resultaba a Jago tan familiar como su propia casa. Albergaba numerosas cuevas escondidas donde podrían pasar el día sin que nadie les molestara. Una manta sobre la arena sería el colchón perfecto para hacer el amor y para enseñarle a Eliza todo lo que le había faltado hasta entonces. Aprendía pronto.

—Oh, Jago, estoy tan contenta de haber acudido a ti esa noche —le dijo al oído una tarde—. Estaba pensando en algo terrible, algo que no debería haber hecho, pero tú me salvaste. Una vez más, me diste una razón para vivir. Gracias. —Ella se acercó para acariciarle la mejilla con sus suaves dedos. Él los atrapó con una mano y le mordisqueó las yemas juguetón.

—Supongo que tenía que pasar. El Señor obra de manera misteriosa, según dicen. Esto está más allá de mi entendimiento.

Eliza dejó caer la cabeza.

—Sí, pero ¿de veras crees que esto es obra de Dios? Quiero decir, estamos cometiendo uno de los pecados capitales, ¿no? O, por lo menos, yo lo estoy haciendo.

Él la atrajo hacia sí.

—Calla, mi amor. No puede ser un pecado y según tengo entendido es algo bastante habitual en Londres, especialmente entre las familias nobles. Todo el mundo se casa por interés y luego busca el amor en otra parte. Además, en mi opinión tu marido no te merece si no es capaz de tratarte como es debido.

Ella se echó a reír.

—Espero que estés en lo cierto, pero si no es así, en fin, prefiero arriesgarme a la condena eterna. Por ti me arriesgaría a cualquier cosa.

—Lo mismo haría yo por ti, mi amor.

El restaurante que había escogido Mike era uno de esos locales pequeños pero caros, con mesas muy acogedoras en los rincones, resguardadas tras enormes macetas con plantas. Presumía de una impresionante carta de pescados, pues sabía que a Kayla le gustaba. Ella le sonrió con dulzura, sintiéndose culpable por haberle dejado un poco de lado durante toda la semana. «Y por pasarte las horas mirando a la cara a otro hombre», le decía una vocecilla interior, aunque no le hizo ni caso. ¿Qué mal podía hacerle después de todo? Pronto desaparecería y saldría de su vida. Era Mike a quien amaba y la persona con la que se iba a casar. Aquello no era más que algo similar a la admiración que Mike pudiera sentir, por ejemplo, por una actriz de televisión con mucho pecho. Era una fantasía. Soñar despierta.

Kayla concentró todos sus pensamientos en quitarse de la cabeza al hombre del cuadro y prestarle atención a Mike y a la realidad.

—Este es un lugar precioso —le dijo. Él pareció complacido por su comentario, puesto que solía enorgullecerse de su buen gusto en cuanto a la elección de restaurantes se refería.

—¿A que sí? Ha abierto hace tan solo un par de semanas. —Mike se puso a estudiar el menú con atención, como si la elección de un plato fuera una cuestión de la mayor importancia—. Derek y yo almorzamos aquí la semana pasada y lo que te recomendaría son las ostras, seguidas del lenguado de Dover al estilo Walewska o de la langosta en salsa Mornay.

A Kayla no le gustaban las ostras. Le parecía que no sabían más que a agua de mar con limón, así que no podía entender por qué le gustaban tanto a la gente. Sin embargo, pensó que, por una vez, le seguiría la corriente. Después de todo, tampoco es que las odiara y, si eso servía para que Mike siguiera de buen humor, pues mucho mejor.

—De acuerdo, que sean ostras, y luego, a ver... el Walewska, por favor.

Mike le sonrió y pidió lo mismo, a lo que añadió un vino blanco muy caro, que estaba fresco y tenía un sabor afrutado, justo el tipo de vino que a ella le gustaba. Pasaron una cena muy agradable, durante la que hablaron de varios aspectos relativos a su futura boda en perfecta armonía. Pero cuando llegó el postre, Kayla decidió sacar a colación un asunto que le había estado dando vueltas por la cabeza.

—Mike, he estado pensado. Me gustaría cambiar mi puesto de secretaria con otra de las chicas del despacho después de que nos casemos. No creo que sea muy bueno para nuestra relación que trabajemos juntos a largo plazo, así que había pensado hablar cuanto antes con Recursos Humanos y pedir el cambio. ¿Qué te parece...? —Kayla dejó la frase a medias al ver la cara de sorpresa que él ponía.

—¿De qué demonios estás hablando? Te lo juro, cada día me resulta más difícil entenderte. Este asunto de la boda te debe de estar trastornando. —Se estaba poniendo rojo, así que ella se preparó para una explosión de ira. No tendría que esperar mucho—. ¿Acaso me estás diciendo que soy un mal jefe? ¿Es eso? Y mira que yo pensaba que teníamos una buena relación de trabajo. Bien, ¿es que no es así?

—No, Mike, cálmate. No es eso lo que quiero decir, ni mucho menos. Estás sacando la conclusión equivocada —trató de explicar—. Siempre hemos trabajado bien juntos, claro que sí. Muy bien, de hecho. Lo que pasa es que cuando estemos casados seremos algo más que compañeros de trabajo, seremos iguales, pero, en la oficina, tú tendrás que seguir siendo el jefe. No me parece bien tener que pasarme el día obedeciendo tus órdenes y...

Mike se distanció de ella, sacudiendo la cabeza con incredulidad.

—No, no pienso pasar por esto. ¿Qué crees que pensará la gente si mi propia esposa no quiere trabajar conmigo? Por Dios, Kayla, piensa un poco.

—La verdad, Mike, no tiene por qué ser así. —Kayla estaba apretando los puños sobre su regazo y le miraba—. Ya estoy pensando y no veo nada malo en ello. Nada. Lo único que pasa es que no pareces ser capaz de escuchar la opinión de los demás cuando ya te has hecho una idea sobre algo.

—¡Ja! Eso sí que tiene gracia viniendo de ti. ¿Quién ha sido la que no ha querido escuchar mi opinión antes de comprarse un estúpido cuadro con la herencia de su tía?

—Oh, ya estamos otra vez con eso. Sabía que volverías a mencionarlo, tarde o temprano. —Kayla volvió los ojos y suspiró, y eso a pesar de que en aquel punto, tenía razón.

—De acuerdo, en eso tienes razón, pero no en lo que estamos hablando ahora. O te quedas y sigues como mi secretaria o te vas y buscas trabajo en otra parte. De otro modo me resultaría demasiado embarazoso.

—Llevo en esa empresa más tiempo que tú. Unos dos años, en realidad. Así que, si tanto te molesta, ¡será mejor que te vayas tú!

—Eso está fuera de lugar, ahora soy socio de la empresa. ¡No puedo levantarme de la silla y largarme sin más!

—¿Y yo sí? ¿Porque solo soy una secretaria? —Kayla estaba haciendo todo lo posible por controlarse, pero Mike estaba llevando las cosas demasiado lejos.

—Bueno, es lo mío, es distinto, no puedes negarlo.

Kayla se levantó.

—Me voy al servicio de señoras. —Temblaba, tanto de rabia como de frustración. ¿Por qué no podía entender lo que le decía? ¿O es que tal vez no quería entenderlo?

Al regresar, él se había dado cuenta de que había ido demasiado lejos. Alargó la mano hasta que ella, dudando, puso la suya en la palma de la de él.

—Lo siento. Puede que tengas razón. Tal vez sea algo en lo que tengamos que pensar, pero no ahora mismo, ¿te parece? La verdad es que no daría buena imagen, ya sabes, que me abandonaras ahora que vamos a estar unidos por el matrimonio.

Kayla no estaba de acuerdo pero la ramita de olivo que él había esgrimido le pareció suficientemente grande como para hacer caso omiso de ella, así que asintió.

—Sí, de acuerdo, tal vez podamos hablar de esto dentro de un par de meses. Supongo que no es tan urgente.

Se llevó la mano de ella a la boca y la besó en los nudillos.

—Esa es mi chica.

Y entonces cambió de tema, como si aquella discusión nunca hubiera tenido lugar.

Kayla dejó que las cosas siguieran así, no quería arruinar aquella cena más de lo que ya lo había hecho. Para cuando les sirvieron el café, no obstante, ya se había empezado a sentir bastante mareada. Mike frunció el ceño, pues se estaba dando cuenta de que algo no iba bien.

—¿Qué te pasa? Te has quedado pálida. ¿Has comido demasiado? ¿Tal vez la cuajada no te ha sentado bien? Hubiera sido mejor que hubieras tomado helado con las fresas.

—No, no, no es que haya comido tanto, y de hecho me he dejado la mitad de la cuajada. Es que no me siento muy bien, Mike. ¿Crees que las ostras pudieran estar pasadas?

—No, ni hablar. Las mías estaban perfectas. Si hubieran estado podridas las habrías olido a un kilómetro. Debes de estarte mareando por algo. Vamos, te llevaré a casa.

Kayla casi no se dio ni cuenta de que él se ocupó de pagar la cena y meterla en un taxi. Estaba agradecida de tener su brazo alrededor de su cintura, sujetándola para que no se cayera, por lo que solo se concentró en respirar profundamente para evitar marearse. No quería que la vieran así en público.

Mike insistió en acompañarla y entrar con ella en casa cuando vio que temblaba de manera incontrolada. La guió hasta el sofá. A medio camino, no obstante, se quedó parado y con la boca abierta al ver el enorme cuadro que tenían delante.

—Pero ¿qué diablos es esto? Kayla, ¿es este el cuadro que compraste en la subasta del otro día? No me lo puedo creer.

Mike era incapaz de apartar la vista del hombre del retrato. Se quedó mirando aquellos fieros ojos azules, aparentemente tan fascinado como lo había estado Kayla, pero en lugar de mostrarse impresionado por la

obra de arte parecía bastante incómodo. El cuadro era a tamaño natural después de todo y la figura allí representada era la de un hombre de gran estatura, un metro ochenta o noventa. Desde luego, en comparación con él casi parecía un enano, lo que hizo que se pasara un dedo por el cuello de la camisa, como si de repente notara que le apretaba demasiado.

—Sí, ¿no te parece guapo? —Kayla trató de bromear, pero lo único que hizo después fue un ruido extraño al tiempo que se sujetaba el estómago y se sentaba en el sofá—. Tenía que comprarlo. Resulta que existe una posibilidad muy remota de que sea un pariente lejano. ¿Te acuerdas del árbol genealógico del tío David? Creo que está ahí, en alguna parte. —Odiaba tener que mentir de aquella manera, pero le parecía que decir la verdad no caería muy bien por ahora, y puede que no lo hiciera nunca. Y quién sabía, podría ser cierto, ¿no? Cosas más raras se han visto.

Los ojos de Mike seguían pegados al cuadro. No parecía que estuviera escuchando.

Kayla maldecía por dentro. No era así como había pensado decírselo. Se suponía que iban a pasar el fin de semana en el piso de él, así que ella había planeado sacar el asunto a colación cuando Mike estuviera de buen humor. Pero ahora era demasiado tarde. Aunque, la verdad, no podía importarle menos en aquel preciso momento. Tenía otras cosas más importantes en qué pensar. Como en las ostras podridas. Con solo pensar en ellas se ponía a temblar. Tragó con fuerza al sentir la bilis subiéndole por la garganta.

—¿Guapo? ¿Qué quieres decir? —Mike se volvió para mirarla con los ojos entrecerrados—. ¿Vas a decirme que encuentras atractivo al tipo del cuadro? ¿Ese es el motivo de que lo compraras? ¿Te gusta?

—No, claro que no, Mike. Estaba bromeando. Lo siento, ha sido una broma de mal gusto.

—Me dijiste que comprarías algo para invertir. Algo que te diera un beneficio cuando lo vendieras dentro de unos años. Pero nunca me hablaste de retratos de hombres apuestos. Ni se te ocurra pensar un solo minuto que vas a colgar algo así en las paredes de mi piso.

La belleza de la propia mirada de Mike se vio arruinada por una expresión petulante peor que cualquier otra cosa que Kayla hubiera visto antes.

—No tenía intención de hacerlo. Se quedará aquí cuando alquile el apartamento.

—¡Por supuesto!

—De todos modos, ¿no crees que deberías hablar de «nuestro» piso? —preguntó Kayla con sarcasmo, apretándose un cojín contra el estómago, que le seguía causando molestias—. De verdad, Mike, no seas tonto. Creo que habrá subido mucho de valor en un par de años, por eso lo compré. O tal vez se lo venda al tío David si al final se demuestra que es un antepasado suyo. —Cruzó los dedos bajo el cojín. Después de todo, no había necesidad de contarle a Mike cuál era exactamente el efecto que aquel cuadro tenía sobre ella. Ni tampoco el hecho de que ya había decidido devolverlo. Porque, después de todo, ¿no tenía una derecho a tener sus propios sueños incluso después de casarse? ¿O es que estaba prohibido?

—Es que no me lo creo. —Mike agitó la cabeza, mirando el cuadro—. ¿Sabes qué? Este cuadro tiene que volver al sitio de donde ha venido. No voy a dejar que tires tu dinero de esta manera. ¿Cuánto has pagado por él, a ver?

—Eso no es de tu incumbencia, Mike.

—¿Ah, no? Entonces supongo que habrá sido carísimo. Así que entonces esperas que yo corra solo con todos los gastos de la luna de miel, ¿no es así? —dijo, levantando las manos con teatralidad—. Esto es el colmo. Empezaremos nuestra vida de casados endeudados. Como si ya no tuviera bastantes problemas.

—¿Qué problemas? Además, yo no he dicho que fuera caro.

Otra mentira más, así que mantuvo los dedos cruzados.

Mike no hizo caso de su interrupción.

—Bueno, solo se puede hacer una cosa —dijo.

—¿Qué?

Una ola de nauseas la inundó y tuvo que retorcerse.

—Puedes devolverlo a Sotheby's y comprar otra cosa. Alguna naturaleza muerta de pequeño tamaño o algo que podamos colgar en las paredes de «nuestro» piso y quizá dejárselo en herencia a «nuestros» hijos algún día. —Su manera de imitar el sarcasmo de ella de una forma tan infantil la estaba poniendo de los nervios. Además, estaba empezando a sentirse mal de verdad y aquella discusión era lo último que le hacía falta ahora mismo. Era demasiado. La rebeldía estalló en su interior. Abrió la boca y se preparó para la batalla.

—NO VOY A DEVOLVER EL CUADRO, Mike, y punto. Me gusta y lo he comprado con mi dinero. Lo conservaré en cualquier otro lugar que no sea nuestra casa si tanto te molesta, pero no pienso venderlo. ¡Nunca! —Quería gritar, pero mantuvo la voz baja aunque imperturbable, algo que siempre había tenido más efecto en Mike.

—Ya veo. —Mike cada vez tenía peor cara—. Lo que me estás diciendo es que mi opinión no cuenta, ¿verdad? Que prefieres tener un cuadro de alguien que murió hace más de cien años que escuchar al hombre al que se supone amas, ¿no es así?

—No seas ridículo. Esta discusión es una estupidez y no me siento lo suficientemente bien como para seguir con este asunto ahora. ¿Podríamos hablar de esto mañana, por favor?

—No. Quiero que me prometas que te desharás de él —dijo apuntando al hombro del retratado— o ya puedes olvidarte de la boda. No pienso ocupar el segundo lugar en el afecto de mi esposa.

—Oh, por Dios, ¡está muerto! —gruñó Kayla de nuevo. Los espasmos de dolor en el estómago se hacían más y más frecuentes y cada vez sentía más arcadas y ganas de vomitar. Ojalá Mike se fuera de una vez—. Además, tú tienes un calendario de Playboy en la cocina —añadió.

—Eso es distinto. Además, iba a quitarlo para cuando tú te mudaras.

—Bien, pues nunca te dije nada acerca de eso. Además, solo bromeaba al decir que era guapo. Vamos a ver, míralo. No es que sea Brad Pitt precisamente.

—Mmm. Entonces ¿por qué lo compraste?

Kayla hizo un gesto vago con las manos y Mike cerró los puños.

—Lo digo en serio, Kay, devuélvelo. A la mierda con todo, un hombre tiene que ser el señor de su casa.

—Muy bien, si eso es lo que quieres, por qué no te vas a «tu» casa y buscas a alguna otra tonta a la que puedas dominar. No pienso casarme con nadie que no sea capaz de verme como a una igual en una relación. No estamos en la Edad Media, ¿sabes? —Tiró violentamente de su anillo de compromiso, se lo quitó del dedo y luego se lo lanzó—. Y llévate esto contigo cuando te vayas. —Él lo recogió por puro reflejo—. Después de todo, nunca me gustó. Es demasiado grande y se me engancha en todas partes. Ya recogeré mis cosas cuando me sienta mejor. Adiós.

Sin esperar respuesta, corrió hacia el baño para vomitar, así que casi ni se enteró del ruido de la puerta principal al dar un portazo. Se encontraba demasiado mal para preocuparse de que acababa de tirar por la borda todos sus sueños por pura cabezonería. Demasiado mal para que le importaran los meses de preparativos que, al final, no servirían para nada. Y todo por unos ojos azules que le parecían irresistibles.

¿O no?

Capítulo 7

—**C**uéntame más de ti. —Eliza alargó la mano y resiguió con los dedos la mejilla de Jago, mirándole casi con reverencia. Él se volvió y le besó la mano, llevado por los sentimientos que crecían en su interior.

—¿Por qué? ¿Qué quieres saber? No soy más que un mesonero. —Se encogió de hombros, tratando de entender lo que le pedía.

—¿Has vivido siempre aquí? ¿Quién era tu madre? Debe de haber sido muy morena. —Sonrió—. Eres algo así como lo que mi niñera hubiera llamado un «morenazo», con una piel tan tostada. A mí me encanta. —Los dedos de Eliza resiguieron la negra barba de varios días que le crecía en la mandíbula, haciendo que temblara de placer—. Pero tus ojos, son de tu padre, ¿verdad?

Jago asintió.

—Son el único rasgo que he heredado de él. Mi madre, Lenora, era gitana, ya sabes, y de ella recibí mi exótico color de piel. Me han contado que era muy hermosa, seductora, y que estaba llena de vida. Una tentación para cualquier hombre, pero particularmente para alguien como *sir* Philip.

—¿Por qué dices eso?

—Acababa de perder a su esposa, estaba solo y necesita desahogar sus penas. Mi madre no esperaba mucho de él, o por lo menos eso es lo que me han dicho, pero le animó dándole placer de por vida. Ambos sabían que era una relación que no duraría, pero los dos sacaron de ella lo que querían.

—¿A ti? —Eliza sonrió en broma y él se rió por lo bajo.

—No, dudo que yo formara parte del plan. Tanto si hubiera nacido como si no, Lenora habría seguido viviendo una vida despreocupada, yendo de acá para allá con su grupo de gitanos, de no haber muerto al darme vida. Yo habría crecido con los demás niños, como de hecho lo hice al principio, mientras vivía con mi abuela, pero entonces *sir* Philip se enteró de mi existencia. Era un buen hombre. Procuró que recibiera una buena educación e incluso me dejó algún dinero en su testamento. El suficiente para que pudiera comprar la taberna y un barco decente. —Extendió las manos—. En eso se resume la historia de mi vida.

—Entonces ¿nunca has querido llevar una vida errante con los de tu sangre? —Eliza echó la cabeza a un lado—. He oído decir que la sangre gitana hace que vivir como un nómada sea un impulso irresistible.

Jago sonrió.

—Bueno, he ido de acá para allá a lo largo de los años, dejando la taberna en las capaces manos de un amigo, pero no lo he hecho muy a menudo. La sangre de mi madre solo sale a la superficie de vez en cuando.

Eliza suspiró.

—Suena muy romántico, toda esa libertad. Ojalá yo...

—¿Qué es lo que querrías hacer, mi amor? —Él enredó los dedos en su precioso cabello rubio y la acercó hacia sí para oler esa fragancia floral tan particular de ella: a madreselva y rosas. Inhaló profundamente y guardó ese olor en su memoria una vez más.

—Nada, salvo estar contigo.

—Ya lo estás, mi amor, ya lo estás.

Sin embargo, él sabía que ambos se estaban preguntando lo mismo: ¿durante cuánto tiempo?

El piso de Kayla en South Kensington tenía una única estancia, con una plataforma elevada en una esquina donde dormía y en la que había instalado un futón muy confortable. Al ser un edificio de la época Victoriana los techos eran muy altos, lo que permitía que quedara el espacio suficiente como para añadir un altillo, así que la pequeña plataforma no le quitaba a aquel espacio nada de su sensación de grandiosidad. El techo estaba decorado con una cenefa de escayola en la que se veían frutas y pequeños animales. A Kayla le solía gustar echarse en la cama y mirarlo desde todos los ángulos. Esta noche, no obstante, tenía las piernas como la pasta al dente y se sentía demasiado débil para subir por la escalerilla. En lugar de eso, se dejó caer en el sofá con otro gemido.

—Oh, Dios, me siento fatal —murmuró. Empezó a temblar y pronto se puso a tiritar violentamente mientras el estómago seguía dándole vueltas como si quisiera expulsar hasta el último gramo de comida que albergaba. «Bien, ya está, así que déjame en paz», pensó malhumorada. Tiró de la manta que cubría el respaldo del sofá y se arropó con ella. Pero fue inútil. Los temblores no cesaban. Los dientes le castañeteaban, así que al final alargó la mano para llegar al teléfono y llamó a sus padres—. ¿Mamá?

—Kayla, cariño. ¿Qué sucede? Estaba a punto de acostarme.

—Lo siento, mamá, pero es que... creo que estoy enferma. Cre... creo que es una intoxicación alimentaria. Ostras en mal estado. ¿Cre... crees que debería llamar al médico? —La madre de Kayla era enfermera, una especie de oráculo al que todos sus hijos consultaban cuando tenían la más mínima duda médica y siempre acertaba en lo que decía.

—¿Has sentido mareos? ¿Tienes fiebre? —preguntó en la que Kayla consideró su voz profesional.

—S..., sí. No me queda nada en el estómago, eso sí que te lo puedo asegurar. Y desde luego estoy bastante segura de que tengo un poco de fiebre. Tal vez más que un poco en realidad. Estoy temblando como una hoja.

—Bien, espera un poco más, cielo. Si la fiebre te sube más, entonces quizá debas llamar al médico. Tal vez necesites tomar algún antibiótico. Algunos casos de intoxicación alimentaria pueden ser muy fastidiados. Pero si los temblores cesan en media hora o así, entonces se te pasará. Tu cuerpo habrá resuelto él solo el problema, fuera lo que fuese, y lo único que te hará falta será relajarte un poco. Te llamaré dentro de un rato para ver cómo estás, ¿te parece?

—De acuerdo. Gracias, mamá.

Kayla se echó y se concentró en relajarse, respirando profundamente con el fin de aliviar los continuos espasmos de dolor que asaltaban su

estómago. Poco a poco los temblores cesaron y un calor extraño empezó a extenderse por su cuerpo.

—Sí, desde luego, tengo fiebre —se dijo a sí misma. Cerró los ojos. Estaba tan cansada, tanto. Si al menos pudiera dormir un poco, entonces puede que al despertar todo le pareciera una pesadilla y nada más.

—Me atrevería a decir que mañana te habrás recuperado y estarás perfectamente —dijo una voz fresca, a lo que Kayla respondió con un brinco y mirando a un lado y a otro para ver de dónde provenía. No había nadie en la habitación. Se incorporó y se sentó con dificultad.

—¿Quién anda ahí? ¿Quién ha hablado? —Podía notar el pánico en su propia voz y trató de controlarlo. Desde luego, este no era el mejor momento para enfrentarse a un intruso. Estaba demasiado débil para levantarse, y mucho menos tenía fuerzas para defenderse. ¿De qué servía tomar lecciones de karate si ni siquiera tenías fuerza para levantar un brazo?

—No tengas miedo, nadie va a hacerte daño, te lo prometo.

Esta voz, profunda, oscura y suave, hizo que el corazón le diera un vuelco en el pecho. Le sonaba familiar. Miró frenética a su alrededor una vez más, pero no vio a nadie. Lágrimas de frustración aparecieron en sus ojos. Una le rodó por la mejilla en el momento en que volvió a echarse y se puso un brazo sobre la cara.

—Oh, estupendo. Ahora, encima, resulta que tengo alucinaciones. Después de todo, será mejor que llame al médico.

—No, nada de eso. Mira a tu reciente adquisición —ordenó la voz, y sus ojos volaron hacia el cuadro. El hombre del retrato estaba sonriendo y habría jurado que le había guiñado un ojo. Entonces, levantó una mano. Kayla se quedó mirándolo durante unos instantes antes de que un extraño zumbido le empezara en los oídos y el mundo desapareciera engullido por un remolino mareante y oscuro.

Lo último que oyó fue una suave voz, exclamando impaciente:

—¡Demonios, que el diablo me lleve! No es momento para desmayarse, mujer. Necesito hablar contigo.

Kayla abrió los ojos y miró a su alrededor. Se sentía extremadamente mareada y le llevó un rato centrarse en los objetos que la rodeaban. Trató de

respirar profundamente y parpadeó varias veces para aclararse la vista. Todo estaba tranquilo, nada se movía y el hombre del cuadro sonreía con esa sonrisa enigmática igual que antes, sin mover siquiera un dedo. Todo había sido un sueño.

Una sensación de desconcierto la invadió. Luego, se rió de sí misma.

—Pues claro que lo has soñado, tontorrona —murmuró—. Los cuadros no hablan, por Dios.

Kayla se levantó del sofá y se las apañó para llegar hasta la pequeña cocina que se escondía en una alcoba, en la parte trasera de la habitación principal, y servirse un vaso de soda. Bebió el líquido helado lentamente, sin estar muy segura de si su estómago le permitiría todavía conservar algo dentro. Para su alivio, solo protestó un poco y eso fue todo, pero la cabeza le dolía como un demonio, así que hizo una segunda excursión en busca de una aspirina.

—Ojalá no te hubiera comprado —dijo Kayla y miró al cuadro—. Me siento tan confundida, y eso es culpa tuya, toda. Antes sabía en qué dirección se movía mi vida, lo tenía todo planeado y ahora, en cambio, vuelta a empezar. ¿Qué voy a hacer? ¿Y qué va a pasar con la boda? Oh, maldita sea, todo está ya reservado y todo eso.

Él no respondió y ella se echó y cerró los ojos.

—No sabes qué responder ¿verdad? Pues bien, yo tampoco, supongo. Menudo par somos, ¿no te parece?

Con un profundo suspiro se tumbó para dormir un poco más y dejar que su mente la llevara a donde quisiera. Volvió a pensar en el hombre del cuadro, en su cara, una y otra vez, e incluso con los ojos cerrados podía verle con claridad. Estaba demasiado cansada para remediarlo así que dio rienda suelta a sus pensamientos y se quedó frita.

—Lo siento, pero no pretendía asustarte tanto. —La profunda voz la sobresaltó de nuevo e hizo que se volviera hacia el cuadro, lo que le causó más mareos. El hombre del cuadro sonreía como pidiendo disculpas y se encogía de hombros—. Por favor, no vuelvas a desmayarte, te lo ruego. Pensaba que las mujeres modernas estabais hechas de un material más duro. Además, después de todo ni siquiera tenéis que llevar corsé.

Un silencio absoluto reinó durante unos segundos. Kayla no se había dado cuenta de que había estado conteniendo la respiración hasta que oyó el sibilante sonido de su garganta cuando por fin consiguió

insuflar un poco de aire en sus pulmones. Miró entonces al ahora ya familiar rostro y dio un salto desde el sofá cuando él volvió a hablar.

—¿Ves? No soy peligroso. —Sonrió de nuevo, mostrando unos dientes blancos en una sonrisa de pirata, obviamente satisfecho con el efecto que estaba teniendo sobre su audiencia.

Kayla advirtió el hecho de que el hombre hablaba enfatizando un poco las erres. Si no se equivocaba, era el acento del oeste del país. Había estado en Devon y en Cornwall durante las vacaciones una vez y recordaba ese acento. Finalmente, consiguió acordarse de que tenía lengua.

—Pe... per... ¿pero cómo es posible? En fin, lo que quiero decir es... ¿estoy soñando, verdad?

—¿Eso crees? —Él volvió a ponerse serio—. Tal vez sí y tal vez no. ¿Acaso importa? Necesito hablar contigo porque hay algo que quiero pedirte que hagas por mí.

—¿Que haga algo por ti? —repitió ella, sintiéndose como una tonta de las grandes. Estaba hablándole a un cuadro, por el amor de Dios. Sacudió la cabeza. Lo siguiente sería hablar con las paredes o con las plantas que tenía en el alféizar de la ventana. ¿De veras estaba tan mal?

—Sí, es algo que yo no puedo hacer. Cuando estás atrapado en un cuadro, no tienes muchas opciones, ¿sabes? —Al decir aquello, movió el resto del cuerpo y gesticuló con las manos. Kayla miraba fascinada el cuadro y cómo el hombre parecía cobrar vida ante sus ojos. En su estado de semi trance se olvidó de sentir miedo. Debía de estar muy enferma, desde luego, pensó pero ¿qué más daba? Esto era con lo que había estado soñando toda la semana: con encontrarse con aquel hombre siendo de carne y hueso y, por fin, ese deseo se estaba haciendo realidad. ¿O no?

—¿Lo harás?

—Mmm, ¿hacer el qué? —Kayla parpadeó y volvió a la realidad, si es que esto podía llamarse así. Movió la cabeza y lo lamentó, pues el vértigo volvió para vengarse. Levantando las manos, dejó la cabeza quieta y cerró los ojos—. No, no me creo lo que está pasando. Por favor, déjame tranquila. Estoy demasiado enferma como para enfrentarme ahora con algo así. Después de todo, acabo de arruinar mi vida.

—Eso me parece discutible.

—¿De veras? Entonces supongo que no estabas ahí escuchando hace un rato —dijo ella entre carcajadas—. Pero ¿qué estoy diciendo?

 **62** 

Pues claro que no estabas. No eres más que un cuadro.

Su expresión se volvió severa.

—Esto se está convirtiendo en algo un poco tedioso. Yo solo quiero pedirte que me hagas un pequeño favor, nada más. Por favor.

—¡No, para! Necesito un descanso. Desde luego, estoy muy enferma. —Le dio la espalda y se escondió bajo la manta una vez más.

—Muy bien, como quieras. —La voz detrás de ella sonaba bastante enfurruñada, como si le hubiera insultado—. Ya discutiremos el asunto en otra ocasión más propicia.

—Sí, sí, y los cerdos volarán, sin duda. —Kayla cerró los ojos y saboreó la paz por un instante. Cuando no pudo resistir la tentación por más tiempo, miró por encima del hombro al retrato, pero no vio movimiento alguno. Tan solo pinceladas sobre un lienzo, nada más.

—Lo que me imaginaba —murmuró para sí—. En fin, ¿qué esperabas, mujer?

Suspiró y se relajó.

Kayla dormitó profundamente y despertó de aquella pesadilla por el sonido del teléfono móvil. Respondió antes de estar despierta del todo.

—¿Hola?

—Cariño, ¿te sientes mejor?

La voz de su madre le sonó extrañamente incongruente, pues todavía estaba perdida en su mundo de fantasía, pero agitó la cabeza un poco y cerró los ojos.

—Sí, mamá, aunque he tenido unos sueños muy extraños. Incluso alucinaciones.

—Eso es bastante normal, cielo. La fiebre te ha afectado, estoy segura. ¿Está contigo Mike para cuidarte?

Kayla dudó. Si le decía a su madre que había roto el compromiso, no pararía de hacerle una pregunta tras otra y no se encontraba lo suficientemente bien como para responder en ese momento. Ya tendría tiempo de contárselo por la mañana. Así que entonces optó por decir una mentirijilla.

—Pues, acaba de irse para comprar unas cosas, ya sabes, aspirinas y todo eso.

—Bien, entonces estás en buenas manos. Te llamaré por la mañana para asegurarme de que te encuentras mejor, ¿de acuerdo? Buenas noches.

Kayla colgó el teléfono y se echó en el sofá otra vez. Miró por encima de su hombro al hombre del cuadro. Su mirada azul parecía reírse de ella, pero seguía fija.

—Maldito seas —murmuró, al tiempo que colocaba los cojines de una manera más cómoda antes de echarse de espaldas al cuadro. Lo único que podía hacer para mejorar era dormir. Eso y una aspirina.

Morir, dormir. Nada más, y al dormir decir que se acaba con el dolor de corazón y los miles de males que afectan a la carne, es un cumplimiento fervientemente deseado. Morir, dormir. Dormir, por ventura soñar, ay, ahí está la trampa...

La voz recitando a Shakespeare parecía retumbar a su alrededor y una vez más Kayla se volvió para mirar a quien hablaba. Parecía muy satisfecho consigo mismo. Ella frunció el ceño.

—Comunicarse con alguien es algo maravilloso, ya sea en un sueño o cuando estamos despiertos. Te lo dije, no hay diferencia. Lo único que tienes que hacer es ayudarme, tanto si crees que puedo hablar contigo como si no —dijo él.

—Oh, por Dios. ¡Esto es ridículo! No puedes estar hablando conmigo. Es decir, vaya, que es imposible. —Kayla se sentía confundida y desorientada. Era una persona inteligente, racional, y sabía que los cuadros no hablaban. Aun así, él insistía en atormentarla. Aunque había estado enferma antes, nunca le había pasado algo así.

—Bien, podría ser un sueño, o podría ser real. Eso es algo que debe decidir tu cerebro. No me importa si opta por una cosa o la otra. Pero debes ayudarme, porque no tengo a nadie más. Había perdido la esperanza hasta que olí tu fragancia y me di cuenta de que debías de ser la elegida para hacerlo.

—¿Mi fragancia? ¿Quieres decir mi perfume? ¿Y eso qué tiene que ver con lo que sea que estés pensando? —A Kayla le habían regalado hacía poco un bono para comprar un perfume en una tienda pasada de moda en la calle Jermyn; era un establecimiento que llevaba allí desde el siglo XIX, y se había comprado una maravillosa colonia de aroma floral. Era muy de chiquilla y dulce, pero le encantaba.

—Mmm, madreselva y rosas —dijo, suspirando como si pensar en aquel perfume significara algo para él.

—No tiene sentido. De verdad, ahora sí que me preocupas. —Kayla se llevó las manos a la cara y se frotó los ojos con fuerza. Este asunto tan alucinante empezaba a asustarla a plena luz del día. ¿Se estaba volviendo loca? ¿Podía romper con el novio tener un efecto tan negativo o eso solo se debía a haber comido ostras en mal estado?

—Ya veo que todavía no estás preparada del todo. —La miró de nuevo, aunque esta vez con una cierta exasperación aparente—. Así que sugeriría que durmieras un poco más y trataras de superar tus prejuicios. Luego ya hablaremos.

—¿Prejuicios? —De repente, y sin poder evitarlo, la cabeza se le disparó—. Crees que yo...

—Bien, ¿acaso puedes negarlo? No quieres creer que te estoy hablando porque nunca has oído algo así, y por eso tu cerebro se niega a aceptar lo que está viendo. Eso es tener prejuicios, ¿no te parece?

—No. Bueno, quiero decir, estoy dormida. En realidad no estoy viendo nada. Esto está sucediendo solo en mi cabeza, así que no tengo que aceptarlo. Cuando me despierte por la mañana tú no serás más que un cuadro otra vez y... oh, de veras, esto es demasiado. Me encuentro fatal. —Kayla gimió y se echó en el sofá. Le dio la espalda una vez más. Lo cierto era que no podía enfrentarse a algo así ahora mismo.

—¿Estás segura de que no quieres escuchar lo que tengo que decir?

—No, no quiero.

—¿Ni siquiera sientes curiosidad, aunque solo sea un poco? —Aquella voz parecía estar bromeando y Kayla casi estuvo tentada de darse la vuelta y sonreírle. Entonces recordó que aquello no eran más que imaginaciones suyas, algo que sucedía en su cabeza para que ella siguiera en aquel mundo de sueños un poquito más.

—Tan solo quiero olvidar —le dijo—. Ya sabes, dormir profundamente, sin soñar, para que no puedas llegar hasta mí. Así estaré mejor por la mañana.

—Muy bien, como quieras. Que tengas dulces sueños —fue lo último que oyó antes de caer en un profundo sueño, tranquila.

Capítulo 8

El tiempo no siempre cooperaba y Jago se veía a menudo atrapado bajo la lluvia durante horas, esperando en vano. Muy en el fondo sabía que Eliza no podría decir que salía a pasear con un tiempo así, pero no quería marcharse, por si ella encontraba algún otro modo de escapar de la casa. No obstante, nunca sucedió así y una tarde, cuando la frustración le estaba royendo las entrañas muy especialmente, decidió que lo mejor era tomar medidas drásticas al respecto. Hacía más de una semana que no la había visto, y eso a pesar de que John no estaba en casa. Si seguía así, se volvería loco de deseo.

No podría soportarlo.

Aunque generalmente prefería permanecer lo más lejos de Marcombe Hall que le era posible, no siempre había sido así. A menudo se había aventurado por sus jardines y espacios de juego cuando era un niño, llevado por la curiosidad al saber que tenía un medio hermano y porque, a pesar de pagar la educación de Jago, *sir* Philip nunca permitió a su hijo ilegítimo que le visitara en su casa. Y no fue hasta que se convirtió en un adulto cuando *sir* Philip le contó a su otro hijo que Jago existía, o al menos eso era lo que él tenía entendido. Los dos muchachos nunca habían sido presentados oficialmente.

En una visita secreta, Jago se había estado escondiendo entre unos arbustos y se quedó dormido, aburrido de tanto espiar a un chico que no hacía otra cosa que jugar con un aro. Cuando se despertó, había oscurecido y se dio cuenta de que tendría problemas con el cura en cuya casa se alojaba por aquel entonces. Estaba a punto de salir para su casa, pero al levantarse para marcharse, notó un movimiento cerca de la casa. Apareció un hombre de repente. Jago se quedó quieto y esperó.

Era su padre, que aparecía como si hubiera atravesado las paredes de la casa. Cuando emprendió el camino, Jago esperó un poco, luego se acercó para fijarse en la mampostería. Encontró una puerta, oculta con pericia, de manera que se confundía con la pared que la rodeaba, aunque si sabías dónde mirar, no resultaba difícil descubrirla. Jago estaba eufórico y decidió entrar a la menor oportunidad, y pronto, y poco después entró varias veces en casa de su padre y dio vueltas por las habitaciones procurando que no se oyeran sus pisadas. Pero llegó un día en que se hartó de esconderse entre las sombras. Si su padre no le quería allí, mejor sería no acercarse. Desde entonces, no había vuelto a poner un pie en aquella casa.

Ahora, no obstante, pensó que aquella entrada oculta podría tener otra utilidad.

Se adentró en los jardines, asegurándose de que nadie advirtiera su presencia. Por suerte, la lluvia mantenía a todo el mundo a cubierto, así que llegó a la casa sin ser visto. Se preguntó si habría alguien más que supiera de la existencia de aquella puerta secreta. Parecía que no, ya que se veía que habían pintado la pared de blanco y que la pintura se mantenía limpísima, como si no la hubieran tocado. ¿Tal vez *sir* Philip no tuviera la oportunidad de hablarle de ella a su otro hijo? Había fallecido de una manera bastante repentina. A Jago le complació bastante pensar que quizás él fuera la única persona en este mundo que lo supiera.

Tanteó la fachada de piedra hasta que sus dedos dieron con un pequeño agujero que albergaba el resorte que recordaba. La puerta no se movió. Entonces pensó que la habrían cerrado con llave por razones obvias, pero no dejaría que aquello le detuviera.

Sacó la daga que llevaba en la bota y la insertó entre la puerta y el marco hasta que dio con la cerradura. Luego buscó alguna piedra grande por el suelo y golpeó con ella la daga una y otra vez hasta que oyó cómo la cerradura se abría. Tal y como había pensado, estaba vieja y oxidada

por la brisa marina. Y aunque lo más probable era que hubiera dejado la daga inservible, no le importó.

Tras la puerta se abría un tramo de escaleras empinado que sabía llevaba a una de las habitaciones. La última vez que había estado allí, la estancia estaba vacía, pero al pegar la oreja a la pared donde se abría otra puerta oculta, oyó movimiento.

Maldición.

Pero la suerte estaba con él. Oyó que una voz conocida y amada hablaba y sintió una sonrisa abriéndose paso en su boca.

—Puedes irte, Harriet. Ya no te necesitaré hasta mañana.

Eliza. Jago esperó hasta que oyó el sonido de una puerta cerrándose. Entonces, abrió la puerta secreta poco a poco.

Eliza estaba sentada en un taburete frente a un tocador. Se la veía etérea y muy bella con su melena larga, acabada de cepillar, cayéndole por la espalda. Era como una cascada plateada, brillando bajo la luz de un candelabro cercano. Su cara, que se reflejaba en el espejo oval, tenía una mirada triste, como perdida, pero cuando él apareció tras ella, esta cambió por una de incredulidad y, más tarde, de alegría.

—¿Jago? ¿De verdad eres tú? ¿O es que estoy soñando? ¿Cómo has entrado aquí?

Ella se volvió y él la levantó en sus brazos, cubriendo su boca con la de él por toda respuesta. Se sentía tan bien, tan feliz entre sus brazos, como si hubiera sido creada para él y solo para él. ¿Cómo había podido resistir tanto tiempo lejos de ella?

—No deberías haber venido, mi amor. Es demasiado peligroso —le dijo en un suspiro, pero al mismo tiempo se deshizo entre sus brazos, para cuyos dedos su ligero vestido y su chal no suponían barrera alguna.

—Por ti, me atrevería a todo —susurró él. Y así era, lo sabía.

Ella era lo único que importaba.

El lunes por la mañana Kayla se encontraba lo suficientemente bien como para ir a trabajar y salió de su casa tras echar una última mirada al hombre del cuadro. No le había vuelto a hablar y aunque deseaba que fuera de otro modo, sabía que solo había sido un sueño. Después de todo, los cuadros hablantes no existían y casi tuvo que reírse a carcajadas

al pensar en la conversación que su fértil imaginación había establecido entre ambos.

—Menuda imaginación, casi parecía real —se dijo para sus adentros. Si se lo contaba a Maddie estaba segura de que su amiga la llevaría al médico como poco, por no decir que, lo más seguro, sería que la acompañara directamente al loquero. Y tenía que admitir que estar tan obsesionada con alguien retratado en un cuadro que había muerto hacía muchísimo tiempo y con quien mantenía conversaciones imaginarias era una locura. Desde luego, estaba muy mal. Decidió culpar a la intoxicación alimentaria.

—Malditas ostras. —Tembló al pensar en ellas. De lo que estaba segura era de que no volvería ni siquiera a mirarlas.

Al llegar a la oficina, había esperado que las cosas resultaran complicadas, pero para su tranquilidad se encontró con que Mike había tenido que salir de viaje de repente.

—¿No lo sabías? —le preguntó la recepcionista, oliéndose que había algo interesante de lo que enterarse para cuchichear.

—Sí, claro. Es que lo había olvidado. He pasado el fin de semana fatal con una intoxicación alimentaria y la verdad es que no tengo la cabeza muy clara. —Trató de reírse de aquello, pero sabía que no pasaría mucho tiempo hasta que todo el mundo en la oficina se enterase de que había roto su compromiso. El corazón se le vino abajo. Lo mejor sería que fuera a Recursos Humanos ahora mismo y renunciara a su puesto. Ya no podía quedarse allí.

Para cuando llegó a casa por la tarde, Kayla estaba agotada tras haber pasado el día como si todo fuera bien. El director de Recursos Humanos le había prometido que, de momento, se quedaría su petición para sí. Sin embargo, ella habría preferido tener el valor de decírselo a todo el mundo. Hubiera sido más fácil que seguir actuando de una manera poco natural, como si estuviera tan contenta, durante todo el día. Un dolor de cabeza que estaba alcanzando las dimensiones de un mamut se le estaba formando tras los ojos en cuanto atravesó la puerta. Le hacía falta descargar su rabia y su frustración en alguna parte, así que se fue a donde estaba el cuadro.

—¡Todo esto es culpa tuya! —siseó, limpiándose las lágrimas que empezaban a deslizársele por las mejillas—. Espero que estés contento. Dios, ojalá nunca me hubiera fijado en ti. Ahora seguiría felizmente comprometida. Y me casaría dentro de unas semanas. Tendría hijos, bueno, en algún momento. —Se sentó en el suelo y se cubrió la cara con las manos—. Menudo desastre. Menudo desastre pero de verdad.

No sabía cuánto tiempo llevaba sentada, pero cuando las lágrimas se le acabaron, se levantó lentamente y subió la escalerilla para echarse un rato en la cama. No valía la pena que se preparara nada para comer, no podía ni pensar en la comida, y ver la televisión o leer no le apetecía tampoco. Solo quería cerrar los ojos y acabar con aquel dolor. Olvidarse de ese día y pensar que nunca había existido.

Bostezó y esperó olvidar.

Más tarde el estómago de Kayla decidió que, después de todo, necesitaba algo de sustento, así que bajó para prepararse un emparedado de queso. Acababa de sentarse en el sofá y dar el primer mordisco cuando oyó esa voz que ahora ya le resultaba familiar.

—¿No creerás de veras que ha sido culpa mía, a que no?

Kayla levantó los ojos para mirar aquella cara atezada que ya no sonreía, sino que tenía la compasión claramente escrita en su rostro. La habitación se había quedado a oscuras por lo que había dado la luz en la cocinilla, pero una de las farolas de la calle lo iluminaba todo a través de la ventana, así que pudo verle con claridad. Parecía tan real que le daba la sensación de que si se hubiera acercado a él y hubiera intentado tocarlo, hubiera percibido su calor. No se atrevía a hacerlo porque estaba segura de que si lo intentaba la imagen desaparecería hecha añicos y deseaba por todos los medios que siguiera allí. Esperó en silencio a que dijera algo más.

—No era el hombre adecuado para ti, querida —dijo con amabilidad—. Te irá mucho mejor sin él. No te valoraba como un hombre debe valorar a la mujer con la que va a casarse. No erais almas gemelas ni lo seríais nunca. Créeme, lo sé.

—Ya estás hablando otra vez. —Kayla parpadeó varias veces, pues también veía que se estaba moviendo de nuevo, casi como si estuviera nervioso. Esta vez estaba segura de que estaba despierta y no tenía fiebre. No había bebido y el hecho de que tuviera un emparedado en la mano

probaba que aquello era real. Le dio un mordisco para asegurarse y empezó a masticar lentamente.

No podía dejar de mirarle. La sonreía y ella se quedó con el aire atrapado en la garganta. Era el tipo de sonrisa que podía vencer al oponente más enconado, la sonrisa de un hombre que sabe que podría encandilar a cualquiera si quisiera, así que empezó a relajarse. Con que siguiera sonriendo así, se sentaría tan contenta y le miraría, pensó. ¿Por qué el artista le había pintado de aquel modo en lugar de intentar una aproximación a la *Mona Lisa*?

—Sí, te estoy hablando. Parece que te has olvidado un poco de la lógica y por fin estás preparada para escucharme. ¿Lo estás?

—Pues... no lo sé. Esto no es real, ¿verdad? Si estoy soñando, tengo todo el tiempo del mundo.

Él suspiró.

—Ya te lo he dicho, eso no importa. De algún modo nos estamos comunicando y tú recordarás mis palabras igualmente. Depende de ti decidir cómo sucedió, si es que tienes que hacerlo.

—¿De verdad?

—Sí. Confía en mí. ¿Lo harás, por favor?

—Bien, te escucho. A ver, ¿qué es eso tan importante que quieres contarme?

Kayla se adelantó para poder mirarle a los ojos. Estaban enmarcados por unas cejas negras y espesas y brillaban como zafiros oscuros bajo la luz pálida de la calle. Su mirada la enterneció, hizo que se sintiera segura y protegida. Se echó de nuevo en el sofá que había tras ella y se relajó.

—Necesito tu ayuda —dijo—. El destino parece haberte elegido para que me ayudes en este asunto y no tengo ni idea de por qué, así que no me preguntes. Tenemos que aceptarlo tal y como es. Voy a contarte algunas cosas sobre mí. Memorizarás lo que te diga y, cuando te sientas mejor, podrás comprobar por ti misma que todo lo que te habré contado es verdad. Fácil, ¿no? —Levantó las manos.

—Suena bastante fácil, sí, pero...

—¿Pero qué?

—Yo, esto, nada. —Todavía seguía con los ojos pegados a él. Era magnífico con su abrigo de color rojo oscuro que parecía brillar bajo la tenue luz. Parecía enorme, debía de medir metro ochenta o casi metro noventa y eso le hacía poderoso, pero no la asustaba. Al contrario, le parecía casi imposible reprimir el impulso de acercarse a él y tocarlo. El hombre sonrió una vez más, como si pudiera leerle los pensamientos. Ella se sonrojó. Mirando a su emparedado, tomó unos trocitos de queso como para mantener las manos ocupadas en algo—. Dispara.

—Perdón, ¿cómo dices?

—Quiero decir, continúa, háblame de ti. —El corazón le latía en el pecho de tal manera que casi le dolía al chocar contra las costillas. La emoción le resultaba casi insoportable. Por fin sabría quién era aquel hombre.

—Muy bien. —Él miró a la ventana, con cara seria y pensativa, y empezó su relato—: Me llamo Jago Kerswell. Vivía en el pueblo de Marcombe, en la costa de Devon. Nací en el año 1754 y fui el hijo bastardo de una gitana llamada Lenora. —Kayla levantó la vista rápidamente. Eso explicaría lo de su mirada, pensó—. Mi padre era *sir* Philip Marcombe, de Marcombe Hall, pero no encontrarás pruebas de eso en ninguna parte así que tendrás que fiarte de lo que te digo. Era un buen hombre y se ocupó de mí, aunque no podía reconocerme públicamente. —Entonces se detuvo un momento para dejar que sus palabras se entendieran. Cuando Kayla levantó la vista de nuevo, continuó—: El hijo legítimo de *sir* Philip, mi medio hermano, se casó dos veces, la segunda con la señorita Elizabeth Wesley. No eran felices juntos. —Hizo de nuevo una pausa y miró a lo lejos, como si sus pensamientos estuvieran muy lejos del presente.

—¿Y...? —le animó Kayla.

—No te aburriré con los detalles, pero el caso es que Eliza y yo nos enamoramos y nos veíamos cada vez que *sir* John estaba fuera, lo que por suerte para nosotros sucedía bastante a menudo. En el verano de 1781 hacíamos excursiones con frecuencia por la costa. Hay muchas cuevas bastante escondidas y ensenadas donde se puede estar solo. —Le guiñó un ojo con picardía y ella percibió una sonrisa abriéndose paso en su cara—. No obstante, una tarde nos dimos cuenta, para nuestro disgusto, de que no estábamos solos. Un artista y su asistente se habían instalado con sus caballetes en la playa, así que empezamos a charlar con ellos. Pintaban marinas, pero cuando el mayor de ambos vio a Eliza, se entusiasmó con la idea de retratarla en lugar de pintar un paisaje. Era

muy hermosa, ya sabes, y le recordaba a una sirena o alguna criatura similar, según nos dijo. —Esperó de nuevo a que Kayla lo asimilara todo—. ¿Me sigues?

—Sí, creo que lo recuerdo todo. —De hecho, se estaba empapando de sus palabras, cada una de ellas se quedaba grabada en su mente, a la espera de que la historia llegara a su final y así poder asegurarse de que no se olvidaba de nada.

—Eliza aceptó posar para él a condición de que el hombre pintara también un retrato de mí, trabajo por el que le pagaría, y así se creó este cuadro. Tienes ante tus ojos el resultado, en mi opinión, bastante chapucero. Él no estaba muy interesado en pintarme. Solo Eliza despertó su entusiasmo.

—Pero ¿quién era el pintor? El cuadro no está firmado y nadie en la subasta donde te compré lo sabía. —Kayla todavía no podía creerse que estuviera teniendo aquella conversación, pero no quería ponerlo en duda ahora precisamente. Estaba disfrutando de la fantasía y por el momento que el hombre le estuviera hablando era suficiente.

Jago. Incluso su nombre era hermoso.

El hombre se rió entre dientes.

—Se llamaba Thomas Gainsborough, pero como este cuadro se pintó en secreto acordamos que no lo firmaría. El cuadro forma pareja con el retrato de Eliza, que sí está firmado, aunque, claro está, ambos cuadros nunca se pudieron colgar juntos mientras *sir* John vivió. Con el tiempo acabaron por colgarlos en la galería del primer piso de Marcombe Hall, uno al lado del otro, pero llegó un momento en que el mío fue vendido. Quiero que encuentres el retrato de Eliza y que lo cuelgues junto al mío.

Kayla se había quedado con la boca abierta y mirándole.

—¡Thomas Gainsborough! Es una broma, ¿verdad?

—No, estoy hablando en serio.

Kayla se desplomó sobre el sofá y se cubrió los ojos con una mano.

—Ahora sí que estoy segura de estar soñando de nuevo. Gainsborough. Muy Bien. ¿Es que a mi cerebro no se le podría haber ocurrido algo más original?

—No te entiendo. ¿Qué pasa con el señor Gainsborough? ¿Debo entender que has oído hablar de él?

Kayla le miró, pero parecía de veras confundido.

—Pues claro que he oído hablar de él. ¿Tienes la menor idea de lo valioso que tú... quiero decir, de lo valioso que sería tu retrato si fuera un Gainsborough? He pagado dieciocho mil libras por él, pero si realmente fuera un Gainsborough valdría unas cien mil como mínimo, puede que más.

—¡Qué demonios dices! ¿Tanto? Bien, seguramente eso te favorecerá ¿verdad? Sería un gran negocio.

—Sí, pues claro que me gustaría que fuera auténtico, pero no hay manera de probarlo. Los expertos ya lo han intentado. Como tú dijiste, el cuadro no está firmado. No puedo entrar en Sotheby's y decir: «Perdóneme, señor, pero el hombre retratado en el cuadro que compré la semana pasada me dijo en un sueño que su retrato era un Gainsborough, así que ¿podrían venderlo a la tarifa que va ese pintor?». Me meterían en el manicomio sin duda.

Jago se rió y Kayla tembló al oír aquella risa. Le producía extrañas sensaciones y, además, era contagiosa. Se rió con él, agitando la cabeza.

—Sabes, Jago, este es el sueño más increíble que jamás he tenido, pero es maravilloso y no quiero despertarme.

—Por desgracia todos tenemos que despertar a la realidad alguna vez —dijo él de manera críptica—. Ahora, en lo relativo a la autenticidad de lo que te he contado, solo tienes que encontrar el retrato de Eliza. Cuando lo hagas, podrás probar que ambos cuadros fueron pintados por la misma mano. Hay algunos detalles similares, uno en particular. Un verdadero experto sabría verlos y te creería. De hecho, cualquiera debería ser capaz de hallar la prueba que el señor Gainsborough dejó si el retrato de Eliza se encuentra todavía intacto.

Kayla le miró con escepticismo.

—¿De verdad? Qué oportuno. Estas imaginaciones mías a veces me sorprenden incluso a mí.

—Por favor, ¿lo harás? ¿Me ayudarás?

Kayla dudó.

—¿A encontrar el otro cuadro? Bueno, no quiero discutir contigo cuando estoy teniendo un sueño tan agradable así que diré que sí, aunque solo sea para que sigas hablándome un poco más. Pero, dime, ¿qué importancia tiene? Quiero decir, pensé que los enamorados acababan por reunirse en la otra vida o algo así.

—Esa es otra historia muy larga, pero te diré que necesitamos que nuestros retratos estén juntos para que nosotros lo estemos también. Confía en mi palabra.

—¿Y dónde debería buscar? ¿Tienes alguna idea de dónde puede estar el otro?

—¿Por qué no empiezas en Marcombe Hall? Si sus descendientes todavía viven allí, también debería estar allí su retrato. Eso sí, claro está, la casa sigue en pie. No es que esté muy seguro del año que es ahora o de cuánto tiempo he estado esperando.

—Supongo que ese sería el sitio más lógico donde empezar.

—Bien. Entonces, decidido. Ahora, vuelve a dormir para que te despiertes despejada y lista para empezar mañana por la mañana.

—Pero... Oh, sí, claro. Tengo un dolor de cabeza terrible en realidad y puede que me haga falta descansar, si es que no estoy ya durmiendo. —Sabía que sonaba un poco cascarrabias, pero no podía evitarlo. No quería que el sueño se acabara, se lo estaba pasando demasiado bien.

—Buenas noches entonces. —Su voz parecía un mero susurro, una sencilla caricia verbal.

Se volvió para mirarle, pero de pronto vio que ya no se movía. Subió a su cama y cuando se apoyó sobre la barandilla para echar un vistazo al cuadro, el hombre seguía sin moverse. Solo sus ojos parecían todavía vivos, vagamente. ¿Lo había soñado todo? ¿Estaba soñando todavía? Tendría que averiguarlo por la mañana.

Capítulo 9

Paseando a lo largo de la costa, ocupados en su conversación, no se habían dado cuenta de la presencia de dos artistas hasta que casi los tuvieron encima, y para entonces ya era demasiado tarde para evitar encontrárselos. Jago dejó ir la mano de Eliza con suavidad, pero estaba bastante seguro de que por lo menos uno de ellos se había dado cuenta.

—Buenos días, señores —dijo educadamente—. Bonito día, ¿verdad?

—Pues sí, buen hombre. La naturaleza nos sonríe hoy —repuso el mayor de ambos—. Soy Thomas Gainsborough, de Londres, y estoy de viaje por el West Country con mi sobrino, el señor Gainsborough Dupont. —Saludó haciendo una reverencia, mientras el más joven hacía lo mismo antes de volver rápidamente a su trabajo.

—Encantado de conocerle, señor Gainsborough. Me llamo Jago Kerswell y soy el propietario del King's Head Inn del pueblo de Marcombe, allí en aquellas colinas, y esta es *lady* Eliza. —No había necesidad de informar al hombre del nombre completo de ella, pensó Jago. Era mejor dejar que él sacara sus propias conclusiones.

—Encantado, *milady*, desde luego. —Los ojos del señor Gainsborough se iluminaron a la vista de la joven. Se inclinó sobre su mano para besarla con un gracioso movimiento, mientras Jago le estudiaba de manera encubierta.

El artista tenía unas cejas muy pobladas sobre unos grandes ojos marrones, nariz aguileña y labios carnosos. Su cabello era ahora gris, aunque tenía el aspecto de haber sido un día castaño, y lo llevaba echado hacia atrás y recogido en una coleta atada con una cinta lisa de color negro. Sus ropas estaban hechas con tejidos de calidad, pero eran sencillas en cuanto al color y a la hechura. Parecía un hombre excesivamente amable y que estaba de buen humor. A Jago le gustó su aspecto.

—Pero ¿por qué estoy perdiendo el tiempo pintando marinas, cuando hay damas tan encantadoras como usted a las que retratar? Es como una hadita marina —decía el señor Gainsborough, mientras Eliza le sonreía algo insegura. Jago adivinaba que se había sentido un poco incómoda por aquel repentino encuentro y temía que su marido se enterase de sus escarceos amorosos. Por el centelleo de sus ojos, a Jago no le parecía que el señor Gainsborough fuera un cotilla al que le gustara cuchichear sobre tales historias, no obstante. Era como si estuviera disfrutando del pequeño secreto con el que acababa de toparse.

—Estoy segura de que sus marinas son maravillosas, señor Gainsborough —replicó Eliza—. ¿Puedo echar un vistazo?

—Por supuesto, *milady*, aunque esta está muy lejos de estar acabada.

—¡Oh, pero si es preciosa! Tiene usted un talento poco común, señor —exclamó Eliza, para luego fijarse en el trabajo del artista más joven—. Y usted también, señor Dupont. Ambos son maestros en su arte. Cómo me gustaría saber dibujar, aunque solo fuera un poco. Debe de ser un gran placer.

El señor Dupont se sonrojó por los elogios de la dama y su tío sonrió a Eliza.

—No es nada, un mero esbozo. Ahora, si yo la pintara a usted, mi señora, entonces sí vería una obra verdaderamente hermosa. —Se volvió hacia Jago—. ¿Dónde dijo que se encontraba su establecimiento, señor?

—Muy cerca, en Marcombe, siguiendo la costa, más o menos a unos ochocientos metros en línea recta.

—Espléndido. Entonces le veremos más tarde, pues necesitamos un lugar donde quedarnos para pasar la noche.

—Pero tío, pensé que íbamos a ir a...

—No tenemos un plan definido. —El señor Gainsborough advirtió a su sobrino con una mirada y el joven, inteligentemente, cerró el pico—. ¿Tendría alguna habitación libre para esta noche, señor Kerswell?

—Desde luego. Me ocuparé de que les preparen una. No obstante, no estarán pensando en un alojamiento lujoso, espero. Mi establecimiento es pequeño, aunque puedo garantizar limpieza y un servicio de comidas de primera.

—Excelente. Me complace decir que no me cuento entre los caballeros que se consideran demasiado buenos como para alojarse en una sencilla posada de pueblo. Además, ¿puede haber algo más acogedor? Nos veremos más tarde entonces.

Jago no podía dejar de notar la última mirada del hombre a Eliza y deseó que solo la estuviera valorando desde un punto de vista artístico. Era lo suficientemente bella como para tentar a cualquier hombre, pero era suya. Se ocuparía de que eso le quedara claro al señor Gainsborough si pensaba permanecer algún tiempo en esta zona.

El ruido de la lluvia golpeando sobre los cristales despertó a Kayla al día siguiente. Se levantó y se estiró. Todo lo que había llorado la noche anterior la había dejado exhausta y con los ojos escocidos. Seguro que los tenía rojos e hinchados, pero no le importaba. No pensaba ver a nadie ese día, así que ¿qué más daba el aspecto que tuviera? Ya había decidido que llamaría al trabajo para decir que estaba enferma, pues no tenía fuerzas para presentarse en la oficina, ni aunque Mike siguiera de viaje y no estuviera.

Echó hacia atrás la ropa de cama que la cubría y bajó por las escalerillas hasta la sala de estar, mirando al hombre del cuadro. Jago. Había dicho su nombre alto y claro, saboreando cómo sonaba, y el extraño sueño de la noche anterior volvió a su memoria, claro hasta el más mínimo detalle. Había estado allí, tan real. Oh, ¿por qué no lo había tocado cuando había tenido la oportunidad? La había distraído con su extraña historia. Pero, después de todo, el cuadro era un Gainsborough auténtico. Asintió con la cabeza para sí. ¿Con qué historia le sorprendería su mente la próxima vez? Sin embargo, ahora tenía por lo menos un nombre para el hombre del retrato y no importaba que fuera el verdadero o no. Jago le quedaba perfectamente.

Fue trastabillando hasta el cuarto de baño para refrescarse y salió de él un rato más tarde sintiéndose humana otra vez. Se tomó una taza

de té bien cargado, a la que añadió azúcar a discreción para recuperar fuerzas. Con solo pensar en tomar otra cosa se le pasaban las ganas de nada, así que, simplemente, se sentó en el sofá y se quedó mirando a Jago Kerswell.

—Si por lo menos fueras real y necesitaras de veras mi ayuda. Creo que, de haber vivido en tu época, hubiera hecho cualquier cosa por ti —susurró pero, claro está, él no respondió. Perezosamente, se hizo con un cuaderno y tomó notas de lo que había dicho el hombre en su sueño. Lo recordaba todo perfectamente y los hechos que le había relatado le sonaron reales, de una vida de una persona de verdad. ¿Se estaba volviendo loca? ¿Era esa historia increíble un producto de su mente, con nombres y fechas? Parecía imposible, pero el cerebro humano era muy extraño.

—¿Te habré conocido en una vida anterior? —Sabía que había gente que afirmaba conservar recuerdos de hacía mucho tiempo, recuerdos que salían a la luz durante sesiones de hipnotismo en algunos casos. ¿Sería posible que el cerebro los sacara a la superficie sin la ayuda de hipnosis en ciertos casos? Eso explicaría desde luego lo real que le había parecido aquel sueño y la riqueza de la información que estaba anotando en su cuaderno—. Supongo que no me haría ningún mal comprobarla —murmuró, sintiéndose más que estúpida por siquiera contemplar tal cosa. Sin embargo, si no lo hacía, ¿cómo podría saber la verdad? No dejaría de incordiarle en la cabeza y nunca estaría en paz. Lo único era decidir por dónde empezar. No tenía la menor idea.

Entonces, sin esperarlo, tuvo un golpe de inspiración.

—¡Sí, claro! —Descolgó el teléfono y marcó el número de Maddie. Sonó durante un buen rato antes de que le respondiera una voz somnolienta.

—¿Sí?

—¿Maddie? Soy yo, Kayla. Necesito tu ayuda.

—¿Kayla? —Maddie se aclaró la voz haciendo mucho ruido y Kayla oyó como un bum—. Son solo las seis y creo que ha fallado el despertador, mierda.

—¿Tan pronto? Perdona, no me había fijado. Estoy un poco distraída esta mañana.

—Pues sí, la verdad. Por favor, dime que no se trata otra vez del dichoso cuadro. Mira, estás empezando a preocuparme. De verdad, tienes que dejar de pensar en él o te quedarás sin novio y sin boda.

Kayla la cortó.

—Maddie, escucha. Ya te lo explicaré más tarde, pero necesito preguntarte algo. ¿No me habías hablado de alguien a quien conocías que estaba investigando quiénes eran sus antepasados y todo eso?

—¿Me hablas de genealogía? ¿Y eso qué tiene que ver con qué? ¿Quieres echarle una mano a tu tío?

—No, pero no dijiste que tenías una amiga que lo hacía por afición?

—Sí, claro. Jessie, una de las chicas de la oficina donde estoy trabajando temporalmente. Pero ¿por qué?

—Bien, ¿podrías preguntarle cómo encontrar dónde nació alguien?

Oyó a Maddie suspirar y responder a su pregunta con la voz de alguien que se ha resignado a hablar con una lunática.

—Hasta yo sé cómo hacerlo. Te vas a la oficina del registro del distrito en el que naciste y consultas los archivos parroquiales. Si has sido bautizado, claro. —Hizo una pausa antes de añadir—: ¿Por qué? ¿Es que te vas a hacer un pasaporte nuevo? ¿No estarás pensando en abandonar el país, verdad? Las bodas no son algo tan malo, de verdad. Sobrevivirás.

—No, no, no es para mí. Necesito información sobre, mmm, alguien que vivió en el siglo XVII más o menos.

—Bien, ¿entonces por qué no le preguntas a tu tío?

—Porque querría saber por qué quiero informarme sobre esa persona en particular cuando nunca antes me había interesado en su trabajo de investigación. Tiene que ser alguien que no me conozca o que no conozca a mi familia.

—En ese caso, creo que Jessie es la persona con la que hay que hablar. Desde luego, está metida en todo ese tipo de cosas. Le pediré que te llame, ¿de acuerdo?

—Estupendo, gracias. ¿Crees que se la podría convencer de que me acompañara para hacer una salida e investigar?

—¿Te encuentras bien? —Maddie sonó no muy convencida.

—Sí, sí, estoy bien. Bien, más o menos, pero... —Kayla dio un sorbo rápido a su té—. Le agradecería que pudiera hacerlo la semana que viene. O incluso esta. Pronto.

—Mira, si es tan importante para ti la llamaré hoy mismo. Aunque tal vez un poco más tarde ya que la mayoría de la gente suele estar durmiendo a estas horas, ya sabes —dijo Maddie un poco enfadada.

Kayla no hizo caso de la burla.

—¿Lo harás? Oh, gracias, Maddie. Te lo agradezco de veras.

—¿Para qué están los amigos? No es que te lo merezcas después de haberme despertado de mi muy necesario sueño de belleza. Dios, parece como si la cabeza se me fuera a partir en dos de un momento a otro. Sabía que no tenía que haberme tomado esa cuarta copa, pero Jamie seguía insistiendo.

—Oh, Maddie, lo siento. Espera, ¿quién es Jamie? No estará ahí contigo, ¿verdad? Aaag, no había pensado eso.

—No, no, es solo un amigo. No te preocupes. ¿Por qué quieres saberlo todo ahora sobre genealogía, a ver? ¿Es que estás investigando sobre tus antepasados para demostrarle a tu suegra que eres lo suficientemente buena para su hijo? —Maddie se rió entre dientes—. Si todavía no lo sabe, no creo que lo del pedigrí pueda obrar el milagro. O espera, ¿de verdad estás tratando de demostrar que estás emparentada con el tipo del retrato? Solo estaba bromeando, ya sabes.

—No exactamente. Ya te lo explicaré más tarde —dijo Kayla tratando de eludir la respuesta.

—De acuerdo. Me pasaré por tu casa esta tarde y así podrás contarme si Jessie te ha devuelto la llamada. ¿No vas a ver a Mike esta noche? —preguntó en una ocurrencia tardía.

—Pues... no. —Kayla sabía que no podía esperar obviar el asunto mucho más, así que sería mejor confesarlo y dejarlo atrás—. Me temo que Mike y yo rompimos el viernes pasado.

Cuando Maddie gritó «¿qué?» sin poder creérselo, Kayla se dio cuenta de que no había pensado en Mike ni un minuto esa mañana. Había estado tan decidida a ocuparse de lo de Jago y su extraño sueño que la ruptura casi parecía no tener importancia.

—¿Que has roto? No puede ser. Bueno, lo que quiero decir es ¿por qué? —El tono estridente de Maddie hizo que se avergonzara y que se apartara el auricular de la oreja. Sabía que estaba justificado, no obstante, así que no se quejó—. Vamos, Kayla, ¿no hablarás en serio? Vas a casarte en menos de un mes. Soy tu dama de honor, ¿te acuerdas? Tengo el vestido y todo.

—Lo siento, Maddie, pero no habrá boda. Te libero de lo que te había pedido. Esta noche te lo contaré todo, te lo prometo.

—Bien, eso espero. Quiero saberlo todo —dijo con voz amenazadora—. ¿Me has oído? Hasta el último detalle.

—Sí, todo, te lo prometo. —Kayla se resignó a una sesión de examen de conciencia esa noche a pesar de que era lo último que le apetecía—. Pero por favor, ¿puedes llamar a Jessie ahora? Necesito su ayuda.

Temiéndose lo peor, colgó y contempló la siguiente llamada que tenía que hacer. De alguna manera tenía que decirles a sus padres que ya no habría boda.

No era algo que le apeteciera mucho.

—Dime, ¿cómo se lo ha tomado tu madre? —Maddie estaba confortablemente sentada en su sofá con un paquete de sándwiches abierto en el regazo, comiendo a toda prisa. Aunque era alta y delgada, tenía un buen apetito, algo que Kayla envidiaba en esos momentos.

Ella jugueteó con el suyo. El envoltorio decía que era un auténtico sándwich americano «BLT» de lechuga, tomate y bacón, pero la verdad era que no tenía un aspecto muy apetecible; la lechuga no estaba fresca, el tomate pastoso y el bacón correoso. El pan sabía a serrín, por lo menos en su opinión. Arrugó la nariz al verlo y retrocedió al percibir el fuerte olor a queso Brie que venía del rincón donde estaba Maddie. En lugar de comer, se centró en el asunto que la había llevado hasta allí.

—Bastante bien, en realidad, teniendo en cuenta lo contenta que estaba por que su hija pequeña se casara por fin. Ya sabes lo que estaba disfrutando con la organización de la boda, es su fuerte, pero creo que se ha enfadado y... —Su voz seguía triste.

—Lo sé. Te sientes culpable, ¿verdad? No te atormentes. Todas las madres son así, creo. La mía está desesperada al ver que sigo navegando sola. Maddie masticó con la boca llena antes de volverse hacia su amiga y echarle una mirada interrogativa—. ¿Estás totalmente segura de que no hay posibilidad alguna de que te reconcilies con Mike?

—No, ninguna. —Kayla no tenía duda alguna sobre ese punto. El pensamiento de casarse con Mike, que tan solo hacía unas semanas la había llenado de felicidad, le resultaba ahora de lo menos atractivo—. Creo que iba a casarme con él por las razones equivocadas, ya sabes. Estaba enamorada de la idea de casarme, no de él. Era como una fantasía,

supongo, y más o menos era lo que todos esperaban después de que me lo propusiera. Lo que quiero decir es: ¿por qué esperar cuando ya ambos habíamos decidido casarnos? Ahora sé que Mike no era el hombre que me convenía y puede que nunca lo fuera, a decir verdad.

—Bien, si estás segura. No quiero que acabes por ahí, atormentada o algo así. —Maddie miró el sándwich que Kayla tenía en el regazo y se dio cuenta de que casi ni lo había tocado.

Kayla sonrió e hizo el esfuerzo de darle un mordisco.

—No te preocupes, no pasará. Olvidémonos de ese asunto, ¿de acuerdo? Lamento lo de tu vestido y todo eso, pero estoy segura de que ya encontrarás otra ocasión para lucirlo. Tal vez te topes con el hombre perfecto un día de estos y podamos intercambiar los vestidos.

—Ni hablar. Además, eso sería digno de verse ¿no te parece? —Ambas se echaron a reír ya que Kayla era unos cuantos centímetros más baja que su amiga y tenía una figura mucho más curvilínea, por lo menos de cintura para arriba.

—Bueno, tal vez alguna otra amiga tuya necesite una dama de honor. Por favor, cambiemos de tema.

—De acuerdo, háblame entonces de este repentino interés tuyo por escarbar en la historia de tu familia. Me he estado muriendo de curiosidad todo el día, ¿sabes?

—No estoy segura de que deba. No me creerías, Maddie.

—Inténtalo.

Así que entonces Kayla le contó todo lo relativo a sus extraños sueños y Maddie se olvidó completamente de la cena y se sentó con su sándwich a medias colgado de entre los dedos durante toda la historia. Cuando Kayla terminó, Maddie cerró la boca de golpe y miró al cuadro. Silbó con suavidad.

—¡Caramba! Pues sí que estás colgada de ese tipo, ¿no?

—Creo que sí. Es casi como cuando era una adolescente y estaba colada por alguna estrella del pop inalcanzable. ¿Entiendes lo que quiero decir? No es fácil explicarlo, pero, oh, Maddie, tengo que saberlo. ¿Qué pasaría si no lo hiciera? ¿Tú qué crees? Lo que quiero decir es ¿cómo podría enterarme de algo acerca de un tipo llamado Jago Kerswell que vivió hace unos doscientos años? La única vez que he estado en Devon fue por vacaciones y solo era una niña. ¿Por qué se me habrá ocurrido una historia así? Parece una locura.

—No lo sé. Resulta extraño, desde luego. Tal vez lo hayas leído en alguna parte. O quizá le conociste en otra vida. Has oído hablar de la gente que cree haber vivido antes, ¿verdad?

—Sí. Ya había pensado en eso, pero esto es, de algún modo, distinto.

—Mmm. ¿Te ha llamado Jessie?

—Sí, me ha dicho que me llevará el lunes a investigar con ella. Se tomará un día libre para poder hacerlo, así que me pondré mala otra vez. No puedo ver a Mike, en cualquier caso. Con solo pensar en que tengo que ir a la oficina y comportarme como si no hubiera pasado nada ya me entra dolor de cabeza.

—Es comprensible. Bien, creo que solo tendrás que esperar y ver qué descubres el lunes. Es muy raro. ¿Vas a acabarte ese sándwich? Porque, si no te lo comes tú, lo haré yo.

Kayla rió y se lo dio. Solo Maddie era capaz de estar hablando de la reencarnación y, de repente, de la comida. Sin embargo, agradecía tener a alguien con quien compartir lo que pensaba. Y no tenía duda alguna de que su amiga la ayudaría a mantener los pies en la tierra.

Juntas llegarían hasta el fondo de este asunto.

—¿Crees que le contará a alguien que nos estamos viendo? —Eliza jugueteaba con los botones del delantero del abrigo de Jago mientras le miraba a los ojos preocupada.

Se habían detenido en la casa de verano, el lugar donde estuvieron juntos por primera vez, y con solo pensar en ese encuentro a Jago le latía el corazón más aprisa. Su vida había cambiado esa noche y no había vuelta atrás. Ocurriera lo que ocurriese, siempre amaría a Eliza. Sin embargo ¿cómo podrían estar juntos sin el miedo constante a que les descubrieran? No podía soportar la idea de que todo se iría al traste si *sir* John se enteraba de lo que había estado sucediendo. Pero estaba seguro de que no sería el señor Gainsborough quien fuera contándole cuentos.

—No, mi amor, no lo creo. ¿Por qué habría de contarlo? Y ¿a quién? No conoce a nadie por aquí. Además, parece un buen hombre.

—No puedo evitar preocuparme. —Eliza tenía ahora las manos sobre el pecho y Jago se las cubrió con las suyas, acariciándole sus suaves dedos.

—Deja que yo me ocupe. Si hace falta, hablaré con él, de hombre a hombre. Pero sinceramente, no creo que nos traiga problemas. A pesar de todo, debemos seguir vigilantes, como siempre.

Miró a su alrededor. La casa de verano estaba cerca de la cima de la colina y tenía un camino que llevaba colina abajo hasta una pequeña cueva que se utilizaba solo de vez en cuando en verano. Casi nadie iba por allí, pues quedaba en las tierras de Marcombe. Pero siempre existía la posibilidad de que alguien lo hiciera, así que ¿por cuánto tiempo podrían mantener sus encuentros en secreto?

Era solo cuestión de tiempo que les descubrieran.

El lunes no llegaba lo bastante rápido para Kayla y las horas transcurrieron muy poco a poco durante el resto de la semana. Jessie le había dicho que se verían fuera de la estación de metro de Farringdon a las diez en punto. Kayla estaba tan ansiosa que había llegado media hora antes y acabó dando paseos de arriba abajo durante lo que le parecieron años. Puntualmente a las diez una morena con gafas bastante sosa se le acercó y le preguntó si era Kayla.

—Sí. ¿Cómo lo has sabido? Se me olvidó darte una descripción de mí misma, así que estaba preocupada por si no me encontrabas.

—En realidad, creo que ya nos hemos visto antes, en algún cóctel o algo así, pero fue hace bastante tiempo. No salgo mucho.

Kayla no podía evitar preguntarse por qué. Aunque Jessie no iba maquillada y se había recogido el pelo en una especie de moño detrás de la cabeza, no le faltaba atractivo y no parecía tímida. Los ojos de color azul-violeta que se escondían tras sus gafas eran grandes e inteligentes. Tal vez no le gustara conocer gente o puede que prefiriese emplear su tiempo libre en otras cosas, pensó. Fuera lo que fuese, no era asunto suyo.

—Oh, sí, está bien. Ahora que lo mencionas recuerdo que Maddie nos presentó. De todos modos, muchas gracias por tomarte el tiempo de mostrarme qué hacer hoy —repuso Kayla—. Soy una novata en esto, así que no sabría ni siquiera por dónde empezar.

—Está bien. Como te dije al teléfono, iba a ir de todos modos. Vamos, es por aquí.

Jessie se encaminó calle abajo.

—Vamos a la Sociedad de Genealogistas. No está muy lejos de aquí. Tienen mucha información, pero si no encontramos lo que estás buscando entonces podemos intentar algo distinto más tarde. Tal vez ir al Archivo Nacional de Kew, aunque no es un gran qué. Puede hacerse. También puede encontrarse mucha información on-line si estás dispuesta a pagar por ella.

—Estupendo. Gracias.

La Sociedad de Genealogistas era mucho más pequeña de lo que Kayla había esperado, pero todo el espacio disponible estaba abarrotado de información genealógica de todo tipo. Había una biblioteca, una librería en una amplia sala llena de microfilmes y microfichas. Dejaron sus rebecas en un armario de la planta de abajo y se encaminaron a la biblioteca. Kayla se sentía como si acabara de entrar en un mundo completamente nuevo. Nunca había tenido interés por su árbol genealógico y no se había dado cuenta de que lugares como la SOG, como Jessie la llamaba, pudieran existir.

—Bien, entonces ¿qué es lo que estamos buscando? —preguntó Jessie.

—Esta es la información que me han dado, pero no estoy muy segura de que mi, bueno, mi informante estuviera muy seguro de lo que me dijo, así que me gustaría comprobar estos hechos si fuera posible. —Kayla sacó un papel en el que había escrito lo que Jago le había contado en su sueño. Ahora que ya estaba aquí se sintió de pronto como una tonta. Seguramente debía de ser producto de su imaginación, ¿no? Después de todo, ¿qué otra cosa podría ser? Y ¿qué diría Jessie cuando nada de todo aquello resultara cierto y tampoco apareciera ninguno de aquellos nombres de gente que nunca había existido?

—Jago Kerswell, nacido en 1754 en Marcombe, Devon. —Jessie leía en voz alta—. Bien, veamos si hay algún índice aquí para la parroquia de Marcombe. —La biblioteca tenía una estantería llena de arriba abajo de libros relativos al condado de Devonshire, así que Jessie se puso enseguida a buscar mientras Kayla esperaba cerca. Se estaba mordiendo una uña y miraba asombrada a la gente que allí había. Todos parecían muy ocupados con sus respectivas investigaciones. Se sintió como una farsante, pero las siguientes palabras de Jessie la tranquilizaron un poco—. No debes esperar demasiado, ya sabes. A veces los registros de un lugar determinado no han llegado hasta nuestros días e incluso, si lo han hecho, puede que solo queden fragmentos. No te disgustes demasiado si hoy no conseguimos gran cosa.

—De acuerdo.

—Oh, mira, aquí hay algo. —Jessie sacó un libro de la estantería y empezó a pasar páginas—. Mmm, bien, aquí dice que Marcombe es una pedanía que queda en la costa y que hay una familia con ese mismo nombre que posee una finca con una casa señorial en esa zona desde hace mucho tiempo, pero no aparece ningún registro parroquial.

—¡Entonces existe! —dejó escapar Kayla casi a voces, aunque se las arregló para contenerse. No quería que Jessie pensara que estaba completamente loca. Se sentía tremendamente aliviada al haber descubierto que, al menos, existía un lugar en Devon con ese nombre, pero suponía que debía de haberlo oído mencionar antes en alguna parte y todavía el resto de la historia podía ser solo producto de su imaginación—. Esto, ¿y ahora qué hacemos? —preguntó.

—Tenemos que bajar y ver si hay algún registro en microfilm. Entonces no hay más que revisarlo. Vamos. —Jessie dejó el libro donde estaba y se encaminó hacia las escaleras, mirándola por encima del hombro con una sonrisa—. Tendrás que perdonarme que me deje llevar un poco. Es la emoción de la búsqueda, por decirlo de alguna manera. Me encanta.

—¿Haces esto muy a menudo?

—Oh, sí. Estoy haciendo un estudio individual del apellido de mi madre, Delessay, y he estado trabajando en eso durante años. Mi abuela me inició con una de esas historias acerca de que la familia había sido rica y había poseído grandes extensiones de tierra que luego se perdieron porque les estafaron. Sentí curiosidad y quise saber si la historia era cierta, así que pronto me enganché a la genealogía. Es algo adictivo de veras, ya sabes.

—¿Y era cierta, la historia?

Jessie sonrió.

—No, o por lo menos no hasta el siglo XVII, que fue lo más lejos que pude llegar. Creo que eran ilusiones de la abuela. Nunca estaba contenta con nada de lo que tenía. Descubrí granjeros, herreros y taberneros, pero la mayor parte de mis antepasados fueron trabajadores del campo que ni siquiera sabían leer o escribir. Ninguno de ellos poseyó muchas tierras, por no decir que no tuvieron ninguna.

—¿Qué dijo tu abuela cuando se lo contaste?

—Por suerte murió antes de que llegara muy lejos en mi investigación, así que no tuve que desilusionarla. —Jessie sonrió de nuevo—. Dudo que me hubiera creído de todos modos. Era el tipo de persona que diría que lo que fuera era un error de imprenta cuando se lo mostrabas en un libro. —Ambas se rieron.

—Ya sé lo que quieres decir. Mi padre es un poco así.

A Kayla la sala de los microfilmes le pareció fascinante. Allí había montones de genealogistas ansiosos —no sabía si eran aficionados o profesionales— pegados a las pantallas de luz de los lectores de microfilmes, buscando concienzudamente rollo tras rollo de documentos genealógicos. Los observaba y admiraba la paciencia que tenían, mientras Jessie la dejó buscando los registros parroquiales de Marcombe.

—Lo tengo. —Jessie volvió triunfante, trayendo consigo una cajita de microfilmes—. Ha habido suerte porque aquí no tienen copias de todos los registros. Eso te ahorrará tener que hacer un viaje a Exeter o esperar semanas a que la película llegue al centro mormón.

—¿Qué tienen que ver los mormones con todo esto?

—Tienen un gran centro de investigación y te piden los microfilmes pero, como te dije, no hará falta nada de eso.

Kayla no estaba escuchando la explicación en realidad. Sin embargo, la miraba con atención mientras Jessie extraía el microfilme de la caja y lo colocaba entre dos bobinas de sujeción.

—Veo que ya lo has hecho antes. Me hubiera llevado años imaginar cómo funciona ese chisme.

—Ah, sí, la práctica ayuda, ¿verdad? Bien, allá vamos. —Jessie fue pasando el microfilme hacia delante. Allí había información sobre cierto número de pueblos distintos, todos lo suficientemente pequeños como para que no tuvieran muchos registros. Pronto, encontró el que buscaba—. Mira, aquí está Marcombe.

Kayla miró de cerca la pantalla para ver unas notas escritas a mano con una letra larguirucha y difícilmente descifrable sobre unos documentos que casi se habían borrado.

—¿Cómo demonios puedes leer eso? Para mí es como si estuviera escrito en griego.

—Oh, te acabas acostumbrando, aunque unos son peores que otros. Me da mucha rabia cuando realmente apenas resultan visibles. En cualquier caso, veamos, siglos XVI, XVII, año 1751, 1752 y... 1754. Sí, eso es, aquí está.

Kayla tenía ahora los ojos pegados a la pantalla y contuvo la respiración. Ahí estaba. Había llegado el momento de la verdad. Ahora que lo habían encontrado no estaba muy segura de si quería saber más. Si toda aquella historia era un producto de su imaginación se sentiría como una completa idiota, pero, de otro lado, si resultaba que era cierta, ¿no sería incluso más inquietante? Era demasiado tarde para lamentarse, no obstante. Jessie soltó un grito de alegría y luego se llevó una mano a la boca.

—Uy, lo siento, se supone que aquí hay que permanecer en silencio. Pero mira, Kayla, ahí está. —Apuntó a una línea de texto anticuada en la pantalla y leyó en voz alta: «Bautizos, 1754, Jago Kerswell, hijo de Lenora Kerswell, gitana. Hijo natural. 24 de junio».

—Guau, no me lo puedo creer —susurró Kayla, dejando escapar un suspiro agitado. Y no podía. De alguna manera había contado con que toda aquella historia no era más que un producto de su imaginación. Pero ahí estaba la prueba, clara, delante de sus ojos. Era real. Tragó saliva con dificultad y añadió—: Así que él tenía razón.

—¿Quién?

—¿Qué? Oh, nada, uno de mis parientes. Mmm, ¿podemos echar un vistazo al resto de mis notas?

—Desde luego, déjame ver. «*Sir* John Marcombe». ¿Quieres que busquemos su bautizo? No tienes ninguna fecha anotada.

—Lo sé, pero debería de ser una cercana a la del nacimiento de Jago, un poco antes o algo después.

—Echemos un vistazo de 1740 en adelante y veamos qué encontramos. Tomaremos nota de todos los Marcombe que aparezcan y luego reconstruiremos sus lazos familiares.

Encontraron el bautizo de John Marcombe, hijo de *sir* Philip, noble, y su esposa Martha, *lady* Marcombe, en 1750, y más tarde el bautizo de otro bebé, Margaret, escasamente un año después. Una semana después del bautizo, tanto Margaret como Martha, *lady* Marcombe, recibieron sepultura, presumiblemente juntas.

 90 

—Oh, qué pena —dijo Kayla—. Así que *sir* Philip se quedó solo con un hijo de un año, pobre hombre.

—Sí, lo más seguro es que *lady* Marcombe muriera de fiebres puerperales. Pocas parteras conocían por aquel entonces la importancia de la higiene.

—Qué horror. Menuda suerte tenemos hoy en día, ¿no crees?

Siguieron con su búsqueda y el registro parroquial reveló que *sir* Philip había muerto en 1774 y un año después, en 1775, su hijo, *sir* John, se había casado con la señorita Mary Ashford.

—Sin embargo, parece ser que no tuvieron hijos —comentó Jessie cuando vio que no había registrados hijos de aquella unión—. Y fíjate, esta *lady* Marcombe aparece en el registro de óbitos en 1778, víctima, según parece, de algún tipo de fiebres. Escasamente un año después *sir* John, viudo, volvió a casarse con una tal señorita Elizabeth Anne Wesley.

—Sí, es verdad. —Kayla casi no podía creerse lo que veían sus ojos. Todo lo que Jago le había contado era cierto. Hasta el último detalle. ¡Maldita sea! ¿Cómo podía ser cierto?

—Veamos si tuvieron hijos —murmuró Jessie, pasando el microfilme lentamente hacia delante, sin darse cuenta de que Kayla se había quedado muy callada—. Nada en 1780... ni en 1781, qué raro. Suele haber hijos en los dos primeros años de matrimonio. Oh, espera, mira.

Kayla miró de cerca la pantalla y leyó: «Bautizado, 30 abril de 1782, Wesley John, hijo de *sir* John Marcombe, Bt. (nacido el 23 de marzo). No se menciona a su esposa, ¿por qué?

—No siempre se registraba el nombre de la madre, el importante era el padre. Oh, y mira, fíjate, aquí falta una página, así que no sabemos si la madre y el bebé sobrevivieron o no. ¡Qué rabia me da cuando pasa esto!

Según parecía, no había más hijos ni antes ni después de aquella fecha, aunque ambas revisaron los registros de bautismos hasta el año 1810. Para entonces, el hijo llamado Wesley John se habría casado y habría tenido hijos.

—¿Te sirve? —preguntó Jessie.

—Sí, era justo lo que necesitaba. No sé cómo agradecértelo, has estado maravillosa.

—No hay nada que agradecer, me lo he pasado muy bien. De verdad, siempre da mucha satisfacción encontrar lo que estás buscando y, créeme, no siempre se encuentra. ¿Entiendes ahora lo que te decía de la emoción de la búsqueda? —Los ojos de color azul violáceo de Jessie brillaban de emoción.

Kayla asintió con la cabeza, pero pensó para sus adentros que Jessie no tenía ni idea de lo que aquello significaba en este caso en concreto.

Capítulo 10

Como Jago pronto descubrió, el señor Gainsborough era un hombre fácil de complacer. Mucho vino del bueno y una picarona servicial y el hombre se vio convertido en la felicidad personificada. Mucho después de que su sobrino se hubiera retirado, el señor Gainsborough entretuvo a los demás clientes de Jago con sus comentarios ingeniosos, su conversación animada y sus habilidades musicales. Le había echado el ojo a un violín y con él tocó varias melodías, con lo que la taberna se convirtió en un lugar alegre y animado aquella noche.

Jago encontró el momento de sentarse con su huésped un rato.

—Ah, señor Kerswell. Esta posada suya es de veras muy acogedora. Mucho, de verdad.

—Gracias por su amabilidad. La mayoría de caballeros la consideran por debajo de sus expectativas. —Jago sonrió para demostrar que no le importaban ni esos hombres ni sus opiniones.

—¡Bah! Caballeros. Solo tienen una cosa buena: la cartera. Sabe —el señor Gainsborough se le acercó un poco más para susurrarle algo al oído como lo haría alguien que ha bebido un poco más de la cuenta—, si no fuera porque necesito ganarme la vida y mi esposa no va a dejar nunca de incordiarme, no pintaría ni un retrato más. Nunca.

—Entonces, ¿pinta usted muchos, señor Gainsborough?

—Oh, sí. Sus miserables caras son las que me permiten sobrevivir. Si pudiera elegir, me pasaría el día pintando paisajes. Para mí, no hay nada más maravilloso que esas escenas rurales tranquilas. Es de eso de lo que va la vida.

—Estoy de acuerdo con usted, señor.

—Sin embargo, a veces hay caras cuya imagen vale la pena capturar en un lienzo. Por ejemplo la de la dama con la que nos encontramos esta mañana. Ese es el aspecto de la belleza y la gracia. Me gustaría retratarla, de verdad.

—¿Por qué no se queda entonces unos cuantos días, invitado por mí, claro, y la pinta? Estoy seguro de que ella estará de acuerdo. —«Además, a mí me gustaría tener una imagen suya», añadió Jago para sus adentros—. Sin duda, ella le recompensaría bien por su trabajo. Su marido es un hombre rico. De hecho, estoy seguro de que podría convencerle incluso de que comprara algunos de los paisajes y marinas que usted pinte.

—Una idea excelente, querido amigo. Se lo diré a mi sobrino por la mañana. —Tomada la decisión, y con qué rapidez, el señor Gainsborough siguió disfrutando de la velada.

Eliza se había mostrado sin embargo muy testaruda. No aceptaría que el señor Gainsborough la retratara a no ser que pintara a su vez un retrato de Jago. Él había aceptado a regañadientes y finalmente montó su caballete cerca de la cueva donde habían estado juntos por primera vez.

—¿Por qué quiere pintarme aquí, señor Gainsborough? ¿No sería mejor en algún interior? —le preguntó Eliza.

—No, señora. Verá, su color se mezcla perfectamente con el entorno y así es como quiero retratarla.

El artista empezó a esbozar la cara en su lienzo, luego lo quitó del bastidor y lo puso temporalmente sobre unas cuerdas que tensó por detrás hasta que la tela se ajustó al bastidor. Colocó el caballete justo a la altura de la cabeza de Eliza y ella le miró confundida.

—Necesito ver sus facciones más de cerca, señora —explicó él—. Le aseguro que así el resultado será mejor.

—Muy bien. —Como nunca había posado para que le hicieran un retrato, Eliza no protestó. Vestía una sencilla falda de color verde musgo, que al señor Gainsborough le había gustado mucho, e insistió además en pintarla con el pelo suelto.

—Maravillosa. Su pelo rubio ceniza, sus ojos de color avellana y su falda verde conjuntan a la perfección con las rocas, el musgo y los líquenes. El resultado será una obra maestra, se lo prometo.

Jago, que observaba desde una distancia respetable, pensó que el hombre tenía razón. Además, cualquier imagen de Eliza resultaría deliciosa.

—¿Entonces lo has encontrado? ¿Todo? —La voz de Maddie al teléfono sonaba un tanto incrédula, justo igual que la manera en que se sentía Kayla.

—Sí, hasta el último detalle. Fue increíble, de veras increíble.

—¿Y creías que lo habías soñado?

—Lo soñé, te lo juro. No puedo haber hablado con un hombre de un cuadro. Sin embargo ¿cómo te explicas todo lo que hemos descubierto?

—Resulta extraño. Yo diría espeluznante en realidad. Me están entrando escalofríos por la columna vertebral. Tal vez te esté persiguiendo y no estés hablando con el cuadro sino con algún espíritu.

—Supongo que esa es una posibilidad. No lo había pensado. Un fantasma. —Kayla inspiró hondo. Siempre le había asustado un poco todo lo sobrenatural y cuando era una niña se negaba a escuchar cuentos de fantasmas.

Maddie no dijo nada durante un rato hasta que preguntó:

—Y ahora, ¿qué vas a hacer?

—No lo sé. Creo que tendré que encontrar Marcombe Hall y ver si todavía es propiedad de los descendientes de *sir* John. Después tal vez les haga una visita. ¿Qué opinas? ¿Suena a locura?

—En realidad, creo que esto es lo más emocionante que jamás me han contado. Y también lo más increíble.

Ambas se echaron a reír de una manera un tanto histérica, lo que les sirvió para desahogarse un poco y liberar la tensión, de forma que todo pareciera más llevadero. Kayla tenía la sensación de que las cosas saldrían bien después de todo. Si Maddie la creía y estaba de su parte, podría enfrentarse a cualquier cosa. Había conseguido demostrar lejos de toda duda que aquello no eran imaginaciones suyas. Ahora tenía que seguir. ¿Qué otra cosa podría hacer? No hacerlo sería morirse de curiosidad.

—¿Cuándo vas a ir? —preguntó Maddie.

—¿Quién sabe? Me temo que tendré que planificar un poco mi propia vida antes de que ni tan siquiera pueda hacer nada de todo esto. Debo buscar un nuevo empleo porque ahora no puedo seguir trabajando en la misma oficina que Mike, sería insoportable. Incluso aunque cambiara de puesto por el de alguna otra de las chicas, le tendría que ver todos los días. ¿Te imaginas lo embarazoso que podría ser?

—Sí, no sería bueno, eso seguro. Lo mejor será que se lo digas cuanto antes.

—Ya he entregado mi carta de renuncia. Pensé que cuanto antes, mejor

—Siempre puedes hacer algún trabajo temporal, como yo, hasta que encuentres un empleo fijo en otra parte. Sirve para pagar el alquiler y además te da flexibilidad.

—Sí. Aunque también es una pena. Me gustaba esta empresa, pero estoy segura de que lo entenderán.

—Oh, ojalá pudiera ir a Devon contigo, pero la verdad es que tengo un buen encargo ahora y por lo menos debo quedarme un mes o si no, no me lo adjudicarán. —Maddie sonaba algo nostálgica—. Ese es el único problema de los trabajos temporales, que tienes que aceptar lo que te llega.

—Oye, para el carro. Ni siquiera estoy segura de si voy a ir o no a Devon. La familia Marcombe puede haberse ido de allí hace siglos. Estamos hablando de doscientos años. O tal vez la casa se haya desmoronado y haya caído al mar o lo que sea. Tengo que enterarme primero.

—Bien, pero en cualquier caso vas a ir a donde sea, y eso suena mucho más interesante que trabajar.

Kayla sonrió.

—Tienes razón. Creo que voy a disfrutar investigando todo este asunto. —Miró el retrato de Jago y habría jurado que le guiñaba un ojo—. Sinvergüenza —susurró. Luego descolgó el teléfono, pero sin ser capaz de evitar sonreírle.

Todo parecía estar resultando muy sencillo al final, así que Kayla casi empezó a creerse que Jago le había hablado en sueños.

Porque al viejo señor Martin, el jefe de Recursos Humanos, le caía bien y el hombre entendía su situación, así que le permitió trabajar durante dos semanas en otro departamento y luego tomarse el tiempo que necesitara como vacaciones sin paga.

—Naturalmente, la echaremos de menos —le dijo con amabilidad— aunque puedo entender que le resulte imposible seguir con nosotros. No tengo duda alguna de que encontrará con facilidad otro puesto. Le escribiré una carta de recomendación, por si acaso la necesita.

Kayla se sentía muy agradecida y casi se puso a llorar.

Se topó con Mike alguna vez durante los pocos días que siguió trabajando allí y habría jurado que él esperaba una disculpa por sus «precipitadas» palabras. Como tal disculpa no llegaba, hizo el numerito de pedir a otra secretaria que saliera a comer con él y le compró un ramo de flores al día siguiente. Rosas rojas, naturalmente. Kayla no le hizo ni caso y pocos días después él dejó unas cuantas bolsas en su mesa con ropa y lo poco que ella se había dejado en el piso de él. Kayla hizo lo propio con una bolsa de basura en la que metió las pertenencias de él, al tiempo que le envió un e-mail para darle las gracias, que no recibió respuesta. Y, según parece, eso fue todo.

—¿No te parece raro cómo se puede acabar con una relación de repente? —le dijo a Maddie al teléfono esa tarde—. Un año es mucho tiempo en realidad, y todo lo que me queda de aquello son tres bolsas de plástico llenas de cosas.

—Sí, pero fíjate en el lado positivo: al menos no lo tiró todo a la basura. Y piensa en lo que has aprendido —añadió Maddie con voz teatral. Kayla se rió nerviosa. Siempre se podía contar con Maddie cuando se trataba de que te subieran la moral.

—Lo único que he aprendido ha sido que debería alejarme de las subastas —repuso mirando a Jago, que le estaba causando la misma impresión de *Mona Lisa* otra vez.

Al sábado siguiente, Kayla se encaminó a la biblioteca central de Kensington, cerca del Ayuntamiento, para buscar más información. Vivía cerca del enorme edificio de ladrillo rojo y estilo victoriano, así que le resultaba familiar. Los libros eran para ella tan necesarios como respirar y solía ir a la biblioteca regularmente ya que su piso era demasiado pequeño para que pudiera seguir comprando libros, aparte de los que más le gustaban. Sin embargo, esta vez no iba allí en busca de lectura.

Le indicaron que subiera al segundo piso, y allí, en la biblioteca de Regencia, encontró lo que estaba buscando: un enorme volumen titulado *Debrett's Peerage & Baronetage*, el anuario de la nobleza británica. Se lo llevó a una mesa de lectura y se sentó para buscar la página correcta. Los nombres que allí aparecían estaban en orden alfabético, así que no le llevó mucho tiempo.

—¡Bingo! —exclamó sin pensar, lo que provocó las miradas iracundas de los demás lectores que allí había. Se sonrojó y se encogió de hombros en una disculpa silenciosa. Luego miró a la página que tenía delante. Ahí estaba, en blanco y negro:

MARCOMBE (E) 1740, de Marcombe Hall, Marcombe, Devon.

Sir Wesley John, séptimo baronet, nacido en 1977, hijo mayor de sir John Philip, casó en 2002 con Caroline Marie Campbell, hija de Henry Andrew Campbell, y tuvieron descendencia: Hija viva. Eleanor Elizabeth Marie, nacida en 2005.
Hermano menor vivo, Alexander Philip, nacido en 1980.

Así que todavía había un descendiente de *sir* John viviendo en Marcombe Hall.

—Excelente —susurró Kayla al tiempo que tomaba nota de dicha información antes de devolver el libro a su estantería.

Lo siguiente fue echar un vistazo en la guía telefónica del sureste de Devon y anotar el teléfono que aparecía junto al nombre de «Marcombe, W.J.». No había mención alguna a su título, pero como solo había unos cuantos Marcombe, todos con iniciales distintas, y la dirección era Marcombe Hall, consideró que ese tendría que ser el correcto. Ahora todo lo que tenía que hacer era armarse del valor suficiente para llamar y preguntar a aquel hombre si tenía algún cuadro de Gainsborough, y si así era, si podía ir a verlo.

Antes de dejar la biblioteca, se llevó prestados tres libros sobre Thomas Gainsborough, por si acaso podía encontrar algo más que pudiera

ayudarla en su investigación. Aunque todavía dudaba de la historia de Jago acerca del famoso pintor, lo mejor sería estar preparada para cualquier eventualidad, pensó.

Su teléfono móvil sonó y Kayla entró por la puerta de su casa y se apresuró a contestar.

—¿Dígame?

—Kayla, soy Maddie. Me preguntaba si te apetecería salir esta noche. Vamos a ir en grupo a un *pub* muy bonito que acabamos de descubrir. Está en la parte baja, cerca del río.

—Gracias, pero no. Voy a pasar la tarde con Jago.

—¿Estás de broma, no?

—No. —Kayla se rió entre dientes—. Estoy hablando muy en serio.

—¿Ha vuelto a hablarte? Porque si lo hace, voy para allá ahora mismo. Yo también quiero hablar con él. No es justo que acapares toda la diversión.

—No, no, no te pierdes nada. Además, no me habla cuando estoy despierta, solo en sueños. Creo. Lo único que quería decir era que voy a investigar un poco más sobre él, así que no me queda mucho tiempo para salir.

—Mmm. —Maddie no parecía muy convencida—. Bueno, ¿de verdad no te apetece?

—No, de verdad. No estoy de humor después de todo lo que ha pasado. Estoy segura de que me entiendes.

—Pues claro. Perdona, debería haberme dado cuenta. ¿Nos vemos mañana tal vez?

—De acuerdo. Ven para almorzar o algo así.

Kayla se preparó una cena rápida consistente en huevos revueltos con una tostada y se sentó en el sofá con una copa de vino y una de las biografías de Gainsborough. Fuera, el incesante ruido del tráfico, las sirenas y la gente componían la habitual melodía londinense, que seguía como siempre. Sin embargo, el piso de Kayla era tranquilo y podía concentrarse en la lectura. Pronto se vio absorbida por los detalles de la vida de Gainsborough y se dio cuenta de que había sido un hombre fascinante. Cuando leyó algunas de las cosas que se afirmaba había dicho o los toques obscenos que había dado a algunas de sus cartas, percibió un tipo de humor que en realidad a ella se le escapaba. El tiempo se le pasó volando y cuando levantó la vista al fin, ya era pasada la media noche. Se tomó lo que le quedaba del vino que se había servido, que ya se le había calentado.

—A ver, ¿no vas a decirme qué te resulta tan divertido?

Kayla se atragantó con la bebida y el grueso libro que había estado leyendo se le cayó al suelo con estruendo. Tosiendo levantó la vista hacia aquella cara enigmática que le sonreía y le echó una mirada furiosa. No se movía, pero reconoció su voz. Era la misma que había oído en sueños. No había error posible.

—Maldita sea, Jago, podrías haber esperado a que hubiera apurado el vino —gruñó. Por fin dejó de toser y se agachó para recoger el libro—. Creo que necesito un médico, de verdad. O tal vez sea que he bebido demasiado, aunque yo juraría que solo ha sido una copa.

—Disculpa. —Oyó su voz con claridad, aunque sonaba como si viniera de muy lejos—. Trataré de ser más cuidadoso en el futuro.

Una sensación de frío le recorrió el estómago y no tenía nada que ver con el vino que se había bebido. Era miedo en estado puro, con sus heladores tentáculos corriéndole por las venas. Miró el cuadro. Le estaba hablando y esta vez no estaba dormida.

—¿Eres un fantasma? —susurró—. ¿Es así como me hablas?

—Tal vez —respondió—. Desde luego, estoy muerto, pero de si soy un fantasma o no, no tengo la menor idea. —No parecía que ninguna de las dos posibilidades le incomodara.

Kayla cerró los ojos. Si se permitía pensar en lo que estaba sucediendo, se desmayaría. Estaba aterrada. Hablar con un fantasma o con un cuadro, ambas eran perspectivas aterradoras, y según parecía era lo que estaba haciendo. Se pellizcó para asegurarse de que esta vez estaba despierta y no soñando. El pellizco enrojeció.

—Trata de no pensar en ello —le advirtió él, como si pudiera leerle el pensamiento—. Ahora dime qué era lo que te parecía tan divertido. Por aquí se está muy solo y me convendría entretenerme un poco.

—No estoy muy segura de que deba hablar contigo. Si alguien me ve me encerrarán por loca. Además, estoy muerta de miedo.

—¿Tienes miedo de mí? No hay por qué. No puedo hacerte daño.

—No, no exactamente de ti, sino de lo que está pasando.

—Pero le has dicho a tu amiga que ibas a pasar la tarde conmigo. Te he oído con claridad. A ella no ha parecido importarle. ¿Era esa pelirroja tan guapa que estuvo aquí el otro día?

—¡Jago! ¿Estás escuchando sin permiso todas mis conversaciones y espiándome? —Con solo pensarlo, se le pusieron los pelos de punta, pero parte del miedo que sentía desapareció y fue sustituido por una profunda indignación.

—Bueno, no todas.

—¿Es que siempre estas despierto? En fin, no despierto exactamente sino... bueno, ya sabes, consciente o lo que sea. —Kayla suspiró—. No puedo creerme que esté preguntando algo así —murmuró antes de levantar la vista y mirarle de nuevo. Todavía no movía un solo músculo.

—Es difícil explicarlo. —Jago dudó—. Supongo que podría decirse que existo. Puedo oír algunas cosas, ver otras, aunque desde luego no todo. A veces me encuentro sumido en la oscuridad. Cuando eso sucede, no tengo conciencia del tiempo y no oigo nada. Solo puedo pensar. —Hizo una pausa—. Según parece hay algo que no me deja hablar con nadie aparte de contigo. Supongo que eso forma parte del hechizo.

—¿Hechizo? ¿Qué hechizo? Dios, no me lo puedo creer: fantasmas, hechizos, ¿y qué más?

—Todavía no puedo contarte más detalles. Será suficiente con que te diga que lo que está pasando entre nosotros ahora mismo es cortesía de ese hechizo y que ese es el motivo por el que necesito que encuentres a Eliza por mí. Cuando lo hagas, y cuando vuelva a estar junto a ella, el hechizo se romperá.

—¿Y entonces ya no podrás volverme a hablar?

—Eso no lo sé. Tal vez, pero ya veremos cuando llegue el momento.

—Estupendo, no puedo esperar. —Kayla se quedó en silencio antes de continuar—. Resulta extraño, ya sabes, pero ahora que ya llevamos un rato hablando no estoy tan asustada. Me siento más bien paralizada. Es como si siempre tuviera conversaciones con gente que está muerta. —Le guiñó un ojo. Era cierto, aquellos dedos helados en su interior parecía que habían desaparecido y casi se sentía tranquila, aunque asustada. Se preguntó vagamente por qué no entraba en pánico y salía por la puerta corriendo. Por qué no hacía cualquier otra cosa que no fuera seguir allí sentada hablando con la voz de un espíritu.

—Creo que es parte de la magia. Si estuvieras demasiado asustada de mí no podrías ayudarme. Pero si te caigo bien, por otro lado, lo harás todo por hacerlo. Así que el hechizo te hace un poco como a mí, creo.

«¡Como él!». Si supiera. «Como» no era la palabra que ella emplearía para describir lo que sentía cuando le miraba. Era demasiado suave. «Obsesionada» o «perdidamente enamorada» encajarían mejor. Pero tal vez eso formara parte del hechizo también. ¿Hechizo? Agitó la cabeza. No creía en nada semejante, ni tampoco en fantasmas, pero ¿qué pensar en esos momentos?

—Dime, ¿por qué no te mueves ahora? ¿O eso lo he soñado?

—No, pero a veces tengo menos energía y me resulta un gran esfuerzo. Ya hablar me cuesta muchísimo. Lo siento, no te lo puedo explicar. Ahora, por favor, Kayla, entretenme un poco. ¿Qué estás leyendo?

—¿Mmm? Oh, es una biografía de Thomas Gainsborough. Parece haber sido todo un personaje. Y lo que se supone que dijo.

Esta vez fue Jago quien se rió por lo bajo.

—Eso no es nada. Deberías haberle visto en acción, aunque la verdad, no esperes que mancille los oídos de una dama con tales historias. Léeme lo que pone en el libro, por favor, y te diré si me suena que sea cierto.

Kayla así lo hizo y ambos rieron al unísono. Después de un rato, no obstante, la voz de Jago empezó a sonar cansada y le dijo que tenía que marcharse.

—¿Marcharte a dónde?

—De vuelta a mi lugar de descanso, donde quiera que esté. Como te dije, hablar contigo durante tanto rato me agota. Discúlpame.

—No, no te preocupes. Lo entiendo, creo. —Kayla dudó antes de preguntarle—: ¿Jago? ¿Volverás a hablarme?

—Desde luego que sí. Si así lo quieres, así será.

Ella sonrió.

—Sí, creo que sí que quiero. —Se llevó una mano a la frente—. Me estoy volviendo loca, ¿verdad?

—No, nada de eso, te lo prometo. Ten fe y todo saldrá bien. Buenas noches, querida. —La voz desapareció y reinó el silencio. Solo quedaron

los habituales ruidos del tráfico que llegaban de la calle y el distante run-rún del metro. Kayla se quedó mirando el retrato de Jago durante un buen rato antes de volver a su lectura. Tras intentar sin éxito concentrarse, se rindió y se fue a la cama. Soñó con un pirata moreno con las facciones de Jago que no hablaba, pero que le hacía otras cosas que le gustaban mucho más.

Capítulo 11

Jago estaba subiendo las escaleras desde la bodega de la taberna con un barril de cerveza inglesa de malta al hombro, cuando la puerta de la sala se abrió de manera tan violenta que golpeó en la pared. Era ya tarde, el día después de que el señor Gainsborough y su sobrino hubieran partido. Solo había dos clientes sentados cuidando cada uno de sus respectivas jarras de peltre junto al fuego, pero ambos levantaron la vista al mismo tiempo que él. Se quedaron con la boca abierta cuando vieron quién entraba.

Sir John Marcombe.

Jago contuvo la respiración e hizo como si no hubiera notado nada fuera de lo corriente. Con movimientos lentos y premeditados, dejó el barril detrás del mostrador y trató de no mostrar lo fuerte que le latía el corazón. ¿Se habría enterado de todo John?, se preguntó. ¿Sería por eso por lo que le miraba como si amenazaran nubes de tormenta? ¿Se habría ido Gainsborough de la lengua después de todo? Jago tragó saliva.

—Tú. —John tiró los guantes de montar sobre el mostrador, junto a Jago—. He oído decir que tú eres el jefe.

—Esta posada es de mi propiedad, sí —repuso Jago con tiento y decidido a no añadir: «como bien sabe».

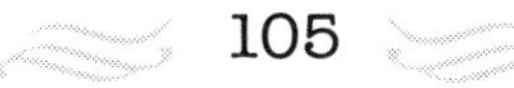

—No, no me refiero a este miserable agujero. —John bajó la voz, aunque solo un poco—. Hablo del contrabando, idiota.

Jago se sintió más que aliviado al darse cuenta de que aquello no tenía nada que ver con Eliza. Entonces se centró en lo que le había dicho el recién llegado y levantó las cejas, muy enfadado al ver que su medio hermano le hablaba de aquel modo. De momento decidió dejarlo pasar.

—¿De qué me habla? —dijo con voz despreocupada. ¿Acaso creía John que era tan estúpido como para admitir algo así en público?

—Me debes un candado, de eso es de lo que hablo. —John frunció el ceño al mirarle—. No voy a permitir que nadie entre en mi propiedad sin permiso y si pongo un candado donde sea es para algo.

—¿Un candado? —A Jago le costó un rato recordar que tras la puerta secreta que había abierto había también unas escaleras que llevaban a las bodegas de Marcombe Hall. Por lo que sabía, nadie había dejado allí la parte de *sir* John, pero tal vez pudieran haberlo hecho en el pasado, ¿no? Y él que creía que era el único que sabía de aquella entrada secreta. Pues estaba claro que no era ese el caso. Por lo menos si *sir* John pensaba que aquel era el motivo por el que alguien había roto el candado, sería mejor que la verdad. Y ahora tenía la creteza de que John —y tal vez más personas— sabían de la existencia de aquella puerta secreta después de todo. Tendría que ser más cuidadoso.

—Sí, te lo advierto, si encuentro a alguien en mi bodega lo llevaré ante el juez, haya o no haya *brandy* —dijo John—. ¿Está claro?

—Estoy seguro de que todo el que sea de por aquí lo sabrá antes de que caiga la noche. —Jago contestó asintiendo con la cabeza en dirección a su audiencia. Los dos hombres que estaban junto al fuego volvieron la cabeza cuando John los miró directamente, aunque Jago estaba seguro de que no eran sordos.

—Bien. Y si alguien toca el candado otra vez, te haré responsable. Ahora, me debes tres chelines por el viejo.

—Ni hablar. —Jago miró a su medio hermano a los ojos, fijamente, sin distraer la mirada ni un segundo. Eliza era una cosa, de eso era culpable si John lo descubría alguna vez y le acusaba, pero sería un idiota si se postrara ante él por cualquier otro motivo.

John fue el primero en bajar la vista, con las mejillas enrojecidas por lo que obviamente se había tomado como una insolencia.

—Bien, pues diles a los contrabandistas que me deben un barril adicional de *brandy* en ese caso. Alguien tiene que responsabilizarse y compensarme.

Jago siguió mirando a John sin más. No admitiría de ninguna manera que conocía a los contrabandistas o que tuviera relación alguna con ellos y ese hecho acabó por hacer mella en la furia de John.

Se volvió sobre sus pasos y salió sin decir más.

Durante la semana siguiente Kayla mantuvo diversas conversaciones con Jago y cada vez que lo hacía le creía un poco más y aceptaba mejor la situación. Dejó de pensar en si estaba cuerda o no, o más bien dejó de preocuparle al menos el hecho de que podría estar perdiendo la cabeza, y empezó a dar por seguro que él le respondería cada vez que le hablase. Y así fue la mayoría de las veces.

Incluso le parecía que aquellas charlas le estaban ayudando a superar la difícil situación por la que estaba pasando en la oficina donde, al ser una empresa pequeña, se veía forzada a ver a Mike cada día. Aunque se las apañaba para evitar tener que hablar con él directamente, aún así la situación le resultaba embarazosa. Al volver deprimida a casa tras la fiesta de despedida que algunos de sus compañeros habían organizado en su honor la semana pasada, Jago intentó confortarla, aunque incluso le diera la sensación de que no entendía muy bien por qué estaba tan enfadada.

—Era el momento de seguir adelante, Kayla. Además, puedes seguir viendo a esa gente de vez en cuando, ¿no? No se van a ir a ninguna parte.

—Sí, ya sé que habría sido imposible quedarse y naturalmente que puedo seguir viéndoles. Me estoy convirtiendo en una quejica, ¿verdad? Lo siento, no suelo ser así. Es que últimamente he pasado mucho.

—Piensa de este modo, puede que estés entrando en una fase de tu vida nueva y emocionante. Las posibilidades son infinitas —dijo Jago.

—Sí, la fase en que me encierran en un manicomio por hablar con un cuadro. —Sin embargo, no pudo evitar reírse y eso hizo que se sintiera mejor.

Su madre empeoraba las cosas llamándola casi todos los días y tratando de convencerla de que cambiara de opinión. Nadie en su familia parecía querer enterarse de que la boda se había cancelado para bien.

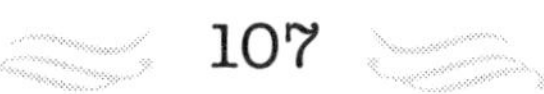

—Pero cariño, seguro que solo fue una riña, ¿no? Todo el mundo discute. Son los nervios de la boda, eso es todo.

—No, mamá —apuntó Kayla. Estaba harta de oír hablar de los nervios previos a la boda. Seguramente si hubiera estado a punto de casarse con la persona adecuada no habría habido nervios que valieran ni tampoco dudas, ¿o no?—. No voy a cambiar de opinión, mamá. Lo siento, pero lo digo en serio. No habrá boda, ¿de acuerdo?

—Pero Kayla... —Su madre pensaba que se estaba precipitando, pero ella estaba ahora más segura que nunca. Casarse con Mike habría sido un desastre, lo veía a toro pasado. No podía más que agradecerle a Jago que se hubiera interpuesto entre los dos, incluso aunque no lo hubiera hecho a propósito. Al final, su madre tendría que admitir la derrota y cancelar sin ganas los preparativos.

—¿Te has dado cuenta de que tendré de devolver todos los regalos? No estaría bien quedárselos.

—Pues claro que me doy cuenta. —Kayla apretó los dientes. ¿Para qué demonios habría de quererlos conservar ahora?

Cuando al fin pasaron las dos semanas, Kayla salió de la oficina por última vez con sentimientos encontrados. Sabía que Jago tenía razón, que podría visitar a sus antiguos compañeros de trabajo en cualquier momento, pero estaba bastante segura de que no volvería allí en mucho tiempo, puede que nunca.

Sin nada que hacer aparte de buscar y encontrar un nuevo empleo, a Kayla no le quedaba excusa alguna para posponer su llamada a *sir* Wesley Marcombe. Esperó hasta el lunes por la mañana, entonces se armó de valor y marcó el número rápidamente antes de que le diera tiempo a cambiar de opinión. Le respondió la voz de una mujer.

—Marcombe Hall, buenos días.

—¿Podría hablar con *sir* Wesley, por favor?

—Lo lamento, está ausente. Soy su secretaria. ¿Puedo ayudarla?

—Sí, sí, tal vez. —Kayla dudó y rápidamente se inventó una historia acerca de que era una estudiante de arte que quería ver los cuadros de Gainsborough—. Me han dicho que *sir* Wesley podría tener uno y me preguntaba si habría alguna posibilidad de ir y verlo.

—No veo por qué no. Aquí hay un montón de cuadros que no hacen otra cosa que acumular polvo. Déjeme ver... —La secretaria hizo un ruido que sonó como el crujir de papel, como si estuviera pasando páginas de un diario—. ¿Qué le parecería el miércoles por la tarde, a las cuatro? Creo que *sir* Wesley estará libre y seguro que se mostrará encantado de acompañarla.

—El miércoles. ¿Tan pronto? Pues... sí, está bien. Muchas gracias.

Kayla colgó y se apoyó en la pared, respirando profundamente. Todo se estaba moviendo demasiado deprisa y el corazón le latía lleno de pánico. No le gustaba mentir, eso hacía que se sintiera incómoda y generalmente el sonrojo de sus mejillas la traicionaba cada vez que lo intentaba. ¿Qué pasaría si *sir* Wesley la pillaba? Podría pensar que era una ladrona de arte o algo peor.

—No seas tonta —se dijo a sí misma—, solo vas a ir a echarle un vistazo rápido al cuadro, luego volverás. Además, ¿por qué iba a importarle a *sir* Wesley quien seas?

Kayla salió para el West Country pronto el miércoles por la mañana, diciéndole adiós a Jago de una manera un tanto reacia. Era casi como dejar atrás a un viejo amigo y ese pensamiento le hizo sonreír.

—Te prometo que volveré y te contaré lo que encuentre tan pronto como me sea posible, pero por favor, no esperes demasiado. Después de todo han pasado doscientos años y no hay garantía ni siquiera de que todavía exista el cuadro de Eliza —le dijo.

—Lo sé, pero de algún modo siento que si hubiera desaparecido, lo sabría. Tendrían que haberme dejado en alguna otra parte, no sé si me explico. No habría motivo para seguir en este limbo si lo que me une a ella hubiera desaparecido. ¿Tiene algún sentido lo que digo? —Por primera vez, le pareció vulnerable. Ya no era el granuja seguro de sí mismo con el que se había acostumbrado a hablar. Eso, más que nada, reforzó su decisión de ayudarle si podía.

—Sí, lo entiendo, Jago. Haré lo que pueda. Cuida de mi casa y espanta a los ladrones. Lo harás, ¿verdad? Después de todo, la mayoría de la gente saldría corriendo si viera y oyera un fantasma o algo parecido. ¿Sabes por qué yo no lo hice?

—Desde luego, yo lo haría. Y Kayla...

—¿Sí?

—Gracias. Te agradezco de veras los esfuerzos que estás haciendo por mí, sin importar el resultado al que te lleven.

Kayla había hablado de su viaje a Maddie.

—Creo que lo haré más fácil y tomaré la M4 a Bristol y la M5 a Exeter —le dijo a su amiga—. Si me quedo en la autopista, no me perderé, ¿no te parece? Tal vez me dé incluso una vuelta y me pare un poco en Bath para comer. Es una ciudad tan bonita.

—¿Y por qué no después de Exeter? —Tenía la cabeza baja mirando el mapa de carreteras. Maddie lo miraba mientras reseguía con el dedo la ruta que haría Kayla.

—Tendré que buscar y seguir las señales a Totnes y luego dirigirme hacia la costa. No debería ser muy difícil.

—Mmm. ¿Quieres que vaya contigo? Ya sabes cómo eres con esto de la orientación. Si cambias la fecha en la que has quedado y esperas a la semana siguiente podría tal vez tomarme un par de días libres.

—Vamos, no soy tan mala. No creo que esté muy lejos de Exeter y siempre puedo parar y preguntar. Será pan comido.

—Si tú lo dices. —Maddie parecía escéptica y agitó la cabeza, pero eso solo sirvió para que Kayla insistiera todavía más en arreglárselas por su cuenta.

Tenía toda la pinta de ser un viaje agradable, relajante, como unas mini vacaciones después de tantos altibajos como había sufrido recientemente en su vida, aunque más tarde entendió que debería haberlo pensado mejor. Nada era tan sencillo, nunca, y menos para ella.

Todo marchó sobre ruedas al principio y llegó a Bath justo antes de la hora del almuerzo, tal y como lo había planeado. Incluso le dio tiempo para darse un paseo rápido por las calles llenas de gente de la ciudad antes de ir al Pump Room para tomar un almuerzo temprano. El sol de primavera entraba a raudales en el amplio y aireado restaurante y Kayla se sintió como comiendo rodeada de lujo. Un pianista tocaba música clásica de fondo, lo que añadía un detalle más a la atmósfera del local. Se permitió soñar despierta durante un rato pensando qué se sentiría al pasear por aquel espacio en los tiempos de Jago, tomando las aguas y saludando a amigos y conocidos. Las damas vestidas con preciosos vestidos, los hombres con abrigos largos y corbatas, aunque tal vez ninguno tan atractivo como Jago. A pesar de todo, era una fantasía muy agradable. Relajada y descansada, Kayla continuó su viaje.

Esa tarde, no obstante, tuvo que admitir que las advertencias de Maddie habían tenido buen fundamento. Las palabras de Mike durante las últimas vacaciones que pasaron juntos volvieron para atormentarla.

—De verdad, es como en el cliché: no eres capaz de encontrar el camino ni siquiera cuando buscas un papel en tu bolso. Te queda que ni pintado, Kayla. —Habían conducido por el soleado paisaje de Mallorca en aquella ocasión, buscando unas cuevas que según los folletos turísticos eran espectaculares y fáciles de encontrar. Pero en lugar de eso, acabaron en algún lugar en el centro de la isla y fue entonces cuando Mike decidió que era mejor que él consultara los mapas—. Conduce tú —dijo con una sonrisa, y Kayla ocupó su puesto al volante sin decir palabra.

—No puedo creer que haya vuelto a hacerlo —se lamentó, tratando de reprimir el pánico creciente. Estaba completamente perdida en mitad de Devon y se había apartado a un lado de la carretera. Completamente frustrada, golpeó el volante con la palma de las manos—. ¡Al diablo con todo!

Se había encontrado con mucho tráfico en los alrededores de Exeter y en la confusión se había pasado de la salida que le tocaba en el final sur de la autopista, lo que significaba que tendría que rehacer parte de la ruta prevista. Eso le llevó un tiempo debido a las obras que había en la carretera y que afectaban al carril por el que circulaba. Después de eso, siguió bien hasta Totnes, pero entonces algo había salido mal de veras.

Las carreteras empeoraban progresivamente y se hacían más estrechas según avanzaba. A ambos lados se veían setos cada vez más altos, con lo que tapaban la vista, lo que sirvió para que ella perdiera el poco sentido de la orientación que ya tenía. Según se acercaba a la costa la carretera ya no podía siquiera llamarse así. De hecho, era poco más que un camino de sentido único, y a veces ni siquiera lo suficientemente ancho. Cada vez que se topaba con otro vehículo de frente, no le quedaba más remedio que retroceder hasta algún sitio donde hubiera más amplitud u orillar su pequeño Peugeot al borde de la carretera todo lo que pudiera.

—Oh, Dios, las rozaduras —murmuró, tratando de no pensar mucho en el daño que le estaba causando a la pintura de su automóvil.

Después de varios kilómetros de caminos estrechos y llenos de curvas, Kayla redujo la velocidad para ir a paso de tortuga y tratar de mirar a su alrededor. Sin embargo, no vio nada. Había pasado algún que otro pueblecito y alguna granja dispersa, pero eran pocos y quedaban lejos los unos de los otros, así que no fue capaz de localizarlos en un mapa.

—Jo, voy a llegar tardísimo —gruñó, mirando su reloj de pulsera. Estaba bastante segura de que no había visto ninguna señal desde hacía rato, y tuvo la desagradable sospecha de que ya había pasado por ese mismo lugar antes. Le resultaba terriblemente familiar. Bien, no le quedaba más remedio que continuar.

—¿Debería ir a la izquierda, a la derecha, o seguir recto?

Miró con tristeza el mapa arrugado y no fue capaz de sacar nada en claro. Tampoco había a quién preguntar, ni un alma en varios kilómetros, aparte de algún que otro rebaño de ovejas de vez en cuando.

Cuando al fin decidió girar a la izquierda vio cómo empezaba a chispear por las gotas que caían en el parabrisas. Lo que había empezado siendo solo una llovizna acabó por convertirse en un chaparrón. La visibilidad se redujo y solo alcanzaba a unos metros más allá del vehículo, así que los limpiaparabrisas no daban abasto y chirriaban protestando.

—Estupendo, esto es lo que me faltaba —murmuró Kayla, apretando los dientes de rabia. Y aquel no era precisamente el mejor momento para darse cuenta de que necesitaba cambiar el limpiaparabrisas del lado del conductor. ¿Por qué no se habría dado cuenta antes?

Miró a su reloj de pulsera una vez más. Solo eran las cuatro y media de la tarde, pero estaba tan oscuro que tuvo que encender las luces. El viento soplaba con fuerza, lo que hacía que pudiera sentir cómo el automóvil era zarandeado una y otra vez por unas rachas particularmente fuertes. Cada vez que pasaba por debajo de un árbol, un montón de agua le caía sobre el techo del vehículo, lo que la hacía saltar, y Kayla se veía obligada a reducir la velocidad para conducir con seguridad por aquellas escarpadas curvas. Por si fuera poco, empezaron a aparecer bancos de niebla, lo que hizo que acabara por desesperarse de verdad.

—Por el amor de Dios, ¿es que esta carretera no va a acabarse nunca? —exclamó. Los ojos le escocían por el esfuerzo que hacía para concentrarse tanto y estaba muy cansada. Había sido un día muy largo y, por desgracia, todavía no había acabado.

El tiempo se desdibujó y Kayla se preguntaba si aquella pesadilla de viaje duraría eternamente. Entonces apareció de repente una curva a la derecha y pensó que por fin había llegado a la costa. Lo único que podía ver era un precipicio escarpado a la izquierda y cuando abrió la ventanilla, solo unos centímetros por precaución, el olor salado del mar entró flotando en el automóvil. Diez minutos después la carretera se adentró de nuevo en el interior y Kayla pudo ver una luz un poco más allá.

«Oh, gracias a Dios, al fin podré preguntar a alguien para orientarme», pensó.

La luz resultó ser la lámpara de un porche de una pequeña casa que se encontraba junto a un portón de forja enorme, cuyos postes estaban guardados por dos águilas de mirada feroz esculpidas en piedra. Kayla condujo hasta donde se encontraban y detuvo el vehículo. Sin olvidar su bolso de mano y las llaves del automóvil, echó una carrera hasta una puerta más pequeña que llevaba hasta la casa y, temblando de frío por el viento, llamó al timbre.

El propietario de la casa se tomó su tiempo. Kayla casi estaba dando saltos para cuando el hombre, de unos cincuenta y tantos años y con la cara arrugada por el tiempo, abrió la puerta al fin y la miró desconfiado.

—Sí, ¿puedo ayudarla?

Su acento del West Country era mucho más fuerte que el de Jago, pero incluso aunque le sonara familiar, eso no la tranquilizó.

—Lamento mucho molestarle pero me temo que me he perdido. ¿Podría decirme dónde estoy y cómo puedo llegar al pueblo más cercano? —Alargó el mapa, que estaba arrugado, y le echó una mirada que esperó sirviera para derretir aquel corazón de piedra. La lluvia le caía por la cara y tenía la cazadora empapada. Rogó por que el hombre pudiera ayudarla.

Él entrecerró los ojos durante una fracción de segundo y entonces decidió, según parecía, que era alguien de fiar. Abrió la puerta.

—Será mejor que entre —dijo de mala gana.

—Gracias. —Kayla entró y cerró la puerta tras ella. Tuvo cuidado de no ir más allá de la alfombra que había a la entrada para no mojar las baldosas de aquel suelo reluciente. A la derecha vio un cuarto de estar muy acogedor y un perro enorme y peludo que se levantaba para ver quién había venido de visita. No ladró y tras un olisqueo superficial a sus zapatos empapados se dio la vuelta y regresó al calor del fuego sin hacer mucho más que mover un poco la cola.

El hombre tomó entre sus manos el ahora mojadísimo mapa que ella le ofrecía.

—Dígame, a ver, ¿dónde quiere ir, señorita? —preguntó.

—Bien, me dirigía a Marcombe Hall, un lugar que se supone queda en alguna parte cerca del pueblo de Marcombe, pero me he perdido y me temo que llegaré tarde a la cita que tenía. Supongo que lo mejor será ir al pueblo más cercano, buscar un hotel donde pueda quedarme y llamar desde allí para ver si puedo cambiar la cita que tenía hoy para mañana.

El hombre levantó la vista bruscamente.

—¿Ha dicho Marcombe Hall? —Dejó escapar una carcajada—. Entonces no necesita ir más lejos. Esta es la entrada a la finca.

—¿De verdad? Vaya, qué coincidencia. —Kayla no podía creerse la suerte que había tenido al fin—. Gracias, lamento haberle molestado. —Al volverse para marcharse oyó un repentino crujido de ruedas y la bocina de un automóvil sonando con impaciencia desde fuera.

—Oh, ese debe de ser el señor —dijo el hombre—. Mmm, ¿no habrá aparcado por casualidad frente al portón, verdad?

—¿Qué? Oh, sí. Supongo que será mejor que salga de ahí.

—Demasiado tarde, me temo.

—¡No! ¿No querrá decir...? —Kayla se apresuró a salir de la casa bajo la lluvia y corrió hacia su pequeño vehículo, pero gracias a Dios parecía estar de una pieza. Estaba iluminado por los faros de un Land Rover de color verde musgo que había frenado detrás de él y parecía como si ese todoterreno lo hubiera hecho al límite. Su parachoques estaba a solo unos centímetros del Peugeot de Kayla. Un hombre estaba inclinado sobre el morro del Land Rover, presumiblemente asegurándose de que no había golpeado al otro, y cuando se enderezó, Kayla se quedó sin respiración. No podía verle la cara muy bien, puesto que llevaba una gorra de béisbol calada hasta los ojos, pero hubiera dicho que no estaba muy contento, ya que su boca parecía seria.

—¿Qué demonios pretende al aparcar enfrente de la puerta de mi casa sin dejar siquiera encendidas las luces de posición? —siseó—. ¿Es que no tiene sentido común? Podría haberme llevado por delante su pequeño Peugeot. De hecho, ha tenido mucha suerte de que no haya sido así.

La primera reacción de Kayla fue que quería hundirse en algún agujerito oscuro que hubiera en alguna parte y no volver a salir de allí nunca más, pero entonces algo dentro de ella se quebró. Había sido un día muy largo, estaba muy cansada y ya había tenido bastante. Le miró con los brazos cruzados sobre el pecho en plan defensivo.

—Bien, ¿cómo iba a suponer que alguien vendría precisamente ahora? Solo me he detenido cinco minutos en este lugar dejado de la mano de Dios para pedir alguna indicación, y no he visto a nadie en kilómetros —le espetó furiosa—. En horas, de hecho. —Echó un vistazo al diminuto espacio que separaba su Peugeot del Land Rover. Había tenido mucha suerte, pero no estaba de humor para agradecer nada—. Esta es la gota que colma el vaso —murmuró.

El hombre mayor había salido para reunirse con ellos y le dio unos golpecitos en el brazo para consolarla.

—Habría podido ser peor, ¿verdad? Pero por fin ha llegado donde quería.

—He cambiado de opinión. ¿Podría decirme por favor cómo llegar a la localidad más cercana? No creo que vaya a quedarme aquí a molestar después de todo. —Echó una mirada de enfado al otro hombre.

—Pero si había dicho que tenía una cita. ¿Con el señor, no es así?

—No importa. —Kayla apretó los dientes. Todo lo que quería era alejarse de allí lo más rápido que le fuera posible y olvidarse del día que había tenido para siempre. Jago tendría que buscarse a otra campeona. Ella ya había tenido bastante.

—¿Tenía usted una cita conmigo? —El hombre más joven se había calmado, pues no sonó tan enfadado. La lluvia le caía por la cara, oscureciendo la mayoría de sus facciones, pero Kayla pudo percibir la sorpresa en su voz.

—Sí si usted es *sir* Wesley Marcombe.

—Sí, soy yo, pero no recuerdo que tuviera ninguna cita esta tarde —dijo, casi para sí mismo—. No habría salido de haber sido así.

—No exactamente. Hablé con su secretaria y ella me aseguró que estaría «encantado» de verme hoy a las cuatro. Eso es todo. Y, desafortunadamente, no fui capaz de encontrar el camino hasta aquí. —Kayla subrayó la palabra «encantado» de una manera sarcástica, lo que hizo que le pareciera ver que la mandíbula de *sir* Wesley se tensaba.

—Bueno, eso lo explica todo. Emma es probablemente la secretaria menos eficiente que jamás tuve la poca fortuna de contratar y me imagino que se le habrá olvidado decírmelo. —Miró a su reloj de pulsera—. Será mejor que me acompañe a la casa, no obstante. No llegará muy lejos en este de momento. —Él asintió con la cabeza mirando en dirección al Peugeot.

—¿Qué quiere decir? No está averiado. —Kayla empezó a dar vueltas alrededor de su pequeño automóvil para asegurarse de que no había sufrido ningún daño después de todo. Una nueva ola de ansiedad se apoderó de ella.

—No, pero no es precisamente el vehículo más grande del mundo y cuando llueve así por esta zona algunas carreteras se inundan. Podría quedarse atrapada en mitad de la nada. No, me temo que será mejor que se quede aquí a pasar la noche. Será más seguro.

—Oh, maravilloso —murmuró Kayla—. Esto se pone cada vez mejor. —Inspiró profundamente y cerró los ojos, rogando tener fuerza y paciencia. ¿Debería creerle? ¿Podía permitirse no hacerlo? Decidió que estaba demasiado cansada para discutir y que tampoco tenía fuerzas para seguir conduciendo—. Oh, muy bien. Gracias —dijo al fin, y pensó que veía el fantasma de una sonrisa en los labios de *sir* Wesley antes de volverse hacia el Land Rover.

—Sígame —fue todo lo que dijo.

Capítulo 12

Eliza vino corriendo hacia él, con la cara sonrojada y radiante de felicidad. Antes de que él pudiera decir palabra se echó a sus brazos y le abrazó con fuerza, como si no fuera a dejarle escapar jamás.

—Jago, oh Jago, tengo unas noticias maravillosas: ¡Estoy embarazada! —Las lágrimas le resbalaban por las mejillas, pero él pudo ver que eran lágrimas de alegría, así que sonrió y la besó, a pesar de los recelos que crecieron de inmediato en su interior.

—Maravilloso, desde luego —dijo, aunque su mente estaba trabajando a toda prisa, preguntándose si John sospecharía que el bebé no era suyo. ¿Cuándo fue la última vez que su medio hermano había estado en casa?

Eliza apoyó la mejilla en su hombro y para su sorpresa empezó a sollozar con fuerza.

—Creía que era estéril. Pensaba que nunca tendría un hijo. Estaba tan asustada. Tan preocupada de que John... y no quería quedarme sola en esa casa tan grande, ya sabes. —Se le rompió la voz y él le acarició el cabello con movimientos suaves.

—Shhh, mi amor. Ahora todo irá bien. No había nada malo en ti. ¿Por qué crees que John nunca tuvo hijos con su primera esposa? Probablemente no pueda. —Esto último no fue más que una conjetura por parte de Jago, aunque fundamentada en los rumores groseros que circulaban por la taberna de la posada. Sin embargo, fue lo único que se le ocurrió para hacer que ella dejara de llorar. Por desgracia, el efecto de sus palabras fue el contrario.

—¡Oh, no! ¿Y si él se ha enterado? —Abrió los ojos, horrorizada—. Entonces sabrá que el bebé no es suyo. Por Dios, ¿qué voy a hacer?

—Eliza, escúchame. —Jago le rodeó la cara con las manos para tratar de calmarla—. Si ha estado tratando de engendrar un hijo desde que os casasteis, debe de creer todavía que es capaz. Estará más que contento al ver que sus sospechas eran infundadas y mientras nosotros sigamos manteniendo la discreción, nunca lo sabrá. Se inclinó para borrar sus lágrimas con un beso—. Ahora, sonríeme otra vez. Si llevas un hijo en tu vientre debes ser fuerte. Por el bien del bebé tienes que actuar como si todo fuera bien. E irá bien, te lo prometo.

Ella se apoyó en él con un pequeño suspiro.

—Siempre tienes razón, mi amor. Eres tan sensato.

Jago sabía que la sensatez nunca había sido una de sus virtudes hasta entonces, pero rogaba por que ambos pudieran mantenerse fuertes por el bien del hijo que esperaban. No tenían elección.

El camino que circulaba por dentro de la finca estaba flanqueado por setos altos y árboles, lo que les protegía del viento en buena parte. Cuando llegaron al fin a la parte delantera de la casa, Kayla solo pudo ver fugazmente un edificio blanco y enorme con un gran porche soportado por columnas dóricas. Pensó que la casa tendría tal vez tres pisos, pero resultaba imposible decirlo con seguridad debido a la oscuridad.

Sir Wesley ya había abandonado su vehículo para cuando ella aparcó el suyo.

—¿Lleva equipaje? —preguntó secamente.

Kayla asintió con la cabeza.

—En el asiento de atrás. —Señaló una pequeña maleta. La había preparado pensando en una semana, aunque solo había planeado pasar fuera un par de días, pero le gustaba ir siempre preparada por si acaso.

Él se deslizó en el interior del automóvil y sacó la maleta como si no pesara nada. Por primera vez, ella se dio cuenta de lo grande que era,

al menos comparado con su escaso metro sesenta. Tenía los hombros anchos, que presionaban contra el suéter mojado y ajustado que llevaba. Kayla cerró la puerta de su automóvil con más fuerza de la necesaria. Maldito hombre. ¿Qué demonios le importaba a ella lo anchos que tuviera los hombros? Era muy grosero y estaba claro que solo la había invitado a quedarse porque no le quedaba más remedio.

Esa hilera de pensamientos llegó a una abrupta pausa cuando entraron en la casa. No era una casa, pensó, sino un maldito castillo. Bien, una casa majestuosa de veras. La entrada era de proporciones inmensas y Kayla miró sobrecogida lo que la rodeaba. El recibidor era tan alto como el propio edificio y estaba rematado por una bella cúpula con intrincados vitrales, que sin duda debía de dejar sin aliento bajo la luz del día. Una escalera subía majestuosamente por el centro hasta el primer piso, donde se dividía en dos y seguía hacia arriba. Sus pasos retumbaron sobre un bonito suelo de mármol blanco y negro y a cada lado de la escalera se veían ornamentos de escayola y estatuas griegas y romanas que se disponían a intervalos en unos nichos especialmente diseñados para albergarlas.

Kayla no tuvo mucho tiempo para mirar a su alrededor, pues una alegre mujer bajita y regordeta de mediana edad se acercó a ellos saliendo de una puerta que había en la parte de atrás del recibidor.

—Oh Dios mío, señor, está completamente empapado. Y también la señorita. Señor, qué tiempo, y qué repentino. ¿Qué será lo siguiente, a ver? —exclamó al verlos.

Kayla se miró en un espejo alto, que colgaba sobre una mesa ornamentada del recibidor a la izquierda de la puerta principal.

—Por amor de Dios —murmuró. Parecía una niña abandonada y medio ahogada, con el pelo cayéndole en mechones pegados y puntiagudos desde el clip grande que se había puesto aquella mañana. El rímel de los ojos se le había corrido y le caía en ríos negros hasta las mejillas. Se lo intentó limpiar sin obtener un resultado visible, pensando para sí que probablemente Drácula tendría mejor aspecto que ella.

—Discúlpeme, pero no me he quedado con su nombre.

Se dio cuenta de que *sir* Wesley le estaba hablando así que se volvió. Todavía llevaba su visera de béisbol, y aunque esta le oscurecía los ojos pudo ver el resto de su cara con claridad. Se dio cuenta de que no era tan

intimidante como le había parecido fuera en la oscuridad. Incluso podría resultar pasablemente atractivo si alguna vez se reía. Los planos afilados de los huesos de sus mejillas enmarcaban unas líneas que podrían corresponder a las que se forman al sonreír alrededor de una boca sensual y su mandíbula estaba cubierta por una oscura barba de varios días. Un bronceado que estaba despareciendo indicaba que había estado en el extranjero y Kayla le envidió: ella tenía que luchar mucho para ponerse mínimamente morena después de pasar varias semanas al sol. Él se aclaró la garganta y ella se dio cuenta de que estaba esperando una respuesta.

—¿Qué? Ah, sí, mi nombre. Me llamo Michaela Sinclair, Kayla para hacerlo más fácil. —Alargó la mano para saludarle, algo tímida, y él correspondió su gesto brevemente. A pesar de tocarle y sentir su calor, cuando, en cambio, ella tenía las manos mojadas y heladas, tirito.

—Encantada de conocerla —respondió él de manera automática. Luego, se volvió hacia la otra mujer—. Annie, la señorita Sinclair tendrá que quedarse a pasar la noche. Las carreteras no son seguras de momento. ¿Puede prepararle una habitación, por favor?

—Pues, sí, claro —dudó Annie—, pero han estado rascando la pintura de todas las habitaciones de invitados esta semana, por la restauración, señor. ¿No se acuerda?

—Demonios, lo había olvidado. —Pensó durante unos instantes—. Entonces tendrá que llevarla a la habitación de Caro. No hay ningún otro sitio, ¿verdad?

—No, señor. La prepararé ahora mismo. Si me acompaña, señorita, le mostraré dónde puede secarse un poco.

—Gracias. —Kayla asió su maleta y siguió a Annie por la amplia escalinata que llevaba al primer piso y a lo largo de un corredor con suelos de madera que relucían. Una alfombra gruesa y de color verde de Axminster se extendía a lo largo del pasillo y amortiguaba el sonido de sus pisadas.

Annie la llevó hasta un enorme dormitorio con ventanas que iban del suelo al techo, flanqueadas por cortinas de terciopelo de color rosa oscuro. Una elegante cama con dosel presidía el centro de una de las paredes, vestida con cortinajes del mismo material que las cortinas y cubierta por una colcha de satén del mismo color.

—¡Oh, es preciosa! —exclamó Kayla—. ¿Está segura de que, bueno, de que Caro no va a necesitar la habitación esta noche?

Annie sonrió irónicamente.

—No, y no creo que vuelva a necesitarla nunca más, si Dios quiere.

Kayla levantó las cejas al escuchar aquel extraño comentario pero pensó que era mejor no decir nada. ¿Habría muerto alguien allí recientemente? Se estremeció y se preguntó si habría entrado en una novela gótica por error. Después de hablar con cuadros podría creerse cualquier cosa, desde luego. Sin embargo, con un poco de suerte estaría lo suficientemente cansada esta noche como para pensar en nada de todo eso. Además, a estas alturas debería estar ya acostumbrada a los fantasmas.

—Aquí está el cuarto de baño —le indicó Annie señalando a una puerta que se abría a la izquierda— y la cena se servirá abajo a las seis. Si necesita cualquier cosa, llame al timbre que tiene ahí. —La mujer apuntó a un interruptor que había en la pared junto a la puerta.

—Muchas gracias, pero creo que tengo todo lo que necesito.

«¿Llamar al timbre?», murmuró mientras Annie cerraba la puerta tras ella. Ahora se sentía como si hubiera dado un paso atrás en el tiempo y con la ropa mojada y su apariencia lamentable, desde luego no encajaba muy bien en un entorno tan magnífico. Habría debido de llevar un vestido de baile, pensó con una sonrisa irónica. Asintió con la cabeza.

Solo era una habitación y no importaba el aspecto que ella tuviera. Además, solo se iba a quedar una noche. Ni un minuto más.

Después de tomar una ducha larga y caliente y ya casi con el pelo seco otra vez, Kayla se sintió infinitamente mejor. ¿Tal vez todo estuviera saliendo así para mejor después de todo? Era un milagro que hubiera acabado llegando a Marcombe Hall a pesar de las vueltas que había dado y sin una sola pista para saber en qué dirección estaba conduciendo. Decidió que el destino estaba ganando interés en su vida por el momento, pero todavía tenía que pensar si lo estaba haciendo para bien o no.

Vestida con ropa seca: una falda de punto corta de color azul claro con unos legui y un jersey de cuello alto a juego, Kayla estaba lista para enfrentarse a su anfitrión otra vez. Se había maquillado de nuevo y se había dejado el pelo suelto y sus gruesos mechones, ahora ya casi secos, se balanceaban tras ella mientras bajaba por la escalera curva. Deslizó una mano por el suave pasamanos y admiró el recibidor una vez más. Aquella era, desde luego, una casa magnífica. Sería el escenario perfecto para el retrato de Jago, eso si era capaz de encontrar el de Eliza por él.

Pero lo primero es lo primero, así que, ¿dónde estaba el comedor?

—Maldita sea, Emma es capaz de poner a prueba la paciencia de un santo. —Wesley dio un puñetazo de frustración sobre el escritorio y giró en su silla para mirar la librería que tenía detrás, en un esfuerzo por calmarse. Desde luego nunca había aspirado a la santidad y se sentía con la potestad de soltar una larga lista de palabrotas cuando debía enfrentarse a la incompetencia de su secretaria. Aun así, sabía que eso no cambiaría nada, así que en lugar de hacerlo inspiró hondo varias veces y contó hasta diez.

Fue interrumpido por el suave golpeteo de unos nudillos en la puerta seguido por la entrecortada voz de su invitada, la señorita Sinclair.

—¿Disculpe, hay alguien aquí?

Él se volvió para mirar a la entrada a la habitación y la vio mirando con cautela.

—Sí, estoy aquí, señorita Sinclair —dijo secamente—. Entre, por favor. —Suspiró y se pasó una mano por su desgreñado pelo. Todavía no había podido cambiarse y aunque la ropa se le había empezado a secar, aún la tenía pegada al cuerpo. Se dio cuenta del fuerte olor a la lana mojada que desprendía su jersey y arrugó la nariz. Ojalá su inesperada huésped no se acercara lo suficiente para percibirlo.

La señorita Sinclair entró en la habitación, pero se detuvo en el umbral de la puerta cuando vio la cara que él ponía. Wesley se dio cuenta de que debía de parecer muy enfadado puesto que ella dio inmediatamente un paso atrás de manera involuntaria.

—No quería molestarle, *sir* Wesley, tan solo estaba buscando el comedor —dijo—. Annie me comentó que bajara a las seis. ¿O tal vez es que voy a cenar en la cocina? —Miró su reloj de pulsera, incómoda, aunque él prácticamente no se dio cuenta. Estaba demasiado ocupado haciendo cambios en su apariencia.

En lugar de la criatura desaliñada a la que había hecho entrar en casa un rato antes, ahora tenía frente a él a una bella mujer. Todo en ella era diminuto, pero perfecto. Bien, todo, se corrigió a sí mismo en silencio, salvo su pecho, que era magnífico y destacaba con el jersey con caída que se había puesto. Wes desvió rápidamente la mirada hacia otra parte para que no le pillara observándola. Aquella especie de estropajo mojado y pegado a la cabeza se había transformado milagrosamente en una brillante melena de color rubio ceniza cuyos mechones le caían hasta los hombros. En algunos sitios brillaba más bajo la luz del candelabro que lucía sobre ella. Su cara estaba dominada por unos ojos grandes, que ella había destacado con habilidad utilizando rímel. Sin embargo, no llevaba más maquillaje que pudiera ver. Además, su más que generosa boca no necesitaba que se le añadiera más color, era perfecta así, y tampoco le pareció que el intenso rosado de sus mejillas obedeciera al uso de maquillaje alguno.

—¿*Sir* Wesley?

Su voz le devolvió al presente.

—¿Qué? Oh, lo siento. —Agitó la cabeza—. Me temo que me ha pillado en un mal momento. Según parece mi secretaria se ha ido y dice que no va a volver, aunque no sé si creerlo. Ya lo ha dicho otras veces. De todos modos, lo ha dejado todo bastante desordenado y no sé por dónde empezar o dónde encontrar nada. Supongo que eso explica por qué no sabía que usted iba a venir.

—Oh, de acuerdo. ¿Tal vez prefiera cenar más tarde en ese caso? ¿Debo dejarle tranquilo?

Negó con la cabeza.

—Oh, no, ni hablar. Si alguna vez llega tarde a alguna de las cenas de Annie recibirá una reprimenda sin fin, créame. Es una tirana absoluta. —Se levantó, rodeó el escritorio y se acercó a ella. Sonrió para dejar claro que estaba bromeando, aunque ella ni se dio cuenta. Parecía ocupada fijándose en la alfombra, así que pensó que se sentía incómoda al tener que quedarse allí a pasar la noche—. ¿Disculpará que no me cambie para cenar? —dijo él, confiando en hacerle las cosas más fáciles.

—Sí, claro. En realidad, ni siquiera debería estar aquí, así que, por favor, no se preocupe por mí.

—Eso no es problema. Como habrá advertido, esta casa es bastante grande, así que el hecho de que haya una persona más bajo su techo no cambia mucho las cosas.

Wes trató de no mirarla, pero le resultaba difícil porque de cerca se la veía incluso más bonita. Y olía de maravilla: una especie de perfume floral le hizo pensar en hacer el amor en un jardín sobre una suave capa de hierba y rodeado de madreselvas y rosas. Inspiró hondo y trató de controlar sus pensamientos. ¿Qué le estaba pasando? Acababa de conocerla y ya estaba fantaseando con hacer el amor. Por Dios.

Le hizo un gesto para que le siguiera y la llevó por la parte de atrás del vestíbulo y hasta una pequeña estancia.

—Este es el comedor del desayuno donde solemos comer —explicó—. No es tan formal como el comedor principal, que solo utilizamos para las fiestas, cuando hay mucha gente. Han pasado muchos años desde la última vez que lo usamos. Creo que fue antes de que falleciera mi madre.

Siguió hablando de esto y aquello, pero poco después ya no se acordaba de lo que le había dicho, pues estaba demasiado ocupado admirando a su huésped. Era preciosa, a decir verdad, pero se preguntaba qué demonios la habría traído hasta su casa.

No podía esperar para saberlo.

Sir Wesley le ofreció asiento con cortesía, retirando la silla por ella, y Kayla se sintió de nuevo como si hubiera caído en la trama de una novela de la época de la Regencia por error. Esa impresión se hizo aún más fuerte cuando Annie entró en la sala con una enorme bandeja y dos platos de plata cubiertos, aunque después de todo la mujer no vestía un uniforme de sirvienta. Kayla casi se rió en voz alta. Maddie se tomaría un día libre cuando le dijera que había cenado con un «*sir*» en una mansión enorme mientras servía la mesa una criada.

—Gracias, Annie —dijo *sir* Wesley educadamente, y Kayla asintió con la cabeza para dar también las gracias.

—*Bone appetite* —dijo Annie chapurreando francés, lo que hizo que Kayla le sonriera a su servilleta.

Por suerte la cena no consistía en un montón de platos distintos, como habría sucedido en la época de la Regencia; tan solo había un plato principal y un postre, así que Kayla dio buena cuenta de ambos. Ahora que se había relajado un poco se dio cuenta de que estaba hambrienta, por lo que Annie se sintió muy satisfecha al ver que su trabajo era apreciado.

Kayla trató de charlar un poco al principio.

—Entonces, ¿usted gestiona esta finca con la ayuda de su secretaria? —preguntó.

—En parte, pues también soy abogado corporativo. Trabajo como independiente. Estoy especializado en ayudar a compañías con contratos

complicados —le explicó a Kayla—. Casi siempre trabajo desde casa, pero viajo de vez en cuando.

—Eso parece muy interesante.

—Sí, supongo que así es. —Se encogió de hombros, como si nunca hubiera pensado en ello en realidad.

—Tiene una casa muy bonita. ¿Ha pertenecido a su familia hace muchas generaciones? —Kayla ya conocía la respuesta, claro, pero pensó que ese sería un tema del que a él le gustaría hablar.

No obstante, no parecería que estuviera muy hablador, como si estuviera distraído, así que al final se concentró en cenar en silencio. *Sir* Wesley comía con el ceño todavía fruncido, la mayor parte del tiempo mirando al plato, como si pudiera encontrar ahí la respuesta a sus problemas, aunque de vez en cuando ella le pillaba mirándola con una cara extraña. Pensó que sería más seguro no hacer que se enfadara más por su charla sin sustancia. Él no parecía darse cuenta hasta que hacia el final de la cena, levantó la vista.

—Dígame, ¿cuál era aquel asunto por el que quería verme, señorita Sinclair?

Kayla tragó saliva. La estaba poniendo en el punto de mira y había llegado el momento de poner a prueba sus dotes interpretativas. Reunió todas sus fuerzas y le contó el cuento que se había imaginado hacía unos días.

—Yo, mmm, entiendo que usted posee algunos cuadros de Thomas Gainsborough y como estoy haciendo un trabajo sobre él para un curso, me preguntaba si podría dejarme echarles un vistazo. ¿Podría hacer una o dos fotografías, si no le importa? —Kayla se sentía muy mal mintiéndole, especialmente después de que la había invitado con tanta amabilidad a quedarse y con ello la había salvado de perderse en la tormenta. Pero la promesa que le había hecho a Jago hizo que siguiera adelante—. Se lo dije a su secretaria —añadió a la defensiva.

—Sí, seguro que lo hizo, pero como ya le había dicho, eso no ha servido de mucho. —Sonrió por fin y Kayla inspiró de repente, casi atragantándose con la última cucharada de postre. Por un momento, se quedó pasmada: era como si estuviera mirando al propio Jago. Tenía su misma sonrisa de demonio pirata que tal vez no lo sea tanto y que la había impresionado sobremanera cuando estaba en Londres, y ya puestos,

había también otras similitudes. Su cabello oscuro y liso, aunque el de *sir* Wesley no era negro, pero sí castaño oscuro, y lo llevaba mucho más corto, por supuesto. Estaban también sus facciones toscas, la boca, las líneas de su sonrisa. Kayla bajó la vista al recordar lo alto que era Jago y que había pensado lo mismo de *sir* Wesley.

«Jesús, ¿por qué no me habré dado cuenta de todo esto antes?» Debía de haber sido porque *sir* Wesley había fruncido el ceño casi desde el momento en que se habían encontrado, concluyó. Ahora que sus facciones se habían relajado y había sonreído, tenía un aspecto completamente distinto.

Se le ocurrió algo más, que acabó por confundirla del todo. ¿Por qué *sir* Wesley se parecía a Jago? ¿No era imposible? Jago solo había sido el amante de Eliza, así que no estaba emparentado con *sir* Wesley, aunque... Llegó el turno de Kayla para fruncir el ceño. ¿Habría plantado Jago un cuco en el nido de *sir* John? ¿Cuál era el nombre del bebé? Sí, incluso era el mismo nombre, Wesley. Levantó la vista y se quedó mirando aquel par de ojos azules en cuyos extremos empezaban a dibujarse patas de gallo. ¡Del mismo color que los de Jago! Ese azul tan intenso debía de ser raro, especialmente combinado con un pelo tan oscuro. Kayla tragó saliva con fuerza. Sí, su teoría del cuco era desde luego posible, aunque también era cierto que ambos tenían un antepasado común en el padre de Jago. Kayla tomó nota mentalmente de echar un vistazo a algún retrato de *sir* Philip.

En ese momento *sir* Wesley interrumpió sus pensamientos.

—Esa tonta no diferenciaría un Gainsborough del dibujo de un niño de seis años, así que si sabía que yo tenía alguno debe de ser por pura casualidad. De todos modos, se los enseñaré mañana. Hay que verlos a la luz del día para apreciarlos adecuadamente.

—Gracias, es muy amable. Espero verlos entonces.

Y Eliza: ¿qué aspecto tendría a la luz del día?

Capítulo 13

—**P**uedo sentir cómo patalea. ¿Y tú? Es muy movido, de eso no hay duda.

Estaban en la cama de Eliza, con las cortinas del dosel echadas a medias para evitar miradas. Desde que la puerta secreta había dejado de ser una opción, Jago había encontrado otra vía para acceder a la casa. Simplemente le pidió a Eliza que dejara una de las ventanas del piso de abajo abiertas en las noches en que John no estuviera en casa, así que no había tenido ningún problema para entrar.

—No sé por qué no se me había ocurrido antes —rio—. Desde luego, me hubiera hecho la vida más fácil.

—Aún así, podría verte alguien. —Eliza temía que el feroz Armitage, el mayordomo, le pillara entrando en lo que él vería como un allanamiento de morada.

—No te preocupes, tengo mucho cuidado. —Y hasta ese momento, todo había ido bien.

Le puso la mano en el vientre, disfrutando de los movimientos de mariposa del bebé.

—¿Cómo sabes que va a ser un niño? —le preguntó con una sonrisa.

—Porque nunca se está quieto, es como tú. —Eliza lo acercó hacia sí para darle un largo beso.

—Puedo estarme quieto. Especialmente si te tengo durmiendo entre mis brazos. —Él le empujó el vestido hacia abajo para liberar su hombro y así poder besar su suave piel sin nada entremedias—. Después de que me hayas dejado exhausto—. Le dedicó una sonrisa traviesa.

—No por mucho tiempo —rió ella—. Aunque eso me gusta de ti. Tu energía sin límite, la manera en que siempre consigues algo.

Él hizo una mueca.

—No es que haya conseguido mucho. Tan solo me gano el pan de cada día, como todo el mundo.

—No es eso lo que yo he oído.

—¿Cómo? ¿Has estado prestando atención a los rumores, mi amor? —Trató de distraerla desplazando su atención hacia otra cosa, puesto que a él no le gustaba que le alabaran y tenía una ligera idea de lo que iba a pasar a continuación. Pero Eliza no estaba por que la disuadieran.

—Sí, de hecho, así ha sido. Y he oído un montón de cosas buenas sobre ti. Los pobres de por aquí nunca se mueren de hambre, gracias a ti. Harriet me dijo que los contrabandistas de Marcombe comparten sus beneficios de manera igualitaria y como sé que eres el jefe, eso debe ser obra tuya.

—No es nada. Todos necesitamos comer —murmuró Jago.

—Quizá, pero no es así como todas las bandas operan, ¿a que no? Y como jefe, podrías llevarte más.

—Todos nos arriesgamos lo mismo, así que también tenemos las mismas ganancias. Y ahora, por favor ¿podemos hablar de otra cosa?

Ella le enmarcó la cara con las manos y le miró a los ojos, agitando la cabeza.

—Lo que pasa es que no quieres admitir que eres un buen hombre, ¿verdad? Pero a mí no puedes engañarme.

—No pretendía hacerlo, pero tampoco me subas a un altar. No soy perfecto, Eliza, ni lo seré nunca.

—Para mí sí lo eres, eso es lo que cuenta.

Kayla se despertó con los ojos pesados y con un aburrido dolor de cabeza punzante tras los párpados. Bostezando, levantó la vista para mirar hacia la ventana. Se dio cuenta entonces de que el viento había dejado de soplar por fin y había escampado. Todo estaba muy tranquilo, por lo menos fuera.

Una tabla del piso crujió y Kayla se volvió en dirección a la puerta. La habitación estaba todavía en semipenumbra y la modorra de los ojos no le permitía casi moverlos. Tanteó por la mesita de noche en busca de su reloj de pulsera. Eran escasamente las siete de la mañana. Bostezó de nuevo y se estiró antes de rodar hasta un bulto duro bajo el grueso edredón. Definitivamente, necesitaba echarse otra cabezadita.

Se había ido a la cama bastante pronto pues *sir* Wesley tenía que seguir con su trabajo, pero a pesar del cansancio, no había podido dormir. El pensar que alguien podría haber muerto en esa misma cama recientemente hacía que se sintiera incómoda y se sobresaltara al oír el mínimo ruido. Como la casa era antigua, nunca estaba en silencio y parecía que las vigas y los tablones del suelo estuvieran en movimiento constante, lo que provocaba pequeños crujidos y chirridos. Eso hizo que Kayla se mantuviera despierta aun a pesar de que sabía por qué se producían. Debía de ser bien bien medianoche pasada cuando al fin se durmió, para solo soñar con apariciones fantasmales que salían de enormes platos cubiertos con tapas de plata y llevados por una sonriente Annie. Suspiró.

—Así que se ha despertado por fin.

Kayla se sentó derecha, carraspeando, llevándose la ropa de cama al pecho, convencida de que el antiguo propietario de la cama habría vuelto para reclamarla. De todos modos, pronto vio que la voz que le hablaba venía de una carita que la estaba mirando desde un lado de la cama. Era la de una niñita delgada de pelo negro que aparentaba unos siete u ocho años.

—¡Dios, menudo susto me has dado! ¿Quién eres? —El corazón volvió a latirle a ritmo normal y la respiración volvió a ser más tranquila.

—Soy Eleanor, pero todos me llaman Nell. —La sonrisa que acompañó a esta frase la desarmó y Kayla no tuvo valor para regañar a la niña. Estaba claro que no había querido hacer nada malo—. Estoy muy contenta de que te hayas despertado. He estado esperando siglos y siglos y Annie me dijo que no podía despertarte, así que he procurado no hacer ruido.

Kayla sonrió.

—Sí, bien, ahora ya estoy despierta. —«Y no creo que pueda dormirme otra vez contigo por aquí», habría añadido. Dio unas palmaditas en la cama junto a ella y le dijo—: ¿Por qué no te sientas aquí conmigo y me cuentas por qué querías verme?

Nell se subió a la cama, dando unos cuantos saltitos antes de sentarse.

—Ya te lo he dicho, te estaba esperando porque quería hablar contigo.

—Oh, ¿por qué? ¿Te lo ha pedido alguien?

—No, es que tenía curiosidad. Annie me dijo que papá tenía una huésped y quería ver qué aspecto tenías. Ayer cuando viniste yo no estaba aquí.

—¿Y eso?

—Me había quedado a dormir en casa de mi amiga Olivia, pero no me gustó así que su mamá llamó a mi papá a medianoche y él vino a recogerme. —Nell hizo una mueca—. Olivia se estaba portando muy mal.

—Oh, cariño. Qué bien que tu padre fuera a buscarte a pesar de ser tan tarde. ¡Y eso que llovía a cántaros! Qué suerte que tenga un Land Rover.

—Sí, es el mejor. —Nell la miró otra vez—. No nos visita mucha gente. ¿Vas a quedarte mucho tiempo? ¿Y cómo te llamas?

—Me llamo Kayla y no me voy a quedar mucho. Solo he venido a ver algunos de los cuadros que tiene tu papá. Supongo que es *sir* Wesley, ¿verdad? —Recordó entonces la entrada del *Debrett's* en la que se decía que *sir* Wesley tenía «descendencia», una hija. Anoche se le había olvidado.

—Sí. Me parezco a él, ¿no crees? Tengo el pelo oscuro y los ojos azules como él, eso dice Annie. —Nell se sacudió el pelo como lo hubiera hecho una mujer adulta y abrió mucho los ojos para que los viera bien.

Kayla rió.

—Seguro. Lo que pasa es que la luz en esta habitación no es muy buena, así que no había podido verte bien.

—Oh, eso puedo arreglarlo. —Nell saltó de la cama y antes de que Kayla tuviera tiempo de protestar corrió las gruesas cortinas para dejar que entrara la brillante luz de la mañana. Kayla hizo una mueca de dolor y parpadeó, tratando de acostumbrarse a la claridad—. Eso es, ¿así mejor? —preguntó la pequeña alegremente.

—Sí, bueno, gracias, la verdad es que es maravilloso. Así que, dime, ¿cuántos años tienes, Nell?

—Cumpliré los ocho en verano. Papá dice que seré muy mayor y que le parece increíble. Ya he pedido una bicicleta nueva para mi cumpleaños y tal vez una casa nueva de Barbie y una PlayStation, pero tengo que anotarlo todo en una lista para que papá no se olvide.

—¿Eso es todo? —A Kayla le pareció una lista bastante cara. Se preguntó si *sir* Wesley era realmente un padre tan indulgente, pero prefirió no decir nada. No era asunto suyo, después de todo—. Así que vas a cumplir ocho años, ¿no? Entonces, ¿no tendrás que prepararte para ir pronto al colegio?

Nell se rió.

—No, tonta, es Semana Santa, no tengo que volver al colegio hasta la semana que viene.

—Oh, ya veo. —Kayla no supo bien qué decir—. Bueno, tal vez sea mejor que me levante y me dé una ducha. ¿Te veré más tarde para desayunar?

—Pues claro, pero ¿no te apetece venir a nadar conmigo antes? Papá siempre dice que hay que nadar un poco antes de desayunar. Es bueno y te hace más fuerte.

Nell estaba ahora dando saltos sobre un solo pie, según parecía, incapaz de contener la mucha energía que tenía. Iba siguiendo un dibujo de flores que había a lo largo de la alfombra, saltando de una flor a otra y a veces agachándose.

—¿Nadar? ¿Con este tiempo? ¿No te parece que el agua del mar estará un poco fría en esta época?

Nell se reía a carcajadas y se llevó las manos a la barriguita.

—No, no, en el mar no —carraspeó—. Me gustas, eres divertida, Kayla. Lo que quiero decir es que vayamos a nadar a la piscina, claro, tonta.

Kayla se dio cuenta de que ese «tonta» era la palabra del día. Y la verdad es que se sentía bastante tonta. Debería haber adivinado que en una casa tan grande como aquella habría cosas como esa. Movió la cabeza.

—Oh, claro. No, me temo que no puedo, no me he traído bañador. No había pensado quedarme en ninguna parte donde hubiera una piscina. Ve tú, ya nos veremos más tarde.

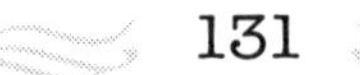

No obstante, Nell no se daba fácilmente por vencida.

—Te conseguiré uno, puedes usar el viejo de mamá. —Y sin esperar respuesta salió corriendo hacia la puerta, la cruzó y dio un portazo al salir. Kayla se hundió bajo la colcha. «Por Dios, menuda manera de empezar el día.»

Menos de cinco minutos después Nell entró con estrépito en la habitación, mostrando triunfante un bañador de color rosa fosforescente enrollado en la cabeza.

—Mira, te lo dije. ¿A que es muy bonito? La próxima vez me compraré uno de este color. Me encanta el rosa.

Kayla, que ya se había resignado a su destino, miró con sorpresa la prenda de aquel llamativo color pero, esta vez, se las arregló para mentir de manera convincente.

—Sí, muy bonito.

Ya con el bañador puesto, que para su sorpresa le quedaba perfecto, envuelta en una gruesa bata blanca y llevando debajo una toalla para mayor seguridad, Kayla siguió a su pequeña anfitriona escaleras traseras abajo hasta el sótano. Aquí se encontraron con una puerta doble de cristal que llevaba a una gran estructura que quedaba en parte bajo el piso a nivel de la calle y en parte salía al jardín con forma de porche techado. Kayla pensó que la casa debía de haber sido construida en una ladera, de manera que la fachada del edificio quedaba más alta que la parte de atrás.

Dentro había una piscina larga y estrecha con escalones poco profundos en un extremo. La estancia estaba mucho más caliente que el resto de la casa. Aquí y allá alrededor del perímetro de la piscina había plantas tropicales muy altas sembradas en macetas blancas de porcelana china, y en el fondo se veía un mosaico de un delfín de color índigo.

—Voy a ponerme el bañador —dijo Nell y se metió en un pequeño cubículo que quedaba a la derecha para cambiarse. Kayla se quitó la bata, dejó a un lado la toalla y metió los pies en el agua. Estaba templada y estupenda.

De repente, chilló, pues alguien la salpicó y la caló de arriba abajo. Sin embargo, sonrió y se tiró al agua rápidamente para atrapar a la culpable.

—Te atraparé, pequeña descarada, espera y verás.

Nell gritó de gusto mientras Kayla la perseguía y hacía a propósito como que no la podía alcanzar hasta que la atrapó en el último minuto. Ambas acabaron en los escalones poco profundos riendo y tratando de respirar.

—Nadas muy bien, Nell.

—Lo sé. Mi papá me enseñó cuando solo era un bebé. Me tiró al agua y yo salí nadando, eso me contó.

—¿De veras? He oído hablar de eso. Fue muy valiente por su parte, aunque no sé si yo hubiera sido capaz de hacer lo mismo con un hijo mío. ¿Qué hubiera pasado si te hubieras hundido?

Nell se rió entre dientes.

—Pues que me hubiera rescatado, claro. Y ahora me toca perseguirte a ti, ¿qué te parece?

—De acuerdo, pero no creo que puedas atraparme, soy demasiado rápida.

Las risas continuaron mientras Kayla se dejaba atrapar una y otra vez. Estaba empezando a preguntarse si la pequeña se cansaría alguna vez de aquel juego, cuando de repente alguien salpicó al tirarse al agua junto a ellas, *sir* Wesley.

—¿Qué está pasando aquí con tanto ruido? —Rió y lanzó a Nell al aire. La atrapó justo antes de que cayera al agua y nadó a su alrededor—. Creía que la casa se estaba cayendo.

—No, papá, Kayla y yo estábamos jugando, nada más.

—Eso ha sido muy amable por parte de la señorita Sinclair. Espero que no la despertaras y la obligaras a bajar aquí. No habrá sido así, ¿verdad? —Entonces miró a Kayla como pidiendo disculpas, mientras esta asentía ligeramente con la cabeza. Por un instante, ella se dejó arrastrar fascinada por su mirada y se dio cuenta de que los ojos de él parecían, si eso era posible, más azules esta mañana bajo la luz del sol que se reflejaba en el agua.

También centelleaban, divertidos por el descaro de su hija, supuso ella, pero también observó en él una mirada de gratitud al responderle:

—No, ya estaba despierta. —Miró a Nell, que estaba haciendo todo lo posible por poner cara de angelito—. Bien, casi despierta —añadió—. De hecho, me estaba levantando cuando Nell llegó, y ahora creo que será mejor que me vaya y me vista. Tal vez nos veamos más tarde, Nell.

Nadó hacia los escalones y se apresuró a recoger su toalla, que se enrolló alrededor del cuerpo. Justo antes de que dejara la estancia, vio a *sir* Wesley mirando el traje de baño que llevaba y dedicándole uno de sus ceños fruncidos, lo que le indicó que probablemente se había dado cuenta que era uno de los de su esposa. Avergonzada por que la hubieran pillado usando su piscina y el bañador de su mujer sin haber sido invitada de manera formal —la invitación de Nell no contaba, era solo una niña—, Kayla escapó hacia su habitación y una vez allí se apoyó contra la puerta y cerró los ojos. Ojalá él no se enfadara y decidiera no mostrarle ninguno de los cuadros.

—Oh, por Dios —se dijo a sí misma en voz alta— deja de preocuparte todo el rato sobre lo que piensan los demás. —Después de todo, su hija la había sacado de la cama sin contemplaciones y había sido lo suficientemente amable como para jugar con la niña en lugar de enviarla con quien estuviera a su cargo. ¿A que no era un crimen? Bien, y si lo era, entonces sería malo de veras.

Wes se quedó mirando a su invitada unos instantes. Le había sorprendido, primero, verla con el ajustado bañador de su ex esposa y luego se había sentido desconcertado por su propia reacción hacia ella. La quería. Ya.

Estaba bastante seguro de que aquel bañador tan ajustado a Caroline nunca le había sentado tan bien, pero la señorita Sinclair lo llenaba a la perfección. Bien, mucho más que eso. Aquel pensamiento envió una punzada de deseo a través de su cuerpo, aunque él la ignoró completamente. Pensó que llevaba viviendo como un monje demasiado tiempo, aunque lo cierto era que seducir a jóvenes estudiantes que se alojaban en su casa no era precisamente una opción.

—Papá, mira, voy a hacer como si fuera una bala de cañón. ¡Mírame!

La insistencia de Nell sacó a Wes de sus pensamientos. Metió la cabeza bajo el agua para ver si se le aclaraban las ideas. Salió y sacudió la cabeza, y luego miró cómo saltaba Nell al tiempo que trataba de olvidarse de la imagen de la señorita Sinclair, que seguía flotando en su mente cada vez que parpadeaba. Sus piernas largas y delgadas, su vientre liso y firme y sus curvas. Unas curvas exquisitas.

—Maldita sea —murmuró. Pero ¿qué demonios le pasaba? No había reaccionado así al ver una mujer desde, bien, desde que vio a Caroline por primera vez. Y en aquel entonces era mucho más joven. ¿Acaso la abstinencia prolongada hacía que las hormonas se volvieran locas? Al menos, a él le parecía que eso era lo que le estaba pasando.

Suspiró. No le apetecía pasar la mañana en compañía de la señorita Sinclair. Sería horrible. Ya había sido bastante malo antes de que la hubiera visto en bañador, pero ahora...

Tratando de pensar en otra cosa, se volvió hacia su hija.

—Vamos, Nell, ya ha sido suficiente. Annie debe de estar esperándonos.

Kayla siempre podía pasar sin desayuno, pero después del ejercicio matutino tenía bastante hambre. La cocina, una estancia amplia donde todo hacía eco pintada de color blanco, se encontraba situada en el piso de abajo, así que Kayla se encaminó hacia allí siguiendo el olor tentador de las tostadas. Llegaba desde la parte trasera del vestíbulo y parecía invadir toda la casa. Annie estaba muy ocupada preparando algo, pero se volvió para saludarla.

—Buenos días. Se ha levantado pronto.

—Sí, llevo horas despierta gracias a la pequeña Nell. Me llevó a nadar.

—Oh, no, ¿así que ese es el motivo por el que había desaparecido? ¡Esa pequeña damita! Y encima de que le había dicho, especialmente, que no debía molestarla. ¿Qué voy a hacer con ella, a ver?

Annie sacudió la cabeza.

—Me dijo que usted había dicho que debía esperar pacientemente hasta que me hubiese desperado antes de decir nada, así que no se preocupe. —Kayla sonrió—. No obstante, debo admitir que me sobresalté un poco.

—Vaya, lo siento. Y ahora, dígame qué le apetece desayunar y se lo prepararé.

—Solo una tostada, por favor, y yo misma puedo preparármela. No hace falta que trabaje más de la cuenta por mi culpa.

—Tonterías, es mi trabajo, a ver. Usted siéntese y yo me ocuparé de todo.

Annie se negó a escuchar sus protestas y al final le sirvió té, tostadas, mantequilla y mermelada, además de otras cosas. Kayla comió en silencio, mirando a su alrededor aquella cocina brillante y soleada. Le recordaba a las cocinas del Brighton Pavilion, con sartenes de cobre colgando en fila por las paredes y varias mesas largas de pino que se usaban como superficie de trabajo. Annie estaba lavando en una vieja pila de porcelana blanca y también había una antigua cocina económica, que no tenía el aspecto de haber sido dejada de usar hacía mucho tiempo. Probablemente se mantenía allí como decoración, pensó, ya que en la cocina había una mucho más moderna y una batería de cocina de acero inoxidable en un rincón.

A mitad de su segunda tostada, Kayla se aventuró a hacer algunas preguntas.

—Nell me ha dejado prestado un bañador de su madre para que me pudiera bañar. Espero que a *lady* Marcombe no le importe. —Lo dejó caer así, como si tal cosa, pero en realidad se moría de ganas por saber más de esa mujer a la que todavía no había visto. Anoche, no solo no se había olvidado de que había una hija según el anuario *Debrett's*, sino que *sir* Wesley estaba casado. Así que, ¿dónde estaba su esposa?

—Por Dios, no. La madre de Nell ya no vive aquí y si no se lo ha llevado es porque ya no le hace falta. Úselo sin problema.

—¿Es que los padres de Nell están divorciados? —Kayla tomó poco a poco el té hirviente que le habían servido.

—Sí, ahora hará un año. Solo ha venido alguna que otra vez por aquí desde entonces y nunca se queda más de un par de horas. —Annie agitó la cabeza una vez más—. No me importa decírselo, hay gente muy rara. Luchó contra *sir* Wesley por la custodia, pero una vez él hubo ganado fue como si ya no le importara. Desapareció sin más. Puede visitar a su hija siempre que quiera, pero no parece que le apetezca mucho hacerlo.

—¡Qué pena! —«Pobrecilla Nell», pensó Kayla. La mujer debía de ser bastante rara. La curiosidad de Kayla siguió aguijoneándola, pero no se atrevió a preguntar más.

—Sí, pero no parece que eso le haya hecho mucho daño a la pequeña. Está tan feliz como siempre. Nunca habla de ello y adora a su padre, de veras —siguió Annie.

Kayla sonrió una vez más.

—Sí, ya me he dado cuenta. La niña, bueno, habla mucho de él.
—Acabó de desayunar y se levantó para dejar el plato y la taza que había utilizado en el fregadero—. Bien, gracias, estaba delicioso. Si de veras no quiere que la ayude, será mejor que me vaya a ver si *sir* Wesley tiene tiempo de enseñarme los cuadros ahora. ¿Nos veremos más tarde?

—Pues claro, y sea bienvenida. Y si ve a esa pequeña descarada, envíemela. Dígale que se lo he dicho yo.

Capítulo 14

Sir John Marcombe volvió brevemente a Devon después de una larga ausencia, solo para informar a su esposa de que pronto regresaría a Londres.

—Hay algunos asuntos que requieren mi atención —explicó, y para su gran alivio no le hizo ninguna pregunta embarazosa. Ella siempre había sido una persona sumisa, casi siempre, y a la que daba gusto mirar, pero le había fallado en lo único que él le había pedido. No habían tenido hijos. En cambio, esta vez le sorprendió.

—Tengo buenas noticias, John. —Sonrió con timidez y le miró de reojo—. Creo que por fin estoy embarazada.

—¿De verdad? —Casi se olvidó de sí mismo para abrazarla, algo que no solía hacer—. ¡Esa es una noticia maravillosa! ¿Para cuándo exactamente?

—Bueno, no estoy muy segura, pero creo que el bebé llegará entre marzo y abril, o eso es lo que me ha dicho la partera.

Él frunció el ceño.

—¿Has acudido a la partera del pueblo? De verdad, cariño, debes buscar algo mejor para ti.

—¿Qué tiene de malo? Según creo se ocupa de todos los nacimientos en millas a la redonda. El ama de llaves me ha dicho que tiene muy buena reputación.

—Sí, sí, pero para los gentiles. Tú debes acudir a un médico como Dios manda, alguien que atienda a damas de tu clase. Buscaré uno en Londres y lo enviaré aquí.

Eliza sonrió de nuevo y él se dio cuenta de que no lo hacía a menudo. ¿Tal vez había sido demasiado duro con ella? Debería haber invitado a más gente a la casa para que le hicieran compañía. Bueno, ya habría tiempo para eso después de que naciera su heredero.

Además había conocido a una encantadora artistilla en Londres hacía poco. No podía esperar para volver a sus ligeramente exagerados encantos y su risa contagiosa. No le quedaba duda alguna de que le mantendría ocupado mientras Eliza estuviera embarazada. Luego cumpliría de nuevo con su deber hacia su esposa una vez esta se hubiera recuperado del parto.

Dejó escapar un suspiro de alivio. Puede que la actriz no fuera tan hermosa como su esposa, pero era desde luego mucho más complaciente en la cama.

—¿*Sir* Wesley? —Tras llamar a la puerta, Kayla fijó su atención en ella, pero no parecía que hubiera nadie allí, así que entró y echó un vistazo a su alrededor, admirada. Desde luego aquello no era la típica oficina aburrida. Era más bien una biblioteca de las de antes. Estanterías de madera de caoba, bellamente talladas en la parte de arriba, cubrían todas las paredes y estaban llenas de libros encuadernados en piel. El escritorio de *sir* Wesley, que era un mueble enorme con una gran bola y patas en forma de garra, presidía el centro de la estancia y miraba al hogar, que era una chimenea de mármol negro sobre la que colgaba un enorme espejo que se situaba encima de la repisa de la chimenea. El suelo de madera oscura estaba cubierto por gruesas alfombras persas de color rojo.

Cuando estaba a punto de salir de allí, vio que algo se movía en una esquina de la estancia. Anduvo un poco más y vio a *sir* Wesley sentado a una pequeña mesa que había en una alcoba con una enorme cristalera. Con el corazón en un puño se dio cuenta de que aquella cara de enfado que solía poner había aparecido de nuevo. Estaba mirando a la pantalla del ordenador y hablando en voz baja para sí mismo mientras tecleaba con dos dedos, aporreando el teclado como si le ofendiera. También llevaba puestos los cascos, que eran el motivo por el cual, obviamente, no la había oído entrar. Kayla avanzó con cautela para meterse en su campo visual y le saludó con la mano.

—Oh, señorita Sinclair, no la había oído entrar. —Se quitó los casos y se masajeó las orejas—. Dios, estos dichosos cascos son de lo más incómodo.

—Lamento molestarle otra vez, pero como me había dicho algo acerca de mostrarme los cuadros a la luz del día, aquí estoy. ¿O tal vez debería pedírselo a Annie?

—Ah, sí. Mmm, bien, la cosa es, Emma se ha ido y me ha dejado esto un poco desorganizado como ya le dije ayer. He tratado de razonar con ella, pero esta vez se niega a volver. No sé qué le pasa. El problema es, tengo que acabar este informe antes de las doce y a la velocidad que escribo a máquina me llevará por lo menos hasta esa hora, si no más. Nunca me había fijado en que este asunto del audio fuera tan complicado. Escucho una y otra vez lo que he dicho. Lo siento de veras, pero ¿le importaría esperar, aunque sé que es mucho pedir, hasta después del almuerzo o tiene usted prisa por marcharse?

—No, en absoluto. —¿Cómo iba a protestar? Era una invitada en aquella casa, y además inesperada. Cuando estaba a punto de dejarle a solas se le ocurrió una idea—. ¿Le ayudaría que yo pasara ese informe a máquina? Soy... a ver, en el pasado trabajé como secretaria en un bufete de abogados para pagarme los estudios, así que mi velocidad al teclado creo que será un poco mayor que la suya. —Cuanto antes acabara el trabajo, antes podría ver el retrato de Eliza, razonó, y luego irse de aquella casa, y ojalá que con la misión cumplida.

Sir Wesley la miró como si fuera un ángel recién caído del cielo que hubiera llegado para rescatarle de la peor tortura y su expresión cambió.

—¿De veras querría hacerlo? ¿Está segura?

—Sí, no debería tardar mucho si todo lo que hay que pasar a máquina es esa cinta.

—No sabe lo mucho que se lo agradecería, señorita Sinclair. Me estaba volviendo loco con todo esto —dijo, señalando los cascos. Ella avanzó y los recogió de la mesa con una sonrisa.

—Una se acostumbra, de verdad. —Él la miraba como si no se lo pudiera creer, así que ella añadió—. Bien, después de unos años, claro.

Él sonrió y ella se dio cuenta de que le gustaban sus ojos y cómo se arrugaban en las comisuras. Eran extremadamente parecidos a los de Jago y el contraste con el pelo castaño oscuro y la piel morena resultaban sorprendentes. Tal vez no fuera una belleza clásica, pensó, pero desde luego no hacía daño a la vista. Una vez más, igual que Jago.

—Le tomo la palabra, señorita Sinclair, y la dejaré para que lo haga usted. Tal vez sería mejor que revisara lo que yo he escrito hasta ahora. Todavía no he pasado el corrector automático.

—Pues claro, y por favor, llámeme Kayla ya que voy a ser su secretaria esta mañana.

—Hecho si usted me llama a mí Wes. Detesto eso de «*sir*» de no ser que esté tratando de impresionar a algún cliente importante. —Volvió tan contento a su escritorio y Kayla siguió con el informe después de corregir un par de erratas.

En un minuto lo terminó y tras algún que otro cambio para mejor Wes se lo envió por correo electrónico a su cliente. Acto seguido, suspiró satisfecho.

—De veras no sé cómo agradecérselo, Kayla. —Sonrió—. ¿Me permitirá que le pague por el trabajo de esta mañana? Es lo menos que puedo hacer.

—Oh, no, no hace falta. Usted me ayudó ayer y con que me enseñe los cuadros será suficiente. Luego me iré. No me ha costado nada, de verdad.

—Bien, pues gracias otra vez. Sin embargo, me temo que tengo malas noticias que darle. —Se puso serio—. Acabo de hablar con Ben, el guarda, por teléfono y me temo que no podrá irse hoy.

—¿Qué? ¿Por qué no?

—Ayer se inundaron varias carreteras, como pensé que sucedería, y por lo menos pasará un día hasta que el agua baje lo suficiente para que su pequeño vehículo pueda circular por ellas. Además, la previsión del tiempo es que seguirá lloviendo, creo. Lo siento. Espero que no le importe soportarnos una noche más. Trataré de ser un poco más hospitalario. —Sonrió con cara de arrepentimiento.

—Bueno, yo... verá, claro que no. Lo que lamento es tener que incomodarle de nuevo. —Un sentimiento de incomodidad volvió a manifestarse una vez más en su estómago. Pasar otra noche en compañía de aquel hombre no era una buena idea. Desde luego que no. Estaba empezando a gustarle y su parecido con Jago se hacía más evidente con cada minuto que transcurría. ¿Qué pasaría si su extraño encaprichamiento con el cuadro se trasladaba al descendiente de Jago? Sabía que no había actuado de manera racional en lo que a Jago se refería y eso la asustaba.

—Ya se lo he dicho, no es ningún problema. —Wes dudó antes de seguir—: Y si puede soportarlo, estoy seguro de que a Nell le encantaría pasar un poco más de tiempo con usted. Sus amigos lo tendrán difícil para venir hasta aquí en un día así, así que se aburrirá un poco.

—Pues claro, estaré encantada de jugar con ella un poco más tarde.

—Estupendo. Entonces, subamos a la galería.

—Aquí están las dos marinas que Gainsborough pintó cerca de aquí. Creo que visitó Devon varias veces, pero no estoy seguro de en qué años las pintó. —Se encogió de hombros—. Lo siento, lamento no poder ser más preciso.

Estaban en una bonita galería alargada que se encontraba en la parte de atrás del primer piso de la casa. Las altas ventanas dejaban entrar la luz cuando se abrían las contraventanas de madera, como ahora, y los espejos que colgaban de las paredes a intervalos la reflejaban sobre los cuadros. Kayla se concentró en ellos en lugar de en aquel hombre que estaba a su lado, que cada vez le parecía más atractivo, y se puso a buscar en su memoria la información necesaria de su precipitado estudio de la vida de Gainsborough.

—Podría haber sido en 1781, cuando hizo un viaje por el West Country con su sobrino, Gainsborough Dupont. Creo que fue entonces cuando vino hasta aquí. O tal vez los pintó dos años antes, cuando se dijo que había pasado algún tiempo cerca e Teignmouth y Exeter.

—Seguro que tiene usted razón. O que sus suposiciones son tan buenas como las mías. Me temo que no sé mucho de arte. No es lo mío en realidad.

—¿Son estos los dos únicos cuadros que tiene de Gainsborough? —Kayla trató de no contener la respiración mientras esperaba su respuesta. Aunque las marinas eran bastante bonitas, no le interesaban más que a su propietario. Pero, naturalmente, no podía decírselo y si preguntaba por el cuadro de Eliza directamente tendría que dar explicaciones de por qué conocía su existencia.

—No, aquí tengo dos paisajes más. —Wes la guió hasta la pared siguiente—. Es una suerte que los tengamos, o eso me han dicho.

—Sí, claro. Así que tiene dos marinas y dos paisajes. Ya veo. —Kayla sentía una tensión interior que pronto se convirtió en fría desilusión cuando Wes no añadió las palabras que ella esperaba oír: que también tenía un retrato bastante espectacular. Quería ayudar a Jago, muchísimo, pero al ver que Wes no decía nada, se dio cuenta de que, desde luego, tendría que intentarlo de otra manera.

¿Se habría equivocado Jago después de todo al decirle que el retrato estaba firmado cuando en realidad no lo estaba? Si así era, está claro que Wes no lo reconocería como un Gainsborough. Tendría que echar un vistazo a todos los cuadros de la galería sin despertar sospechas. Con la descripción que le había hecho Jago estaba segura de que reconocería el retrato de Eliza aunque no estuviera firmado.

También existía la posibilidad de que el cuadro de Eliza hubiera sido heredado por algún otro miembro de la familia. En ese caso tendría que buscar cuáles eran las otras ramas de la familia y comprobar quién lo tenía. Tal vez se conservaran copias de testamentos antiguos o algo así. Tendría que preguntarle a Jessie cómo encontrarlas. En cualquier caso, sabía que eso implicaría mucho trabajo y muy duro. Se tragó un suspiro y decidió que, en primer lugar, buscaría aquí.

—Bien, muchas gracias por enseñármelos. Si no le importa, me gustaría tomar algunas notas. ¿Le parece bien? —Kayla traía consigo un cuaderno y un lápiz para parecer más eficiente y tener más aspecto de estudiante. Wes alargó las manos.

—Por favor, esta es su casa.

—¿Y le importaría que tomara algunas fotografías?

—No, mientras no publique nada sobre dónde se encuentran estos cuadros. No solemos comentar que existen para así no atraer a ladrones de arte. No es que su existencia sea exactamente un secreto, pero aun así, si va a hablar de ellos, tal vez podría decir tan solo algo vago como que «están en manos de un coleccionista privado», ¿le parece?

—Pues claro.

—Estupendo, gracias. La dejo entonces. Nos vemos para el almuerzo.

Solo para asegurarse una vez más, Kayla dio una vuelta por la larga galería y comprobó cada retrato uno a uno por si le había pasado por alto el de Eliza y si la firma de Gainsborough se había perdido. La mayoría tenían los nombres de las damas retratadas en el marco o en una esquina y, por lo que podía ver, había dos cuyo nombre era Elizabeth. De las que no tenían nombre, ni una sola se parecía a la mujer que Jago había descrito. De hecho, no parecían muy realistas y Kayla no sentía esa sensación inquietante de estar siendo observada. Tampoco ninguna de las damas era particularmente bella y ella recordaba muy bien que Jago le había dicho que Eliza era preciosa. Aunque, si lo pensaba mejor, el ideal de belleza de aquella época había cambiado bastante en comparación con el de hoy.

El padre de Jago fue fácil de localizar, no obstante, ya que el marco de su retrato lucía una gran placa de bronce que rezaba: «*Sir* Philip Marcombe», y la fecha. Kayla lo estudió detenidamente durante un buen rato, aunque no pudo ver en él nada de Jago aparte del color de sus ojos, como él le había dicho. Llegó entonces a la conclusión de que debía de parecerse a su madre gitana. Su teoría sobre que había plantado un cuco en el nido de Marcombe le parecía muy probable al ver aquello, aunque tendría que preguntárselo.

Kayla se sentó mirando las marinas de Gainsborough durante un buen rato, perdida en sus pensamientos. Su vida había cambiado sin duda de manera considerable desde que Jago había entrado en ella. ¿Hacía solo unas semanas? Lo había puesto todo patas arriba: su trabajo, sus planes de boda, incluso su manera de actuar. Hacía tres semanas nunca se hubiera planteado mentirle a alguien de manera deliberada, y aquí estaba, haciéndose pasar por una estudiante de arte cuando no podría ni dibujar un garabato. Agitó la cabeza.

—Oh, Jago, ¿por qué tuviste que elegirme a mí? Estoy segura de que había otras mujeres a las que habrías podido impresionar en la subasta. Habrías podido darle la vuelta a sus vidas y dejarme en paz a mí. Era bastante feliz con como era antes.

Pero una voz irritante que le hablaba desde dentro de la cabeza le dijo: «¿De veras? En ese caso, ¿por qué ni siquiera te planteaste pedir disculpas a Mike tras vuestra pequeña discusión? ¿Fue tal vez porque querías buscar una salida? ¿No habías lamentado ya el haber decidido casarte con él?».

—Oh, cállate —murmuró. Era demasiado y estaba muy cansada para enfrentarse ahora a ese asunto. Cada cosa a su tiempo.

Wes trató de concentrarse en el trabajo pero, de alguna manera, tan solo con saber que Kayla estaba en algún lugar de la casa hacía que estuviera intranquilo. Mientras contemplaban los cuadros le había costado no mirarla y, cada vez que se volvía para mirarle con esos ojos enormes de color verde musgo le fascinaba.

—Esto es ridículo —murmuró—. Es bonita, pero demasiado joven para ti. —Una estudiante de arte, por Dios: no tendría más de diecinueve o veinte años y él ya tenía casi treinta y seis—. Olvídalo. —Pero una y otra vez se encontraba a sí mismo sentado mirando a través de la ventana en lugar de concentrarse en lo que estaba haciendo.

Cuando Annie le trajo café y unas galletas, se sobresaltó.

—Estaba en las nubes, ¿a que sí? —le dijo.

—Sí, la verdad es que no la he oído venir —admitió Wes.

—Entonces, ¿ha terminado ya de enseñarle a nuestra invitada lo que quería ver?

Wes tenía la sensación de que los sabios ojos de Annie cazaban muy largo, pero se las arregló para fingir indiferencia.

—Sí, la he dejado mirando los cuadros. Yo no sé mucho de pintura, como bien sabe. —De pronto recordó lo que debía decirle—: Por cierto, Kayla se va a quedar como mínimo una noche más. Ben ha llamado para decir que las carreteras estaban inundadas y que no cree que su pequeño automóvil pueda circular por ellas. Se lo dije a ella y no parece haberle importado.

—¿Y a usted? —preguntó Annie.

Wes frunció el ceño.

—¿A mí qué?

—Que si no le importa que se quede.

Los ojos de Annie reflejaban diversión y a Wes le hubiera apetecido decirle que no metiera las narices en sus asuntos. Sin embargo, sabía también que aquella mujer era un tesoro sin el que no podría sobrevivir, así que trató de responderle con calma:

—No, pues claro que no. Como ya le he dicho a ella, esta casa es lo suficientemente grande y una noche más o menos no importa.

—Ya. Bueno, en ese caso será mejor que me vaya a preparar algo para el almuerzo. —Annie se dio la vuelta, aunque no antes de que Wes pudiera ver cómo en su cara se dibujaba una sonrisa que escondió.

«¡Maldita sea! ¿Es que se me nota tanto?» No le hacía ninguna gracia que así fuera y ojalá su invitada no fuese capaz de darse cuenta con tanta facilidad como su ama de llaves.

Capítulo 15

—Señor, está tan contento como unas castañuelas. Es como si fuera el primer hombre del mundo que hubiera engendrado un hijo, ¡caramba!

—¿Quién? —Jago había estado perdido en sus pensamientos, secando jarras de cerveza sin prestar atención en realidad a lo que hacía, pero las palabras de Matty, la camarera, le devolvieron a la realidad.

—Pues el señor, naturalmente. ¿Quién si no?

Jago frunció el ceño.

—¿Cómo te has enterado?

—Me lo ha dicho mi tía. Trabaja en las cocinas de la casa y es la que siempre nos cuenta todos los cotilleos. —Matty soltó una risita—. He oído un par de cosas, ya le digo.

—Entonces, ¿*lady* Marcombe está embarazada? —dijo Jago, aparentando ignorarlo. Después de todo, eran cosas de mujeres. Nadie esperaría que él mostrara interés alguno por algo así.

—Señor Kerswell, ¿es que no ha prestado atención a nada de lo que se ha estado comentando durante las últimas semanas?

—Pues no, la verdad. —Le dedicó una sonrisa lastimera—. Hablas mucho, si he de ser sincero, así que no te presto mucha atención.

—Bueno, en serio. —Se puso las manos en las caderas, lo que no hacía más que convertirla en una bolita furiosa, pues era tan bajita como redonda—. Pues sí, a la señora se le está hinchando la barriga y *sir* John va pavonándose por ahí como si todo fuera mérito suyo.

—¿Acaso no lo es? —bromeó Jago.

Matty le dedicó un ceño fruncido.

—Usted sabe tan bien como yo, señor Kerswell, que si no fuera por nosotras las mujeres no habría bebés en este mundo.

Él se rió.

—Lo sé, lo sé. Pero vosotras tampoco podríais tenerlos sin nosotros. —Cuando la mirada de Matty se hizo aún más fiera, él levantó las manos en señal de rendición—. En cualquier caso, felicidades al caballero y espero que la dama tenga un buen parto.

«Oh, mi hijo.» Pero no lo dijo en voz alta.

Y si *sir* John estaba contento con el embarazo, lo único que podía hacer era rezar para que nunca se enterara de la verdad. Jago estaba lo suficientemente preocupado por Eliza como para añadir una cosa más a la ecuación.

Sus oscuros pensamientos fueron interrumpidos por la entrada en la taberna de un hombre de tez pálida con un abrigo raído. Jago le sonrió a modo de saludo.

—Reuben, ¿cómo estás? ¿Te encuentras mejor? Qué bien verte por aquí de nuevo.

—Ya, pero todavía estoy débil como un cachorrillo. Me está costando mucho encontrar un empleo. —Reuben tosió, con la cara desolada según luchaba para recuperar el aliento.

Jago asintió.

—Sí, es lógico. —Reuben había estado postrado con una infección en el pecho y como tenía esposa y cinco hijos que alimentar, el pasar un tiempo sin ingresos era un desastre en potencia para él—. Pero no te preocupes, tengo tu parte de nuestra última «aventura». Espera un minuto.

—Pero señor Kerswell, señor...

Jago hizo como que no le oía, y pronto regresó con una bolsa de cuero en la mano. Se aseguró de que la taberna todavía estaba vacía y luego se la dio a Reuben.

—Aquí tienes. Espero que sea suficiente.

Reuben parecía preocupado y asintió con la cabeza.

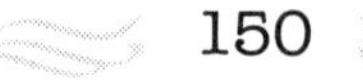

—No es justo, señor Kerswell. No pude ir a... compartir esa última «aventura», así que no me debe nada. No obstante, ¿podría prestármelo? Haré lo posible por devolvérselo la próxima vez.

—Tonterías. Formas parte del grupo y nosotros cuidamos de los nuestros. Ya sé que te ocuparás de tu parte cuando puedas. Pero ahora llévatelo. Te lo has ganado. —Jago trató de sonar contundente para que Reuben no le discutiera nada. No quería que el hombre tuviera la sensación de que le estaba ayudando por caridad, aunque de hecho le estaba dando la parte que le correspondía a él. Ojalá Reuben no se diera cuenta, ni él ni nadie. No quería parecer blandengue, no sea que otros se aprovecharan de su debilidad.

El hombre dudó unos instantes, luego asintió con la cabeza. El sentido común estaba prevaleciendo sobre su orgullo.

—Gracias. Es usted un buen hombre y no lo olvidaré.

Cuando la puerta se hubo cerrado tras él, Jago oyó que alguien se sorbía los mocos detrás de él. Se volvió para encontrarse a Matty secándose una lágrima que se le escapaba de la comisura de uno de sus ojos.

—¿Qué te pasa? —Frunció el ceño al mirarla, pero lo único que ella hizo fue asentir con la cabeza y dedicarle una mirada llorosa.

—Reuben tiene razón. Es usted un buen hombre y Dios le compensará.

Jago no estaba seguro en absoluto de aquello, pues Matty no sabía ni la mitad de la historia.

Por si acaso, Kayla evitó encontrarse con Wes hasta la cena. En lugar de buscar su compañía se pasó la tarde jugando con Nell y su vieja consola Nintendo. El juego era una especie de carrera en la que cada una tenía un mando para controlar las acciones de una figurita que conducía un vehículo en la pantalla. Resultó ser sorprendentemente difícil, al menos para Kayla, que nunca antes había jugado a aquel juego.

Durante la cena, la pequeña no tardó ni un minuto en contarle a su padre la poca destreza que Kayla tenía en aquel juego.

—De verdad, papá, Kayla se salía de la pista cada dos por tres. ¿A que sí, Kayla?

—Sí, me temo que es cierto —admitió ella—. Pero es que tú tienes mucha más práctica que yo, lo sabes. Espera a que mejore y ya verás, seguro que te ganaré.

—Vamos a ver, Nell, se supone que deberías dejar ganar a nuestros invitados. ¿No es lo que te había enseñado? —Wes le guiñó un ojo a su hija.

—Sí, pero es que ha sido imposible. Incluso cuando trataba de perder, Kayla se estrellaba antes de que hubiera podido empezar.

—Como ya he dicho, espera y verás. —Kayla entrecerró los ojos como queriendo aparentar fiereza—. Practicaré mientras duermes y me convertiré en una experta en poco tiempo, ya verás.

Nell se rió.

—No me lo creo.

—Tienes una hija encantadora —le dijo a Wes después de que Nell, bostezando, se hubiera ido a la cama de la mano de Annie.

—Gracias. Es maravillosa, pero me temo que eso es lo que diría la mayoría de los padres. —Wes apuró su vaso de vino y miró en la distancia—. Supongo que Annie ya te habrá hablado de mi ex esposa, Caroline, ¿verdad?

—Solo me ha dicho que os habíais divorciado y que Nell vive aquí contigo. —Kayla se retorció un poco en su asiento, sintiéndose incómoda al hablar de aquel asunto. No quería que pensara que había estado cotilleando sobre él, y menos habiendo estado allí un solo día.

—Sí, fue una pena, pero estas cosas pasan. Caro tenía... algunos problemas. Depresión, ese tipo de cosas. Acabó siendo adicta a algunos medicamentos, lo que la hacía impredecible y la convertía en una persona inquieta. Viajaba mucho en busca de... bien, no sé exactamente de qué, a decir verdad. ¿Qué más quería de la vida? Fuera lo que fuese, el caso es que aquí no lo encontró, así que el juez pensó que sería mejor para Nell quedarse en su entorno habitual y por eso me dio la custodia. Aunque, naturalmente, Caro puede venir a verla siempre que quiera.

—Eso suena muy razonable. Nell parece muy feliz y veo que te adora.

Sonrió.

—Es mutuo. Pero me han dicho que las niñas prefieren a menudo a su papá porque le pueden envolver con sus deditos. Estoy bastante seguro de que eso cambiará cuando llegue a la adolescencia. —Sacudió la cabeza—. Trato de cubrir la carencia de una madre, pero no es fácil. Annie me ayuda también, claro. Es maravillosa con ella.

—Tal vez te cases antes de que Nell llegue a ser una adolescente —sugirió Kayla, pero se sorprendió al ver una mirada de tristeza en la cara de él.

—Nunca más. Ya he estado casado una vez y con esa ha sido suficiente. —Kayla se quedó mirándolo, sorprendida por su vehemencia. Sin embargo, él no le dio oportunidad de hacer comentario alguno. En lugar de seguir con el tema, cambió a otra cosa—. Pero, dime, ¿para qué empresa trabajas en Londres? Tal vez la conozca. Antes de empezar a trabajar por mi cuenta hacía un poco de todo.

—Es Martin, Bicknell & Taylor —dijo, sintiéndose más segura ahora que hablaban de otra cosa. Y así pasó el resto de la velada, sin altibajos.

Los tablones del suelo crujieron y Kayla abrió un ojo soñoliento, esperando encontrarse de nuevo a Nell dando vueltas por ahí. ¿Es que la niña se despertaba al alba todos los días?, se preguntó.

No obstante, el dormitorio estaba completamente a oscuras esta vez y Kayla no pudo distinguir nada. Se levantó apoyándose en los codos para tratar de ver en la penumbra

—¿Quién hay ahí? —No se movió nada, pero Kayla pensó que había oído un ruido, como si alguien hubiera respirado con dificultad. Se sentó como Dios manda, con el corazón latiéndole ahora más aprisa, y se estiró para llegar hasta la mesita de noche y encender la lámpara. Antes de que su mano pudiera llegar hasta el interruptor, alguien salió corriendo por delante de su cama a gran velocidad y desapareció en dirección a la esquina más alejada de la habitación. Oyó un ruido como de algo que se rasgaba y le entró un escalofrío que casi la mareó. Tocó con la mano un viejo despertador, que cayó al suelo y levantó un terrible estruendo. Por fin consiguió dar con el interruptor de la lámpara y la habitación se iluminó con una luz suave.

Levantándose a toda prisa de la cama, se detuvo en mitad del dormitorio y miró a su alrededor, fijándose en cada rincón. Sin embargo, no vio a nadie.

—Maldita sea —susurró. ¿Habría sido un fantasma? ¿Acaso la perseguirían durante el resto de sus días?

«No creo en fantasmas», se dijo a sí misma, para luego reírse como una histérica. Tampoco creía en que los cuadros podían hablar y, sin embargo, ahora sí. Gruñó y se llevó las manos a la cabeza. Quizás una vez has visto un fantasma o un espíritu se abre algún tipo de compuerta para que otros les sigan. Era un pensamiento que la asustaba, pero ahí estaba la posibilidad de comprobarlo.

Alguien llamó a la puerta con fuerza y luego gritó su nombre.

—Entre —dijo Kayla sin pensar, mirando a la puerta, pero para su sorpresa no fue la puerta la que se abrió sino un panel de la pared que dio paso a Wes—. Caramba —murmuró. ¿Tenían habitaciones interconectadas? No se había dado cuenta de que el dormitorio de él estuviera tan cerca.

—¿Qué sucede? Oí un ruido y luego que gritabas. —Se acercó a ella a zancadas, con una mirada de preocupación reflejada en su rostro. Kayla reprimió un suspiro al verle llevando solo unos pantalones de chándal, con su musculoso pecho y su bien tonificado estómago a la vista. Ayer en la piscina no se había atrevido a fijarse en su físico, pero ahora podía ver que se mantenía en forma. En muy buena forma. Estaba claro que no se pasaba el día, ni todos los días, tras la mesa de su despacho.

—Yo, en fin... había... había alguien aquí, hace solo un momento —tartamudeó, notando cómo las mejillas se le calentaban al tiempo que los ojos de él se posaban en su camisón por unos instantes. Bueno, en realidad ni siquiera podía llamarlo camisón, pues estaba muy viejo, arrugado y casi se transparentaba. Era una vieja camiseta que antes había pertenecido a su hermano menor y Kayla recordó tarde que proclamaba a los cuatro vientos, en letras un tanto descoloridas, que «Los golfistas la meten en el tee». Rápidamente, cruzó los brazos por delante del pecho.

—¿Aquí? ¿Estás segura? —Se acercó y se detuvo delante de ella. Ella dio un paso atrás, pues un deseo irracional de alargar la mano y tocarle la invadía. Lo aplacó y dejó los brazos quietos.

—Bien, sí, estoy bastante segura, pero fuera quien fuese ha desaparecido por lo que se ve. —Se sintió como una idiota. Tal vez había sido solo un sueño estúpido. Su imaginación había estado trabajando más de la cuenta últimamente. Maldito Jago, todo era culpa suya.

—¿Por dónde se ha ido? —Wes empezó a buscar por la habitación de manera metódica y abrió la puerta del gran armario que había en una esquina.

—Por donde estás ahora. —Ese ceño fruncido tan familiar volvía de nuevo a su cara. El hombre se puso a buscar entre la poca ropa que colgaba del armario—. Llamaré para que vengan a revisar el sistema de seguridad

mañana. No podemos permitir que haya extraños dando vueltas por la casa durante la noche. ¿No habrá sido un sueño? —preguntó, repitiendo los pensamientos que se dibujaban en la mente de ella. Kayla sintió que las mejillas le ardían de nuevo.

—Sí, bueno, tal vez, mmm, ¿hay fantasmas por aquí? Lo que quiero decir es que la casa es bastante antigua después de todo y no sería raro que alguno de tus antepasados volviera de vez en cuando.

Wes sonrió y le dio una vuelta el estómago de manera inesperada. La verdad era que aquel hombre tenía la sonrisa más increíble y que iluminaba sus ojos azules.

—No, lo siento, me temo que no tenemos fantasmas en la casa. No que yo sepa. No quiero desilusionarte. Ya sé que para mucha gente resulta romántico y todo eso, pero no tenemos por aquí espectros sin cabeza o mujeres de blanco vagando por los corredores.

—Oh, no, no me parece romántico. Lo que quiero decir en realidad es que me alegro mucho de que no los haya. No me interesan demasiado los fantasmas.

—De acuerdo, bien. —Regresó para quedarse frente a ella. Aquella cercanía la perturbaba más de lo que le gustaría admitir—. ¿Preferirías dormir en alguna otra parte esta noche, por si acaso? —Se llevó una mano a la barbilla y ella pudo oír el ligero sonido como de raspar de su barba de pocos días, lo que la hizo temblar. ¿Había algo más *sexy* que una barba de pocos días? Pasar los dedos por encima y sentir esa ligera fricción en la piel cuando te besara y luego siguiera bajando por el hombro y...

—¿Kayla?

—¿Qué? ¡Oh! —Las palabras se le quedaron grabadas y Kayla le miró, parpadeando confundida. ¿Qué estaba sugiriendo?

De pronto le echó una mirada de pirata al verle la cara.

—Solo estaba sugiriendo que intercambiáramos las camas si quieres —dijo, y Kayla se sonrojó mucho más de lo que lo había hecho antes al darse cuenta de su error—. ¿O tal vez preferirías compartirla? Te mantendría a salvo de cualquier fantasma que pasara por aquí, lo prometo.

—Ahora le estaba tomando el pelo, podía darse cuenta. Tenía los ojos brillantes y se había cruzado de brazos mientras esperaba su respuesta mirándola de manera que le decía que estaba disfrutando de la conversación.

—Gracias, pero no será necesario. —«¡Estoy hablando como una remilgada, qué rabia!» Ojalá fuera de ese tipo de mujer que respondía bromeando con un flirteo o como mínimo tirando alguna indirecta. Pero no, se quedó con el pico cerrado y se puso colorada. «¡Maldita sea!»

—Como quieras. —Todavía estaba sonriendo cuando salió del dormitorio y regresó a su habitación—. Entonces, buenas noches. Y que tengas dulces sueños.

—Gracias. —Kayla regresó resoplando a la cama—. Imposible tener dulces sueños ahora, maldito pirata —murmuró contrariada—. Bueno, no vayas a creerte que voy a caer en tus redes con esas sonrisas tuyas. Ni hablar, no. —Sin embargo, el problema era que sí podría hacerla caer. La oferta que le había hecho habría sido extremadamente tentadora.

Tardó bastante en dormirse y, antes de hacerlo, para mayor seguridad, dejó la luz encendida.

«¿De qué demonios iba todo aquello?»

Wes se llevó los brazos tras la cabeza y se quedó mirando a la oscuridad, sintiéndose más vivo que lo que había estado durante mucho tiempo, hasta ahora. Ver a Kayla llevando aquella ridícula camiseta, que no dejaba mucho a la imaginación —había sido una pena, ¿o tal vez no?— le había dejado muy despierto. Tan caliente como el mismísimo infierno. No le serviría de nada negarlo. Suspiró.

—¿Y qué vas a hacer al respecto exactamente? —murmuró—. Nada, ahí está. Nada de nada.

¿Estaba ya en la crisis de la madurez? ¿Se podía tener una crisis de ese estilo sin ni siquiera haber llegado todavía a los cuarenta? Si la cosa iba de excitarse con estudiantes jóvenes, entonces no le quedaba más remedio que admitir que sí.

Un pensamiento le golpeó. ¿Y si era una estudiante algo mayor? Tal vez hubiera estado trabajando antes y luego hubiera vuelto a estudiar. Eso lo cambiaría todo. Tenía que enterarse.

—Pero maldita sea, ¿cómo preguntarle a una mujer cuántos años tiene? Desde pequeño le habían enseñado que ese era un tema tabú. Simplemente, no se hablaba de eso. Y punto.

Sonrió para sí cuando se le ocurrió otra cosa: podía pedir a Nell que se lo preguntara. Seguro que Kayla no se negaría a eso. Nell solo era una niña así que no estaba limitada por las reglas de los mayores, o no demasiado. Wes se sintió un poco avergonzado por haber siquiera pensado en utilizar a su hija de ese modo, pero ¿de qué otro modo podría obtener esa información que precisaba tan desesperadamente?

Tenía que saberlo, se estaba volviendo loco.

—De acuerdo, si es menor de, digamos, veinticinco —se dijo a sí mismo—, me alejaré de ella pero, por encima de esa edad, es una presa aceptable, ¿verdad? —¿No pensaría ella que él era demasiado mayor?

Maldito fuera todo aquel asunto, ¿por qué la vida resultaba tan complicada?

Justo antes de que por fin se durmiera, se planteó una pregunta más. ¿Por qué se habría imaginado su invitada que había alguien más en su dormitorio?

Capítulo 16

—**O**h, Jago, te he echado tanto de menos. Pensaba que John no se marcharía nunca, pero por fin se ha ido. Salió para Londres esta mañana.

—Y yo a ti. —Jago sintió cómo la tensión le abandonaba al sonreír a Eliza y abrirle los brazos, para abrazarla y atraerla hacia sí. Había estado preocupándose durante días, preguntándose si su medio hermano se olería el engaño pasada la euforia inicial por el embarazo. Aunque la parte racional de su cerebro le decía que no podría protegerla de su propio marido, quería salir corriendo para Marcombe Hall para asegurarse de que estaba bien.

—Mmm, hueles a viento y a mar. —Eliza enterró su cara en el hombro de él e inhaló—. Sabes, cuando no estamos juntos, cierro los ojos y trato de recordarlo. Eso me mantiene hasta que volvemos a vernos. —Le acarició la prenda de terciopelo que vestía—. De hecho, he memorizado todo lo relativo a ti: el tacto de tus ropas cuando me abrazas, la fuerza de tus brazos, la firmeza de tu pecho. —Sonrió de manera consciente—. Suena ridículo, ¿verdad? Pero me gusta todo de ti.

La abrazó.

—No, a mí me pasa lo mismo. Si fuera ciego podría diferenciarte entre cien mujeres.

Eliza suspiró.

—Esta espera es insoportable. Me roe constantemente. ¿No hay nada que podamos hacer?

—No, mi amor, tenemos que ser pacientes.

—¡No quiero ser paciente! Quiero estar contigo, siempre. Oh, llévame contigo, mi amor, por favor, apártame de este lugar.

—¿A dónde iríamos? Además, no puedes viajar en tu estado. Piensa en el bebé.

—Estoy pensando en él. No quiero que crezca aquí, viviendo una mentira. Podríamos ir a las colonias, tal vez, o al Continente. Nadie nos encontraría allí, ¿no crees?

—Demasiado tarde, el embarazo está muy avanzado. Debes tener paciencia, mi amor. Pensaré en lo que me has dicho y veré qué puedo hacer, pero tenemos que esperar hasta que estés fuerte y en forma y también el niño. No podemos correr el riesgo de hacerle daño.

Se agachó para besarla y así hacer que dejara de plantear nada más y, como siempre, el mero tacto de sus labios encendía en él un fuego. Ambos sabían que estaba mal, no deberían amarse, pero no había manera humana de evitarlo.

Ni ahora, ni nunca.

—Kayla, tengo que hacerte una propuesta. —Wes entró en la cocina como una exhalación a la mañana siguiente, sorprendiendo tanto a su invitada como a su ama de llaves. Kayla, que había estado fantaseando con la broma que él le había gastado la noche anterior, se atragantó con la boca llena de té cuando oyó la palabra «propuesta». Él le dio unos golpecitos en la espalda para ayudarla.

—Disculpa, ¿qué? —consiguió decir al fin.

Wes retiró una silla del otro lado de la mesa, le dio la vuelta, se sentó y apoyó los brazos en el respaldo. Llevaba *jeans* y una camiseta esta mañana y Kayla no podía evitar mirar de vez en cuando a sus brazos, ligeramente bronceados y cubiertos por una fina capa de vello oscuro. Había algo muy atractivo en los brazos de un hombre cuando eran musculosos en su justa medida, pensó. No los de un culturista, sino unos lo suficientemente sólidos para darte la sensación de que podían protegerte, mantenerte a salvo. Retiró la vista de ellos y se puso a juguetear con el desayuno.

—Dime, ¿tienes que volver a tu empleo de media jornada y a tus estudios ya o estás de vacaciones? —preguntó Wes.

—Pues, tengo libres las dos semanas que vienen. —No pensaba contarle que gracias a una obsesión con un cuadro de un antepasado suyo no volvería a su antiguo empleo, eso se había acabado.

—Excelente.

—¿Ah, sí? Kayla se sentía cada vez más confundida según pasaba el tiempo.

—Sí, bueno, tal vez. Para mí. Lo que quiero decir es: ¿te quedarías aquí, por decir algo, dos semanas? Ayer hiciste un gran trabajo, mucho mejor que el que cualquier secretaria que haya tenido jamás, te pagaré bien, lo prometo.

—¿Cómo? ¿Quiere decir temporal?

—Precisamente. Hasta que pueda sustituir a Emma por alguien como tú que sea capaz de deletrear algo más que su propio nombre y tal vez el de su novio. No parece haber muchas chicas por esta zona que sean capaces de hacerlo, pero mantengo la esperanza. De todos modos, te pagaré el doble de lo que es habitual. Así que, ¿qué me dices? ¿Aceptarás? Así podrías tener también la oportunidad de conocer Devon y además creo que hay muchas otras casas de campo en las que podrás encontrar cuadros de Gainsborough para tu estudio. Incluso podría enterarme de en cuáles. ¿O tal vez tenías otros planes? —La miraba expectante, tal vez incluso impaciente. Era un hombre que obviamente estaba acostumbrado a tomar decisiones al instante.

—Bien, no exactamente. —Kayla dio un mordisco a la tostada y consideró aquella propuesta al detalle. De una parte, si le pagaba bien, tendría más tiempo cuando volviera a Londres para buscar un trabajo adecuado. Todo el tiempo que le hiciera falta para mantenerse alejada de cualquier cosa que tuviera que ver con Mike y la boda así que, desde luego, eso era una buena idea en aquel momento. Por no mencionar a su incrédula familia, que probablemente no la había perdonado todavía por arruinar todos sus planes.

De otra parte, ¿valía la pena quedarse en una casa tan bonita y con su carismático propietario, hacia quien se sentía cada vez más atraída, y

su igualmente encantadora hija? ¿Podría ponerse más en ridículo de lo que había hecho ya?

Al final, ganó la idea menos mala.

—De acuerdo, me quedaré —dijo.

—¡Estupendo! ¿Podrías empezar esta mañana? Tengo tanto que hacer que me haría falta un poco de ayuda. —Se levantó y dejó la silla otra vez en su sitio, junto a la mesa. Detrás de él Annie agitó la cabeza y murmuró algo acerca de que la paciencia era una virtud.

—Desde luego. —Kayla sonrió—. ¿Puedo terminar de desayunar antes o tengo que empezar ya y desayunar al tiempo que trabajo?

Tenía la elegancia de parecer tímido.

—No, no, por favor, por favor, tómate tu tiempo. Disculpa, no he querido molestarte. Estaré en el despacho.

Kayla y Annie intercambiaron una mirada.

—Hombres —exclamaron al unísono después de que se fuera y se echaron a reír.

Las dos semanas pasaron volando y Kayla disfrutó cada minuto. No estaba segura de si se debía a que Wes y ella trabajaban tan bien juntos o si solo era resultado de la atracción que sentía por él. Trató de no pensar en ello, puesto que no tenía manera de saber si eso era parte de la magia de Jago. Él había dicho que ella estaba bajo los efectos de algún tipo de hechizo, pero no había especificado qué implicaba exactamente. Pensó que sería lógico suponer que eso incluyera que le gustaran todos los descendientes de Jago. No sabía si eso podría aplicarse a Wes, pero cuanto más tiempo pasaba con él, más se convencía de que su teoría del cuco era cierta. Cuando volviera a Londres estaba decidida a averiguarlo.

Era un bonito y soleado sábado del mes de mayo y tenía la mañana libre. Se dio un paseo por el jardín de detrás de la casa, pero por una vez no se fijó en la belleza del lugar o del maravilloso día que hacía. Casi por instinto, se dirigió a un banco de piedra sin ver en realidad lo que la rodeaba. Todo era un lío pues los ojos se le habían llenado de lágrimas que se negaban a dejar de caer. Se las secó a manotazos, furiosa. No quería llorar, pero de alguna manera, le resultaba imposible no hacerlo. Hoy tendría que haber sido el día de su boda, el día más feliz de su vida. Sin

embargo, estaba sentada en el jardín de la casa de otra persona, llorando y preguntándose qué había ido mal y qué haría ahora.

Si todo hubiera salido como estaba previsto en ese mismo instante estaría en la peluquería peinándose y maquillándose antes de ponerse el exquisito vestido que la hacía parecer tan alta y elegante. Los zapatos a juego tenían el tacón muy alto pero ella había considerado que valía la pena estar un poco incómoda para sentirse realmente bella en su día especial. Y ella había querido estar realmente guapa para Mike.

Mike. Resultaba extraño, pero no sentía nada cuando pensaba en él. No lamentaba nada, así que, después de todo, debía de haber hecho lo correcto. Al pensarlo ahora recordaba que ni siquiera le había hecho una propuesta de matrimonio muy romántica. Como saliendo de la nada Mike le había preguntado sin más un día si pensaba que sería una buena idea casarse ya que hacían una buena pareja.

—¿Estás hablando en serio? —le había preguntado ella, sin creérselo, pensando que le estaba tomando el pelo. Nunca antes había dado señal alguna de que estuviera pensando en el matrimonio, por lo menos no durante bastante tiempo.

—Sí, totalmente. En realidad, he oído decir al viejo Martin el otro día que los hombres casados suben mucho más deprisa en su carrera profesional que los solteros. Una esposa es un verdadero activo, dijo.

Kayla le miró haciendo una mueca.

—Bueno, si crees que voy a casarme contigo por tu carrera profesional, reflexiona un poco más, señor.

—No, no, cariño, naturalmente quiero que te cases conmigo porque te amo —protestó y, de alguna manera, la convenció de que estaba siendo sincero. Ahora ya no estaba tan segura. Para Mike, su carrera profesional lo era todo y ella estaba segura de que se hubiera convertido en una secundaria de poco valor, si no inmediatamente, sí desde luego más adelante.

—Así que, ¿por qué demonios estás llorando, tontorrona? —se preguntó a sí misma. Tendría que estarle dando gracias al cielo por haberse dado cuenta antes de que hubiera sido demasiado tarde. Tener que pasar por un divorcio más adelante hubiera sido infinitamente peor.

Cerró los ojos y trató de redireccionar sus pensamientos. Devon era un lugar tranquilo. Sin tráfico, sin ruidosas sirenas de la policía a todas horas del día y de la noche, sin trenes del metro circulando por debajo de

los edificios. Allí solo se oía el canto de los pájaros, el sonido de las hojas de los árboles agitadas por el viento y el oleaje distante del mar. Dejó caer las lágrimas por sus mejillas en silencio. No estaba segura de por qué seguía llorando, pero fue como una catarsis. Tal vez necesitaba limpiarse del pasado para seguir adelante, así que se prometió a sí misma que, a partir de ese día, no volvería a pensar más en todo aquello, nunca. Esa parte de su vida había quedado atrás. Tal vez las lágrimas fueran también en parte miedo a lo desconocido. ¿Qué sería de ella, qué haría con su vida? No podía quedarse aquí para siempre. No era más que una manera de posponer la inevitable búsqueda de un nuevo empleo.

Echaría de menos Marcombe cuando se fuera. No cabía duda de que había disfrutado de su estancia, a pesar de las extrañas circunstancias de su llegada, pero ahora ya era casi el momento de irse. Wes había estado entrevistando a chicas para ocupar el puesto de secretaria, aunque hasta lo que sabía, todavía no había tomado una decisión. Tendría que hacerlo pronto.

—¿Kayla? ¿Por qué lloras?

Una manita fría y húmeda aparecida de la nada se posó sobre su brazo. Nell la miraba preocupada, tan seria como su carita se lo permitía.

—¡Nell! Siempre me das algún susto. —Kayla trató de secarse las lágrimas con la manga de la camiseta que vestía y con la otra mano acercó a la pequeña hacia sí—. Solo estoy un poco triste porque hoy era el día en que iba a casarme. Pero las cosas no salieron bien.

—¿Por qué?

—Pues, verás, mi novio y yo nos peleamos y entonces decidimos que tal vez, después de todo, no éramos el uno para el otro.

—¿Por qué?

—Porque sí.

—Porque sí no es una respuesta. Es lo que dice Annie.

Kayla no pudo evitarlo, tuvo que sonreír. Nell era implacable con sus preguntas y completamente lógica en sus razonamientos. Creía que cada pregunta tenía una respuesta y jamás dejaría de preguntar hasta que se la dieran.

—¿Sabes una cosa? No tengo ni idea de por qué ya no le quiero. A veces amas a alguien y no sabes por qué, lo sientes y ya está. Pero a veces descubres que esa persona no era realmente merecedora de tu amor, así que dejas de amarla.

Nell frunció el ceño.

—Mi mamá y mi papá dejaron de amarse. Al menos, eso es lo que creo. Si no, ¿por qué se fue mi mamá?

—Estoy segura de que estás en lo cierto. Y ahora son más felices cada uno por su lado, ¿no te parece?

—Supongo. —Nell miró a Kayla, con los ojos muy abiertos, preguntando—. ¿Tú nunca dejarías de quererme, verdad? ¿Incluso aunque me portara mal?

Kayla rió.

—No, cielo. Estoy hablando del amor entre un hombre y una mujer. El tipo de amor que los mayores sienten por los niños es muy diferente y no cambia nunca.

—Oh, bien. —Nell la abrazó con fuerza—. ¿Ya no estás triste?

Kayla sujetó su cuerpecito bien cerca y le devolvió el abrazo. Parecía tan pequeña y frágil, como si fuera un pollito, pero la sensación era maravillosa. El amor de un niño era desde luego distinto, seguro e incuestionable. Si pudiera amar así a un hombre no dudaría ni un minuto en casarse con él. Suspiró de nuevo.

—No, ya no. ¿Qué te parece si vamos al camino delantero y saltamos a la comba?

—Oh, sí, por favor. Ayer salté treinta y una veces seguidas. Tengo que batir mi propio récord. —Nell iba charlando tan contenta cuando partieron, con su manita en la de Kayla.

Kayla dejó atrás el pasado, con decisión. Había llegado el momento de seguir adelante.

—Chiss. Nell. —Wes abordó a su hija de camino a su habitación, cuando la niña iba a lavarse las manos antes de cenar.

—¿Papá? ¿Qué pasa?

—Shhh. —Se puso un dedo sobre la boca y la encaminó a su despacho para luego cerrar la puerta tras ella—. No le digas a Kayla que te lo he preguntado pero dime, ¿por qué estaba llorando? Os he visto antes en el jardín.

—Oh, creo que su novio y ella se pegaron o algo así.

—¿Qué?

—Me dijo que se iban a casar hoy, pero entonces se pelearon. Así que ahora ya no le quiere. La verdad, yo tampoco querría a nadie que me pegara.

—Oh, ya veo. No creo que ella hablara de pelearse queriendo decir que se habían pegado, sino solo que habían discutido. —Wes no quería fisgonear, pero a menudo le había parecido que Kayla no hablaba mucho de su vida en Londres, casi como si fuera un secreto de hecho. Se había preguntado por qué: tal vez ahora lo había descubierto—. ¿Dices que iba a casarse hoy? —Nell asintió—. Mmm. Entonces tal vez convenga que la distraigamos un poco para que no piense mucho en eso. ¿Qué te parece si la llevamos a la cueva secreta?

—Oh, sí, papá. ¡Vamos!

—De acuerdo, ve y pide a Annie que nos prepare un picnic y yo veré a ver si encuentro a Kayla. —Por alguna razón no podría soportar la idea de que pasara el día sollozando. Bien, no le serviría de nada tener cerca a una secretaria triste, ¿no? se dijo a sí mismo.

Nell se encaminó hacia la puerta y a medio camino se detuvo y se dio media vuelta.

—Oh, ¿y sabes qué? Por fin me acordé de preguntarle cuándo era su cumpleaños.

—¿De verdad?

—Me dijo que era en agosto, un día antes que el mío. ¿A que es estupendo?

—Oh, sí, mucho. —Wes dudó, pues no estaba seguro de que debiera preguntarle lo que de verdad quería saber. Le había pedido a Nell que le preguntara qué edad tenía. Ya había conseguido parte de la información, pero no la parte que le interesaba.

Pero antes de que pudiera abrir la boca, Nell añadió:

—Y necesitaremos veintiséis velas, papá. ¿Tenemos tantas? —La niña parecía impresionada y Wes casi se echó a reír.

—Bueno, pues, podemos comprar unas cuantas más. ¿Estás segura de que es la cantidad correcta?

—Sí —dijo.

Wes sintió cómo el alivio le invadía. Kayla no era demasiado joven y él solo tenía diez años más que ella. Ojalá no pensara que él era demasiado mayor para ella.

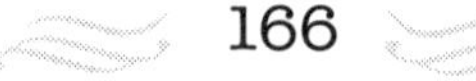

Capítulo 17

Sir John había estado oyendo los gritos de su mujer y sus sollozos durante horas y estaba harto de todo el asunto. ¿Por qué tenía que tardar tanto, por Dios? No pensaba en Dios muy a menudo, pero en aquel momento se le pasó por la cabeza por qué el Señor había considerado adecuado que el parto fuera una tarea tan difícil. Para todos los que estaban implicados.

Se dejó caer de nuevo en su silla y se tomó un trago de *brandy*. Ya casi se había bebido la mitad de la botella. A ese ritmo estaría demasiado borracho para ver a su heredero con claridad cuando el dichoso niño se abriera camino en este mundo. Enfadado, golpeó el vaso contra la mesa, haciendo que la mitad de su contenido se derramara por encima del borde.

Poco después llamaron a la puerta y tras un breve «entre» la sofisticada matrona que había venido con el médico que había hecho traer de Londres entró con un bulto. Hizo una reverencia.

—Bien, tiene un hijo sano y perfecto por fin, señor —anunció con una sonrisa radiante y avanzó con el bulto para dejarlo sobre su regazo. Él miró al bebé sorprendido y en silencio, lo que el bebé decidió remediar de inmediato echándose a llorar. Fuerte, traspasando los oídos, lo que demostraba que al menos tenía los pulmones muy sanos. *Sir* John miró a la pequeña y arrugada carita y a las manitas cerradas del bebé y sintió una extraña emoción fluyendo por su cuerpo. Su hijo. Su heredero.

En un intento de calmar al pequeño le tocó la cabecita, pero como al hacerlo la manta que le cubría se desplazó, se detuvo y se quedó mirando horrorizado el color del pelo del bebé. Era negro. Tan negro como la noche. Tan negro como el alma de Eliza, maldita fuera. Con un grito de rabia se levantó de la silla, levantando al mismo tiempo al bebé y dejándolo sin ceremonias en los brazos de la matrona, que soltó un gritito de protesta y miedo.

—Pero, señor, ¿qué sucede?

—Ese no es mi hijo —declaró con voz temblorosa por la ira que sentía—. Ni mi esposa ni yo tenemos el pelo negro.

—Oh, señor, eso... eso cambiará —dijo la pobre matrona—. La mayoría de los bebés nacen con el pelo oscuro y luego les cambia durante las primeras semanas. Lo mismo pasa con los ojos, su color también cambia —trató de explicarle.

Le había dado la espalda, no obstante, y no la estaba escuchando. «¡Zorra traidora!» Debería haberse dado cuenta. Se la veía tan radiante últimamente que él había pensado que era debido simplemente a que estaba embarazada. Pero había habido otro hombre durante todo ese tiempo. Bien, no se quedaría con él. Que se fuera y se llevara a su bastardo o mejor aún...

La matrona se quedó mirando por un rato, esperando, insegura, pero al final salió de puntillas de la estancia con el bebé fuertemente abrazado. John la vio alejarse, sintiéndose curiosamente distante al pergeñar nuevos planes en su cabeza. Tanto la matrona como el médico volverían a Londres por la mañana, tan pronto como les pagara. Bien.

Quería la casa para él cuando visitara a su esposa.

Mientras tanto, se acabaría ese *brandy*.

Salieron hacia la costa, cada uno llevando una cosa. Wes acarreaba una pesada bolsa frigorífica llena de lo que Annie había preparado en la cocina, Kayla se ocupaba de una manta de cuadros escoceses y Nell hacía el camino con un cubo y una pala en una mano y una pequeña red de pesca en la otra. Iban por un camino más que pisado que llevaba hacia abajo a los acantilados y a lo largo hasta la parte de arriba. Kayla se volvió hacia el sol e inspiró profundamente el aire salado.

Hacía un día precioso con el sol brillando sobre el mar en calma. Mirando al mar Kayla pudo ver bastantes barcos, algunos de vela, otros sin ella, y más allá un enorme petrolero. Todo estaba extrañamente en silencio, como si sus oídos estuvieran tapados con algodón, así que se sentía como si estuviera en otro mundo. Era maravilloso.

Después de caminar poco más de diez minutos, Nell ya se había cansado.

—Papá, me duelen las piernas. ¿Cuánto falta?

—No mucho, cielo, ya casi hemos llegado. ¿Te acuerdas?

Dieciocho metros más allá Nell volvió a detenerse.

—Ya no puedo más. ¿No nos podríamos quedar aquí a comer?

Wes miró a Kayla y volvió los ojos.

—Ya no falta mucho, Nell. Vamos, ¿dónde está mi chica fuerte hoy?

Consiguieron avanzar unos cuarenta metros más antes de que llegara otro lamento.

—Quiero que me lleven —se oyó, Kayla se echó a reír.

—Dame la bolsa, Wes, y así podrás llevar a Nell durante un rato.

Él la miró agradecido, aunque al mismo tiempo parecía también querer disculparse.

—¿Estás segura de que podrás con ella? Pesa bastante.

—Sí, podré. No te preocupes. Soy más fuerte de lo que parezco.

—Kayla está siendo demasiado amable contigo —murmuró Wes al tiempo que levantaba a su hija y la llevaba a caballito—. Creo que tendremos que endurecerte un poco.

El camino hacia la cueva era extremadamente difícil y empinado, pero había algunos pasos labrados en la roca viva en los peores sitios, hasta que finalmente consiguieron llegar. Kayla estaba encantada.

—Ahora entiendo por qué llamas a este lugar «secreto» —le dijo a Nell—. Es como si estuviéramos completamente apartados del resto del mundo. —La minúscula cueva estaba rodeada por tres partes por unos peñascos muy escarpados y frente a ellos se encontraba el mar, brillante bajo la luz.

—En verano es incluso más bonito —dijo Wes tras ella—. Hasta se puede nadar desnudo sin que nadie te vea. —Lo dijo en un tono perfectamente normal, como si solo le estuviera informado acerca de la cueva y no pensando en bañarse desnudo él, pero sus ojos decían algo distinto. Kayla sintió cómo el rubor se extendía por su cara y le bajaba hasta el

cuello. Pensar en nadar desnuda con Wes la estaba atormentando, así que mejor no mortificarse con eso.

La tarde pasó en un visto y no visto. Jugaron a juegos y chapotearon con los pies dentro del agua helada, y después de haber dado buena cuenta del generoso picnic, los dos adultos se echaron sobre una manta, llenos y casi sin poderse mover.

—Ven conmigo a recoger conchas marinas, Kayla.

—Deja que Kayla descanse un poco, Nell. Sigue tú —le dijo Wes.

—De acuerdo, papá. —La pequeña se alejó dando saltitos y se acercó al agua—. Pero que no sea mucho rato.

—Nadie te dice el trabajo que dan los niños hasta que los tienes —dijo él, aunque no parecía que eso le importara mucho en realidad.

—Estoy segura de que vale la pena, al menos la mayor parte del tiempo. —Kayla había cerrado los ojos y se había quedado escuchando los sonidos del mar, lo que le producía una sensación de relax y de confort. Respiró el aire frío del mar y enterró sin pensarlo los dedos en la arena junto a la manta, dejando caer la arena entre ellos, sintiendo la suavidad de su textura.

—Sí, tienes razón. —Wes se quedó en silencio durante un rato antes de continuar—: ¿Kayla? Quisiera preguntarte algo.

—¿Ah, sí? —Volvió la cabeza y abrió los ojos. Él estaba mucho más cerca de ella de lo que había pensado. Su mirada azul estaba fija en ella y durante un rato se quedó sin aliento, preguntándose si estaría pensando lo mismo que ella. El sonido de las olas y el susurro del viento se desvanecían en el fondo y de lo único de lo que era consciente era del hombre que yacía junto a ella. Quería que la besara. Ahora. Se acercó un poco más y vio cómo él suspiraba y se volvía.

La magia se rompió.

Wes se aclaró la garganta.

—Bien, en realidad, estaba preguntándome si habría algún modo de que te quedaras un poco más. Parece que no hay manera de encontrar a alguna chica eficiente que quiera trabajar en un lugar tan apartado como este, y como trabajamos bien juntos, ¿verdad?

Kayla tragó saliva.

—Pues... sí. Sí, es verdad. —Habían trabajado en equipo, uno complementando al otro, y Kayla se había sorprendido de la rapidez con la que se había adaptado a los métodos de Wes. Desde luego era mucho más fácil trabajar con él de lo que jamás lo había sido con Mike, aunque trataba de no hacer comparaciones. Wes nunca le ordenaba hacer nada ni hacía que se sintiera inferior. Siempre le pedía las cosas educadamente o bien buscaba que le diera su opinión como la mejor manera de hacer las cosas, y luego elogiaba su esfuerzo después. Eso hacía que se sintiera valorada, aunque sabía que era el jefe.

Un sentimiento repentino de alegría la invadió al pensar que podría quedarse allí. Y también la asustaba muchísimo. Estaba empezando a preocuparse demasiado por los habitantes de Marcombe Hall, y no solo profesionalmente. Y no sabía hasta qué punto era por culpa de Jago.

—Entonces, ¿te quedarás? ¿Por favor? Eres de lejos la mejor secretaria que nunca he tenido. Cualquier otra persona parece una inútil en comparación contigo. —Wes empleó su sonrisa más encantadora y Kayla sintió que se debilitaba. No estaba preparada para dejar que se diera cuenta de cómo podía influir sobre ella. Que con solo verle la sangre le burbujeaba en las venas. Estaba claro que él no sentía lo mismo pues, de haberlo hecho, ¿no habría movido ficha?

—Crees que los cumplidos funcionarán, ¿a que sí? —se atrevió a decir, tratando de sonar dura. Pero sabía que probablemente no iba a engañar a nadie, y menos a ella misma. La verdad era que resistirse a él le parecía imposible. El timbre intenso de su voz la atrajo, la cautivó, minando su fuerza de voluntad, de la misma manera que un pícaro antepasado suyo había hecho en la sala de subastas de Sotheby's sin decir una sola palabra. No tenía fuerza para negarse, así que se rindió sin poner mucha resistencia.

—Oh, sí claro. ¿Por qué no? Creo que quedarme unas semanas más tampoco importa.

Haciendo un esfuerzo sobrehumano, se las arregló para hablar en un tono neutro, aunque cómo lo logró es algo que nunca supo. Entonces se acordó de que le había dicho que tenía un empleo a media jornada en Londres.

—Bueno, tendré que llamar a la oficina de Londres para ver si puedo ampliar la excedencia. Y será mejor que vaya a mi casa y me traiga algo de ropa y otras pertenencias. Por no hablar de mis libros de estudio.

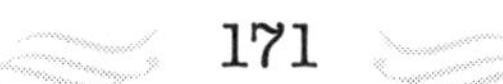

—Estupendo. —Wes no parecía haberse dado cuenta de su resbalón. Su sonrisa se transformó en una mueca de satisfacción que resultaba incluso más devastadora que la sonrisa encantadora que había puesto antes a propósito, así que Kayla dio gracias al cielo por estar todavía tumbada.

—Vamos a echar una mano a Nell con las conchas marinas, parece que se siente un poco solita.

—Mmm, ve. Yo iré en un minuto. —Lo único que a Kayla le hacía falta era un poco de actividad normal para así dejar de pensar en el hombre que yacía junto a ella y sus sonrisas, que la ponían nerviosa. Necesitaba un poco de espacio para recuperarse primero. «Gracias, Dios, por Nell», pensó.

—¡Ya estáis aquí! Había empezado a pensar que tendría que enviar una partida en vuestra busca.

La voz que les daba la bienvenida cuando entraron en el recibidor hizo que Kayla diera un brinco. Por un momento había pensado que se trataba de Jago, que había venido a Marcombe Hall de alguna manera. La entonación era la misma, al igual que sus ricos y profundos matices, aunque en el West Country se pronunciaba menos la «r». Parpadeó para acostumbrarse a la luz interior después de estar bajo el sol. En lugar de a Jago, lo que vio fue una versión más joven de Wes al pie de la escalera. Abrió los ojos. El parecido de aquel hombre al del retratado era incluso mayor y eso hizo que se diera la vuelta.

—Oh, demonios —pensó que murmuraba Wes desde detrás de ella. En voz más alta añadió—: Hola, Alex. ¿Qué estás haciendo aquí?

—Visitarte, por supuesto. ¿Qué otra cosa podría hacer? Aunque, bueno, en realidad no he venido a verte a ti sino a mi pequeña princesa. —Abrió los brazos y Nell corrió hacia él. La abrazó y la levantó en el aire. La niña gritó de placer.

—Tío Alex. Eh, ¡me haces cosquillas!

—Este es mi hermano —dijo Wes en un tono no muy atento—. Alex, esta es mi secretaria temporal, Kayla Sinclair.

Alex dejó a Nell en el suelo y se acercó para darle la mano.

—Encantado de conocerla. —Miró a Kayla de arriba abajo y sonrió en señal de aprobación. Kayla se dio cuenta de que el hermano de

Wes había heredado su cautivadora sonrisa, aunque esta vez no tuvo efecto alguno sobre ella. No resultaba tan genuina y no le llegaba a los ojos. Asintió con la cabeza brevemente como para mostrarle que no apreciaba que le diera el visto bueno de una manera tan descarada.

—Será mejor que me vaya y me lave un poco la arena antes de cenar —les dijo, y se encaminó rápidamente hacia las escaleras.

Al menos Alex le había servido para darse cuenta de una cosa: el encanto del hechizo de Jago no funcionaba con todos los hombres de la casa. Entonces, ¿significaba eso que solo Wes tenía un efecto sobre ella? Kayla no estaba muy segura de qué pensar al respecto.

La atmosfera durante la cena era tirante y a Kayla no le resultó fácil conversar con Alex mientras Wes comía en silencio, con cara seria. Kayla se preguntaba por qué estarían así los dos, pero pensó que no serían más que rivalidades de hermanos. Sabía muy bien lo pesados que podían ser los hermanos pequeños cuando se lo proponían. También tenía uno.

—Dígame, señor Marcombe, ¿a qué se dedica? —le preguntó educadamente, aunque poco después deseó no haber hecho una pregunta tan trivial.

—Oh, por favor, llámame Alex, no hace falta ser tan formal. En cuanto a lo de a qué me dedico: vendo barcos, yates, para ser más exactos. Un amigo mío los construye y yo le ayudo a venderlos, se los enseño a clientes ricos y todo eso. Con el verano tan cerca, es el momento ideal de venir por aquí para hacer negocios. Muchos londinenses vienen a Devon durante las vacaciones escolares y demás. Trato de hacer que se interesen por los últimos diseños de mi amigo llevándoles a dar una vuelta en el barco y esas cosas.

—Ya veo. Entonces, ¿debo entender que tienes experiencia en navegación?

—Desde luego. No podría imaginarme la vida sin un barco o al menos sin estar cerca del mar. Lo llevo en la sangre, creo. Tuvimos antepasados marineros. —Siguió entonces describiendo sus propias habilidades, así como hablando de algunos de los barcos que había diseñado su amigo. Parecían muy lujosos, pero como Kayla no tenía ni idea de barcos, se dedicó a escuchar sin más.

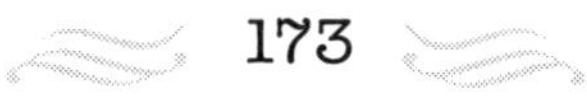

—¿Y qué te ha traído hasta esta parte del país, Kayla? Tal vez Alex había notado la expresión de perplejidad de su cara, puesto que había cambiado de tema tan de repente.

—Oh, mmm... Estaba estudiando arte en Londres, a media jornada, y me interesaban los cuadros de Gainsborough. Me dijeron que Wes tenía uno o dos así que llamé para pedir una cita y verlos. —Mentir otra vez se le estaba haciendo muy difícil, pero Alex asintió, pues según parece no veía nada raro en su respuesta.

—¿Y entonces mi hermano te convenció para que te quedaras a trabajar aquí?

Kayla asintió.

—Sí, pero solo hasta que encuentre a alguien. Tengo que volver a Londres.

Alex sonrió como si no la creyera mucho, pero no dijo nada.

El resto de la comida pasó rápidamente, aunque el continuado silencio de Wes, que parecía cabizbajo, resultaba un poco enervante. Kayla decidió no hacerle caso. Fuera lo que fuese que pasara entre los hermanos, solo les incumbía a ellos y no era asunto suyo.

Kayla se excusó y dejó el comedor antes de lo que lo habría hecho normalmente. Wes la miró partir, pero no le pidió que se quedara. Sabía que había hecho que se sintiera incómoda con su silencio, pero no tenía la menor intención de dirigirle la palabra a su hermano. Alex no se lo merecía. De hecho, ni siquiera debería estar allí.

—A ver, ¿de qué se trata esta vez? —le preguntó Wes, tan pronto como estuvo seguro de que Kayla no podría oírles—. ¿Te has quedado sin dinero de nuevo? ¿Te persigue alguien a quien debes dinero y no puedes pagar?

Alex le miró con el ceño fruncido.

—No, no le debo nada a nadie. Vamos, más o menos.

—Entonces ¿por qué has venido? Creía que habías dicho que ibas a mudarte la última vez que viniste. «Detesto este jodido basurero, así que, que te aproveche, cretino engreído», cito textualmente.

Wes miró cómo Alex luchaba visiblemente por contenerse y no estallar.

—Tal vez haya exagerado un poco —murmuró.

Wes resopló.

—Sí, eso diría. Bien, para que lo sepas, el cretino engreído de tu hermano te ha sacado a flote por última vez. Si vuelves por aquí pensando en que te dé dinero, vete ahora mismo. Te he dado mucho más de lo que te correspondía y se acabó. No te debo nada.

Alex se levantó y tiró la servilleta en la mesa.

—No quiero tu maldito dinero. Puedes quedártelo. Pero esta es todavía mi casa, por lo que sé, y tengo el derecho de venir aquí cuando quiera. ¿No era eso lo que decía el testamento de papá? Así que si me apetece pasar una temporada en Devon, maldita sea, dormiré en mi antiguo dormitorio. Y tal y como le he dicho a Kayla, tengo que empezar a buscar clientes. Dave me ha estado persiguiendo para que me ponga a enseñar su último yate, así que me quedaré una temporada. Espero que te parezca bien. —La última frase la dijo en un tono muy sarcástico, que irritó a Wes.

—Muy bien. Tendréis alojamiento y manutención todo el tiempo que queráis.

Alex salió hecho una furia de la estancia y Wes se pasó la mano por la frente, tratando de aliviar la tensión que parecía rodearlo todo. No sabía por qué les resultaba tan difícil llevarse bien, pero sí que su hermano estaba resentido por el hecho de que él hubiera heredado Marcombe Hall.

—Eso de que el hijo mayor tenga que heredarlo todo es una reliquia del pasado —solía quejarse más de una vez—. En la actualidad la propiedad debería dividirse a partes iguales entre los hijos. —Sin embargo, su padre no había estado de acuerdo con eso.

—No seas ridículo, Alex. Eso significaría vender la finca. ¡Ni hablar! Ha pertenecido a nuestra familia durante generaciones y está unida al título. Y no puedes esperar realmente que tu hermano te compre tu parte.

El anciano había tratado de que su hijo menor se conformara dejándole un generoso fondo fiduciario, pero Alex nunca pareció valorarlo. Siempre quería más y seguía viviendo por encima de sus posibilidades, comprándose automóviles caros, barcos y sabe Dios qué más. Wes sospechaba que también estaba metido en algún asunto de drogas, pero nunca dijo nada.

Bien, ya era suficiente. Había llegado el momento de dejar que su hermano se hundiera o saliera a flote por sus propios medios.

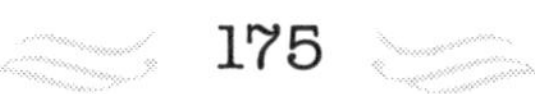

La gota que colma el vaso había llegado hacía unas pocas semanas, cuando un amigo de ambos le había informado de que Alex había estado intimidando con Caroline en un club de Londres.

—Estaban muy juntitos. Pero ¿a ti no te importará, verdad? —le había preguntado su amigo—. Después de todo, es agua pasada y todo eso.

—No, en absoluto. ¿Por qué debería importarme? —se había visto obligado a responder, aunque por dentro estaba que echaba humo. Claro que le importaba. No porque todavía quisiera a Caroline —la verdad era que ya casi la había olvidado—, sino porque sospechaba que tramaba algo.

¿Para qué si no querría su hermano lo que el desechaba? Tenía que ser por la razón de siempre: Alex codiciaba todo lo que él poseía. Le ponía furioso pensar que eso incluyera a Caro, especialmente porque sospechaba que ella solo salía con su hermano para irritar a su ex marido. Y ¿qué podía ver Alex en una mujer que tenía diez años más que él cuando siempre conseguía a cualquier chica que se le pusiera por delante? No iba a tragarse ese cuento.

Algo no iba bien, pero pensó que si se abstenía de hablar de ello, tal vez ambos se cansarían de aquel juego. Al no reaccionar, les fastidiaría y dejarían de lado su pequeña venganza.

Pero maldita sea si tenía que jugar a la familia feliz.

Capítulo 18

La casa estaba en silencio, la matrona y el médico se habían ido y las doncellas lo habían limpiado todo. Eliza se había quedado sola mirando con adoración a su hijo. Era tan pequeño, tan frágil y tan bello después de todo. Y se parecía tanto a su padre. Una punzada de culpabilidad la atravesó, pero estaba demasiado cansada como para preocuparse mucho por eso. Jago ya encontraría la manera de que todos pudieran estar juntos. Si alguien podía organizar algo, era él. Tenía una fe absoluta en el padre de su hijo; solo era cuestión de paciencia, como él le había dicho. Ahora tenía que concentrarse en recuperarse y criar a su hijo.

El bebé yacía en una cuna junto a su cama y ella descansaba a su lado mirándole, estudiando hasta el más mínimo detalle de sus facciones, mirando su pequeño pecho subir y bajar al respirar. Era un milagro que hubiera dado vida a aquel maravilloso ser y no estaba resentida por el aparentemente interminable dolor por el que había tenido que pasar. Su hijo valía la pena. No podía apartar los ojos de él ni un segundo. Con una sonrisa, se acercó para besarle en la mejilla una vez más. Suspiraba mientras dormía, un sonido que le parecía adorable.

Un ruido débil que procedía del corredor hizo que volviera la cabeza hacia la puerta y, para su asombro, Jago entró de puntillas en su habitación. Le puso un dedo en los labios para que no dijera nada, pero ella, no obstante, jadeó. En tres zancadas estuvo a su lado, acercándola hacia sí.

—Oh, Jago —susurró ella—. ¿Es que te has vuelto loco?

Él sonrió y le colocó un mechón de pelo detrás de la oreja antes de inclinarse para besarla.

—Sí, tal vez, pero tenía que venir. Debía asegurarme de que tú y el bebé estabais bien. Lo estáis, ¿verdad?

—Sí, ambos estamos bien. Mira, ¿no te parece precioso?

Jago rodeó la cama para arrodillarse junto a la cuna de su hijo y tocó la suave mejilla del bebé con reverencia.

—Es perfecto. —Levantó la vista—. Igual que tú, mi amor.

—John está abajo. —Eliza sentía cómo la ansiedad la apremiaba por dentro—. ¿Estás seguro de que no te ha oído entrar?

—No, está borracho. Le he oído roncar de tal manera que despertaría hasta a los muertos.

Las palabras de él la tranquilizaron, pero no se quedó mucho tiempo.

—Solo quería verte —susurró— y ahora que sé que estáis bien, dormiré tranquilo. Buenas noches, mi amor.

Cuando Eliza se durmió, se sentía como si estuviera flotando en una nube de felicidad. No faltaba mucho para que su dicha fuera completa.

—Así que por fin te has dignado a volver a hablar con los sencillos mortales, ¿verdad? —comentó Maddie con sarcasmo al ver de nuevo a su amiga, aunque lo dijo con una amplia sonrisa y dándole un abrazo, de modo que Kayla no se ofendió—. Había empezado a pensar que te ibas a quedar en Devon para siempre.

—Bien, para ser sincera, no me apetecía nada volver a casa. —Kayla sonrió—. Verás, es que están ese hombre tan encantador y su preciosa hijita. Por no mencionar la mansión, un entorno increíble, un empleo estupendo y un sueldo de primera.

—Caramba. —Maddie levantó una mano y se rió—. Ya no me cuentes más, creo que esto me va a gustar.

—Sí, creo que sí. Solo espera a que te cuente todo lo que ha pasado.

Aquella noche Kayla cayó frita en el sofá del salón de su casa, habiendo preparado ya una maleta enorme llena de ropa y habiendo

limpiado el piso de arriba abajo. Resultaba increíble la cantidad de polvo que se podía acumular en solo unas semanas, aun estando la casa vacía. Sintió como el cansancio se adueñaba de ella y cerró los ojos.

—Desde luego, te mereces un descanso —le dijo una voz que le resultaba familiar. Kayla casi dio un brinco. Se llevó una mano al corazón y miró a Jago con cara burlona.

—Estás decidido a que me dé un ataque al corazón, ¿a que sí? —le acusó—. De verdad, creo que te gusta darme estos sustos de muerte.

Él se rió por lo bajo.

—Nada de eso, querida, pero debo confesar que me muero de curiosidad. Si alguien puede morir de algo cuando ya está muerto es de eso. ¿Has encontrado ya a Eliza? ¿Has estado fuera mucho tiempo o solo son imaginaciones mías? La verdad es que no tengo muy claro eso del tiempo.

—No, solo he estado fuera un poco más de tiempo de lo que había pensado, pero por desgracia no he encontrado a Eliza. He buscado en Marcombe Hall por todas partes y no he visto ningún retrato como el que me describiste en ninguna parte. Incluso me colé en un desván lleno de polvo un día cuando todo el mundo había salido, pero no vi nada. Lo siento —añadió cuando él se quedó en silencio durante un buen rato.

—Bueno, ha sido un buen intento. —Suspiró—. Entonces me temo que me quedaré así para siempre.

—Oh, no desesperes todavía, Jago. Voy a intentar seguir a los descendientes de Eliza para ver si alguno de ellos dejó en herencia el cuadro a alguna otra rama de la familia. No pierdas la esperanza, todavía podemos encontrarlo.

—¿De veras lo crees? Es muy amable de tu parte arriesgarte por mi causa. —Sonaba abatido y Kayla quería levantarle la moral, pero sabía que no podría.

—De nada. Estoy encantada de hacerlo. Pero ¿no te gustaría saber qué ha sido de sus descendientes? ¿O debería decir de «tus descendientes», sinvergüenza?

Jago se rió por lo bajo.

—Así que me has descubierto, ¿verdad? ¿Cómo? —Kayla oyó la risa en su voz y trató de ponerse seria.

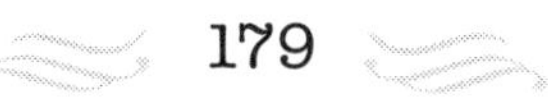

—Pues porque los tienes, pillo. —Le apuntó con un dedo—. No pude evitar darme cuenta del marcado parecido entre *sir* Wesley y su hermano y tú. ¿No vas a negarlo, verdad?

—¿De qué serviría ahora, después de que todo ha pasado?

—Supongo que tienes razón. Pero, dime, ¿lo saben?

—¿Quiénes? ¿Mis tátara tátara nietos? No, no deberían. Mucha gente debe de haberlo sospechado en la época y algunos lo sabían con seguridad, pero nunca se dijo nada abiertamente. No era el tipo de cosa que se publicaba a los cuatro vientos. —Sonrió, contumaz—. Y ahora dime, ¿cómo les va a mis descendientes? ¿Cómo está la casa? ¿Ha cambiado mucho? Por supuesto, nunca fue de mi propiedad, pero la recuerdo perfectamente.

Kayla no se sentía ni mucho menos rara al mantener una conversación con un hombre pintado en un cuadro, y era raro, pensó. Casi le parecía normal a estas alturas y escasamente le dedicó un minuto a pensarlo cuando empezaron a hablar. Había aceptado que aquello estaba sucediendo y como él era tan buena compañía, decidió que disfrutaría de la situación mientras durara. El mundo estaba lleno de fenómenos inexplicables así que, ¿por qué no hablar con un retrato? Sonrió para sí y empezó a contarle a Jago todo lo relativo a Wes y su familia.

—Maddie, necesito que Jessie me eche una mano de nuevo. —Kayla había llamado a su amiga lo primero a la mañana siguiente.

—Oh, no, así le estaré debiendo favores hasta el día del juicio final —suspiró Maddie.

—Por favor, es importante.

—Bien, de acuerdo. Dime, ¿qué quieres que haga esta vez?

—Si no es mucha molestia, ¿crees que podría dibujar el árbol genealógico de los descendientes de *sir* John, por favor? Le pagaré, claro.

—No seas tonta, no cobraría a una amiga. Además, estoy segura de que se lo pasará en grande haciéndolo, ya sabes cómo es.

—Sí. Bueno, ¿puedes pedirle que me llame cuando esté de vuelta en Devon, por favor? Tengo que preguntarle cómo buscar los testamentos de Marcombe, pues puede que ahí se hable también de los cuadros. Tal vez tenga que buscarlos allí. Creo recordar que me dijo que los testamentos se solían guardar en la oficina de registro más próxima.

—¿Estás del todo segura de que el retrato de Eliza no está en Marcombe Hall?

—Sí, del todo, así que debe de haberlo heredado otra persona, de no ser que su marido lo quemara en un ataque de celos o algo así. Tenía motivos, pobre hombre. —Kayla se reía nerviosa al pensarlo, aunque en aquel entonces no había sido un asunto que tuviera mucha gracia, de eso estaba segura.

Kayla le contó a Maddie lo de que Jago había plantado un cuco en el nido de *sir* John y se rió entre dientes.

—Eso si se dio cuenta, claro. Bien, le daré a Jessie el número para que puedas preguntarle lo que tienes que hacer.

—Muchas gracias, Maddie. Te lo agradezco de veras.

—¡Oh, no! En el nombre de Dios, ¿qué es toda esta mi...? —Kayla se quedó parada en el umbral de la puerta al ver su habitación en Marcombe Hall y se quedó horrorizada al contemplar el desorden. No podría creer lo que veía. Era como si un huracán o algún *poltergeist* hubiera pasado por allí y no hubiera dejado nada sin tocar. Dejando la gran maleta que llevada donde estaba, se volvió sobre sus talones y se fue a buscar a Wes. Como siempre, le encontró en su despacho.

—Hola, Wes.

—Kayla, ¡has vuelto! —Su rostro se iluminó al verla y ella casi se olvidó de la ira que sentía por un instante al notar cómo la calidez se expandía por su ser, al darse cuenta de que él estaba encantado con su regreso—. ¿Has tenido un buen viaje esta vez o te has vuelto a perder? —bromeó.

Kayla se las apañó para sonreír un poco.

—No, todo ha ido bien y solo me he perdido una vez. Pero Wes, ¿puedes venir a mi habitación y echar un vistazo un minuto, por favor?

—¿Tu habitación? —el hombre parecía confundido—. ¿Por qué?

—Parece que ha ocurrido algo no muy agradable mientras estaba fuera. —Sin esperar a ver si le seguía, volvió arriba, con el corazón latiéndole a toda prisa. Al abrir la puerta de la estancia oyó a Wes jadear de sorpresa tras ella.

—¡Jesús! ¿Qué ha pasado aquí?

—Bueno, yo esperaba que me lo dijeras tú. —Kayla se acercó a la cama y levantó uno de sus jerseys favoritos, que estaba prácticamente hecho jirones. Lo miró con tristeza—. Creo que ese fantasma que en teoría no existe ha decidido volver. ¿No le habrás oído?

—¿Fantasma? Imposible. Esto no es producto de algo sobrenatural. —Wes estaba furioso. Empezó a dar vueltas mirando los daños causados, dando zancadas furiosas, levantando una pieza de ropa aquí y un libro allá. Cada una de las pertenencias de Kayla había sido retorcida, rasgada o rota. Sobre el suelo yacían unas tijeras, abiertas como si las hubieran tirado cuando dejaron de usarlas—. Los *poltergeists* no saben cortar con tijeras, de eso estoy bastante seguro, pero ¿quién diablos puede haber hecho algo así?

—¿Alguien que me odia? —Kayla se mordió el labio inferior. El pensar que alguien pudiera odiarla de aquella manera le resultaba extremadamente inquietante.

—Pero ¿por qué iba a odiarte nadie? Y en cualquier caso, casi no conoces a nadie por aquí todavía. De no ser que tengas algún enemigo de Londres que te haya seguido hasta aquí. ¿No te estará acosando tu antiguo novio o algo así, verdad?

Kayla agitó la cabeza y luego frunció el ceño.

—Oye, ¿cómo sabías que yo tenía novio? Nunca te lo conté.

—Me lo dijo Nell.

—Oh, vaya. —Kayla suspiró—. Perdona, no quería ser impertinente. Creo que me estoy volviendo un poco paranoica a estas alturas.

—Comprensible. No te preocupes, no debería haberlo mencionado. —Wes se detuvo y miró a través de la ventana, pensativo—. Mmm. No obstante, no tiene sentido. Voy a ver si me entero de algo, tal vez alguien haya visto algo. Déjalo de mi cuenta. —Se acercó a donde estaba ella, junto a la cama—. Lo siento, Kayla. Ya sé que algunas de estas cosas no podrás reponerlas, pero trataré de compensarte. Hazme una lista, por favor. —Le acarició la mejilla lentamente y ella cerró los ojos, saboreando el confortante calor de su manaza. Le había echado de menos mientras había estado fuera, más de lo que había creído posible. Cuando levantó la vista de nuevo él la acercó hacia sí y la abrazó fuerte. Ninguno de los dos dijo nada.

Después de un rato, la dejó, la besó en la mejilla y se marchó. Kayla levantó una mano para tocarse allí donde sus labios se habían posado y se quedó de pie durante un buen rato, perdida en sus pensamientos. ¿Qué había querido decirle con eso? ¿Había sido una especie de abrazo seguido de un beso tranquilizador y nada más, uno de esos que se da a una amiga que lo necesita? ¿O había algo más profundo? Ojalá lo supiera. Pero no podía leerle la mente y aunque le había parecido que estaba muy contento de volver a verla, tampoco le había dicho que la hubiera echado de menos. Y si lo había hecho, había sido por su talento como secretaria. Cómo deseaba que hubiera sido por algo más.

Con un suspiro, se dispuso a limpiar todo aquel desorden.

—¿Querías hablar conmigo? ¿Otra vez? —Alex entró en su despacho y cerró la puerta tras de sí. Wes estudió la cara de su hermano con atención, pero no pudo ver nada que indicara que escondía algo. Alex podía ser irritante como un demonio, por no hablar de lo holgazán que era o de su endiablada actitud, pero nunca había visto en él que fuera cruel de manera deliberada ni tampoco vengativo. Era de buen trato, demasiado, para haber hecho algo así.

—Sí, por favor. Toma asiento. —Wes miró a su hermano durante unos minutos más antes de ir directo al grano—. ¿Has destrozado tú las cosas de Kayla mientras ella estaba fuera?

—¿Perdona? —Alex parecía sorprendido de veras. Si estaba actuando, entonces tendría que estar de acuerdo en que era un buen actor.

—Mientras estaba en Londres alguien ha entrado en su habitación y ha destrozado sus pertenencias: ropa, libros, todo. Está todo hecho trizas. No se ha salvado nada. ¿Sabes algo?

—No. —Alex le miraba ahora malhumorado—. ¿Por qué crees siempre que cuando algo va mal por aquí es culpa mía? ¿Y por qué diablos querría yo destrozar las cosas de Kayla? Me cae bien, por el amor de Dios.

Wes se pasó una mano por el pelo haciendo un gesto de cansancio, como derrotado.

—Perdona, Alex, pero no se me ocurría qué otra persona podría haber sido. Kayla no conoce a nadie aquí, excepto a Annie y a nosotros, y la verdad es que no creo que Nell fuera capaz de tener tal malicia. Además, a ella también le cae bien. Así que, ¿quién podría hacer algo así? —Se le ocurrió algo—. ¿No habrás visto a Caro por aquí, verdad? Si le pilla en un día de mal humor, puede ser capaz de tirar la casa. Aunque, ¿por qué la habitación de Kayla precisamente? Solo Dios lo sabe.

Alex se encogió de hombros y se puso a mirarse las uñas.

—Estoy pensando en quién puede haber sido, pero si oigo algo te lo haré saber. —Se había puesto en actitud un poco a la defensiva, como si no le estuviera diciendo toda la verdad y Wes se dio cuenta de que no había contestado a su pregunta sobre Caro. Entrecerró los ojos al mirarle pero decidió no insistir más. Si Alex sabía quién era el culpable, tal vez le advirtiera. Ojalá.

—De acuerdo, gracias. Oh, por cierto, dime, ¿vas a quedarte mucho tiempo?

Alex sonrió con suficiencia.

—¿Qué pasa? ¿Ya estás intentando librarte de mí querido hermanito? No te preocupes, ya casi he terminado con mis negocios por aquí, así que no tendrás que soportarme durante mucho más tiempo. Como máximo un par de semanas más.

—No es eso lo que te he preguntado y lo sabes.

—No finjas, Wes. Sé que crees que tenerme aquí es un derroche de espacio.

—Maldita sea, Alex, eres mi hermano y eres bienvenido siempre que quieras. Esta es también tu casa. Solo quisiera que te tomaras la vida un poco más en serio, eso es todo.

—Y a mí me gustaría que pensaras un poco. No eres un anciano, después de todo, pero me imagino que nunca llegaremos a un acuerdo en ese punto, así que mejor nos vemos luego.

Wes miró a su hermano, que salió tranquilamente de la habitación como si no le importara el mundo. A pesar de que no le gustara admitirlo, tal vez Alex tenía razón. Quizá se tomaba la vida demasiado en serio. Quizá había llegado la hora de vivir un poco y dejar el trabajo en segundo lugar por una vez. Había estado trabajando muy duro y hasta muy tarde y no hacía nada más. Se frotó los ojos.

Lo único que le asustaba era haber olvidado cómo divertirse.

Capítulo 19

John abrió la puerta del dormitorio de tal manera que rebotó en la pared e hizo que los muebles saltaran y que un adorno de yeso cayera al suelo. Entró con la mirada fija en Eliza, que se volvió para mirarle asustada, con los ojos muy abiertos. El bebé, asustado por un portazo tan repentino, empezó a llorar. Su llanto resultaba inquietante, parecía aterrado. John no le hizo ni caso y se centró en su esposa.

—¿Qué... qué pasa? —preguntó—. ¡Estás asustando al bebé!

—¡Zorra! —gritó él, con los ojos clavados en ella y la sangre hirviéndole. Su odio debía de ser tan fuerte que casi se podía tocar, pues Eliza empezó a temblar de los pies a la cabeza.

—¿John? —preguntó ella, asustada, escondiéndose de él bajo las sábanas.

No podía evitarle, no obstante, y él lo sabía. Rápidamente, avanzó hacia la cama y alargó una mano para apresar su brazo. Le hacía daño.

—¡No! John, no, tengo que seguir en la cama —protestó—. La matrona ha dicho que si no la hemorragia no se cortará. ¡John, por favor!

—Así que te habías creído que podrías engañarme, ¿verdad? Puta traidora —le espetó, tirando de ella en dirección a la puerta. La mujer trató de resistirse agarrándose a un poste de la cama, pero él la agarró de las manos y ella gritó al perder su asidero. La sujetó de la cintura, llevándola hacia la puerta. Eliza empezaba a sollozar y alargaba las manos en dirección al bebé que gritaba.

—No, John. Mi bebé. Me necesita, tengo que quedarme con él.

—Cierra el pico.

La golpeó, esta vez más fuerte, y ella se desmayó, convirtiéndose en un peso muerto. Con la fuerza que surgía de la rabia más profunda, John la levantó y se la cargó al hombro.

—Desmayaos todos —murmuró—. No dejaré que sigas adelante con esto.

Volvió en sí cuando la estaba llevando por un camino del jardín, resoplando y suspirando por el esfuerzo que hacía al cargarla. Pesaba más de lo que había pensado.

—John, bájame, por favor. Me estás haciendo daño en el estómago y me están dando nauseas y mareos. ¿Me oyes? En cualquier momento vomitaré, te lo juro.

Él no le hizo caso y siguió adelante.

—Bájame —le rogó—. Deja esto, por favor. John, ¡por el amor de Dios! —Empezó a darle puñetazos en la espalda como pudo, pero estaba tan débil que no tenían mucho efecto. Además, él se figuraba que su esposa podría caminar así que la dejó en el suelo y de momento ella se quedó aturdida.

—Así que ya estás despierta. Bien, Si puedes caminar, hazlo —dijo. La obligó a levantarse dándole un tirón del brazo que le apretaba haciéndole daño. Ella se quejó una vez más y trató de liberarse, sin éxito. A él le complacía ver cómo ella se veía obligada a seguirle quisiera o no, así que no le prestó la menor atención cuando se quejaba de que la fría grava del camino se le estaba clavando en los pies descalzos. Podía oír cómo le castañeteaban los dientes también, debido seguramente tanto al frío como a la impresión de que la hubieran sacado a la calle a la fuerza. Eso le produjo una gran satisfacción. Estaba haciendo justicia, pura y simplemente.

—¡No, John! ¿Qué haces? ¿Te has vuelto loco? —Trató de liberarse de nuevo.

—Ja, ¿es que te has creído que soy idiota? —murmuró—. Bueno, al menos tendrías que haberte buscado un amante con el pelo rubio, ¿no te parece? Puta estúpida. Ahora recibirás tu merecido. Me ocuparé de ello personalmente.

—No seas tonto, pues claro que el bebé es tuyo. No todo el mundo en la familia tiene el pelo rubio, lo sabes. Estás borracho, John. ¿Por qué no hablamos de esto por la mañana? ¡Por favor! No sabes lo que dices.

No la estaba escuchando. Nada de lo que pudiera decirle le detendría ya, estaba decidido. Implacable, la arrastró en dirección a los acantilados y aunque Eliza se resistía con los talones, le mordía y trataba de hacer todo lo que se le ocurría, no la soltaba. Él sabía de sobra que ella no tenía fuerza para resistirse, y menos estando tan agotada después del parto reciente. Incluso sus sollozos se hicieron más débiles después de un rato, pues eran un esfuerzo cuando necesitaba energía para caminar y luchar contra él a cada paso.

Finalmente llegaron a los acantilados y al arrastrarla hasta cerca del borde Eliza pareció entender lo que pretendía, pues se puso a luchar contra él como una histérica, lo que le dio fuerzas añadidas.

—No, John, no lo hagas, te lo ruego. Te has vuelto loco... ¡Que alguien me ayude! ¡SOCORRO!

Gritó y sollozó, agitó los brazos y pataleó, pero ambos sabían que él era más fuerte. Y no había nadie allí en mitad de la noche. Solo la oscuridad.

Alex llamó con suavidad a la puerta de una habitación de hotel barato, cerca de Kingsbridge. Se abrió con precaución y su ocupante miró hacia fuera por la mirilla.

—¿Sí? Oh, eres tú. Entra.

Entró rápidamente y cerró la puerta tras de sí con tal fuerza que vibró por unos instantes.

—¿Por qué demonios has tenido que ir allí y destrozar las cosas de Kayla? ¿Es que no tienes cabeza?

—Encantada de verte, Alex. A ver, ¿quién es Kayla?

—No juegues conmigo, Caro. Te lo advierto, no estoy de humor. Ya me he llevado una bronca de mi santo hermano. Ya basta.

Caroline, una belleza alta de unos treinta y tantos con el pelo corto y teñido de color miel, a la moda, caminó para sentarse en la cama con las piernas dobladas. Miró a Alex.

—¿Y a ti qué te importa lo que pase con las cosas de esa mujer?

Alex gruñó.

—¿Es que no lo entiendes? Ahora Wes será más precavido. Tendrá a su gente atenta por si llegan extraños y ven idas y venidas que no saben de qué van. Eso es precisamente lo que no queremos. Te dije que no debíamos levantar sospechas ni atraer la atención de nadie, por Dios, por eso vinimos aquí y por eso tienes que quitarte de en medio. Nadie debe cuestionarse mi estancia en Marcombe Hall, después de todo, es mi casa, pero si te ven allí varias semanas parecería extraño y resultaría violento, no sueles quedarte tanto tiempo.

—Tengo derecho de visitar a mi hija.

—Sí, pero no lo haces, ¿a que no? ¿Cuándo fue la última vez que pasaste más de un día con ella? Nunca, esa fue.

—Eso no quiere decir que no pueda.

—Bien, muy bien, hazlo a plena luz del día, en lugar de merodear por la casa rompiendo cosas.

Caroline abrió un cajón que estaba junto a la cama y sacó una caja de pastillas. Tomó una y se la tragó con dificultad.

—Y eso no te ayuda. —Alex miró las píldoras y luego frunció el ceño para mirarla a ella—. Lo prometiste, nada de drogas mientras estemos en esto.

—Es solo un diazepam, me tranquilizan. Y no debería sorprenderte que los necesite, contigo entrando aquí tan enfadado, gritándome.

Alex apretó los dientes, tratando de mantener su frustración a raya. Inspiró hondo antes de continuar hablando en lo que estimó era un tono de voz más razonable.

—Mira, lo único que digo es que tienes que ser un poco más prudente. No hay necesidad de que te escondas aquí si vas a hacer esas estupideces en la casa. Wes se lo olerá, seguro.

—Había que dar una lección a esa pequeña zorra. Está alojada en «mi» habitación y seguro que usando todas mis cosas, así qué ¿para qué quiere las suyas? Nell me dijo que se había puesto mi traje de baño, ¿puedes creerlo? Me pone de los nervios. —Las facciones de Caroline, normalmente tan bonitas como las de una modelo, se transformaron para poner una cara fea.

—Entonces, ¿has visto a Nell?

—Sí. Entré para darle las buenas noches, tengo derecho. Y no te preocupes, es un secreto. Le hice prometer que no se lo diría a Wes. —Alex volvió los ojos, pero ella no le hizo caso—. De todos modos, no viene al caso. Esa mujer está tratando de ocupar mi lugar, lo sé, le está tendiendo una trampa a Wes y abriéndose camino en el afecto de Nell. La niña no hace otra cosa que hablar de ella todo el rato y estoy harta de oírlo. Soy yo quien debería estar allí, no viviendo en este, este... bien, mira a tu alrededor, por Dios. Lo que quiero decir, te pregunto: ¿sábanas de nailon rosa? Es muy desagradable. No estoy acostumbrada a algo así, te lo digo.

Alex se sentó y suspiró. Puso la cabeza entre las manos.

—Creía que odiabas a Wes, así que ¿qué más te da si Kayla le gusta o no? —Él hizo caso omiso del resto de su ataque de llanto. Había cosas contra las que no valía la pena luchar—. Decías que me amabas. —En su corazón, siempre había sabido que no era así en realidad, pero no le había importado. Solo la quería porque había sido la mujer de su hermano y sabía que eso le irritaría muchísimo.

Era una mujer increíblemente atractiva, con su cuerpo esbelto y sus maneras seductoras, así que estar con ella no suponía precisamente un esfuerzo. También había pensado que eran almas gemelas pues a ambos les gustaba vivir con un ritmo de vida rápido que busca la compensación inmediata del lujo sin tener que trabajar mucho para conseguirlo. Con el tiempo, no obstante, aquella relación había empezado a aburrirle. Por ese motivo, por el tipo de vida que llevaba y por lo que tenía que hacer para mantenerlo. Sabía que estaba metido hasta el fondo y quería salir de aquello. Pero Caro había insistido en que debían hacer este último trabajo juntos y él había aceptado. Luego cortaría con ella.

No obstante, la mujer tenía razón en una cosa. No le pegaba estar sentada sobre aquella ropa de cama de flores descolorida, vestida únicamente con un kimono de seda desgastado. Como si fuera un pájaro exótico que hubiera acabado de alguna manera en un viejo nido de gorrión. Caroline era el tipo de mujer que debería pernoctar en el Ritz, o en algún otro sitio de categoría, e ir por ahí luciendo ropa de diseño y joyas. Pero ahí estaba, hundida por sus propias debilidades. Estaba enganchada a las pastillas que el médico le recetaba y al alcohol. Igual que él. La única diferencia residía en que él lo admitía y quería hacer algo al respecto. Ella no.

—Pues claro que no quiero a Wes —se burló en respuesta a su pregunta—. ¿Cómo podría quererle, después de lo que me ha hecho? Es un desgraciado. Sin embargo, sí quería ser *lady* Marcombe. No tenía ningún derecho a quitarme eso. Me lo he ganado, le he dado una hija y todo eso. Ahora no soy más que la señora tal otra vez. Aburrido, ¿no te parece?

—Te lo has ganado a pulso —murmuró, pero ella hizo como que no le oía.

—Después de todo, esa es todavía mi habitación. Nadie debía tocarla, era para que yo la utilizara siempre que visitara a Nell. Así se estableció en el acuerdo, de manera que ¿por qué la ha puesto a ella allí? Para tenerla cerca de su propio dormitorio, me apostaría algo. Abrirá la puerta contigua en cuanto tenga la mínima oportunidad.

—Mira, el único motivo por el que Kayla se aloja en tu habitación es porque las demás están en obras, ¿de acuerdo? —Alex trataba de mantener la calma, pero no le resultaba fácil—. Me lo dijo Annie. Y si Wes quiere acostarse con ella, ¿no te parece que ella debería estar en la habitación de él? Ya no estamos en la Edad Media. —Caroline se dispuso a decir algo, pero él levantó una mano para que no lo hiciera—. Suficiente, Caro. Tenemos otras cosas más importantes en las que pensar ahora mismo. Debemos planear nuestro próximo movimiento con cuidado o pondremos en peligro toda la operación. Si este asunto no nos sale bien, te pasarás el resto de tus días en agujeros como este. ¿De verdad es lo que quieres? Así que ahora vas a ser sensata y vas a ayudar o ¿prefieres que te lleve de vuelta a Londres y me las apañe por mi cuenta?

Caroline encendió un cigarrillo e inhaló profundamente antes de responder.

—Vaya, muy bien. Acabemos de jugar tus jueguecitos primero. Ya me ocuparé de Wes y de la zorra más tarde.

—No estamos jugando —gruñó—. Es algo muy serio, Caro, me gustaría que te lo metieras en esa bonita cabeza. Además, fue idea tuya, ¿lo recuerdas?

Ella hizo caso omiso de sus comentarios una vez más y con un cambio repentino de humor dejó el cigarrillo y le llamó con un dedo, sonriendo seductora.

—Si ya has terminado de ser desagradable, ¿por qué no vienes aquí y me saludas como merezco? ¿Es que no me has echado de menos ni siquiera un poquito, cariño?

Alex dudó y luego asintió con la cabeza. Por una vez no sentía deseo alguno por ella y a decir verdad, era un alivio. No obstante, trató de hacer que se echara con amabilidad.

—Lo siento, pero tengo cosas que hacer. Estoy un poco cansado. No he podido dormir en Marcombe Hall anoche. Wes siempre me está dando la lata, ya sabes cómo es.

Caroline no aceptó sus excusas. Le miró sin poder creérselo antes de que sus labios se tensaran y la rabia hiciera que sus ojos brillaran peligrosamente.

—Ya veo. Bien, entonces tal vez tenga que salir y buscar a alguien para entretenerme. Estoy segura de que habrá otros muchachitos por aquí a los que no les importe. —Se dirigió hacia el minúsculo cuarto de baño y entró, dando un portazo tras de sí.

Alex suspiró y se maldijo por idiota. Tenía que estar a bien con Caro hasta que todo aquello terminara. Sabía demasiado.

—Y no soy un «muchachito» —murmuró, cerrando los puños, frustrado—. ¿Por qué nadie me tomará nunca en serio? —Sin embargo, sabía que eso, en parte, era culpa suya.

Apretó los dientes y se acercó a la puerta del cuarto de baño para llamar, reticente.

—¿Caro, cariño? Lo siento, no pretendía ofenderte. Es que tengo tantas cosas en la cabeza últimamente. Por favor, ¿por qué no sales y hacemos lo que tú quieras?

Se quedó esperando unos minutos y luego la puerta se abrió lentamente.

—¿Qué te parece si nos tomamos el día libre y hacemos un poco de turismo, Kayla?

Ella levantó la vista de la pantalla y se topó con Wes de pie, muy cerca de ella. Olió su loción de afeitar, que por algún motivo hoy le parecía abrumadora. Era una mezcla sutil de especias con toques de limón que le hacía desear abrazarle y acercarlo hacia sí.

—Pues..., sí, claro, estaría bien. —Se aclaró la garganta, tratando de mantener sus pensamientos bajo control—. ¿Y por qué?

Él asintió mirando hacia la ventana.

—Hace un día precioso, demasiado hermoso como para quedarse aquí dentro. Y he decidido que necesito vivir un poco. Trabajo demasiado. —Hizo una mueca y se encogió de hombros—. Me estoy convirtiendo en un viejo aburrido, o al menos eso es lo que dice Alex.

—Todavía no eres viejo —negó Kayla.

—¿Te parece que no? —Se quedó mirándola con una cara extraña que a ella le confundió.

—Bien, no —dijo ella, para añadir después con una sonrisa—: Puede que te sientas así porque eres padre. Mi hermana me dijo que ella se sentía diez años mayor después de tener a sus hijos porque nunca conseguía dormir.

—Muy cierto. Y hablando de eso, será mejor que vaya y le diga a Nell que se prepare. ¿Te importa si la llevamos con nosotros?

—No, pues claro que no. ¿Debería importarme?

El hombre le dedicó una sonrisa de agradecimiento y salió a buscar a su hija.

Más o menos una hora después entraron en el aparcamiento de una de las muchas atracciones turísticas de Devon.

—Las cataratas Canonteighn, las más altas de Inglaterra —leyó Kayla en voz alta de un pequeño folleto que Wes le había dado—. Caramba, sesenta y siete metros, eso sí que es un desnivel.

—En realidad son obra del hombre, sabes —le dijo, dirigiéndose hacia el sendero del bosque que llevaba hasta la catarata.

—Sí, lo sé, pero aún así resultan impresionantes. —Kayla y Nell le siguieron con entusiasmo, felices por haber salido fuera en un día tan soleado.

Pasaron de largo un pequeño lago y llegaron a un área boscosa de donde partía el sendero. Mientras se acercaban a las primeras cascadas, pequeñas, Kayla podría oler el aire húmedo que les rodeaba y tenía la sensación de haberse internado en un invernadero. Hacía inspiraciones hondas para disfrutar de aquella atmósfera tan saludable. Era maravilloso y se imaginaba la aportación extra de oxígeno llegándole a la sangre. La humedad goteaba por todas partes y el musgo y los líquenes cubrían las piedras húmedas cercanas al pequeño puente. Un poco más arriba se encontraron con una cascada más baja, que la guía denominaba Clampitt. El rugido del agua resultaba increíble y la majestuosa cascada caída desde lo alto a una velocidad y con una fuerza sorprendentes.

Se detuvieron unos instantes para admirar la vista antes de seguir sendero arriba, subiendo por el empinado camino y dejando atrás unas enormes raíces de árbol cubiertas de hiedra y musgo. El arroyo burbujeante que cruzaban era de agua clara y Nell y Kayla se agacharon para tocarla y ver lo fría que estaba.

—En realidad está bastante caliente —dijo Kayla.

—Sí. ¿Puedo quitarme los zapatos y meter los pies? —preguntó Nell con una mirada esperanzada.

—Ahora no. Vamos, sigamos hasta arriba —repuso Wes—. Todavía no has visto lo mejor.

Todos miraron asombrados la enorme cascada que surgía un poco más arriba. El agua se precipitaba por un montículo escarpado y caía directamente abajo, provocando un gran estruendo. A Kayla le recordaba a una enorme cola de caballo de color plateado. Era una visión preciosa.

—¡Qué preciosidad! —exclamó—. Gracias por habernos traído aquí, Wes.

Él le sonrió y le lanzó una mirada traviesa.

—Probablemente no me darás las gracias después de que te haga caminar hasta la cima.

—¿La cima? ¿Me estás diciendo que tenemos que ir más lejos?

—Sí. Vamos, por aquí. —Agarró de la mano a su hija y siguió caminando por un sendero angosto. Kayla sentía como si el bosque se estuviera cerrando sobre ella según el camino seguía ascendiendo. Entonces descubrieron que, tras la cascada grande, se escondía otra más pequeña, pero el sendero seguía adelante y la dejaba atrás. Finalmente, llegaron al mirador del Gavilán, en la parte más alta de la cascada, y se detuvieron para mirar hacia abajo, jadeando un poco debido a la subida.

—Oh, papá, todo el mundo parece tan pequeño ahí abajo, como si fueran muñecos —dijo Nell, apuntando a la gente que se encontraba más abajo en el sendero. Kayla tenía que concederle que efectivamente, parecían estar bastante lejos, pero prefirió no mirar abajo durante mucho tiempo. De pronto se sintió mareada y se volvió para seguir por el

camino, deseosa de dejar atrás el desnivel. El pánico creció dentro de ella, aunque intentó reprimirlo.

—Oh, Dios, no puedo mirar ahí. Os esperaré más abajo —gritó y salió corriendo sin esperar respuesta. Se mantuvo en el camino, que estaba bastante oscuro en algunos trechos debido a la densa vegetación, además de bastante inclinado y resbaladizo. Tenía que concentrarse muy bien para no caerse así que pronto se detuvo para recuperar el aliento y esperó a los demás. Se apoyó contra un tronco y cerró los ojos unos instantes. No había previsto que la altura tendría semejante efecto sobre ella.

—Ahí estás, Kayla. —Abrió los ojos y trató de sonreír a Wes, que la había alcanzado, pero su pretendida sonrisa se transformó en un ceño fruncido al oír lo que dijo acto seguido—. Pero ¿dónde está Nell?

—Pensé que estaba contigo. Os dejé arriba. Te dije que no podía resistir ahí arriba, que me mareaba.

—Sí, pero ella quería seguirte, así que le dije que no se alejara. De hecho, estoy bastante seguro de que iba justo detrás de ti. —Wes juró algo entre dientes y Kayla sintió que el pecho le apretaba por el miedo—. Maldita sea, sabía que tenía que haberla llevado de la mano.

—¡Oh, no! —Kayla se sentía inútil y el pánico se adueñó de su interior. Tragó saliva con fuerza y trató de pensar racionalmente—. Solo hay dos caminos que bajan desde aquí: este y el sendero por el que hemos subido. Bajemos cada uno por uno de ellos y nos encontraremos al final. Uno de nosotros tiene que verla. No puede haber ido muy lejos.

—Sí, tienes razón. Y cuando la encuentre le voy a echar una buena reprimenda, te lo digo. Sabe que no tiene que ir sola por ahí. Se lo he dicho mil veces. —Kayla podía sentir la frustración y el miedo en su voz, pero no dijo nada. Se sentía igual incluso a pesar de que no era su hija.

Wes salió en dirección al camino por el que habían venido y ella continuó por el sendero que había seguido hasta ahora. De pronto, el bosque ya no le pareció tan bonito como antes: ahora la oscuridad le resultaba opresiva, la humedad insoportable y el camino demasiado embarrado y resbaladizo. También se le hacía interminable. Angustiada, apretó los dientes. Cada pocos metros llamaba a Nell, pero no había respuesta. Sentía en el estómago como si le hubiera caído un bloque de hielo, lo que le hacía sentir náuseas. ¿Dónde demonios se habría metido?

Imágenes de pequeños cuerpos flotando en el agua o yaciendo sin vida en el fondo de un acantilado empezaron a atormentarla y apretó el paso. Tropezó con la raíz de un árbol y se hizo daño en el tobillo, pero siguió caminando como si nada. No había tiempo que perder.

Con un gesto de alivio salió finalmente a un claro a los pies de la montaña, solo para encontrarse con un Wes totalmente abatido. Él agitó la cabeza como única respuesta a su pregunta no pronunciada.

—Oh, Wes, ¿qué vamos a hacer? —Alargó una mano hasta la suya para confortarle y él se la apretó agradecido.

—No lo sé. Supongo que tendremos que avisar a los empleados para que organicen una partida de búsqueda. Como dijiste, no puede haber ido muy lejos. Tiene que estar por aquí, en alguna parte. Vayamos a la oficina.

Se encaminaron hacia los edificios que albergan un café y una tienda de regalos, medio corriendo, con la esperanza de encontrar a alguien del parque cerca. En el espacio anexo al área de juegos, no obstante, Wes se detuvo tan de repente que Kayla se tropezó con él.

—Wes ¿qué sucede? —preguntó insegura.

—¡Nell! —exclamó al tiempo que salía corriendo hacia ella—. Nell, ¿te encuentras bien?

Kayla se quedó mirando la escena sorprendida mientras él salía corriendo para abrazar a su hija, que permanecía sentada en una mesa comiéndose un helado junto a una mujer muy elegante de cabello corto y de color miel. Teñido.

—Dios, menudo susto me has dado. ¿Dónde estabas?

—Bueno, estaba... —empezó a decir la pequeña, pero la mujer la cortó en seco al tiempo que les clavó una mirada heladora.

—La verdad, Wes, deberías cuidar mejor de nuestra hija. Me la encontré dando vueltas por ahí sola en mitad del bosque, sin que nadie la acompañara. Sinceramente, eso basta para que me den ganas de volver otra vez a los tribunales. Estoy segura de que esta historia le interesará al juez. —Sonrió con suficiencia. A Kayla, de repente, le entraron ganas de darle un bofetón. Así que esta era Caroline, pensó.

Kayla se metió las manos en los bolsillos de sus jeans descoloridos y estudió la cara de la ex mujer de Wes. Tenía que admitir que era guapa, al modo de un felino listo y letal. Tenía una cara increíble y unos enormes ojos almendrados de color miel. Kayla pensó que Caroline estaba allí completamente fuera de lugar, pues llevaba ropa de diseño de colores pálidos, sandalias y «joyería pesada». Casi todo el mundo que les rodeaba vestía pantalones cortos o *jeans* y camisetas, por no hablar de calzado adecuado.

Wes frunció el ceño al mirar a Caroline y un músculo pareció saltar en su mejilla, lo que hizo que Kayla se diera cuenta de que estaba intentando contenerse y de que lo estaba consiguiendo por muy poco.

—Vaya, menuda casualidad que estuvieras «paseando» por el bosque —le espetó—. Debe de ser la primera vez. No recuerdo que te gustaran las caminatas por el bosque. Espero que no se te ensucie esa ropa tan a la moda que llevas o que pises el barro con esas sandalias. —Le lanzó una mirada de rabia a los pies, en los que, si uno se fijaba un poco mejor, veía que estaban bastante manchados de barro.

—Pues sí, ¿no te parece una casualidad? La verdad es que me apetecía darme una vuelta por los lugares turísticos antes de mi próximo viaje. No se puede haber vivido en Devon y no haber visto nunca las cataratas Canonteign, o eso es lo que me han dicho.

Wes no le hizo caso y abrazó a Nell una vez más, enterrando la cara en su cabello.

—Estoy tan contento de que estés a salvo, cariño. Ha sido una gran suerte que te encontraras con mamá, ¿a que sí? —Kayla estaba admirada de cómo incluso lograba controlar el tono de su voz—

—Sí, pero... —Su madre la cortó de nuevo por segunda vez. Caroline no parecía estar interesada en lo que su hija tuviera que decir.

—No me vas a presentar a tu nueva, a ver, ¿amiga? —Caroline vibraba mientras miraba a Kayla de arriba abajo como si fuera una alimaña. Ella le devolvió la mirada desafiante. Aquella mujer no tenía ningún derecho a creerse tan superior.

—Esta es Kayla Sinclair, mi secretaria. Kayla, esta es Caroline, la madre de Nell. —Estaba claro que a Wes no le apetecía nada hacer aquella presentación, pues lo hizo en voz muy baja—. Creo que lo mejor será que nos marchemos ya. Se está haciendo muy tarde. Si nos disculpas, Caroline.

—Eso creo, pues según parece ya no tengo ningún derecho. —Caroline miró a Wes una última vez antes de ponerse en pie. Era casi tan alta como su ex marido y tenía una figura muy estilizada. Kayla apretó los puños dentro de los bolsillos. La mujer debía de sacarle al menos la cabeza y era tan elegante. Hacía que se sintiera insignificante. Por no hablar del sobrepeso, aunque sabía bien que no estaba gorda. En resumen, Caroline hacía que quisiera rechinar los dientes. Y todavía sentía la necesidad de abofetearla.

Tras un exagerado adiós a su hija, Caroline se dirigió hacia el aparcamiento y los demás la siguieron más lentamente. Kayla iba tras Wes y su hija, desanimada. Toda su alegría por la salida del día se había esfumado tan rápido como el agua en el bosque.

Se le ocurrió pensar por qué aquella mujer hacía que se enfadara tanto, cuando en realidad no era asunto suyo nada que tuviera que ver con ella. Lo sabía: Wes le gustaba, se había puesto de inmediato de su lado, aunque de manera inconsciente. Pero para ser sincera consigo misma, había algo más. Suspiró. Tal vez debería irse antes de que la atracción que sentía por aquel hombre se convirtiera en algo incontrolable. Después de todo, había dejado bien claro que nunca más se casaría, así que no había esperanza alguna en que correspondiera a sus sentimientos. Tal vez le apeteciera tener una aventura, o una relación de algún tipo, pero sabía que algo así nunca sería suficiente para ella. No, lo mejor sería marcharse y tratar de hacer una nueva vida por su cuenta en alguna parte. El único problema era que no quería irse. Con gran pesar, subió al automóvil.

Capítulo 20

Los contrabandistas se movían con sigilo y de manera eficiente, descargando las mercancías en la playa en la oscuridad. Eran hombres de paso seguro y no necesitaban antorchas. Se conocían aquel tramo de costa como si fuera la palma de su mano y cada uno de ellos sabía con exactitud qué hacer y cumplía con su tarea en silencio.

Jago trabajaba junto a sus hombres, ocupándose de su parte. Había sido otra partida exitosa, pero se sentía aliviado al pensar que estaba a punto de acabar. Aunque sabía que Eliza había superado el parto y que el bebé y ella estaban bien, no podía dejar de pensar en ambos. Tenía que concentrarse en lo que estaba haciendo, pero le resultaba difícil. Debía mantenerse alerta ante cualquier posible peligro, y no fue sin gran esfuerzo como consiguió quitarse a Eliza de la cabeza durante el suficiente tiempo como para ocuparse de hacer lo que tenía que hacer. Nunca había puesto en peligro a sus hombres ni lo haría, así que lo logró. La operación resultó un éxito.

El mar estaba en calma y el suave murmullo de las olas acariciaba con dulzura la arena y era el único sonido que se oía, aparte de algún que otro gruñido ocasional cuando alguno de los hombres levantaba un bulto particularmente pesado y se lo echaba a los hombros. La brisa era suave, tal vez un poco fría, a pesar del hecho de que estaban ya a finales de marzo. Aun así, Jago sentía como la inquietud crecía en su interior. Algo no iba bien. Todo estaba demasiado tranquilo. Se detuvo para escuchar y fijarse bien en los acantilados cercanos tanto como le fue posible en la oscuridad, pero no pudo ver nada peligroso.

Había vuelto a su tarea cuando de repente oyó voces en alguna parte arriba en los acantilados. No podía entender lo que estaban diciendo, ni ver a nadie, pero poco después, el aire se rasgó con un grito de terror en estado puro. El grito de una mujer que parecía haber estado chillando durante mucho tiempo y, de repente, se cortó.

Todos los hombres se quedaron helados por un instante, antes de mirar a su alrededor con frenesí. Había oído un ruido sordo y fuerte a unos dieciocho metros en la playa, así que todos echaron a correr en busca de un escondite. El grito de una mujer solía significar que uno de los vigilantes había visto a los de aduanas y estaba dando aviso a los hombres. Muchas mujeres del pueblo trabajaban como vigías mientras sus maridos se ocupaban de su peligroso comercio. Eso las mantenía ocupadas mientras esperaban.

Jago echó a correr con los demás y dejó la mercancía a medio descargar en la playa y el bote sin amarrar. Se echó al suelo para esconderse tras una roca y esperó atento al estruendo que levantaban los cascos de los caballos por el camino que discurría por encima de ellos, lo que sería una señal inequívoca de que llegaba la policía de aduanas. Con un poco de suerte no verían nada extraño y seguirían su camino como ya había sucedido otras veces. Si no, pues nada, habría que dejar la mercancía abandonada y ponerse a salvo.

Pasaba el tiempo y no se oía nada. Jago se sentía más y más inquieto. Todavía le invadía una cierta preocupación de que algo no iba bien aunque no sabía por qué. Si hubiera aparecido la policía de aduanas ya tendrían que estar aquí. Recordó el extraño ruido sordo y decidió investigar. Se desplazó a gatas en aquella dirección, lentamente, centímetro a centímetro, y de repente se detuvo como si sus manos hubieran topado con algo suave. Algo cálido y humano. Una fragancia floral de rosas que jugaba con sus fosas nasales. Respiró hondo, temblando. Conocía ese aroma demasiado bien. Lo habría reconocido en cualquier parte. Se le heló el corazón y tuvo la sensación de que dejaba de latirle.

—Oh, no —susurró con voz ronca—. ¡Por Dios, Señor, no! —Con las piernas que casi no le sostenían, echó a correr a toda velocidad hasta el pequeño bote y buscó el farol que solían emplear para hacer señales. Con manos temblorosas se las apañó para encenderlo mientras sus hombres salían de sus escondites uno a uno.

—¿Qué sucede, Jago? ¿Qué estás haciendo? —susurró Matthew, su mejor amigo, mientras miraba a su alrededor con ansiedad—. No enciendas el farol.

—Sígueme —fue lo único que pudo decir Jago. Apelotonados tras él, se quedaron mirando el cuerpo tirado en la arena. Jago dirigió el haz de luz a la cara y entonces se produjo un grito ahogado colectivo al ver de quién se trataba. La mujer tenía los ojos abiertos y miraba la oscuridad de la noche, pero ya no podía ver. Miraron a Jago sin saber cómo iba a reaccionar. Ya lo sabía. No habría podido ser otra que Eliza. Y aquello era culpa suya.

Se arrodilló en la arena junto al cuerpo y le puso la frente sobre el pecho. Ni un sonido salió de su garganta, aunque quería gritar y rugir y chillar a los cielos por qué. Si no se hubiera dejado llevar por el deseo, esto no habría pasado. Si hubiera sido más fuerte, ella estaría todavía viva. Pero era tan hermosa, justo el tipo de mujer con el que él había soñado. La quería y ella a él. Le tentó más allá de toda razón.

—Dios misericordioso —susurró alguien—. ¿Qué vamos a hacer?

Entonces se acordó del bebé e iluminó la zona que rodeaba el cuerpo. Para su alivio, no vio nada. «¡Gracias Señor por esta pequeña merced.» Se preguntó qué habría sido del niño, pero por el momento no tenía manera de averiguarlo. Rogó que el pequeño estuviera a salvo con la niñera. Al recordar lo que acababa de suceder se dio cuenta de que solo había oído un golpe. Tragó saliva, apretando los puños llenos de arena hasta que los granos de esta le hirieron las palmas de las manos.

—Jago. —Matthew le tocó el hombro con cuidado—. Jago, tenemos que marcharnos de aquí. Este lugar no es seguro. ¿Quieres que nos la llevemos?

Jago levantó la vista para mirar a su amigo y a los demás hombres y vio que todos compartían su dolor. Todos sabían lo de Eliza y ninguno le culpaba. Pero aun así, era culpa suya. Con el corazón destrozado, se levantó. Las lágrimas se congelaron en su interior, no podría permitirse dejarlas salir ahora. Ya lloraría más tarde.

—Sí —susurró—. Subidla al bote, por favor. Su asesino pagará por esto, pero primero tenemos que encargarnos de la mercancía. Pongamos manos a la obra, muchachos.

Siguieron con lo que estaban haciendo tan rápidamente como pudieron, dispersándose para esconder la mercancía en distintos lugares. Jago y Matthew se quedaron atrás y empujaron el bote hacia el agua. Empezaron a remar hacia el pueblo, a lo largo de la costa. Si *sir* John venía a buscar el cuerpo por la mañana, no lo encontraría.

Lo tendría bien merecido.

Aquella noche después de la cena Wes salió a dar un largo paseo con Nell y Kayla se quedó leyendo un buen libro en la biblioteca-despacho. Allí se encontraba un sofá particularmente cómodo que parecía estar hecho para sentarse y leer. Sin embargo, Wes volvió pronto, y ella levantó la vista para tratar de averiguar de qué humor estaba. Parecía hundido, pero se acercó para sentarse a su lado.

—¿Está bien la niña? —preguntó Kayla, dejando el libro en el suelo, junto al sofá.

—Sí, sí, está bien. —Wes se pasó una mano por el pelo, un gesto que para Kayla se estaba convirtiendo en algo muy familiar. Hacía que deseara pasarle ella los dedos por aquellos mechones brillantes, aunque resistió el impulso.

—Estupendo.

—Mmm. Sin embargo, creo que yo, no, la verdad. Bien, me refiero. Que desapareciera me asustó muchísimo, a decir verdad. La excursión no ha salido como esperaba.

—Yo también me asusté. Me puse a pensar en todo tipo de cosas horribles cuando en realidad ella estaba tan contenta tomándose un helado.

Wes asintió con la cabeza.

—Nell no salió corriendo sin más, sabes. Me contó que Caroline estaba escondida detrás de un matorral, haciéndole señas y que entonces le hizo bajar de la colina sin decírmelo. Lo hizo a propósito.

Kayla frunció el ceño.

—La verdad es que me parecía demasiada coincidencia que estuviera allí al mismo tiempo que nosotros y que precisamente se hubiera encontrado a su hija en el bosque.

—Las narices coincidencia. De alguna manera se enteró de dónde íbamos y lo planeó todo. O tal vez nos siguió y se le ocurrió en el momento. Lo que no puedo entender es ¿por qué? ¿Solo trata de fastidiarme? ¿Quería vengarse de alguna manera? ¿O simplemente buscaba darme un susto de muerte? Si Caro va empezar a hacer tonterías de este estilo tendré que vigilar a Nell veinticuatro horas al día y más. No tengo ni idea de cómo voy a hacerlo a no ser que contrate a un guardaespaldas o algo así. ¡Y eso me parece ridículo!

Kayla le tomó de la mano y le dio un apretón en señal de asentimiento.

—Tal vez no haya sido más que una ocurrencia de una vez. Caroline se ha divertido un poco a tu costa y lo ha conseguido, así que debe de estar más que satisfecha. Esperemos que sea así y no haya nada más. Estoy segura de que, después de todo, no querrá hacer daño a su propia hija, ¿no?

Él entrelazó los dedos con los de ella y los mantuvo así durante un instante antes de dejarlos.

—No, esperemos que no. Pero está fuera de sí la mayor parte del tiempo a causa de los narcóticos. Dios sabe que ni siquiera debería conducir, y menos deambular por el campo al volante. Si al menos aceptara ayuda, pero ella cree que no es una adicta, así que no quiere. Dice una y otra vez que solo toma la medicación que necesita para estar bien.

—¿Y no es así?

—Bueno, empezó siendo así, pero estoy bastante seguro de que ahora mismo toma mucha más. Creo que debe de estar tomando drogas incluso. ¿Quién sabe? No obstante, no hay nada que yo pueda hacer. No tengo, legalmente, ningún derecho a meterme en su vida.

Durante un rato, ambos permanecieron sentados sin decir nada, hasta que Wes suspiró profundamente y se puso en pie.

—Lo siento, esta noche no soy precisamente la mejor compañía así que será mejor que me vaya a la cama. Gracias por el apoyo, no obstante.

—Siempre que lo necesites —murmuró Kayla después de que él se retirara. Ojalá tuviera el derecho de consolarle como era debido.

Wes estaba de pie mirando a su hija, que dormía profundamente, inocente, como solo los niños pueden dormir. Un amor abrumador por aquel pequeño ser le invadía. No sabía cómo alguien podía importarle tanto y al mismo tiempo detestaba el miedo que aquel amor le producía. A veces la carga de responsabilidad que suponía se le hacía demasiado pesada.

Exhalando una respiración profunda trató de no acordarse de lo cerca que había estado de perder a su hija aquella tarde. Aunque solo había sido un susto y Nell había estado bien en todo momento, ahora sabía que no podría vivir sin ella. Si Caro pensaba que podía manipularle para conseguir la custodia, estaba totalmente equivocada.

La niña se quedaría allí.

Wes apretó los puños y metió las manos en los bolsillos. Caro. ¿Cómo habían acabado yendo las cosas tan mal entre ambos? Hubo un tiempo en que la había mirado con tanto amor como el que ahora le profesaba a su hija. Un tipo de amor distinto, pero ella había sido también todo su mundo. Durante poco tiempo. Caro no era el tipo de mujer que él pensaba. Lo que se veía por fuera era solo una fachada.

Se había dado cuenta tras el nacimiento de Nell. El parto había sido difícil y durante los dos primeros días Caroline había caído en estado de shock y había sufrido demasiado dolor como para darse cuenta de nada. Cuando al fin le puso al bebé en los brazos, parecía desilusionada. Recordaba perfectamente la conversación que habían mantenido después.

—Oh, no es un niño —dijo ella—. Lo siento.

—No seas tonta. —Él le sonrió y le puso al bebé en los brazos—. ¿Por qué no íbamos a querer a una niña. Mírala, es preciosa.

Caro miró de reojo al bebé y a su marido le pareció que en su cara se dibujaba una expresión de disgusto.

—Querías un niño —murmuró— para que heredase el título.

Wes trató de contener la punzada de impaciencia que crecía en su interior. Su esposa lo había pasado muy mal, tenía que hacer concesiones.

—No importa. Lo importante es que está sana. Además, es adorable. ¿Te has fijado en cómo te agarra el dedo si se lo acercas a la mano? —Él estaba loco por la pequeña y no podía entender por qué a Caro no le pasaba exactamente lo mismo que a él—. Tenemos mucho tiempo para tener más hijos —dijo él sin pensar.

Caro empezó a sollozar.

—¡No! Lo sabía. Quieres que sufra esta agonía otra vez hasta que te dé un heredero para Marcombe. No podré soportarlo.

—¡Caro! Lo siento, no pretendía... Vamos, no llores. La comadrona me ha dicho que a todas las mujeres les sucede al principio, pero que luego se pasa. Y si no es así, bien, entonces no tendremos más hijos. De verdad, no me importa. Siempre podrá heredar el título Alex.

Y en ese momento, Wes lo pensaba. No obstante, después de que pasaran unos días no dejó de intentar que Caro se interesara por la pequeña, pero nunca lo consiguió. En lugar de eso, ella parecía echarle en cara el tiempo que él pasaba con Nell, como si estuviera celosa de su propia hija. Casi llegó a pensar que odiaba a aquel pequeño ser humano que había llegado para interponerse entre ambos.

Al principio trataba de disimularlo, pero debido a la debilidad que sufría tras el parto no dejaba de hacer comentarios quejumbrosos y eso acabó con su paciencia. Él pasaba cada vez más y más tiempo con la niña, ocupándose de lo que ella habría debido hacer. Caro le acusaba de suplantarla, de estarse volviendo demasiado blando.

—Bien, ¿y qué se supone que debo hacer? —le espetó—. Todavía no estás recuperada del todo. Alguien tiene que ocuparse de ella.

Aquello fue el principio del fin. No pasó mucho tiempo antes de que su matrimonio empezara a desintegrarse. Durante algunos años, pocos, se las habían arreglado para mantener la apariencia de una vida matrimonial, aunque en realidad cada uno iba por su lado. Caro pasaba cada vez más tiempo en Londres, donde Wes supo más tarde que ahogaba sus penas primero en el alcohol y luego con pastillas de todo tipo. Cuando se enteró de lo de las drogas, no obstante, tomó una determinación. Le dijo que o lo dejaba o se divorciaría de ella. Caroline se negó y él inició los trámites del divorcio. Para su disgusto, todo salió a favor de él.

—Nunca quise que las cosas fueran así —susurró Wes en la oscuridad. Pero tenía que luchar por Nell, sin importar nada más.

Y no dejaría que su ex esposa ganase porque sabía que no quería a su propia hija.

Kayla se despertó al oír un llanto y buscó en la oscuridad, con el corazón dibujándole un tatuaje de miedo hasta que supiera de quién se trataba.

—Nell, ¿eres tú?

—Mmm, mmm.

—¿Qué sucede? Vamos, ven aquí y dime qué te pasa.

La niña apareció junto a su cama, como una pequeña sombra bajo la débil luz de la luna, y se sentó sobre la colcha junto a Kayla.

—Por favor, ¿puedo quedarme a dormir aquí un ratito? —preguntó.

—Pues sí, claro que sí, si eso es lo que quieres pero, ¿no preferirías ir a ver a tu papá? ¿No es lo que sueles hacer?

—No, cuesta mucho despertarle y no le gusta que llore por la noche.

—Oh, ya veo. Métete aquí entonces. —Kayla le hizo sitio en la enorme cama. Allí cabían al menos cuatro niños y todavía sobraría espacio, así que no era ningún problema.

—Ahora, por favor, cuéntame, ¿por qué lloras? ¿Has tenido pesadillas tal vez?

—Sí. Había un fantasma en mi habitación y me miraba. Estaba muy enfadado, creo, y me asusté.

—¿Cómo sabes que estaba enfadado?

—Le oía decir palabrotas, como hace papá a veces, aunque se supone que yo no debo hablar así.

Kayla sonrió en la oscuridad.

—No, pues claro que no, no son palabras muy bonitas, ¿no te parece? Pero ¿sabes qué? Creo que solo ha sido una pesadilla. A mí me pasó lo mismo hace poco, o algo parecido. También tuve la sensación de que había alguien en mi habitación, ¿no te parece divertido? Tal vez nuestras mentes piensen igual.

—¿Te asustaste? —La voz de Nell sonaba flojita, pero por lo menos había dejado de sollozar y en lugar de eso se había acercado más a Kayla, que la había rodeado con un brazo. Era muy agradable, abrazar a una niña así, y Kayla se dio cuenta de que había acabado por enamorarse de la pequeña tanto como de su padre.

—Para ser sincera, sí que me asusté un poco, pero solo porque me sobresalté al despertarme. En realidad no había nadie. Lo comprobé.

—¿De veras?

—Seguro. Y ahora, ¿qué te parece si nos dormimos otra vez? Si no, por la mañana estaremos cansadísimas. En cualquier caso, yo lo estaré.

—De acuerdo.

Nell se hundió más profundamente bajo el edredón y al poco se durmió, mientras Kayla se quedó mirando en la oscuridad, sintiéndose extrañamente inquieta. Algo extraño estaba pasando en aquella casa y no le gustaba nada, aunque tal vez solo fuera porque era una casa antigua. Había lugar para fantasmas, aunque Wes dijera lo que dijese, y después de lo que le había sucedido con Jago, ya no negaba completamente que pudiera darse cualquier fenómeno paranormal.

Tendría que mantener los ojos bien abiertos y los oídos atentos para ver si podía resolver el misterio.

Alex oyó entrar a Caroline en la habitación que ella llamaba «la pocilga» sin molestarse en encender las luces. No hacía falta ya que la iluminación de la calle, agresiva, bañaba la estancia con una luz extraña, como de otro mundo. Estaba llorando bajito y se inclinó para quitarse los zapatos con una mano, mientras con la otra buscaba a tientas algo en la mesita de noche. Pensó que estaría buscando la media botella de vino que había dejado antes allí, pero ya no estaba. Él había tirado lo que quedaba por el desagüe.

Alex se había olvidado de sus pastillas no obstante y maldijo en silencio cuando la oyó buscarlas en el bolso y agitar luego algo que sacaba de un bote.

—Caro, ¿dónde has estado? —le preguntó, hablando en voz baja pero de manera que podía oírle perfectamente.

Aunque sin pretenderlo, la asustó y ella tiró el zapato que acababa de quitarse, que cayó al suelo repiqueteando.

—Jesús, Alex, ¡menudo susto me has dado! ¿Qué haces aquí? Creía que habías dicho que tenías que reunirte con alguien.

Alex encendió la luz de la mesilla. Estaba echado sobre la cama, completamente vestido, y se volvió en ese momento hacia su lado para mirarla. Caro temblaba y se volvió, tratando de limpiarse sin que la viera las manchas de rímel que tenía bajo los ojos.

—¿Por qué pones esa cara de muerto? —preguntó con desprecio—. Te pareces a tu hermano cuando se pone en plan chulo. La verdad es que no es una visión nada agradable, de verdad que no.

—¿Ah sí? —Alex no tenía la menor intención de caer en otra discusión sobre Wes. Ya había tenido más que suficiente—. La reunión a la que asistí acabó pronto —le dijo— y pensé que al venir te encontraría aquí. Tal vez estuvieras aburrida, pero supongo que me equivocaba. ¿Qué te han parecido los muchachos del pueblo? —La barbilla se le tensaba de rabia, podía sentirlo, aunque, para ser sincero consigo mismo, el pensar que hubiera estado con otro no le importaba lo más mínimo en aquel momento. Estaba más preocupado por que hiciera alguna tontería que atrajera la atención sobre ellos. Ella debió de darse cuenta de que estaba muy enfadado porque se apresuró a aplacar su ira.

—No, no, Alex, no he salido con nadie. Solo fui a... —Se detuvo de repente y, de no haberse puesto tantísimo maquillaje, Alex estaba seguro de que la hubiera visto sonrojarse.

—¿A Marcombe Hall? —acabó de decir por ella. Caro se volvió de nuevo—. Por favor, dime que no has vuelto a ir allí. —No le gustaba nada esa idea, como tampoco le gustaba lo que había imaginado y ella lo sabía. De hecho, era peor.

—Bueno, ¿y qué más da si he ido? —Dejó caer la cabeza y le lanzó una mirada desafiante—. Tengo derecho a ver a mi hija. Le he dado la vida, por Dios. No es solo hija de Wesley, lo sabes.

—Tienes derecho a verla durante el día, Caro —le recordó Alex—. Wes me dijo que vuestro acuerdo establece que puedes visitarla en cualquier momento mientras no te la lleves contigo. No hay necesidad de que merodees por la casa durante la noche. Y dime, ¿cómo has entrado? ¿Debo suponer que todavía tienes tu llave?

—Mmm. —Ella miró al suelo.

—Caro, quiero que me prometas que no volverás allí hasta que hayamos acabado con este asunto. No puedo arriesgarme a que te pillen en Marcombe en plena noche. Wes acabará sospechando y entonces todo aquello por lo que hemos trabajado se irá al traste. Si no hay acuerdo, no habrá dinero, ¿lo entiendes?

—No me pillará. Ni siquiera sabe que voy —dijo desdeñosa—. Está demasiado ocupado con esa mujer, como se llame.

Alex suspiró.

—Se llama Kayla y ya te he dicho que solo es su secretaria. No he visto nada que me haga pensar que hay algo entre ellos.

—Lo que demuestra lo poco que sabes de las mujeres. Pronto clavará sus garras en él. Espera y verás. Un hombre como ese, con una gran casa, un título y un montón de dinero; no podrá resistirse. Asquerosa cazafortunas.

—Oh, por Dios, no todas las mujeres piensan así, aunque pueda parecerte extraño. ¿Por qué no nos concentramos en lo que hemos venido a hacer aquí? Wes y su secretaria no son lo que importa de momento. —Alex sabía que empezaba a sonar casi desesperado y trató de controlar la respiración. Normalmente era muy tranquilo, pero este último asunto le estaba superando. Había demasiado en juego y simplemente no se podía permitir fallar. Estaría de veras hundido en la miseria si lo hacía y lo mismo le pasaría a ella. Pero eso no parecía que le importara y para confirmarlo, Caro se encogió de hombros. Alex la hubiera zarandeado, pero sabía que eso no sería bueno.

—De acuerdo —concedió ella al fin—. Entonces, vamos a dormir un poco. Sinceramente espero que esto no dure mucho más.

—No durará, te lo prometo. Ya está todo listo.

Al menos, esperaba que así fuera.

Capítulo 21

Las velas en la biblioteca de Marcombe Hall ya se habían consumido y *sir* John estaba sentado mirando al fuego malhumorado. Jago, que había entrado sin hacer ruido con sus hombres, pudo ver que su medio hermano había bebido una gran cantidad de *brandy* —el mismo por el que ellos arriesgaban sus vidas para vendérselo a caballeros como él— y resultaba obvio que *sir* John no oyó ni cómo se cerraba la puerta silenciosamente ni cómo giraba la llave en la cerradura, pues no se movió.

—Buenas noches, *sir* John.

El hombre dio un brinco y pivotó en su asiento para mirar aterrorizado al grupo de matones que se acercaba a él y le rodeaba.

—¿Está usted ahogando sus penas o celebrando la muerte de su esposa? —Jago mantuvo los nervios a raya, pero su voz salió de él dura y cortante.

—¿Qué estáis haciendo en mi casa? ¡Fuera! Digo que fuera. ¿Con qué derecho invadís mi privacidad de esta manera? —espetó *sir* John, con la cara alternando entre la palidez del miedo y la rojez de la ira.

Jago dejó escapar una risa triste.

—¿Con qué derecho ha asesinado a su esposa? —contraatacó.

—No tengo ni idea de lo que hablas. Por lo que yo sé, Eliza está arriba, descansando. Y ahora marchaos antes de que llame al servicio para que os desalojen. —Esta vez todos los hombres se carcajearon y *sir* John tembló en su silla. Poco a poco se levantó para enfrentarse a ellos, tambaleándose un poco debido al alcohol—. ¿Para qué habéis venido? ¿Qué queréis?

—Queremos que escriba una cartita. —Jago se acercó hasta el enorme escritorio de roble y abrió varios cajones hasta que encontró lo que buscaba. Colocó una hoja de papel en blanco sobre él, así como un tintero y una pluma—. Traedle aquí, muchachos.

Los hombres lo levantaron y le llevaron hasta el escritorio. Le soltaron en la silla sin ceremonias. Jago miraba como la ira luchaba desafiante en los ojos de su medio hermano. Por un instante ganó la ira y *sir* John soltó una bravata—: ¿Queréis que escriba una carta? Y mira por donde, yo pensaba que mi padre había hecho que te educaran bien, Kerswell. Aunque la verdad, siempre pensé que no había sido más que malgastar el dinero. Está claro que no aprendiste nada. Ya se lo dije.

Recibió un puñetazo en la oreja por aquella impertinencia y Jago dio la vuelta a la mesa para ponerse al otro lado, frente a *sir* John, con las manos apoyadas sobre él y la cara demasiado cerca de la suya como para que estuviera a gusto.

—Estoy mucho mejor educado que algunos cuyo nombre me reservo, y lo que es más, sé cómo tratar a una mujer. Y ahora escribe lo que te voy a dictar, «*sir* John», o no respondo de lo que pueda pasar. —Puso énfasis en el título de su medio hermano, dejando claro que no le importaba mucho en ese momento.

—¿Y si me niego?

Jago sonrió.

—No creo que seas tan estúpido, hermano.

—No eres nada mío —murmuró *sir* John, pero tragó saliva con fuerza y miró a las caras amenazantes de los demás hombres. Sin decir ni una sola palabra más, hundió la pluma en el tintero con los dedos temblando y esperó.

—Jessie, eres un ángel. Debes de haber trabajado muchísimo para dibujar un árbol genealógico tan rápido. Y además tan detallado, no puedo creerlo. Muchas gracias.

Kayla se había quedado atónita al recibir la carta de Jessie tan solo una semana después y la había telefoneado rápidamente para darle las gracias. Había pensado que le costaría años construir el árbol genealógico de *sir* John, pero Jessie le había demostrado que estaba equivocada.

—No, no, ha sido realmente fácil, ya sabes —negó Jessie—. Marcombe es un apellido poco común así que no me costó mucho seguir a los descendientes de *sir* John y además la mayoría de ellos siguen en esa zona, eso también ayudó bastante.

—De acuerdo, pero no te lo podré agradecer lo suficiente. Es justo lo que necesitaba. Será una lectura muy interesante.

—Ya sabes, cuando quieras, estaré encantada de ayudarte. Siempre es divertido encontrar lo que estás buscando, así que dibujar este árbol genealógico ha resultado muy satisfactorio. En cualquier caso, he marcado con un círculo todas aquellas personas cuyo testamento deberías buscar, ¿lo ves?

—Sí, gracias. Iré a la oficina de registros de Exeter y echaré un vistazo, como me dijiste.

—Bien, buena suerte. Hazme saber cómo te va. Has despertado mi curiosidad con este asunto.

Kayla decidió que iría al día siguiente pues Wes tenía reuniones fuera y había dicho que podía tomarse algo de tiempo libre. La oficina de registros de Exeter estaba situada en el centro así que la encontró con facilidad. Había preguntado para orientarse y le habían dicho que utilizara las instalaciones de aparcamiento y circulación que quedaban cerca. Los empleados se mostraron muy eficientes y pronto pudo ponerse a trabajar buscando en los índices de testamentos, algunos de los cuales revisó con mayor atención que otros.

Según parecía, *sir* John no había hecho testamento, pero sí encontró uno de *sir* Wesley, su hijo, que por algún motivo había dejado dinero a un grupo de gitanos, así como el derecho a acampar en uno de sus terrenos a perpetuidad. Kayla sonrió para sus adentros: ahí estaba la mano de Jago. Debía de haber informado al chico de alguna manera de que su verdadera abuela era gitana, tal vez incluso hubiera organizado algún tipo de encuentro con esa comunidad. Tenía que acordarse de preguntárselo la próxima vez que fuera a Londres.

Para su desilusión, sin embargo, no halló mención alguna de ningún cuadro en el testamento. La mansión y todo lo que contenía habían pasado a su hijo mayor, otro Wesley, y a los demás hijos les había dejado también algo de herencia. Había varias piezas de mobiliario y joyas, pero ninguna obra de arte de ningún tipo, así que Kayla pensó que los cuadros deberían haberse quedado en la casa y haber pasado al hijo mayor.

Siguió buscando, abriéndose camino entre tantos testamentos como pudo encontrar, incluidos los que correspondían a algunas hijas de la familia que se habían casado y sus maridos. A las cuatro no le quedó más remedio que admitir su derrota. Casi cada Marcombe había dejado un testamento, pero en ninguno de ellos se mencionaban retratos de gran tamaño u obras de arte de ningún tipo. Resultaba tremendamente frustrante.

—Oh, Jago, ¿qué vamos a hacer ahora? —susurró. No se le ocurría nada. Tendría que pensarlo más y tal vez hablar de nuevo con Jessie. Tenía que haber algo que hubiera pasado por alto, alguna manera de encontrar una pista que la llevara hasta el retrato, pero por su vida que no se le ocurría qué.

Regresó a Marcombe Hall desanimada, pero justo al llegar a su habitación sonó su teléfono móvil.

—Kayla, tengo noticias para ti. —Era Maddie, que parecía emocionada y corta de resuello, como si hubiera estado corriendo—. Jessie me pidió que te llamara porque tenía que irse el fin de semana y te había telefoneado esta mañana pero no te había encontrado.

—Estaba en la oficina de registros de Exeter con el teléfono móvil en modo silencio, así que por eso seguramente no oí su llamada. ¿Qué quería? Ya me había enviado todo lo que había conseguido encontrar.

—No, escucha esto: me pidió que te dijera que había encontrado uno de esos testamentos que estabas buscando aquí en Londres. Supongo que quien lo hizo debió de morir aquí o algo así, pero ahí no acaba la cosa. Solo por curiosidad, Jessie echó un vistazo en los registros de los antiguos tribunales de casación de su zona y ¿adivina qué ha encontrado?

—¿Qué?

—Tu Jago fue llevado a juicio por asesinato.

—¡Me estás tomando el pelo! Pero ¿a quién se supone que había asesinado?

—No te lo voy a decir —soltó Maddie con una risita—. Tendrás que esperar hasta que recibas la copia de los registros. A ver si lo adivinas mientras tanto.

—Maddie, no es justo —protestó Kayla, consumida ahora por la curiosidad—. Vamos, dímelo. Supongo que tuvo que ser *sir* John. Jago no habría podido matar a Eliza, la amaba.

—No pienso decirte ni una palabra. Te hará bien tener algo en que pensar en lugar de ocupar la mente con tipos guapos. —Maddie volvió a reírse y colgó.

Kayla se quedó mirando a su teléfono móvil.

—¡Por Dios, de verdad! —¿Qué demonios le estaba pasando por la cabeza a Maddie?

¿Y Jago un asesino? De alguna manera, le costaba imaginarlo. Incluso a pesar de que el hombre parecía un personaje de aire duro, también lo veía con un interior blando. Y a pesar de su relación con Eliza, Kayla tenía la sensación de que era un hombre de honor. Entonces, ¿por qué habría matado a alguien?

El malhumor le duró todo el día e incrementó la depresión que ya tenía al no haber tenido éxito en su búsqueda del cuadro. Se puso a pensar por qué no marcharse de Marcombe Hall después de todo. Aunque le gustaba trabajar con Wes, su relación se estaba convirtiendo en algo un poco forzado últimamente. Tras su excursión a las cataratas Canonteign le había visto taciturno y poco comunicativo, y aunque ella entendía sus razones para estar así de sombrío, no le parecía que tuviera ningún derecho a decirle nada.

Quería ayudarle, consolarle, tal vez incluso amarle. Pensarlo la asustaba, pero tenía que admitir para sí que se sentía tremendamente atraída por él. Verle cada noche y no poder abrazarle era una agonía. Pero ¿correspondería él a su amor? Seguramente no. La severidad de su cara durante la cena, cuando ella le había preguntado si volvería a casarse, se le había quedado grabada en la memoria. Wes era gato escaldado y aunque puede que le apeteciera llevársela a la cama, nunca pensaría en el matrimonio ni en volverse a comprometer. Y eso era lo que Kayla quería. No casarse necesariamente, pero sí comprometerse.

Cuanto más veía de Nell y Wes, más deseaba formar parte de su pequeña familia. Le encantaban los niños y quería tener sus propios hijos. Ese había sido uno de los motivos por los que se había puesto a dar saltos de alegría al pensar que se casaría con Mike, aunque él parecía poco entusiasmado con la idea de tener familia nada más casarse. Había creído que le convencería, pero ahora se estremecía con solo pensarlo. Mike hubiera sido un padre horrible, impaciente e irritable, mientras que Wes, en cambio, era estupendo con Nell, muy paciente y cariñoso.

—Estás intranquila esta tarde. ¿Qué te sucede?

Kayla volvió de repente a la tierra y se dio cuenta de que había estado dando vueltas por la biblioteca y de que Wes debía de haber estado mirándola durante un rato.

—Nada. Solo estaba pensando.

—¿En tu boda?

Kayla se dio la vuelta y se quedó mirándole. ¿Es que podía leerle la mente?

—¿Cómo?

—Nell me contó algo de que ibas a casarte, ¿recuerdas? Dijo que todo había salido mal.

—Oh, eso.

Wes sonrió.

—Dijo que tu novio y tú os habíais pegado y que por eso se anuló el matrimonio, pero me temo que no le hice mucho caso. No te veo yo con tendencia a la violencia, la verdad.

Kayla resopló.

—Pues no, al igual que no lo pensaste tú. Sin embargo, no recuerdo haberle contado a Nell nada parecido. —Frunció el ceño y se sentó en el sofá junto a él, poniéndose las manos en las rodillas para dejarlas quietas—. No obstante, ahora debería estar casada, eso sí lo entendió bien. Lo que pasa es que no funcionó.

—¿Te apetece hablar de ello? —Wes fijó su mirada azul en ella, lo que hizo que a Kayla le costara centrarse en sus pensamientos. Lo único que quería era cerrar los ojos, echarse hacia delante y...—. ¿Kayla?

—¿Qué? Oh, no. No, la verdad es que no. De todos modos, tampoco hay nada que contar. Me dí cuenta de que había cometido un error y estoy encantada de haberme dado cuenta antes de que la ceremonia se llevara a cabo. Sin embargo, me temo que mi familia no lo ve así. Les pareció que romper cuatro semanas antes de la boda era demasiado. —Hizo una mueca y se encogió de hombros—. Supongo que tenían razón, pero no pude evitarlo.

Wes asintió.

—No se lo tomaron muy bien, ¿verdad? Bueno, después de todo ellos no eran los que iban a casarse con el tipo, eras tú, así que en tu lugar, yo tampoco les habría hecho ningún caso.

Kayla sonrió de nuevo.

—No se lo hice. Solo me dediqué a evitar hablar del asunto durante un tiempo.

Wes la miró a la boca, como si estuviera fascinado.

—¿Sabes? Cuando sonríes te sale un hoyuelo justo aquí. —Le tocó la mejilla con un solo dedo y Kayla respiró hondo. Tan solo ese leve contacto envió un escalofrío por todo su cuerpo y sus terminaciones nerviosas se pusieron de repente en alerta máxima, esperando a ver qué haría después.

»Me alegro de que no te casaras con alguien que te hubiera hecho infeliz —continuó—. Tu boca está hecha para sonreír y tal vez... —inclinó la cabeza hacia delante y le tocó los labios con los suyos suavemente. Un calor placentero le llegó hasta el estómago, como si se estuviera derritiendo por dentro poco a poco. Kayla contuvo la respiración, sin atreverse a emitir sonido alguno o a mover ni un solo músculo, no fuera el caso de que le asustara, pero para su gran disgusto, él se apartó—. Lo lamento, no debería haber hecho eso.

La desilusión que la invadió fue tan fuerte que casi le dolió.

—¿Por qué? —susurró con voz ronca. No podía evitarlo, tenía que preguntárselo. Tenía que saber por qué se había echado atrás cuando ella deseaba tan desesperadamente que continuara.

Él se encogió de hombros.

—Podrías denunciarme por acoso sexual o algo parecido. Después de todo, eres mi empleada. —Su tono frívolo sugería que lo que había sucedido no había significado nada, que había sido un desliz. Kayla se tragó un sollozo.

—Oh, no. No, no lo haría. Buenas noches, Wes.

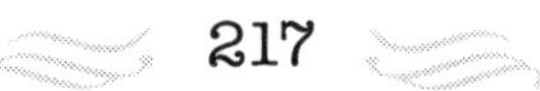

Se levantó de repente y salió trastabillando de la estancia antes de que las lágrimas que le quemaban los párpados tuvieran la oportunidad de materializarse.

—Bien, maldita sea, has metido la pata ¿no?

Wes se miró a sí mismo en el espejo que colgaba sobre la repisa de la chimenea. ¿Por qué la había besado así y por qué demonios se le había ocurrido después bromear?

—Idiota —murmuró.

Miró de nuevo su reflejo, preguntándose cómo le vería Kayla. No le faltaba atractivo, pero tampoco se veía como alguien especial. Caro presumía delante de sus amigos de que había pescado a un hombre que era rico y guapo a la vez, pero dejó de hacerlo pasado un tiempo. Sospechaba que en realidad ella solo se había enamorado de la casa y del título, así como de su posición social. Puede que tal vez alabarle hubiera sido solo la manera de obtener todo aquello.

Además, de eso hacía ocho años, ahora era mayor. Volvió a la pregunta para la que no parecía encontrar respuesta: ¿era demasiado mayor para alguien como Kayla? Si acababa por dar un paso al frente con ella, ¿no le acabaría tomando por un viejo verde?

Esta tarde no había salido corriendo. Solo parecía un poco sorprendida, luego triste. Y no le había devuelto el beso. No sabía si el beso que le había dado le habría hecho recordar lo que había perdido o si la habría confundido. ¿Le habría gustado? Resultaba difícil decirlo.

¿Tal vez había perdido su encanto para con las mujeres? Hacía siglos que no besaba a nadie, después de todo. Que él estuviera temblando de deseo no significaba que Kayla sintiera lo mismo. Tendría que volver a intentarlo con más ahínco.

Respiró hondo. Sí, ahí estaba la solución, la única manera de saberlo a ciencia cierta. Después de todo, si le rechazaba, podría afrontarlo, ¿no? Quien no arriesga no cruza la mar.

Capítulo 22

El paseo hasta los acantilados parecía ser demasiado rápido y los escasos intentos de John por resistirse se topaban con las carcajadas de los hombres. Estaba casi paralizado por el miedo y tenía problemas para mover las piernas lo suficientemente deprisa como para seguir las largas zancadas de Jago y sus ayudantes. Los dos más fuertes le sujetaban de los brazos con decisión de manera que, cada vez que se caía, seguían manteniéndolo en pie. No es que tuviera miedo, no obstante, sino que el terror que le invadía amenazaba con estallar para convertirse en pánico absoluto en cualquier momento y eso impedía que sintiera nada.

La noche era oscura, tanto como la anterior, pero el rugido de las olas abajo en los acantilados se oía con claridad. Más y más fuerte, el ruido reverberaba en su cabeza y hacía que deseara gritar. ¿Cómo no se habría dado cuenta la noche anterior de lo fuerte que era ese sonido? Entendió de repente cómo debía de haberse sentido Eliza y la bilis se le subió a la garganta.

Eliza. Ahora sabía que había estado en lo cierto al sospechar de ella. Le había engañado, y encima con su medio hermano, un tabernero de poca monta a pesar de que por sus venas corriese la sangre de los Marcombe. Pensarlo le resultaba insoportable, era como si le estuvieran cortando con una guadaña afilada. El hijo de Jago era el que estaba en su casa, no el suyo, nunca el suyo. Era tan injusto.

No obstante, ojalá hubiera tomado una medida menos drástica para castigar a Eliza. Debería haber esperado hasta la mañana siguiente, cuando el primer impulso de su ira hubiera pasado, así como los efectos del *brandy*. Con un bofetón y luego el divorcio habría sido suficiente. Después se hubiera quedado con el niño, ya que no podría tener ninguno más. Ahora se daba cuenta, cuando ya no importaba.

No podía tener hijos.

Cuando su primera esposa fue incapaz de darle un hijo la culpó y se sintió aliviado cuando murió de fiebres. Sin embargo, según pasaban los años y Eliza no se quedaba embarazada tampoco, empezó a sospechar que el problema era suyo. Ninguna de sus amantes había venido nunca pidiéndole ayuda para algún hijo ilegítimo y había oído lo suficiente de esas historias por parte de sus amigos como para saber que eso era algo habitual. Menudo idiota. Tendría que haber tomado lo que Eliza le ofrecía y haberse vengado de ella después impidiéndole ver a su hijo. Hubiera resultado igualmente satisfactorio. Después de todo, había visto cómo miraba al bebé. Pero ahora ya era tarde. Demasiado tarde.

El borde del acantilado estaba cada vez más cerca hasta que al final se veía tan próximo que incluso podría haber tocado con los pies. Los dos hombres le liberaron y él se volvió para mirar a su juez y su jurado.

—¿Me habéis traído aquí para asustarme y que confiese? —Aún se negaba a creer que seguirían adelante con aquello, y eso a pesar de que antes le habían obligado a escribir.

Jago se rió, con esa risa fría y triste que chirriaba en los oídos de John.

—No, hermano, ya sabemos que eres culpable. Ha llegado el momento de que pagues por el crimen que has cometido. Te toca morir. Como no podemos fiarnos del juez del pueblo para que te aplique una sentencia correcta, hemos decidirlo hacerlo nosotros. Además, morir de la misma manera que tu víctima es mucho más adecuado que la horca, ¿no te parece? Yo lo llamaría justicia poética pero ¿qué sé yo de esas cosas? No soy más que un simple tabernero.

Las caras de malicia de los demás hombres se acercaban más y más y John empezó a temblar violentamente.

—¡Basta! Ya os habéis divertido bastante, dejad que me vaya. No tengo nada que ver con la muerte de Eliza. Estaba trastornada tras el parto y debe de haber salido corriendo y haberse tirado por el acantilado.

—Los dientes le castañeteaban, pero trató de poner lo que esperaba fuera una mirada desafiante.

Jago sonrió.

—¿Y cómo sabes que esa fue la manera en que murió? Nadie ha encontrado su cuerpo todavía, ¿no? De hecho, ¿cómo sabes incluso que ha muerto? No he visto a nadie de cuerpo presente en la casa. ¿No habías dicho que estaba en el piso de arriba, a salvo en su cama?

John luchaba por respirar. Era cierto. Había esperado durante todo el día para que le llegasen noticias de la muerte de su esposa por medio del servicio, pero nadie había dicho una palabra. Solo la nodriza había preguntado por ella y John se la había quitado de encima diciendo alguna mentira acerca de que estaba descansando. Abrió la boca para hablar, pero de ella no salió sonido alguno. Le habían desenmascarado.

—Vamos, John, salta y cae abajo del todo. Lo mismo que Eliza. Solo que esta vez, nadie va a empujar a nadie. Y dudo que acabes en el mismo sitio después. Tus restos ni siquiera descansarán en el cementerio de la iglesia junto a los de tus antepasados: los suicidas no gozan de ese privilegio. —Más risas entre dientes y alguna que otra carcajada acompañaron la escena.

Dando vueltas sobre sí mismo frenéticamente en busca de una escapatoria, John se mantuvo en su lugar. Las piernas no le hubieran obedecido.

—Así que decidme, muchachos, ¿os parece culpable? —gritó Jago.

—¡Culpable! —gritó el jurado espontáneo. Los hombres se acercaron a él de pronto cerrando el círculo que le rodeaba con un gruñido todopoderoso de rabia. John dio un paso atrás de manera involuntaria y el pie no tocó suelo. Un instante después caía gritando hacia la playa, en dirección a la eternidad, hacia lo que sabía era su bien merecido castigo... entonces la oscuridad lo reclamó.

—Hay gitanos acampados en los terrenos de la parte alta —le dijo Annie a Kayla a la mañana siguiente. Parecía muy animada.

—Tienen permiso para acampar, así que no hay que preocuparse por nada. Solo quería decírtelo por si te los encontrabas. No quisiera que te asustaras.

—De acuerdo, gracias. —Kayla recordó el testamento que había encontrado y en el que se decía que los cíngaros tenían el derecho de quedarse en las tierras de Marcombe siempre que quisieran. Naturalmente, no podía decirle a Annie que ya lo sabía, así que aparentó que aquello era nuevo para ella.

—Entonces ¿vienen cada año?

—Sí, en ocasiones más de una vez. No es siempre el mismo grupo. Son varias las familias que acampan en esos terrenos.

—Ya veo.

—Deberías ir a verlos. Las mujeres suelen leerte la mano. —Annie rió—. A mí me dijeron que me tocaría la lotería, pero de momento no ha sido así. Creo que tal vez suceda en otra vida. Y en cuanto a lo de que conocería a alguien alto, moreno y apuesto, nada. Creo que me quedaré con mi marido, muchas gracias.

—La verdad es que no me apetece saber lo que me deparará el futuro, y menos si es algo malo. Soy un poco supersticiosa.

—Oh, todo son un montón de paparruchas. Solo sirve para divertirse un poco en realidad.

Kayla no estaba tan segura como lo había estado tan solo hacía unos meses. Ahora que sabía que existían los fantasmas, o como fuera que pudiera llamarse a Jago, no veía ningún motivo por el que la clarividencia no fuera algo real. ¿Y qué tal si decidía ir a que le predijeran el futuro después de todo? Podría ayudarla para decidir qué hacer con su vida

Wes estuvo ocupado toda la mañana y ella se olvidó de los gitanos por un rato. El hecho de que actuase como si el beso de la noche anterior no hubiera existido hacía que su mente trabajara mucho más que con los gitanos. Estaba tecleando como si fuera un autómata, mientras su cerebro reproducía la escena en su mente una y otra vez. Le acariciaba la cara, le decía que tenía un hoyuelo cuando se reía, la besaba... y luego se retiraba. Volvía a revivirlo una y otra vez, dándole vueltas a la idea en la cabeza. ¿Qué había hecho mal? ¿Tendría que haberse inclinado más hacia delante, haberle rodeado el cuello con los brazos y haberle besado con pasión? ¿O debería haber dicho algo? ¿No sería que no la encontraba lo suficientemente atractiva? ¿Por qué no le parecía atractiva?

—Dichoso hombre —murmuró al fin, tratando de quitarse todo aquello de la cabeza por un rato. Obviamente, estaba perdiendo el tiempo.

Mientras almorzaba volvió a pensar en los gitanos y decidió que iría a verlos. ¿Qué mal podría hacerle después de todo? Annie tenía razón, tal vez sirviera solo para pasar el rato y con que la animara un poco lo que le dijeran sería suficiente, eso seguro.

Wes había salido para ir a una reunión, así que Kayla se encaminó hacia las caravanas tan pronto como terminó de comer. Mientras se acercaba al lugar oyó los gritos de niños que jugaban y voces que acababan en risas. Una de las gitanas la vio y de pronto todos dejaron de hablar. Tras decirles algo a los demás, la mujer se acercó a ella.

—Hola, ¿en qué puedo ayudarla? —Era joven y bonita, voluptuosa. Tenía el pelo negro y largo, le caía sobre uno de los hombros. El colorido de sus ropas le sentaba bien y se movía con gracia y segura de sí misma. Kayla, en cambio, se sentía algo cohibida.

—Mmm, sí, verá, me han dicho que ustedes pueden leer el futuro y había pensado que tal vez tuviera tiempo de echar un vistazo en el mío.

—Pues claro, sígame.

Kayla fue tras ella. La mujer la llevó hasta una anciana que estaba sentada a una mesa bajo una sombrilla. Había una segunda silla, esta vacía, y la mujer le indicó que tomara asiento.

—Has venido en busca de respuestas, ¿verdad? —dijo la anciana. Tenía los ojos oscuros como las endrinas, enterrados profundamente entre las arrugas bronceadas que los enmarcaban. A Kayla le daba la sensación de que aquellos ojos habían visto mucho y que brillaban de inteligencia y diversión.

—Pues sí, supongo. Aunque podría decirse que ha sido la curiosidad lo que me ha traído hasta aquí. Annie me dijo que no les importaría que viniese. —Se encogió de hombros—. ¿Cuánto cobra?

La mujer sonrió ampliamente y, al hacerlo, dejó a la vista una boca casi sin dientes.

—Los amigos de Jago no tienen que pagar. Será un placer para mí decirle lo que quiera saber.

Kayla suspiró y sintió que el vello del cuello se le ponía de punta.

—Usted, usted... ¿qué? ¿Qué sabe usted de Jago? —preguntó. Lo cierto era que no había creído que esta gente tuviera un don especial hasta aquel momento, pero ¿cómo si no habría podido saber algo así aquella anciana? Kayla no se lo había dicho a nadie salvo a Maddie.

Una risa chisporroteante recibió aquellas palabras y la mujer solo se tocó la nariz y asintió.

—Qué más da. Eso es asunto mío. Y ahora, dígame, ¿qué desea?

Kayla inspiró hondo para tranquilizarse. Aquello no estaba yendo como ella había esperado. Había imaginado una lectura de manos desenfadada o una ojeada en la bola de cristal, algo fantasioso sin ninguna conexión con la realidad. La incómoda realidad. Kayla estuvo a punto de cambiar de opinión y tuvo que obligarse a sí misma a permanecer en el asiento. Volvió a respirar hondo.

—Bueno, el caso es que hace poco tenía que haberme... es decir, iba a casarme, pero me eché atrás y lo cancelé todo —dijo—. Necesito saber... ¿Hice lo correcto o he cometido un grandísimo error? Mi familia parece opinar que me estoy equivocando, pero a mí me pareció haber tomado la decisión adecuada, así que estoy hecha un lío. Y, y... ¿ahora qué hago?

—Dame la mano.

La anciana agarró la mano de Kayla y le dio la vuelta para verle la palma, antes de que esta pudiera hacer el gesto por sí misma. La gitana murmuró algo incomprensible.

—¡Sí! —declaró la anciana rotundamente.

—¿Sí? —preguntó Kayla. Intentó no mover la mano, aunque se moría de ganas de apartarla de la mujer.

—Hiciste lo correcto. El rubio no era el hombre para ti. Acertaste al alejarte de él. Al lado de ese solo te aguardaba una vida de dolor. —La mujer trazó algunas líneas en su palma con el dedo—. Veo un hombre moreno. Ocupa tu mente. No podrás deshacerte de él hasta que haya terminado.

—¿Hasta que haya terminado el qué?

La anciana no hizo caso de su pregunta y continuó.

—Aquí hay peligro, debes andarte con cuidado. Lugares oscuros, cerrados. Sí, oscuridad. Cuidado con la oscuridad y las escaleras —dijo. Tenía los ojos cerrados y le temblaban los párpados mientras hablaba, como si estuviera viendo imágenes.

—¿A qué se refiere? ¿Qué tipo de oscuridad?

—Cuida de la pequeña, te necesita. Veo agua y dolor, una mancha roja que crece sobre blanco... —Se quedó callada un momento antes de

añadir—: Jago lo arreglará. —Entonces, abrió los ojos y soltó la mano de Kayla—. Eso es todo, no puedo decirte nada más—concluyó.

—Pero ¿qué...?

—Preguntar no sirve de nada, no puedo ofrecerte más explicaciones. Tarde o temprano, todo cobrará sentido. Fíate de tus instintos y todo irá bien.

—¿Usted cree? —preguntó Kayla, con una risa débil—. Pero todo esto de la oscuridad y el peligro... Pensaba que me diría que me haría rica y famosa y que me casaría con un desconocido atractivo.

La anciana la miró con astucia.

—A ti no te habría engañado con eso, no como a otras. Te he dicho la verdad. Se lo debo a Jago.

—Ya... ya veo. Bueno, muchas gracias. ¿Está segura que no le debo nada?

—No. Los amigos de Jago son amigos míos. No hace falta que me pagues.

De vuelta en el despacho, Kayla se sentó y tardó un buen rato en dejar de mirar la pantalla del ordenador embobada y ponerse a trabajar. Todavía se sentía algo débil y se preguntaba si había sido buena idea ir a ver a los gitanos. Los mensajes crípticos de la anciana no la hacían sentirse mejor preparada para el futuro, pero al menos había aclarado algo: dejar a Mike había sido la mejor decisión. Aunque, siendo sinceros, no debería haber necesitado que se lo dijera una vidente gitana. En el fondo, siempre lo había sabido.

—¡Katerina, me alegro de verte! ¿Cómo estás?

Wes se asentó bajo el parasol de la gitana y le sonrió. Eran viejos amigos, la anciana y sus compañeros trotamundos llegaban cada año. De hecho, era casi como una abuela para él, puesto que las suyas habían muerto jóvenes. Cuando Wes y su hermano eran pequeños, Katerina siempre había encontrado tiempo para ellos; les trataba como si fueran su propia familia y el vínculo entre los tres fue ganando fuerza con los años. Wes había visto las caravanas de camino a casa, tras una reunión, y había decidido desviarse.

—Mejor que nunca, sobre todo ahora que vuelvo a estar aquí —dijo Katerina con una amplia sonrisa—. ¿Y tú?

—Bien, bien —contestó Wes de manera automática. Pero algo en la mirada de la anciana le hizo respirar hondo y corregir su respuesta—. Bueno, con algún problemilla, pero nada que no tenga arreglo. Creo.

La anciana asintió y le tendió la mano.

—¿Quieres que eche un vistazo?

Wes puso la mano sobre la suya, con la palma hacia arriba y sin demasiadas ganas. Nunca antes había dudado, pero en esa ocasión, por algún motivo, no estaba seguro de querer oír lo que la anciana tuviera que decir. Nunca se equivocaba; sus declaraciones a menudo no eran claras, pero siempre llegaba el momento en el que cobraban sentido. Solo aquello ya bastaba para infundirle miedo.

Katerina se quedó callada un momento y, entonces, murmuró algo y le atravesó con su mirada oscura.

—Tendrás que andarte con cuidado durante un tiempo. Con mucho cuidado, muchacho.

Cuando le soltó, Wes retiró la mano y tomó aire, algo tembloroso. Había estado conteniendo la respiración sin darse cuenta.

—¿En qué?

—En todo, menos en una cosa: el amor. Entrégate libremente y serás feliz.

—¿Entregarme libremente? Ya lo hago. Es decir, no escatimo en nada en lo que a Nell se refiere. Intento demostrarle cuánto la quiero de todas las maneras posibles.

Katerina sacudió la cabeza.

—No hablo solo de la niña. Hay otras personas que necesitan tu amor. Y tú te contienes.

—¿Otras personas? ¿Más de una? —respondió Wes, confundido. Si hubiera dicho algo parecido a «una rubia menuda y atractiva está esperando a que des el primer paso», lo habría entendido—. ¿Seguro que no hablas de una mujer?

La anciana se echó a reír.

—No, no hablo solo de eso. ¿Por qué? ¿Te ha venido alguien a la cabeza? Me había dado la impresión de que no estabas listo para una relación estable. Aunque oye, una jovencita la mar de guapa ha venido a verme antes y le he dicho que veía a un atractivo desconocido moreno en su futuro. ¿Podrías ser tú? Era lo que quería oír. Como todas.

—No me tomes el pelo. Ya sabes que no quiero volver a caer en la misma trampa. La última vez que viniste te conté la historia al detalle.

Katerina agitó un dedo ante él.

—Ah, pero hay trampas menos restrictivas en las que caer, ataduras a las que te someterías con placer. Déjate atrapar un poco y todo irá bien.

—Déjate de enigmas, que estás hablando conmigo —dijo Wes, sonriendo—. Sé que ves más allá que los demás, pero no hace falta que te andes con misterios. Si lo que quieres decir es que debería enamorarme, te comunico que ya lo he probado. Es una experiencia que está más que sobrevalorada.

—Hablaba en serio, pero en ti recae decidir si quieres escucharme, como siempre. No soy más que una anciana, al fin y al cabo. ¿Qué sabré yo de tu vida? —La sonrisa de Katerina volvía a ser burlona, pero Wes no quería seguirle el juego.

—A mí no me engañas, estás en la flor de la vida. Pero si te quedas más tranquila, pensaré en lo que has dicho. ¿De acuerdo?

—Tú piénsatelo y ya veremos quién tiene razón.

«Vaya que si lo veremos», pensó Wes, pero el brillo en los ojos de Katerina le hizo dudar.

—¡Por fin! —exclamó Kayla cuando bajó al recibidor dos días más tarde y vio que el cartero había traído un grueso sobre marrón procedente de Londres. Pese a que había llamado a Maddie varias veces, había sido incapaz de sonsacarle más información.

—Es mi pequeña venganza por haberme abandonado aquí mientras tú disfrutas de la buena vida en una mansión, codeándote con su señoría —había dicho Maddie antes de estallar en carcajadas.

—No estoy haciendo nada con su señoría. ¡Ojalá! —bufó Kayla en voz baja, para que no la oyera nadie, pero Maddie ya había colgado entre carcajadas—. Mala persona —añadió para sí misma.

Se lanzó escaleras arriba, subiendo los escalones de dos en dos, y echó a correr por el pasillo hasta llegar a su habitación. Desgarró el sobre con impaciencia y varios papeles cayeron sobre la cama, así que atrapó el primero y se puso a leer.

«Lista de prisioneros de la cárcel del condado de Exeter juzgados en las sesiones de Exeter. 15 de abril de 1782...»

Kayla ojeó la lista y lo encontró: «Kerswell, Jago. Edad: 28». Al final de la siguiente página decía:

«DELITO GRAVE... Jago Kerswell. Entregado el 25 de mayo, 1782, por don Thomas Paige y acusado de haber causado la muerte de *sir* John Marcombe, señor de Marcombe Hall...»

Kayla empezó a leer los registros del juzgado y se perdió en el pasado que evocaban.

Capítulo 23

Jago se mantenía en pie, impasible; de vez en cuando dejaba vagar la mirada por la sala del juzgado, pero pasó la mayor parte del tiempo mirando al frente, absorto en sus pensamientos. Aunque sabía que las acusaciones contra él eran muy serias, podía asegurar con total honestidad que le daba igual a qué conclusión llegara el juez. En cualquier caso, su vida no tenía sentido sin Eliza y sabía que, por buenas razones que tuviera, había cometido algo muy parecido al asesinato. Si le condenaban a la horca, que le condenaran.

—Jago Kerswell, se le acusa del homicidio de *sir* John Marcombe, de Marcombe Hall. ¿Cómo se declara?

—Inocente.

Jago pronunció la palabra automáticamente. Aunque no fuera verdad, le parecía que no tendría sentido tener un juicio si se declaraba culpable. Que trabajaran un poco para llegar a un veredicto.

—Muy bien, procedamos.

Oyó al juez explicar que habían traído a Jago ante el juzgado itinerante porque el magistrado local no se había visto capaz de sacar nada en claro. El cuerpo de *sir* John había sido hallado en la playa y su ayuda de cámara, Thomas Binks, había acudido al magistrado con la certeza de que le habían empujado desde el acantilado la noche del 24 de marzo.

—¿Y por qué supone que el acusado es el hombre que empujó a *sir* John, señor Binks? —preguntó el juez.

—Bueno, circulaban ciertos rumores, señoría.

—¿Rumores? ¿Acerca de qué?

—Se dice que el señor Kerswell es familia de *sir* John, aunque era un hijo natural, digamos, extra-oficial. Además, no se llevaban bien.

—Esto que dice ya ha sido confirmado, pero no por eso debemos asumir que el señor Kerswell es un asesino. ¿Acaso hubo discusiones entre los dos? ¿Vio algo concreto, señor Binks? —preguntó el juez, algo irritado.

—Bueno, no, señoría —tartamudeó el sirviente—. Pero ¿por qué si no iba a terminar *sir* John en el fondo del acantilado? Acababa de ser padre, de un hijo y heredero, ni más ni menos. No tiene sentido que un hombre en esas circunstancias se suicide, ¿no cree?

—No estamos aquí para discutir suposiciones —contestó el juez, con expresión rígida—, sino hechos demostrables. Que hable el siguiente testigo, por favor.

Para sorpresa de Jago, varias personas pasaron al frente: uno tras otro, en rápida sucesión, todos ofrecieron testimonio en su favor. Escuchó, cada vez más estupefacto, mientras los testigos cometían perjurio para defenderle, todos ellos de manera convincente y con actitud honesta. No había sido consciente de tener tantos amigos y aquella revelación empezó a derretir el hielo que cubría su corazón. Muchos de los presentes dependían de las operaciones de contrabando que lideraba, pero unos cuantos le estaban ayudando simplemente porque tenían buena opinión de él. No había esperado tal cosa.

Jeremiah Dunsmore, el herrero del pueblo, era uno de ellos. Con su mejor traje de los domingos, daba la imagen de ciudadano de bien.

—Sí, señoría, le doy mi palabra de que el acusado estuvo en su taberna, King's Head, durante la tarde de los hechos, a la vista de todos los presentes. Yo mismo estaba allí, señoría, bebiendo sidra; aunque no tanta que como para olvidar lo que vi. Una pinta y nada más.

Keziah Jones, la prostituta local, habló con un brillo en los ojos cuando llegó su turno.

—Pasé el resto de la noche con Ja... esto, el señor Kerswell, y no salió de la cama ni una sola vez. ¿Por qué iba a hacer tal cosa? Menuda profesional sería yo si mis clientes me dejaran sola en el dormitorio.

Aquella declaración vino seguida de un murmullo de risas disimuladas, que aligeró el tono de los procedimientos durante un rato.

Harriet White, la doncella de Eliza, subió al estrado sujetando un pañuelo con fuerza y sollozando de vez en cuando.

—Fue muy triste, señoría, una auténtica tragedia. Mi señora murió dando a luz aquella noche, con lo feliz que era por haber tenido un niño. Creo sinceramente que su marido se quitó la vida, desconsolado. ¿Quién no habría reaccionado así? La adoraba, sin lugar a dudas. Ella lo era todo para él. Todo.

Aquello era una novedad para Jago y, sin duda, también para el resto de los habitantes del pueblo, pero el juez no podía saberlo. Asintió y le dio las gracias a la señora White.

Finalmente le llegó el turno al doctor del pueblo, William Ward-Matthews, que habló con voz sonora y aspecto grave, aunque digno.

—Sí, señoría, puedo atestiguar la muerte de *lady* Marcombe. Fui llamado a Marcombe Hall por la mañana, pero al llegar descubrí que la señora Eliza había muerto durante la noche. Cuando la examiné, su cuerpo ya estaba frío. Mi opinión médica es que murió por pérdida de sangre, como resultado del parto. Terrible, pero me temo que es algo que sucede de manera habitual.

Tras aquellas declaraciones, el juez y el tribunal no tuvieron otra opción que soltar a Jago por falta de pruebas. Al pronunciar el veredicto, el juez le miró con curiosidad, pero entonces asintió, satisfecho de que se hubiera hecho justicia.

Jago le devolvió el gesto de cabeza y caminó hacia el sol del exterior. Era un hombre libre.

Cuando terminó de leer, Kayla suspiró aliviada, con el corazón latiéndole con fuerza. A Jago le habían absuelto. «¡Gracias a Dios!», pensó. Pero no podía evitar que las dudas reptaran por su mente. ¿Acaso había orquestado la muerte de *sir* John para no tener que compartir a Eliza con él? ¿Era ese el motivo por el que ahora no podía descansar? No quería creerle capaz de algo así.

Si Eliza había muerto dando a luz, ¿qué sentido habría tenido el asesinato? Ninguno. Necesitaba hablar con Jago, pero debería ser paciente hasta que tuviera ocasión de verle.

Tras llegar a esta conclusión, Kayla pasó al siguiente de los documentos que Jessie le había enviado. Era el testamento de *sir* John, con fecha del 24 de marzo de 1782. Por algún motivo, lo habían validado en Londres en vez de en Exeter:

Última voluntad y testamento del abajo firmante, sir John Marcombe, señor de Marcombe Hall, en el contado de Devon, en plenas facultades físicas y mentales.

En primer lugar, es mi voluntad y orden que se paguen mis deudas justas y gastos funerarios. A mi querido hijo, Wesley John Marcombe, dejo todos mis bienes y posesiones materiales.

Por la presente nombro a mi cuñada, la señora Sophie Wesley, y a mi medio hermano, Jago Kerswell, propietario de la taberna King's Head en Marcombe, tutores de mi hijo, papel que desempeñarán hasta que el susodicho alcance los veintiún años de edad. Por la presente nombro a los ya mencionados Sophie Wesley y Jago Kerswell albaceas de mi última voluntad y testamento.

En fe de lo escrito, firmo y sello la presente en este 24 de marzo de 1782.

Firmado en presencia de los siguientes testigos: ...

A continuación había una lista de nombres, que Kayla apenas pudo descifrar; algunos tenían una cruz al lado, lo que indicaba que el testigo en cuestión era analfabeto. Dejó caer el papel sobre la cama y se quedó mirando por la ventana, absorta en sus pensamientos. Aquello no cuadraba. ¿Por qué querría *sir* John nombrar a Jago tutor de su hijo y llamarle su medio hermano, si nunca antes había admitido el parentesco que había entre ambos? Aquello convenció a Kayla de que Jago lo había organizado todo, de una manera u otra. Una pregunta más que debería hacerle cuando volviera a verle.

Suspiró. Al menos había podido ver a su hijo, aunque nunca le hubiera podido reconocer públicamente. Kayla sacudió la cabeza y no pudo reprimir una pequeña sonrisa.

—Jago, menudo granuja estás hecho —murmuró—. ¡Qué atrevimiento el tuyo! —Haber obligado a *sir* John a nombrarle tutor del pequeño Wesley era el colmo del descaro. Marcombe debía de haberse quedado lívido. Kayla se rió entre dientes al imaginarlo—. Oh, Jago —susurró—. Ojalá te hubiera conocido por aquel entonces.

Kayla pasó los siguientes días llamando a todos los descendientes vivos de *sir* John cada vez que se quedaba sola en el despacho. Era su última esperanza. Tenía que asegurarse de que el cuadro no hubiera pasado a uno de ellos de manera extra-oficial, quizá como regalo, una posibilidad que no podía ser descartada. Wes tuvo varias reuniones en Londres, lo que fue un descanso para ella, que no quería que descubriera el motivo real por el que había venido a Marcombe.

Tras diez llamadas, sin embargo, Kayla se dejó caer sobre su escritorio, derrotada. Ni una sola de las personas con las que había hablado habían siquiera oído hablar de su antepasada, y casi todos le habían recomendado que hablara con Wes. Varios de ellos se habían ofrecido amablemente a contactar con él de su parte y Kayla se había sentido de lo más culpable al rechazar su ayuda. Contar mentiras no era propio de ella, por bienintencionadas que fueran, y aquel proceso se le estaba haciendo muy difícil.

Llamó a Maddie para animarse. Se desfogó a base de bien y le contó todos los detalles de su búsqueda fallida.

—Así que ya ves, resulta que nadie tiene el cuadro. Debió de ser destruido años atrás. Y ahora, ¿cómo se lo voy a contar a Jago? Se va a llevar una buena decepción.

—No te rindas todavía, quizá lo hayan vendido. Nadie en su sano juicio destruiría un Gainsborough porque sí.

—Supongo que tienes razón, pero ¿cómo voy a encontrarlo?

—Mmm. Bueno, tal vez deberías contratar a un experto en arte o algo así. Puede que un profesional sepa qué hacer.

Era la única idea que se les ocurrió, así que decidieron que Kayla iría a Londres el fin de semana siguiente para intentar encontrar a alguien que pudiera ayudarla. Colgó el teléfono, deprimida y derrotada.

—¿Por qué todo tiene que ser tan difícil? —masculló.

—¿Así que todavía no la has encontrado?

La voz de Jago, que sonaba tan desalentada como se sentía ella, no mejoró el humor de Kayla. Sacudió la cabeza.

—Lo siento, Jago. Nuestra última oportunidad es el experto en arte con el que he hablado hoy en Sotheby's. Ha accedido a llevar a cabo una investigación. A un precio altísimo, debo añadir.

—Aprecio mucho tu esfuerzo. Lo sabes, ¿verdad?

—Sí, Jago, ya lo sé. Cambiemos de tema un rato —dijo. De repente se rió entre dientes al recordar todas las preguntas que quería hacerle—. Podríamos hablar de tus fechorías, ¿no te parece?

—¿A cuál de mis tremendos delitos te refieres? —preguntó Jago. Kayla casi pudo oír la sonrisa de pirata en su voz.

—Bueno, ¿empezamos por el homicidio? —dijo Kayla, contando con los dedos a medida que hablaba—. ¿El contrabando? ¿O quizá por el chantaje?

—No tengo ni idea de qué estás hablando —respondió. Alzó la barbilla con aspecto altanero, pero Kayla sabía que su gesto era pura ficción.

—Oh, ¡venga ya! —Le dedicó una mirada severa y dio unos golpecitos con el pie—. Que no me chupo el dedo. Te informo de que me he leído un informe de tu juicio, así como una copia del testamento de *sir* John. Me niego a creer que aquel hombre escribiera una sola palabra del testamento sin una ligera coacción por tu parte, digamos.

—Bueno, de acuerdo. Empezaré por el principio, ¿te parece bien? —dijo. Jago le dedicó una sonrisa pícara y Kayla sacudió la cabeza.

—Buena idea, me muero de ganas de saber qué ocurrió. Seguro que es una historia espectacular.

Kayla no quedó decepcionada.

—Así que tu amiguita se ha ido, ¿eh? ¿Para siempre? Quizá tampoco ella podía soportar la vida en un sitio tan aburrido.

Wes estaba de pie en el camino de su casa, supuestamente vigilando a Nell, que saltaba a la comba en la gravilla delante de Marcombe Hall. En realidad, estaba pensando en Kayla; se preguntaba cuándo volvería y por qué le importaba tanto la respuesta. No había oído a Caro, que se había acercado desde la parte trasera de la casa.

—¿De dónde has salido? —le preguntó Wes, frunciendo el ceño.

—He salido a dar un paseo. Pasaba por aquí.

«Ya, seguro.» Caro no había salido a dar un paseo por el campo motu proprio en su vida, eso lo sabía de sobra.

—Quiero decir, ¿dónde estás alojada? No tenía ni idea de que siguieras por la zona.

—Cerca —respondió, sonriendo con suficiencia—. Annie me ha dicho que le habías dejado mi habitación a la rubia cabeza de chorlito, así que no me has dejado otra opción.

—No es una cabeza de chorlito —empezó Wes, pero se dio cuenta de que no quería entrar en una discusión acerca de Kayla—. Y las habitaciones para los huéspedes ya están terminadas, así que puedes quedarte cuando quieras.

—¿Echarías a tu novia de la habitación contigua a la tuya por mí? Qué amable eres.

—No es eso lo que quería decir y lo sabes. Podría pedirle a Kayla que se cambiase de habitación, pero no se me ocurre qué importancia tiene dónde duermas tú. Y no es mi novia.

—Ya veo. Pues tu amante, si prefieres llamarlo así. ¿O es una amiga con derecho a roce? He oído que no quieres más relaciones serias —dijo, y se echó a reír—. Me alegra saber que tengo tanta influencia sobre ti.

Wes apretó los dientes e intentó respirar lentamente para no responder a sus provocaciones. Era una experta en irritarle, así que encontrarse con que quería negar sus acusaciones no le sorprendió en absoluto. Pero sus palabras le hicieron pensar. ¿De verdad dejaría que su experiencia con aquella mujer exasperante condicionara su vida sentimental futura? ¿Solo porque se había enamorado de la persona equivocada pretendía dar la espalda a la posibilidad de encontrar la estabilidad con alguien?

Estaba dejando que Caroline ganase.

Darse cuenta de eso casi le hizo caerse de culo. Se volvió hacia Caro y la observó atentamente por primera vez. Vio a una mujer bella, pero también a una amargada, insatisfecha y con problemas emocionales, que no era capaz de ser feliz si no era el centro de atención. Su amor, su fortuna, sus títulos... Nada había bastado una vez lo tuvo que compartir con su hija. No era culpa suya. Había intentado todo lo posible, se había dedicado en cuerpo y alma a arreglar las cosas, pero había fracasado porque Caro no era capaz de conformarse con un punto medio. No todas las mujeres eran como ella. Kayla no era como ella. ¿Qué sentido tenía asumir que estaban todas cortadas del mismo patrón?

Wes quedó sumergido en una oleada de alivio y se sintió como si acabaran de quitarle un peso enorme de encima. Le dedicó una sonrisa radiante.

—Gracias, Caro. No sabes lo mucho que me has ayudado.

—¿Qué? —dijo. Su expresión de superioridad se convirtió en una de confusión—. ¿De qué estás hablando?

—Nada importante. Dime, ¿querías estar con Nell o has venido solo a molestarme? Estoy seguro de que a nuestra hija le encantaría pasar un rato contigo. ¿Qué tal se te da saltar a la comba?

—¿Cómo, qué...? ¿Que salte a la comba? Yo no hago eso.

—Ah, no, se me olvidaba. Te estropea la manicura, ¿no? O el peinado. —Wes se echó a reír—. Pero ¿sabes qué? A mi amiga con ese derecho a roce que todavía no he reclamado se le da de maravilla saltar a la comba, así que quizá te convenga practicar. No querrás que te haga quedar mal, ¿no? —dijo. Le hizo un gesto a su hija—. Nell, ven aquí y préstale la comba a mamá. Y ya que estás, échale una mano con la técnica. —Se volvió hacia Caro, que le estaba mirando como si se hubiera vuelto loco—. Estaré en mi despacho. Avisadme cuando hayáis terminado.

Volvió al interior de la casa silbando una melodía que no reconocía, pero le daba igual, era una cancioncilla alegre.

—No, no me he vuelto loco —murmuró—. Más bien todo lo contrario.

De vuelta en Devon una vez más, Kayla estaba preocupada; no podía quitarse a Jago y las terribles muertes de Eliza y *sir* John de la cabeza. Comprendía el porqué de las acciones de Jago, y este le había jurado que no había empujado a *sir* John, pero, en retrospectiva, no le costaba ver las cosas desde el punto de vista del marido. Al fin y al cabo, era innegable que su esposa le había engañado con su propio medio hermano, no era sorprendente que se hubiera vuelto loco por la furia y el dolor. La historia entera era una tragedia para todos los involucrados, especialmente el pequeño Wesley.

También estaba esperando con ansias alguna novedad del experto en arte, pero, cuando este al fin se puso en contacto con ella, fue para dar al traste con sus esperanzas.

—Lo siento, señorita Sinclair, pero he sido incapaz de encontrar nada acerca del supuesto retrato de *lady* Marcombe. Nadie ha oído hablar de él y, hasta donde mis colegas y yo sabemos, no se ha encontrado nada que documente la existencia de tal cuadro. Me gustaría haber podido ayudarla, pero, como usted dijo, es probable que la historia fuera falsa. Quizá la inventó alguien que pretendía vender un Gainsborough falso.

Kayla le dio las gracias, le mandó un cheque con la suma requerida y ahí terminó la cosa. Había intentado todo lo posible y había fracasado.

Al día siguiente por la tarde, mientras Kayla y Wes repasaban un contrato particularmente complicado frase por frase, alguien llamó a la puerta del despacho. Annie asomó la cabeza con aspecto preocupado.

—Siento molestarles, pero ¿han visto a Nell por alguna parte?

Wes y Kayla intercambiaron una mirada, y ella sintió que el estómago le daba un vuelco.

—No la he visto desde la hora de comer —respondió Wes—. Pensaba que estaba con usted.

—Bueno, al principio, pero entonces ha aparecido su madre y han salido al jardín un rato. Las estaba vigilando por la ventana, pero ahora han desaparecido y me preguntaba si habían entrado en casa. Sé que no les permite salir de la propiedad, así no deben de andar muy lejos.

Wes se levantó y Kayla vio que se le tensaban los músculos de la mandíbula.

—¿Cuándo ha llegado Caroline, Annie?

—Oh, hará un par de horas. Sí, si no recuerdo mal, ha llegado justo después de comer.

—¿Y cuándo ha sido la última vez que las ha visto por la ventana?

—Una hora después, más o menos. Lo siento, pero no estoy segura. El jardín es tan grande que al principio no le he dado importancia. Además, oía a la pequeña Nell riéndose. Ya sabe que se ríe a todo volumen.

—Será mejor que vaya a buscarlas —dijo Wes.

—Iré contigo —se ofreció Kayla. Hizo un gesto hacia el contrato que habían estado revisando—. En cualquier caso, no sería capaz de terminarlo sola.

—De acuerdo, vamos.

Salieron por la puerta de atrás y se separaron para cubrir más terreno, pero cuando se reencontraron ninguno de los dos había visto a Nell o a su madre. Wes tenía aspecto adusto y Kayla se sentía de lo más inquieta.

—Maldita mujer —masculló él—. Ahora, ¿qué diablos pretende? Ya sabe que no puede llevarse a Nell de la casa sin mi permiso. Sé que suena estricto, pero en su momento me dio motivos para imponer la norma —dijo, y se encogió de hombros.

—Bueno, ¿ahora qué hacemos? ¿La llamamos al teléfono móvil?

Kayla estaba devanándose los sesos buscando una solución, pero no daba con ninguna idea.

—Ya lo he intentado, me ha saltado el contestador automático —respondió. De repente, Wes se llevó una mano a la frente—. ¡Ya lo tengo, el automóvil de Caro! No hemos comprobado si sigue en su sitio. —Echó a correr hacia la parte delantera de la casa y se detuvo en seco—. No está. Debe de haberse llevado a Nell.

—No he oído el ruido del motor —dijo Kayla—. ¿Estás seguro de que no ha venido andando?

—Bueno, tal vez, pero estábamos tan concentrados en ese maldito contrato que lo más probable es que no la oyéramos —dijo Wes. Soltó un suspiro—. Tendré que ir a poner una denuncia en la comisaría de Kingsbridge. Me sé de memoria la matrícula del vehículo de Caro, así que puede que me ayuden a encontrarla. No hay mucho más que podamos hacer.

—¿Y yo? ¿Quieres que siga investigando por los alrededores?

—Si no te importa, aunque dudo que la encuentres. No, esto es otro ardid de Caro. Te lo juro, acabaría con la paciencia de un santo.

Wes se alejó dando largas zancadas hacia su todoterreno. Pocos minutos más tarde, desaparecía carretera abajo con un rugido del motor. Kayla siguió al Land Rover con la vista tanto rato como pudo y entonces volvió a su búsqueda, aunque con pocas esperanzas.

Capítulo 24

Tras dar las gracias a todos los que habían testificado en su favor, Jago se fue directo a Marcombe. Aunque era agradable estar rodeado de gente que le apoyaba y le deseaba lo mejor, necesitaba un rato de soledad. Antes del juicio había intentado no pensar en que había perdido a Eliza, pero ahora sabía que tenía que enfrentarse a un futuro sin ella. No sentía casi nada, como si un frío gélido se hubiera adueñado de su interior y hubiera congelado todas sus venas. Habría sido fácil dejarse hundir en la miseria, ahogar sus penas en *brandy* o encontrar una manera de unirse a Eliza en el más allá. Pero existía un buen motivo para seguir adelante.

Tenía un hijo.

Aunque oficialmente el bebé no fuera suyo, no tenía ninguna intención de dejar que fuese otro el que le educara. Habían llevado el testamento que había obligado a firmar a John a un abogado de Londres, para que lo validara. El médico, que había resultado ser un aliado fiel, había añadido su firma a la lista de testigos, y nadie dudaba de su palabra. Había acudido a la cárcel a hablar con Jago e informarle de que todo estaba yendo a la perfección.

—Nunca podré agradecérselo lo suficiente, señor Ward-Matthews —había murmurado Jago entre los barrotes, hablando en voz baja para que evitar que les oyeran—. Aunque si este juicio termina como al juez sin duda le gustaría, sus esfuerzos habrán sido en vano.

En aquel momento no había querido pensar en ello.

—Ya veremos, ya veremos —había contestado el médico—. El Señor y la ley obran de manera misteriosa.

Había tenido razón.

Jago entró en Marcombe Hall por la cocina, como hacía siempre, y encontró a los sirvientes alrededor de la enorme mesa de pino, en plena comida. Todos alzaron la vista y un silencio expectante cayó sobre ellos. El mayordomo, Armitage, se levantó. El alivio se reflejaba en su cara.

—Señor Kerswell —dijo—. Entiendo que todo ha ido bien.

—Si con eso quiere decir que soy un hombre libre, sí. Me he adelantado un poco a los demás, pero no tardarán en llegar. Es que...

Jago se quedó inmóvil, sin saber cómo proceder. Aunque oficialmente era el tutor legal de su hijo, el bebé era el propietario de la casa a todos los efectos. También era el señor de todas las personas que tenía delante y él no era más que un tabernero. Era una situación extraña, cercana a lo imposible.

Para su sorpresa, Armitage acudió en su ayuda.

—Ha venido a asegurarse de que el pequeño esté a salvo, supongo. Le llevaré a verlo ahora mismo. Está como una rosa y su nodriza es una mujer de fiar, limpia y sana. *Lady* Marcombe la eligió personalmente, antes de dar a luz.

El rostro del mayordomo se oscureció al mencionar a su antigua señora, pero recuperó la compostura enseguida.

Jago siguió al hombre hacia el piso de arriba, pero a medio camino no pudo contenerse más.

—Supongo que todos están enterados, ¿no?

—De que usted es el tutor del niño, sí.

Jago no se había referido a eso y estaba seguro de que el mayordomo tampoco, sabía que estaban hablando acerca de la auténtica familia del niño.

—¿Y no le importa? —preguntó Jago. La pregunta cubría los dos temas.

Armitage se detuvo ante la habitación del niño y se volvió hacia él. Su mirada era honesta y abierta.

—Los sirvientes de esta casa le tenían mucho cariño a la señora y todos queremos lo mejor para su hijo. Puede contar con nuestro apoyo, siempre y cuando se ocupe de sus responsabilidades de manera adecuada.

Jago sabía que aquello era lo máximo que el mayordomo admitiría al respecto, y le bastaba. Asintió.

—Gracias, señor Armitage, se lo agradezco. Le prometo que lo haré lo mejor que pueda.

Armitage le ofreció la mano y Jago se la estrechó.

Cuando Wes volvió, Kayla se percató de inmediato de que estaba de un humor de perros.

—¿Qué ha pasado? ¿No te han ayudado en la comisaría?

—Nunca lo sabremos, porque no he llegado tan lejos.

—¿Qué quieres decir? —preguntó Kayla confundida, frunciendo el ceño—. ¿Has cambiado de opinión?

—No, pero no ha sido necesario pedir ayuda a la policía. Yo mismo he encontrado a la estúpida de mi ex mujer. Estaba sentada en la terraza de la cafetería que hay al lado del puerto, tomándose un café. La he visto desde el Land Rover.

Kayla suspiró, aliviada.

—Oh, gracias a Dios. ¿Nell está con su madre?

—No —gruñó Wes—. Y Caro asegura que la ha dejado aquí, jugando en silencio en su habitación.

—¿Qué? Oh, no... He buscado por todas partes, ¡incluso en la buhardilla!

—Bueno, pues tendremos que volver a mirar. Caro me ha mirado con tal petulancia que estoy seguro que la ha escondido en algún rincón, solo para asustarme. Pero no tengo ni la más remota idea de dónde puede haberla dejado. A esa mujer deberían meterla en un manicomio —dijo Wes. Se puso a andar arriba y abajo por el vestíbulo. Era obvio que estaba intentando que se le ocurriera el mejor lugar para iniciar la búsqueda—. Empecemos por el principio, en el jardín. Si la llamamos quizá Nell nos oiga y nos conteste. Tú ve y ponte manos a la obra, yo iré a buscar a Annie y a Ben a la casa del portero, a ver si nos pueden echar una mano.

—De acuerdo.

Kayla se fue hacia el jardín, pero, en el fondo, ya sabía que no encontrarían a Nell allí. ¿Dónde estaría?

Una hora más tarde, la pequeña todavía no había aparecido y Kayla estaba sentada en un banco del jardín, con la cabeza apoyada en las manos. Oía a Wes llamando a su hija, pero estaba segura de que no serviría de nada. Debía de haber una manera mejor de encontrarla.

De repente, le llegó la inspiración y ahogó un grito.

—¡Pues claro! ¿Por qué no se me habrá ocurrido antes? —murmuró aliviada.

Se levantó tan rápido que la cabeza le dio vueltas y echó a correr hacia el campo en el que habían acampado los gitanos, rezando porque no se hubieran ido ya. Si había alguien que pudiera ayudarles a encontrar a Nell, era la anciana. Aquella era su oportunidad de demostrar que sus poderes eran auténticos.

Respirando con dificultad tras la carrera, se detuvo al borde del campo. Al principio le pareció que estaba vacío, pero entonces vio la vieja caravana, medio escondida detrás de un árbol, y echó a andar rápidamente. Al darle la vuelta vio a la anciana sentada en el escalón más alto, delante de la puerta abierta, con su sonrisa desdentada dándole la bienvenida.

—Ahí estás, jovencita. He estado esperándote.

Kayla estaba intentando recuperar el aliento y no fue capaz de responder inmediatamente. Tragó saliva y parpadeó para ocultar las lágrimas de alivio que amenazaban con caer por sus mejillas.

—Gracias a Dios que sigue aquí —dijo, jadeando—. Me temía que ya se habría ido.

La anciana volvió a sonreír.

—Los demás se han marchado, pero les dije que volvieran a por mí dentro de una semana, ya que tenía cosas que hacer. Ahora, pregúntame lo que quieres saber.

—Nell... la chiquilla... ¿sabe dónde está? ¿Está a salvo? Por favor, se lo agradecería eternamente si me ayudara. Hemos buscado por todos los rincones y Wes, su padre, está asustadísimo. Y yo también.

La mujer asintió.

—Conozco a Wes y a la pequeña Nell. Es lo que me temía. Bueno, no puedo darte nada exacto, pero puedo decirte esto: está esperando en la arena y empieza a tener frío y miedo. Debes encontrarla lo antes posible. Quiere volver a casa.

—¿Arena? —preguntó Kayla, frunciendo el ceño. Al principio no se sintió demasiado satisfecha con esa información, pero entonces lo comprendió—. ¡La arena! ¿Quiere decir que está en la cala? ¿El lugar al que me llevaron Wes y ella hace un par de semanas?

—Sí, puede que tengas razón. Como ya he dicho, no puedo asegurártelo. Lo único que veo es la arena y a la chiquilla allí sentada, triste. Ve. Sigue tu intuición.

—Gracias.

Impulsivamente, Kayla se agachó para darle un abrazo a la anciana y, cuando se volvió y echó a correr de vuelta a la casa, oyó una risa disimulada a sus espaldas. Al llegar al borde del campo se detuvo un momento para despedirse con la mano de la gitana, que le devolvió el gesto, y arrancó a correr a toda velocidad en busca de Wes.

—¿En la cala? ¿Por qué iba a estar allí? —preguntó Wes. La miró incrédulo cuando Kayla irrumpió en la cocina, balbuceando acerca de los gitanos y la clarividencia.

—No creerás de verdad que los gitanos pueden predecir el futuro, ¿no? —dijo Annie. Por su expresión, se compadecía de Kayla—. No es más que un truco de feria.

—No, quiero decir, sí. O sea, no lo sé, pero al menos tendríamos que ir a ver. No perdemos nada.

Wes seguía frunciendo el ceño, a Kayla le habría gustado patalear y echarse a gritar de la frustración que sentía. No tenía tiempo para dar explicaciones acerca de por qué confiaba en que la anciana tenía un auténtico don. Además, no la creerían.

Para su sorpresa, Wes asintió.

—Tienes razón, vamos.

—¿Me crees?

Él le dedicó una sonrisa distraída.

—Creo a Katerina. La conozco de siempre. Si dice que Nell está en la cala, estoy seguro de que así será.

—Lo que hay que ver —murmuró Annie, sacudiendo la cabeza en su dirección. Pero, por una vez, Wes no hizo caso de su ama de llaves, tomó a Kayla por el codo y se la llevó de la cocina.

—Vamos, tenemos que darnos prisa. Pronto será de noche.

Condujeron hasta lo alto del acantilado y echaron a andar camino abajo, intentando no perder el equilibrio y avanzando tan rápido como podían. Wes iba el primero, para poder frenar a Kayla si esta tropezaba o resbalaba con la gravilla. En consecuencia, fue el primero que vio a su hija.

—¡Cariño, ahí estás! —Kayla le oyó exclamar antes de salir corriendo.

—¡Ve con cuidado! —le gritó Kayla, pero Wes no le hizo caso.

Nell estaba sentada en la playa de arena, con sus bracitos delgados alrededor de las piernas y la cabeza doblada sobre las rodillas, balanceándose adelante y atrás. Kayla la oyó sollozar mientras recorría la última parte del camino a toda velocidad, resbalando y derrapando peligrosamente. Era un sonido que le partía el corazón.

—Nell, tesoro, ya estamos aquí. No te preocupes —le dijo Wes, corriendo hacia ella. Cuando la alcanzó, la levantó y la abrazó con fuerza, como si no quisiera soltarla nunca más.

—Papá ¿dónde has estado? Mamá ha dicho que vendrías enseguida, pero hace un montón de rato y ya es casi de noche y tenía miedo.

—Shh, no pasa nada. Lo siento, pero a mamá se le debe de haber olvidado decirme que viniera, no sabía que me estabas esperando. Mira, Kayla también ha venido. Ella tampoco sabía dónde estabas.

Wes miró a Kayla por encima de la cabeza de la niña; en sus ojos, Kayla vio la desesperación causada por la jugarreta de Caroline, pero también un alivio inconmensurable por haber encontrado a su hija sana y salva. Ella sentía lo mismo, así que se acercó a los dos, les envolvió en sus brazos y se sintió en paz.

—Sí, yo también estoy aquí. Todo irá bien.

Se quedaron en aquella postura un buen rato, hasta que Wes dijo:

—Vamos, será mejor que vayamos a casa, cariño. Debes de estar muerta de hambre. Desde luego, yo sí que lo estoy.

—Oh, sí. ¿Puedo cenar patatas fritas?

Wes se echó a reír.

—Puedes cenar lo que quieras. Cualquier cosa.

Volvió a mirar a Kayla e intercambiaron una sonrisa. Nell estaba a salvo y aquello era lo único que importaba. De ahora en adelante no la perderían de vista, ni ellos ni Annie, de eso estaba segura. No volverían a darle a Caroline otra oportunidad como esa.

—Kayla, ¿te gustaría acompañarme a una cena mañana por la noche?

A ella, que estaba sumida en oscuros pensamientos acerca de su fracaso en lo que al cuadro de Eliza respectaba, la pregunta la pilló por sorpresa. Apartó la vista de la pantalla del ordenador y parpadeó un par de veces, mirando a Wes. La situación se había calmado en Marcombe Hall y todo había vuelto a la normalidad, con la excepción de que Nell estaba bajo constante supervisión. Wes había estado jugando con su hija cuando había vuelto del colegio y Kayla no esperaba que regresara tan rápido.

—¿Perdón? ¿Una cena? ¿Dónde?

—Uno de mis viejos amigos vive por la zona, y su esposa y él están planeando una pequeña reunión. Acaban de llamar y me han pedido que traiga a alguien —dijo Wes, sonriendo con arrepentimiento—. Llevan pidiéndome que traiga a alguien desde que Caro y yo nos divorciamos, pero siempre voy solo, así que se me ha ocurrido que esta vez podría darles una sorpresa —explicó. Se encogió de hombros—. Si prefieres quedarte en casa, lo comprendo.

Kayla recobró la compostura y apartó todo lo relacionado con Jago de su mente, por el momento.

—No, no, me encantaría. Quiero decir, será fantástico conocer a gente nueva.

Wes se rió entre dientes.

—Sí, debes de estar de lo más harta de nosotros, aquí encerrados en Marcombe. Nunca ves a nadie más.

—No, para nada, no es que me haya cansado de vosotros. Me gusta estar aquí. —«Podría quedarme para siempre», le habría gustado añadir. Marcombe Hall era el paraíso, y cuanto más tiempo pasaba allí, más lo disfrutaba.

—¿Seguro que quieres venir?

—Sí, gracias. Será divertido. ¿Es una cena formal? Lo pregunto para saber qué debería ponerme.

—Nada formal, diría yo. Bueno, la verdad es que no suelo prestar atención a lo que se ponen las mujeres, así que tampoco te fíes de mí. Pero yo me voy a poner pantalones de pinzas oscuros y una americana de sport, si te sirve de algo. Sin corbata.

—Oh, sí, me sirve muchísimo —contestó Kayla, sarcástica—. Iba a ponerme lo mismo.

Wes se echó a reír y se encogió de hombros.

—Bueno, a ti te queda bien todo, así que no le des muchas vueltas.

Kayla sintió el rubor en las mejillas y se dijo a sí misma que se dejara de tonterías. Sí, le había hecho un cumplido, pero no había sonado muy serio. No serviría de nada intentar leer entre líneas. Wes solo estaba siendo amable.

Pero la había invitado a una cena y Kayla pretendía estar tan guapa como fuera posible.

Al final, hizo que Wes se tragara sus palabras, ya que pareció prestarle mucha atención a lo que había decidido ponerse. Una falda negra minúscula que le permitía presumir de piernas con medias oscuras, a juego con un top azul cielo de lo más ajustado, que hizo que Wes se quedara con los ojos pegados a ella durante unos segundos, a lo que Kayla sonrió por dentro. Se puso un par de zapatos de tacón que la elevaban tres centímetros y el toque final lo daba un largo collar de perlas. Se lo habían regalado sus padres cuando cumplió veintiún años; lo llevaba puesto con un nudo al final y un par de pendientes largos a juego.

—¡Caramba! —dijo Wes cuando hubo recobrado la compostura y despegado los ojos de ella—. Estás demasiado elegante para una cena entre amigos. Debería llevarte a un restaurante de lujo.

Kayla le dio un puñetazo juguetón en el brazo.

—No seas bobo, no es nada especial.

—Pues cualquiera lo diría.

—¿No te parece que la falda es demasiado corta? —preguntó Kayla. No se había olvidado de la mirada de horror de Mike cuando había aparecido en la fiesta de sus padres. No quería dejar a Wes en ridículo delante de sus amigos.

—¿Estás de broma? Es un «no» rotundo. Con piernas como las tuyas sería imposible que fuera demasiado corta.

Kayla sintió calor en las mejillas de nuevo.

—Bueno, gracias.

Para alivio de Kayla, resultó que los amigos de Wes vivían en lo que ella describiría como un lugar mucho más normal que Marcombe Hall.

Era una amplia casa adosada de estilo victoriano, a las afueras de Totnes, que a ella le pareció preciosa. Así se lo dijo a la anfitriona, Sarah.

—Gracias. Peter y yo estamos encantados, ahora que los albañiles por fin han terminado. ¡Les ha costado una eternidad! La verdad es que ya pensaba que se quedarían aquí a vivir con nosotros para siempre —dijo Sarah riendo. La llevó hacia el salón, donde la presentó a varias personas más. Todos fueron amables con ella y, por lo que parecía, se alegraban de ver a Wes con otra mujer.

—Ya era hora de que saliera del cascarón —susurró una señora algo mayor a Kayla—. Le vendrá bien olvidarse del divorcio.

Kayla no quiso estropearles la película diciendo que, en realidad, no eran pareja. Resultaba más fácil asentir y sonreír sin más.

La cena fue excelente y el vino corría con generosidad. Kayla se relajó y, por primera vez en varias semanas, se sintió viva otra vez. Se unió a la conversación y se sintió aceptada por los amigos de Wes al instante. Sus vecinos de mesa competían entre ellos por contarle historias acerca de él, y ella se reía de las locuras de juventud y las aventuras que describían. De vez en cuando echaba una ojeada en su dirección y, la mayor parte de las veces, le encontraba observándola con un brillo curioso en los ojos.

Wes no podía apartar la mirada de Kayla. Había estado embobado desde el momento en que la había visto descender por la escalinata del vestíbulo de Marcombe Hall. Estaba increíble, vestida de manera atractiva pero sofisticada. El único inconveniente que le veía al modelito es que le gustaría arrancárselo allí mismo.

Peter y los demás le habían estado tomando el pelo acerca de su «nueva conquista» y él les había seguido el juego, tomándoselo bien. Por dentro, sin embargo, descubrió que le habría gustado que tuvieran razón. Le llenaría de orgullo tener a Kayla a su lado, y ahora no le cabía duda de que ella nunca se comportaría como lo había hecho Caro. Si Kayla tuviera hijos, amaría a sus retoños tanto como al padre. Tenía un corazón enorme, con espacio de sobra para que todos cupieran. No había egoísmo en ella, ni celos ruines, ni la necesidad constante de ser el centro de atención.

Era preciosa por dentro y por fuera.

Intercambiaron una mirada por encima de la mesa y a Wes le pareció ver un brillo particular en sus ojos. ¿Acaso sabía cuánto la deseaba? ¿Le daba miedo? ¿O quería lo mismo?

Necesitaba averiguar las respuestas, pero no era ni el lugar ni el momento adecuado. Debería tener paciencia.

Fue la cena más larga a la que jamás la habían invitado.

Tomaron un taxi de vuelta a Marcombe, ya que los dos habían bebido demasiado vino. En la oscuridad del asiento trasero, Wes la tomó de la mano y enlazó sus dedos con los de ella. Kayla no opuso resistencia. Sentía que era lo que necesitaba, confortable y emocionante a la vez, y le parecía como si tuviera chispas cosquilleándole por el brazo. No pronunciaron palabra, pero el simple placer de darse la mano era suficiente por el momento.

—¿Te gustaría tomar una copa? —preguntó Wes, una vez hubieron llegado a Marcombe Hall de una sola pieza—. Me lo he pasado tan bien que no quiero que la noche termine ya.

—Yo también. Una copa me parece una idea estupenda, gracias.

Kayla le siguió hacia un saloncito que había al fondo del vestíbulo. Wes sirvió para ambos un líquido ámbar.

—¿Te gusta el *brandy*? Parece ser que mis antepasados siempre compraban el mejor que había, el de contrabando.

Kayla intentó no sonreír. Compraban el de Jago, claro.

—No suelo beber, pero ahora mismo me apetece cualquier cosa —dijo. Se apoyó en la chimenea y probó un sorbo. Sintió la quemazón del licor al tragarlo, pero una sensación agradable se extendió por su cuerpo—. La verdad es que no está mal. No me sorprende que fuera una bebida tan buscada.

Alzó la copa para estudiar el color intenso del *brandy* a contraluz.

—Está fantástico. Igual que tú, esta noche —dijo Wes. Kayla le miró, sorprendida—. Les has gustado a mis amigos —continuó, sonriendo—. No tienes ni idea de cuántas veces he tenido que oír la suerte que tenía por contar con tal pareja.

—Bueno, me alegro de que no hayas tenido que avergonzarte de mí.

—Nunca me avergonzaría de ti —contestó él. Dejó la copa y se plantó frente a ella—. Kayla, he estado semanas intentando resistirme,

pero debo admitir que me siento muy atraído por ti. Sé que no es lo correcto; soy tu jefe y, probablemente, demasiado mayor para ti, pero... me estoy volviendo loco, tengo que preguntártelo. ¿Crees que podrías llegar a sentir lo mismo por mí?

Kayla abrió los ojos de par en par, asombrada. «¡Por fin!» Como toda respuesta, apoyó los brazos en los hombros de él y le atrajo hacia sí.

—Desde luego —murmuró.

Ahora le tocó a él poner cara de sorpresa, pero se recuperó con rapidez y la envolvió en sus brazos, estrechándola. La expresión de pirata satisfecho apareció como respuesta a la sonrisa que le dedicó ella, que se estremeció de pies a cabeza. Le encantaba cuando ponía aquella cara. Nunca se cansaría de verla. Wes la miró a los ojos, como si estuviera dándole una última oportunidad para apartarse, pero Kayla sabía que no iba a hacerlo. De ninguna manera. Estaba donde quería estar.

Wes se inclinó para besarla. Al principio lo hizo con cuidado, pidiendo permiso con sus actos en vez de con palabras. Al ver que Kayla no oponía resistencia, sus besos empezaron a ganar intensidad y ella respondió con el mismo entusiasmo, poco dispuesta a dejar pasar la oportunidad. No volvería a dejarle marchar, eso lo tenía claro. Los besos se prolongaron y el deseo empezó a crecer en su interior, haciendo que le temblaran las piernas y que su cuerpo entero vibrara al son del de Wes. Ansiaba sus caricias y, cuando sus manos empezaron a acariciarle la espalda y a descender, Kayla suspiró con satisfacción. Situó ambas manos en sus nalgas y la empujó hacia sí, lo que la hizo retorcerse. Le oyó gemir.

—Dios mío, Kayla, no sabes cuánto te deseo —susurró, entre besos—. Desde hace tanto tiempo. Desde que te vi vestida con aquel traje de baño rosa tan feo, de hecho.

Kayla se agarró a él; sentía algo delicioso en cada centímetro de su cuerpo.

—Llévame arriba, Wes —respondió con un tono de voz tan seductor que apenas se reconoció.

No hizo falta que se lo dijera dos veces. Sin esfuerzo aparente, la levantó en sus brazos y se dirigió a la puerta. Kayla alargó el brazo para abrirla, con una risita, y apagó la luz cuando cruzaron el umbral hacia el vestíbulo. Wes la llevó escaleras arriba, pese a que ella le aseguró que era capaz de andar sola.

—No hay tiempo que perder —respondió Wes, cruzando el pasillo con largas zancadas, evidentemente dándose prisa.

Dejaron atrás la puerta de Kayla, entraron en la habitación de Wes y, en pocos minutos, ambos se habían desnudado sin siquiera encender la luz. Besándola como si no hubiera un mañana, Wes la llevó hacia la cama y cayeron sobre el mullido colchón.

Kayla nunca había deseado a alguien con una pasión tan voraz. En otras circunstancias le habría dado miedo experimentar algo tan intenso, pero sentía que estaba haciendo lo correcto, igual que él. Aunque ambos estaban consumidos por la impaciencia y el deseo, Wes se tomó su tiempo y le hizo el amor con una lentitud golosa, asegurándose de que estuviera cómoda a cada instante. Kayla nunca había experimentado nada parecido. No quería que terminara.

Así se lo dijo después, una vez hubo recuperado el aliento y el pulso se le hubo calmado un poco. Él se rió por lo bajo y la envolvió en sus brazos, ambos arropados bajo los edredones.

—¿Sabes qué? No hace falta que terminemos, todavía. Tenemos toda la noche por delante —susurró.

Kayla sonrió en la oscuridad. Tenía razón. Y pensaba disfrutar cada segundo.

Capítulo 25

En Marcombe Hall, la puerta de la habitación del bebé se abrió silenciosamente, sobre bisagras bien engrasadas, y una mujer entró y miró a su alrededor. Jago había estado andando arriba y abajo, acunando a su pequeño hijo entre los brazos y canturreando suavemente. Al verla, dejó de deambular y se inclinó hacia ella.

—Usted debe de ser la hermana de *lady* Marcombe —dijo. Hablaba en susurros, para no despertar al bebé.

—Sí, soy Sophie Wesley. ¿Y usted es...?

—Jago Kerswell. —Volvió a inclinarse—. Supongo que el abogado le habrá hablado de mí.

Ella asintió y Jago se percató de que tenía el mismo pelo rubio ceniza que su difunta hermana, pero todo parecido terminaba allí. Sophie no poseía la belleza de Eliza, ni siquiera tenía los mismos ojos verdes. Aparentaba lo que Jago sabía que era, una solterona sencilla de treinta años. La inteligencia brillaba en su mirada, sin embargo, así como algo más, quizás un toque de humor. No le miró con aires de superioridad y le cayó bien de inmediato. Eliza había hablado muy bien de ella, le había contado que Sophie tenía un buen corazón y la paciencia de un santo. A Jago se le ocurrió que a Sophie le harían falta las dos cosas, a partir de ahora.

Le entregó el bebé dormido.

—Aquí está su sobrino, señora. Y el mío, como puede que le haya dicho el abogado —añadió.

Sophie tomó el fardo de mantas y la personita que había dentro.

—Oh, es adorable —suspiró—. No sabe cuánto he deseado... —Se calló de repente y, para esconder el rubor que le invadía las mejillas, acercó la cara a la del pequeño. Jago se apiadó de la mujer; saltaba a la vista que sería una madre maravillosa, pero nunca había tenido la oportunidad de demostrarlo.

—¿Cuidará usted de él? ¿Hará de este su hogar?

Jago no fue capaz de evitar que la ansiedad se reflejara en su voz. Se había preguntado si convertir a aquella mujer en la tutora legal del pequeño Wesley había sido la decisión correcta, pero no se le había ocurrido nadie mejor. Eliza le había dicho que Sophie estaba acostumbrada a cuidar de sus sobrinos, ya que nunca había pensado que se casaría. Sin belleza ni una dote sustancial, la pobre Sophie no había albergado ninguna esperanza.

Levantó la vista.

—Oh, sí. Cuidaré de él como si fuera mi propio hijo, se lo prometo. Y vivir aquí será un paraíso, comparado con... bueno, con ir de una casa a otra, en una rutina de visitas a mis hermanos que no termina nunca. Al fin podré asentarme.

—Perfecto. Necesitará cariño tras haber perdido a sus progenitores.

Sophie le miró con curiosidad.

—¿A los dos? Si no me equivoco, todavía le queda uno.

—Señora Wesley, no...

—Llámeme Sophie, por favor, ya que ambos estamos en el mismo barco. No hace falta que me dé explicaciones. Puede que mi aspecto sea poco destacable, señor Kerswell, pero nunca he sido corta de luces. Además, las cartas de Eliza eran de lo más transparente. Siempre y cuando me ayude a criar a este niño, le aseguró que no haré preguntas ni revelaré sus secretos.

—Gracias. Es muy comprensiva —dijo. Alargó la mano para acariciar la suave cabeza de su hijo—. Me llamo Jago.

—Jago —repitió ella, asintiendo—. Haremos todo lo que podamos por este pequeño. Y será más que suficiente.

Cuando Kayla se despertó finalmente, la luz de la media mañana irrumpía en la habitación a través de las cortinas medio abiertas. Se encontraba sola en medio de una cama enorme estilo trineo. No veía a Wes y se preguntó si se había arrepentido de lo ocurrido la noche anterior. Le había parecido que había cambiado de opinión y por fin estaba dispuesto a considerar una relación seria con alguien. Pero, tal vez, aquello no había sido nada más que una noche de diversión para él.

No, no le había dado la impresión de que fuera así.

Inquieta de repente, terminó de abrir los ojos y miró el reloj.

—¡Santo cielo!

Eran las once y media. ¿Cómo podía ser? Normalmente no dormía hasta tan tarde. Se incorporó en la cama, desenredándose el pelo con los dedos... y se encontró cara a cara con Eliza.

El enorme retrato estaba colgado sobre el hogar, justo delante de la cama de Wes, y Kayla lo reconoció de inmediato, tanto por el estilo del cuadro como por la descripción de Jago. Tenía que ser ella. No podía ser nadie más. La sorpresa y la alegría la invadieron; ahogó un grito, respiró hondo y, poco a poco, sonrió.

—Caramba, caramba.

Intrigada, puso los pies en el suelo y fue de puntillas a inspeccionar el cuadro más de cerca.

—Así que este era tu escondite —susurró—. Por eso no te había encontrado, nunca se me ocurrió buscar aquí. Tú también debes de gustarle a Wes si te ha colgado en su dormitorio.

Pero ¿por qué no había mencionado el retrato cuando le había preguntado por los Gainsboroughs? ¿Acaso no estaba firmado? Echó un vistazo a la esquina del cuadro, esperando que estuviera en blanco, pero había una firma de lo más clara, tal como había dicho Jago. Así que Wes debía de saber quién era el autor. Kayla frunció el ceño.

Cerca de la firma, el artista había pintado la mitad de un libro abierto, que mostraba parte de un verso de un soneto de Shakespeare: «¿A un día de verano habré de compararte?»

Kayla soltó un silbido. A eso se refería Jago; la otra mitad del mismo libro aparecía en su retrato. Lo recordaba con claridad y, si alguien pusiera los dos retratos el uno al lado del otro, encajarían a la perfección. Jago había tenido razón, era la propietaria de un auténtico Gainsborough.

No era lo único en lo que había llevado razón; Eliza era una preciosidad, tal como había descrito. El sencillo vestido verde que llevaba se confundía con el paisaje, hasta tal punto que resultaba difícil distinguir dónde terminaba la ropa y dónde empezaba la naturaleza. Pero no importaba, porque la mirada del espectador se dirigía de inmediato al rostro de Eliza, que era simplemente radiante.

—Ya veo a qué te referías, Jago —susurró Kayla. Sin duda, la expresión de felicidad absoluta se debía a que él había estado presente cuando la habían retratado. Por un corto período de tiempo, Eliza había sido feliz.

Pensar en cómo había terminado la vida de la pobre mujer llenó a Kayla de tristeza. Arrojada por un acantilado, condenada a no volver a ver a su hijo recién nacido ni al amor de su vida. Aun así, si Jago tenía razón, ella tenía el poder de reunirles; ahora que había encontrado a Eliza, era el momento de poner su teoría a prueba. Aquella idea la llenó de emoción. Tenía que pensar en cómo plantearle la situación a Wes.

Pero había que ir paso a paso. No podría hablarle de los cuadros hasta que no se despertara y, además, estaba el asunto de la noche anterior. Kayla se preguntaba si Wes seguiría queriéndola a la luz del día. Pero solo había una manera de averiguarlo. En cualquier caso, le hacía falta una ducha, por no decir un desayuno, ¿o aquella hora lo convertía ya casi en un almuerzo? Un borboteo en el estómago la ayudó a decidirse: el desayuno primero. Se agenció una de las camisetas grandes de Wes, se puso los pantalones y se dirigió a la cocina.

—Has estado ocultándome secretos, ¿verdad?

Un par de brazos suaves envolvieron la cintura de Wes por detrás, lo que hizo que a él se le cayera casi la rebanada de pan que acababa de sacar de la tostadora.

—¡Kayla! Iba a llevarte el desayuno a la cama.

Se dio la vuelta y le devolvió el abrazo. Se estremeció de deseo cuando se percató de que no se había puesto nada debajo de la camiseta que había tomado prestada. Wes solo llevaba unos pantalones de deporte, así que los senos de Kayla quedaron apretados contra su pecho desnudo, y la fina tela de la camiseta no hacía más que añadir un elemento de

fricción cuando se movían. La besó, pero, aunque le devolvió el beso con entusiasmo, enseguida se separó de él y le señaló con el dedo.

—Ni uno más hasta que no me cuentes la verdad. ¿Por qué tienes un Gainsborough escondido en tu cuarto? ¿Y por qué no me lo habías mencionado?

—Oh, el cuadro.

Wes se había olvidado de aquello y, en esos momentos, su atención estaba concentrada en otros objetivos más placenteros. Pero vio que Kayla estaba determinada a recibir una respuesta y, cuanto antes se la ofreciera, antes podría volver a explorar su cuerpo. Quizá lo haría allí mismo, en la cocina. La idea le hizo sonreír.

—¡Wes! —espoleó ella—. Confiesa.

—Hace años que es un secreto de familia —dijo, encogiéndose de hombros—. No sé muy bien quién empezó con la historia, pero se decidió que no le hablaríamos a nadie de la existencia del retrato. Así no tentaríamos a los ladrones y nos ahorraríamos un poco en el seguro. Que yo sepa, siempre ha estado colgado en el dormitorio principal; casi nadie entra, a excepción de los sirvientes de confianza. Lo siento, se me olvidó mencionarlo cuando llegaste y luego... La verdad es que ya no me acordaba de que estabas interesada en los Gainsboroughs —dijo. Le dio un beso en el cuello y le mordisqueó el hombro, apartando la ancha camiseta con las manos—. Tenía otras cosas en la cabeza.

—Mmm. Bueno, supongo que por esta vez te perdono, pero ¿seguro que quieres...?

El resto de su pregunta se perdió cuando Wes le tapó la boca con la suya. En lo que a él respectaba, las charlas podían esperar. Kayla no tardó en estar de acuerdo.

De entre todos los sitios de la casa, hicieron el amor sobre la mesa de la cocina, algo que Kayla nunca había hecho antes. Sus anteriores amantes no habían sido tan osados, pero Wes parecía querer poseerla en todas partes, a todas horas. Era un sentimiento que pronto se le subió a la cabeza e hizo que disfrutara mucho más.

—¿Y qué pasa con Nell? —consiguió preguntar antes de rendirse por completo a las oleadas de deseo que la invadían.

—He encontrado una nota de Annie, dice que se la ha llevado a su casa —murmuró Wes entre beso y beso. Kayla se entregó a las sensaciones que volvían a llenarla. No se cansaba de estar con aquel hombre, cada caricia la excitaba. Era puro éxtasis.

Tras un desayuno casi almuerzo relajado y un rato dedicado a leer el periódico del domingo en amable silencio, Wes quería ir a nadar, pero Kayla estaba demasiado cansada.

—¿No te basta con la actividad física que hemos tenido? —bromeó.

—Hay distintos tipos de ejercicio —replicó—. Y ya veo que a partir de ahora tendré que mantener la forma.

—Bueno, yo voy a ducharme. ¿Nos vemos luego?

—Por supuesto.

La sonrisa que le dedicó casi consiguió que Kayla le acompañara, pero tenía unas ganas desesperadas de ducharse, así que se fue al piso de arriba.

Primero entró en la habitación de Wes y se quedó un rato mirando el retrato.

—Me alegro de que no estés perdida —susurró, preguntándose si Eliza empezaría a hablarle, al igual que lo había hecho Jago. Sin embargo, la mujer del cuadro permaneció inmóvil y, con un suspiro, Kayla comenzó a buscar su ropa, que estaba desperdigada por la habitación. No encontró las medias, que anoche se había arrancado, así que decidió olvidarse de ellas.

Inspeccionó los paneles de madera que recubrían la pared, encontró la puerta que daba a su habitación y abrió el cerrojo. Kayla entró en su cuarto, dejó la portezuela entreabierta, por si Wes volvía, y se metió en el baño. Salió al poco rato, tras haber disfrutado de una ducha caliente, y fue hacia el armario a por ropa limpia.

Allí se detuvo bruscamente y frunció el ceño. La puerta del armario estaba abierta, pero recordaba claramente haberla cerrado la noche anterior. Alguien había estado en su habitación otra vez. El corazón le dio un vuelco y se apresuró a comprobar qué habían destrozado en esta ocasión.

No había nada roto ni fuera de sitio, pero un olor extraño emanaba de las profundidades del armario. Kayla asomó la cabeza y arrugó la nariz.

—Uf, ¿qué es eso?

Dio un paso cauteloso hacia el interior del mueble y pisó algo blando. Era el osito de peluche favorito de Nell, Alfie.

Kayla se agachó para recuperarlo y se adentró en el armario. El panel trasero no estaba del todo en su sitio y una corriente de aire que olía algo mustia entraba por la rendija. Al examinar el panel de cerca, se dio cuenta de que era una puerta. Una puerta escondida con mucha maña. Por fin lo entendía.

—Pues claro —masculló para sí—. Un pasadizo secreto.

Para los contrabandistas, ¿quizá? ¿O solo para los habitantes de la casa? Ahora entendía por qué le había parecido que había alguien entrando y saliendo de su cuarto a escondidas. Pero ¿quién había sido? ¿Y qué hacía allí el osito de Nell? A no ser que... «¡Oh, no!»

Llevada por el pánico, Kayla salió del armario de un salto y empezó a vestirse sin prestar atención a lo que se ponía; ropa interior, calcetines, unos *jeans* viejos, una camiseta y un jersey. Nell había salido por el pasadizo, no sabía si lo había hecho sola o en compañía, pero lo único que podía hacer era ir tras ella. Podría estar en peligro, quizá no fuera demasiado tarde.

Se apresuró a ponerse un par de zapatillas deportivas, empujó la puerta escondida y descubrió unas escaleras descendentes. Sin dudarlo, empezó a bajarlas a oscuras. Cuando alcanzó el final, vio la luz difusa que entraba por las rendijas de otra puerta; tanteó la pared, en busca de algún tipo de picaporte. Le costó un poco, pero, al final, palpó con los dedos un pestillo antiguo y lo abrió. La puerta que había encontrado debía de estar bien mantenida, porque las bisagras no hicieron ruido. Kayla se encontraba fuera de la casa. Mirando atrás, no le costó entender por qué nadie se había percatado de que allí había una puerta: encajaba perfectamente con el muro. La cerró un poco, pero no del todo, por si tenía que volver por el mismo camino.

Miró a su alrededor y vio un rastro en la hierba húmeda. Había estado lloviendo por la noche y resultaba obvio que alguien se había alejado de la puerta en una sola dirección. Dudó un momento, ¿sería mejor ir a buscar a Wes? Era posible que todavía estuviera nadando, tardaría mucho en estar listo para salir. Algo le decía que la situación era urgente y decidió hacer caso a su intuición. Echó a andar, siguiendo el camino que iba hacia la costa.

¿Dónde estaba Nell? ¿Y por qué había tomado aquel camino? Tenía que encontrarla. Era en lo único que podía pensar. El resto de sus pensamientos dejaron de tener importancia.

No fue hasta mucho más tarde cuando se acordó de la advertencia de la gitana: «cuidado con los lugares oscuros y las escaleras. Cuidado con la oscuridad».

—Mierda —murmuró, pero ya era demasiado tarde para volver atrás.

Ya hacía rato que el rugido del mar ganaba volumen cuando Kayla rodeó finalmente un arbusto de aulaga y vio un edificio antiguo y ruinoso. Parecía una especie de glorieta, pero más grande, con ventanas que miraban al mar y una pequeña veranda en el lado opuesto. ¿Habría sido aquel el escondite de Jago y Eliza? Le había dicho que solía verla en una casa de verano en la costa. Aquel debía de ser el lugar. La idea la hizo tragar saliva, puesto que también recordó cómo había terminado su historia de amor, pero se obligó a mantener la compostura. Tenía asuntos más importantes que atender.

Se detuvo y se agachó detrás de los arbustos un momento, por si acaso. No oyó ni vio a nadie. Tras echar un último vistazo al terreno que la rodeaba, Kayla echó a correr hacia la casita y asomó la cabeza. El interior estaba oscuro y a sus ojos les costó un rato adaptarse, pero cuando distinguió las formas que tenía delante, ahogó un grito. La pequeña y triste silueta de Nell estaba medio caída encima de un banco viejo; la niña estaba envuelta en su manta y tenía los ojos cerrados. Por un instante que le resultó terrible, pensó que estaba herida o algo peor, pero entonces se percató de que simplemente dormía.

Se acercó de puntillas y se arrodilló a su lado, sobre el suelo de madera podrida. Dejó el osito de peluche, que todavía llevaba en la mano, y tanteó por debajo de la manta para asegurarse de que la chiquilla todavía respiraba con normalidad. El pequeño torso subía y bajaba con regularidad.

—Oh, tesoro —murmuró Kayla, acariciándole el pelo— ¿Qué estás haciendo aquí?

Nell se movió y abrió los ojos medio dormida, parecía que le costara enfocar la vista.

Kayla comprendió que la habían drogado. ¿Tal vez le habían dado pastillas para dormir? Esperaba que no fuera algo peor.

—Kayla.

—Shh.

Kayla se llevó un dedo a los labios y miró a su alrededor. Había bolsas y cajas apiladas contra las paredes y sobre algunos bancos. Aquello significaba que había gente por los alrededores. Gente que, presumiblemente, andaba en algo turbio y estaba dispuesta a hacerle daño a la niña. Pero ¿quién? No, lo que allí había no podía ser de Caroline.

Nell murmuró algo incomprensible y Kayla volvió a hacerla callar.

—Necesito que estés en silencio para poder sacarte de aquí —susurró. Para distraer a la pequeña, levantó el osito de peluche—. Mira, te he traído a Alfie. Se te debe de haber caído por el camino y no quería quedarse atrás.

Nell aceptó el osito con una sonrisa. Kayla se inclinó hacia ella y le ofreció una mano, para ayudarla a levantarse.

—¿Puedes ponerte de pie? ¿Caminar? ¿O quieres que te lleve en brazos?

De repente, los ojos de Nell se abrieron un poco. Parpadeó.

—¡No, mamá! ¡Nooo! —exclamó.

Kayla levantó la vista, sorprendida, pero antes de que pudiera darse la vuelta, algo duro la golpeó en la nuca y el mundo se desvaneció entre un millón de estrellas.

Wes estaba nadando tranquilamente, disfrutando de un poco de ejercicio. Kayla tenía razón, no le hacía falta cansarse más, pero aquello resultaba relajante. Y en lo que había dicho medio en broma había algo de cierto: tendría que estar en forma si quería mantener el ritmo de una novia, ¿o debería decir pareja?, que tenía diez años menos que él. Sonrió para sus adentros. Aunque la noche anterior había conseguido dejarla exhausta, quería ser capaz de repetir el logro cuando se fueran a dormir. Todavía no podía creer que Kayla fuera suya al fin, ahora quería asegurarse de no darle motivos para que se fuera.

Salió de la piscina con un suspiro, hizo algunos estiramientos y subió a su habitación. Se preguntó vagamente qué estarían haciendo Nell y Annie. Ofrecerse a cuidar de su hija había sido muy amable por parte del ama de llaves. Normalmente, siempre le preguntaba antes de llevársela. De hecho, si no recordaba mal, era la primera vez que le dejaba una nota, pero Annie sabía que Wes y Kayla habían estado de fiesta, debió de haber imaginado que dormirían hasta tarde y había querido evitar molestarles. Había sido buena idea. Quería pasar el resto del día a solas con Kayla.

Entró en su habitación y se dio cuenta de que su ropa ya no estaba. Se percató de que la puerta entre las dos habitaciones estaba abierta y se acercó, llamándola por su nombre. Escuchó con atención por si todavía estaba en la ducha. ¿Acaso necesitaba tanto rato para lavarse el pelo?

—¿Kayla? Kayla, ¿estás ahí?

Al no recibir respuesta alguna, entró en su cuarto y miró a su alrededor. Un ligero olor a champú y perfume le llegaba desde el baño, pero cuando asomó la cabeza, vio que estaba vacío. Se dio la vuelta y vio que su ropa de la noche anterior se encontraba apilada junto al armario, que tenía la puerta medio abierta. Wes supuso que Kayla se había vestido y ya había salido de la habitación. Debían de haberse cruzado por la casa. Pero ¿a dónde había ido?

—Maldita sea —murmuró. Tenía la esperanza de encontrarla todavía a medio vestir, pero seguramente había bajado por las otras escaleras.

Al salir de la habitación, pasó por delante del armario y sintió una brisa fría en el pecho desnudo. Aquello era de lo más raro. Se detuvo y volvió a mirar a su alrededor. La ventana estaba cerrada, así que ¿de dónde venía aquella corriente de aire? Otra ráfaga de aire frío se arremolinó alrededor de sus tobillos; parecía venir del armario, así que metió la cabeza dentro y ahogó un grito cuando descubrió de dónde procedía aquella misteriosa corriente de aire. El panel de atrás estaba abierto de par en par y, detrás, vio unas escaleras que descendían.

—Pero ¿qué...? —masculló—. ¡Cielo santo! —exclamó. No se había acabado de creer las historias de Kayla acerca de los intrusos nocturnos, pero ahora...—. Oh, Kayla, tendría que haberte hecho más caso.

Tampoco se había creído las historias acerca de un pasadizo secreto en Marcombe Hall. Su padre le había contado que se suponía que había uno, pero que nadie sabía dónde estaba desde que uno de sus antepasados

había muerto de repente sin revelar el secreto. Al parecer, alguien lo había descubierto. ¿Quién?

Un miedo terrible le invadió, pero fue capaz de reprimir el impulso de lanzarse escaleras abajo.

—Piensa un poco —se dijo a sí mismo.

¿Qué podría haber pasado? ¿Acaso Kayla había encontrado la puerta y había decidido investigar sin más? ¿O la había obligado alguien a salir por allí? No, Kayla habría ido a contárselo inmediatamente, a no ser que hubiera tenido un muy buen motivo para no hacerlo. Como por ejemplo alguien forzándola. Pero ¿quién querría hacerle daño? No tenía sentido, hasta que en su cabeza apareció el recuerdo del día en que todas sus pertenencias aparecieron destrozadas en su habitación.

—Sé racional, diablos.

Cerró los ojos y se concentró. ¿Qué necesitaba? Volvió corriendo a su cuarto y se puso una camiseta y unas zapatillas deportivas; ya llevaba puestos los pantalones de deporte. Echó mano de una linterna que guardaba en su mesilla de noche y de un bate de béisbol, que mantenía cerca de la cama por si acaso. Nunca le había hecho falta, pero era una precaución.

Encendió la linterna y bajó corriendo las escaleras, pero al llegar al fondo se encontró con dos posibilidades: podía continuar por otro tramo de escaleras y seguir bajando, según parecía hasta el sótano, o salir por una puerta abierta en la gruesa piedra. Tocó la puerta y se dio cuenta de que no estaba cerrada del todo, así que asumió que hacía poco que la habían usado. Kayla debía de haber salido por allí.

Se obligó a detenerse y pensar. Tenía que ir con cuidado. Algo terrible le había ocurrido a Kayla y debía asegurarse de no cometer los mismos errores que ella ni caer en alguna trampa. Wes sacudió la cabeza. Tenía que seguirla, pero se mantendría en guardia. ¿Qué otra opción le quedaba? Dejó de darle vueltas al asunto, empujó la puerta y observó la hierba. El rastro de varios pares de pies resultaba fácil de ver; todas las pisadas iban en la misma dirección. Las siguió.

Al cabo de un rato ya sabía a dónde se dirigía. O, al menos, eso creía. La antigua casa de verano llevaba muchos años vacía, pero cuando eran pequeños Alex y él habían pasado muchas horas jugando allí. ¿Quién estaría usándola ahora?

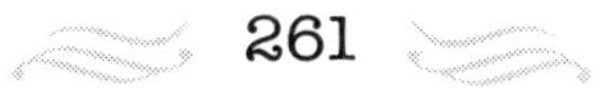

A los pocos minutos, oyó voces. Se agachó y reptó hasta unos arbustos para escuchar sin que le vieran.

¿Qué estaba pasando?

Capítulo 26

La nota le llegó una tarde, sin previo aviso, y el terror paralizó a Jago. «Por favor, venga de inmediato. S.»

¿Le había ocurrido algo al pequeño Wesley? No quería ni pensarlo.

Jago abandonó lo que estaba haciendo y echó a correr. No se detuvo hasta que irrumpió en la cocina de Marcombe Hall, donde se quedó jadeando, intentando recuperar el aliento. A una de las sirvientas se le escapó un grito cuando le vio entrar de golpe, pero él no le hizo caso y fijó la mirada en la cocinera.

—¿Qué ha ocurrido? —exigió saber—. ¿Se ha puesto enfermo?

Wesley era un robusto muchachito de seis años que, hasta entonces, había vivido sin dificultades y con una salud de hierro, pero Jago sabía que los niños podían ponerse malos por cualquier cosa. Aquel era su mayor miedo, porque sabía que era lo único de lo que no podía protegerle.

La cocinera sacudió la cabeza.

—El pequeño está estupendamente, no se preocupe, señor. No, en mi opinión, es la señora Sophie la que necesita ayuda.

—¿En qué? —preguntó Jago, frunciendo el ceño.

—Tenemos visitas, ¿sabe? Un hombre. La señora Sophie ha intentado razonar con él, pero el tipo no le hace caso. Un señorito con muchos humos —dijo la cocinera, frunciendo los labios—. Será mejor que vaya. Están en el salón, si no me equivoco.

Cuando hubo recuperado el aliento, subió al piso de arriba y llamó a la puerta de la estancia más lujosa de la casa. No solían usar aquel salón, así que los muebles solían estar tapados con sábanas de lino. Al entrar, sin embargo, vio que las habían retirado y se preguntó qué visita había merecido que se hiciera.

—Ah, señor Kerswell, ahí está —dijo Sophie. Se levantó y le hizo una pequeña reverencia, suplicándole ayuda con la mirada—. Este es el señor Henry Marcombe, primo de mi difunto cuñado —explicó. Se volvió hacia su invitado para terminar con las presentaciones—. Y este es el señor Kerswell, el otro tutor del pequeño Wesley, como le estaba contando antes.

Jago le hizo una reverencia al caballero, que le dedicó la más sutil de las inclinaciones de cabeza y le miró de pies a cabeza poniendo cara de asco. Jago era consciente de que haberse presentado allí con sus ropas de la taberna le ponía en desventaja, pero no se le había ocurrido cambiarse. No hizo caso del desprecio de aquel hombre y tomó asiento al lado de Sophie.

—¿Ha venido a visitar la zona, señor Marcombe? —preguntó.

—No, he venido a encargarme del joven Wesley, como le venía diciendo a la señora... señora Wesley —declaró. Era obvio que le parecía irritante que el nombre de pila del niño fuera el apellido de Sophie—. Ya es hora de que se le mande al colegio, necesita que sus parientes masculinos se ocupen de su educación.

—Ya hemos solicitado una plaza —le informó Jago secamente—. Acudirá al colegio cuando cumpla diez años. Hasta entonces, tendrá tutores privados.

—¡Ridículo! Los niños necesitan empezar en el colegio a los siete años, incluso antes si es posible. La sobreprotección femenina no le hará ningún favor. Le he conseguido una plaza para que empiece a partir de setiembre y estaba informando a la señora Wesley de los detalles.

—Siento decepcionarle, señor Marcombe, pero el joven Wesley no irá a ninguna parte sin mi consentimiento. Soy su tutor legal, igual que la señora Wesley.

—Si lo he entendido correctamente, usted no es más que un tabernero, y por qué mi difunto primo consideró adecuado nombrarle en su testamento es un auténtico misterio. Estoy seguro de que no se le escapa que aquellos que somos la familia de sangre del niño y que nos movemos en los mismos círculos en los que deberá estar él en un futuro sabemos qué es lo que más le conviene.

—No estoy de acuerdo.

—Como he dicho, eso es porque usted es un...

—Ya sé lo que soy, señor Marcombe, pero entre las cosas que soy no está tonto. Además, también necesitaría el permiso de la señora Wesley y dudo que consiga obtenerlo —dijo. Alzó las cejas en dirección a Sophie, que pareció armarse de valor en su presencia.

—Y con razón —añadió Sophie.

—Bueno, verán, ese es otro asunto —dijo el señor Marcombe, frunciendo el ceño—. No es decoroso que pretenda criar a un hijo usted sola, viviendo aquí, sin compañía. Ni siquiera está casada.

La mujer alzó la barbilla.

—La casa está llena de sirvientes, además... estoy prometida —soltó. Cuando Jago la miró de reojo, intentando disimular su sorpresa, el rubor de Sophie se había extendido hasta el cuello.

—¿Con quién? —preguntó el señor Marcombe con brusquedad, como si nadie que estuviera bien de la cabeza pudiera considerar la posibilidad de casarse con ella.

El rubor de Sophie ganó intensidad.

—Eso no es asunto suyo, caballero.

—Pues claro que lo es. Exijo saberlo, ya que afectará al futuro del muchacho.

La mirada de miedo que le dedicó a Jago le confirmó que aquello era mentira. Él se levantó y se apoyó con aire despreocupado en la repisa de la chimenea.

—Está prometida conmigo, señor Marcombe —mintió—. Y si está satisfecho, ahora que la situación ha recuperado el decoro, le sugiero que se vaya. El pueblo más próximo está a una hora de camino y pronto caerá la noche.

Las mejillas del señor Marcombe, que ya estaban sonrosadas, se volvieron rojo oscuro ante aquel mensaje tan poco sutil. Se puso en pie.

—Escúcheme, señor Kerswell, no puede...

Jago, que era más alto, dio un paso adelante con su gesto más intimidante.

—No, va a escucharme usted, señor Marcombe. El testamento de *sir* John, que en paz descanse, es legal a todos los efectos y fue sancionado según la ley, lo que significa que su opinión no tiene ni la más mínima importancia. No hay nada que pueda hacer para intervenir, ¿está claro? Ahora, mi futura esposa y yo le agradeceríamos que se marchara.

Marcombe abrió y cerró la boca varias veces, pero se lo pensó mejor y salió de la sala de mala manera. Jago oyó que Armitage se despedía del hombre en el vestíbulo y cerraba la puerta con fuerza. Miró a Sophie que, con los hombros encorvados, cerró los ojos y suspiró.

—Gracias —susurró—. Lo siento, pero no he sido capaz de ocuparme de él yo sola —dijo. Las lágrimas se le derramaron por las mejillas—. No es el primero, ¿sabe? Han venido varios parientes, pero pude enfrentarme a ellos. Todos decían lo mismo, que yo no debería estar aquí.

Jago se acercó a ella y la abrazó, le puso una mano en la nuca para que apoyara la cabeza en su hombro.

—Shh, ha hecho lo correcto. Debería habérmelo dicho desde el principio. Estoy aquí para ayudarla.

Al principio, Sophie se mantuvo rígida entre sus brazos, pero al ver que Jago no la soltaba, se relajó durante un momento.

—Gracias, pero no es necesario que...

—Creo que sí —respondió, mirándola—. ¿Me hará el honor de casarse conmigo, Sophie? Si puede soportarlo, es posible que sea la mejor solución. Y puede que de ese modo evitemos más visitas sorpresa de parientes preocupados.

Sabía que no era la propuesta de matrimonio más romántica del mundo; no podía prometerle su corazón, pues ya hacía tiempo que lo había entregado. Además, Sophie era una mujer de lo más práctico, lo había demostrado a lo largo de los años.

Ella le miró a los ojos y frunció el ceño.

—No es necesario. Conozco sus sentimientos por Eliza. Aunque, tal vez, un matrimonio de conveniencia, si nos lo tomáramos como una decisión de negocios, algo que fuera válido solo en papel...

Jago le dio un beso en la mejilla.

—Creo que podemos aspirar a algo más. Es posible sentir afecto por alguien sin estar locamente enamorado, ¿sabe? Siento respeto y cariño por usted y le prometo que siempre la trataré bien. ¿Qué me dice?

¿Lo intentamos? Ayudaría a que la vida de ambos fuera un poco menos solitaria.

Sophie se secó las mejillas y le dedicó una sonrisa húmeda.

—De acuerdo, intentémoslo. Y al señor Marcombe y compañía, que les parta un rayo.

—Por el amor de Dios, Caro, ¿qué más se te va a ocurrir? Te lo digo en serio, no haces más que causar problemas.

Alex estaba aún más furioso que la última vez, si es que tal cosa era posible. ¿Acaso aquella estúpida no tenía ni un poco de sentido común?

—Eso no es lo que dices en la cama, querido —ronroneó Caroline. Le acarició un brazo, pero Alex lo sacudió, impaciente.

—No es momento para tus jueguecitos, Caro. Ahora no solo tenemos aquí a Nell, ya que te niegas a devolverla, sino que encima te has traído a Kayla. ¿Qué diablos quieres que haga con ella? ¿Crees que no se lo va a contar todo a la policía?

—Bueno, pues arrójala por la borda. Las dos caben en el barco, solo tienes que dejarnos a Nell y a mí en Francia. En lo que a esta respecta —dijo Caroline, empujando el cuerpo inconsciente de Kayla con la punta del pie—, descárgala en cualquier rincón. Wes ya encontrará otra furcia.

Alex abrió la boca para replicar, pero volvió a cerrarla. No servía de nada discutir con Caroline, era obvio que en aquellos momentos no estaba en su sano juicio. Tenía los ojos vidriosos y las pupilas dilatadas. Seguramente se habría tomado algún cóctel de pastillas. Tal vez incluso hubiera probado la droga que llevaban de contrabando. Si era así, hablar con ella sería inútil. En vez de intentarlo, se agachó para agarrar a su sobrina, que parecía diminuta.

—Ha pegado a Kayla, t-tío Alex. N-no dejes que mamá vuelva a hacerlo, p-por favor. Está muerta. No quiero que esté muerta —sollozaba Nell, inconsolable.

—No, claro que no, princesa. Nadie va a pegar a nadie. Y Kayla no está muerta, te lo prometo. Solo está descansando. Se recuperará. Ahora cálmate, ¿qué te parece si intentas dormir un rato? Cuando te despiertes, puedes ir a hacer algo divertido con mamá en Francia.

—No quiero ir a F-Francia. Quiero ir a casa con papá —lloró la niña, cada vez más desesperada.

—Fantástico. Mira lo que has conseguido —le dijo Alex a Caroline con una mirada asesina. Esta se limitó a alargar los brazos y a agarrar a la niña.

—Dame, deja que me ocupe yo. Al fin y al cabo, es mi hija. Ya me aseguro yo de que esté callada. Tú ve y ocúpate de lo que sea que te quede por hacer —dijo. Se volvió hacia Nell—. Toma, cariño, ¿por qué no le das otro trago a esta bebida tan rica que mamá te ha preparado antes? Te ha gustado, ¿verdad? Y seguro que tanto llorar te ha dado sed.

Alex se alejó, pisando el suelo con fuerza y mascullando barbaridades. Cuando alcanzó la veranda, los sollozos de Nell ya no se oían.

—Por fin. Al menos esa maldita mujer sirve para algo —murmuró. En cuanto terminaran con todo eso, no quería volver a verla jamás.

Wes se quedó en silencio, escuchando la conversación. Caro y Alex no se habían molestado en hablar en voz baja, así que era obvio que no habían considerado la posibilidad de que alguien encontrara su escondite.

Se agachó cuando Alex salió de la casa de verano hecho una furia y echó a andar hacia Marcombe Hall. Parecía que quería averiguar si Kayla había venido sola, así que al menos le quedaba algo de sentido común. No tardó en volver, sin embargo, y Wes dio gracias al cielo por haberse acordado de cerrar la puerta secreta. Alex debió de haber pensado que él seguía en la casa, sin sospechar nada. Aquello jugaba a su favor, ya que de otro modo su hermano podría responder a la amenaza con medidas drásticas.

Debatió qué hacer a continuación. Por un lado, sentía una necesidad imperiosa de rescatar a su hija y a Kayla, puesto que era obvio que ambas estaban allí en contra de su voluntad. No sabía muy bien cómo estaría Kayla, pero suponía que su hermano habría gritado más fuerte si le hubiera sucedido algo grave. Por muy irresponsable que fuera, no era un asesino. Y aquello que había dicho Caro de arrojarla por la borda... No, no le creía capaz de hacer tal cosa.

Por otro lado, si intentaba rescatarlas él solo puede que le capturaran, lo que solo serviría para empeorar las cosas. Seguramente había más

gente implicada en aquella operación; llegarían en cualquier momento y él no tenía más que un bate de béisbol que, vistas las circunstancias, resultaba ridículo. ¿Podía arriesgarse a dejar a Kayla y a su hija en manos de sus captores mientras iba a buscar ayuda? Casi en contra de su voluntad, pensó que no tenía otra opción. No tenía ni idea de cuántas personas estaban ayudando a Caro y a Alex en lo que fuera que estuvieran haciendo, pero podrían ser peligrosas. Por lo tanto, necesitaba refuerzos.

Dejó a su pequeña y a su novia atrás, no sin renuencia, y volvió por donde había venido, esta vez con más cuidado. Entró en su casa por la puerta trasera, ya que siempre tenía una llave escondida en un rincón seguro del jardín. De vuelta en la habitación de Kayla, se aseguró de que el panel del armario estuviera bien cerrado, por si su hermano o su ex mujer decidían volver a por algo. No quería que sospecharan que Wes les había descubierto.

Entonces llamó a la policía, se vistió con ropa de abrigo y bajó al embarcadero que había costa abajo, donde tenía su barca amarrada. Era un velero, pero tenía un motor fueraborda; tenía la intención de observar la situación desde una cierta distancia, por si hacía falta su ayuda. Sospechaba que debería esperar un buen rato, ya que, a buen seguro, lo que fuera que Alex estaba tramando ocurriría cuando cayera la noche. Se sentó e intentó no pensar en Kayla y Nell.

La conciencia y la luz llamaban a Kayla, pero ella se resistía. Un sexto sentido le decía que despertarse le causaría dolor, así que intentó evitarlo durante un buen rato. Sin embargo, oyó una vocecilla que la llamaba y no pudo aguantar más.

—Mmm. ¡Mmm!

Kayla abrió los ojos con cuidado y los volvió a cerrar de inmediato cuando un dolor agudo le atravesó el cráneo.

—Au —murmuró. Estaba tumbada sobre algo que se balanceaba y sintió náuseas. Con los ojos cerrados, se quedó un rato escuchando, hasta que comprendió que el ruido que oía lo producían las olas del mar golpeando el casco de un barco; debía de estar en un barco. Tragó saliva con resolución para quitarse el mareo, respiró hondo y volvió a intentar abrir los ojos.

En esa ocasión, el dolor fue menos intenso y consiguió soportarlo durante el tiempo suficiente como para ver quién hacía ruido a su lado. Había luz, aunque muy difusa, pero la justa para ver que estaba en el suelo de un pequeño camarote con paredes de madera. Procurando no mover demasiado la cabeza, miró a su alrededor y vio a Nell. La niña estaba apoyada contra la pared, con las manos en la espalda y amordazada.

—Oh, cariño, ¿qué te han hecho?

Kayla se esforzó por incorporarse, sin hacer caso de los miles de martillos que habían empezado a golpear un yunque en algún rincón de su cabeza. Se arrastró hasta alcanzar a Nell. La pequeña estaba llorando, le caían los lagrimones por la cara, tenía la nariz medio tapada por la mucosidad y la cara roja. Kayla comprendió que le tenía que quitar la mordaza rápido, antes de que se asfixiara. La niña parecía al borde de un ataque de pánico, lo que podría resultar mortal. Se puso manos a la obra para intentar calmarla lo antes posible, hablándole en susurros por si sus captores andaban cerca.

—Por favor, Nell, no llores. Ya estoy despierta y te prometo que voy a ayudarte. Pero tienes que ser valiente un ratito más. Voy a quitarte esa mordaza de la boca, pero me va a costar un poco, porque tengo las manos atadas a la espalda. ¿Tú también las tienes atadas? —Nell asintió—. Muy bien, pero, por favor, no llores más, ¿de acuerdo? Buena chica. Si dejas de llorar, puedes ayudarme y, entre las dos, nos soltaremos mucho más rápido, ¿entiendes?

Con alivio, vio que los sollozos de Nell estaban disminuyendo. La niña asintió para comunicarle que lo había entendido.

—De acuerdo, he aquí lo que vamos a hacer: me voy a dar la vuelta y quiero que te tumbes detrás de mí, con la nuca cerca de mis manos para que pueda alcanzar el nudo. ¿Te crees capaz?

—Mh-hmm.

—Perfecto. Solo me han atado las muñecas, así que todavía puedo mover los dedos. Vamos a intentarlo, ¿qué te parece?

Deslizándose sobre el trasero, Kayla se dio la vuelta y oyó que Nell hacía lo mismo. Alargó los dedos tanto como pudo y, al poco rato, palpó el pelo de Nell.

—Estupendo, Nell, casi lo tengo. Ahora llego a la parte de arriba de tu cabeza. ¿Puedes acercarte más, tesoro?

La niña se deslizó un poco más por el suelo y los dedos de Kayla encontraron por fin el nudo de la mordaza. Tardó unos minutos en deshacerlo, ya que lo habían atado con mucha fuerza. Mientras se esforzaba, no paró de murmurarle ánimos a la pequeña para evitar que perdiera los nervios.

—Ya se está aflojando, lo noto. Casi está hecho. Casi... ¡Sí!

El nudo se soltó y, al fin, pudo quitarle la mordaza. Se dio la vuelta y vio a la niña tomando grandes bocanadas de aire y llorando de nuevo.

—Shhh, tranquila —la calmó—. Estás bien. Respira hondo un par de veces, ya verás.

—Oh, Kayla, no p-podía respirar —sollozó la pequeña, apoyando la cabeza en su hombro—. Estaba durmiendo y cuando me desperté tenía eso en la boca.

—Eso suena horrible, pero ya te lo he quitado. Si podemos seguir sin hacer ruido, con un poco de suerte, nadie vendrá a ponerte la mordaza de nuevo. Qué suerte que me haya despertado, ¿verdad?

—Sí. P-pensaba que estabas m-muerta, pero el tío Alex ha prometido que mamá no volvería a pegarte.

—¿El tío Alex? ¿También está aquí? —Nell asintió—. Ya veo.

Kayla se tomó un momento para reflexionar. Se preguntaba si Wes sabía que su hermano estaba implicado en algo ilegal, pero lo dudaba. Aunque, a juzgar por la hostilidad que había entre los dos hermanos, era posible que lo sospechara.

Se volvió hacia Nell una vez más.

—¿Sabes qué? Tengo la cabeza muy dura. Un golpecito en la nuca no me va a matar. —«Aunque duela como si así fuera», añadió Kayla mentalmente—. Mira lo que te digo, si nos sentamos espalda contra espalda, seguro que también podemos desatarnos las muñecas. ¿Qué te parece? ¿Quieres intentarlo tú primera?

—Oh, sí. Intentémoslo.

Diez minutos más tarde, las dos se habían soltado. Kayla envolvió a Nell en sus brazos hasta que la niña dejó de llorar. Entonces, se sentó a su lado.

—Escucha, ahora tenemos que ser listas, Nell. No queremos que nadie se entere de que nos hemos soltado, así que si oyes que se acerca alguien, tienes que volver a esconder las manos detrás de la espalda. Entonces, agarra la cuerda, póntela alrededor de las muñecas y finge que sigues atada. ¿Comprendes?

—Sí, puedo hacerlo. Se me da muy bien jugar a teatro.

Kayla miró la carita diminuta de Nell y sus ojos enormes y se apiadó aún más de ella. «Dios mío, no permitas que le ocurra nada. Es tan pequeña. Por favor, protégela», rezó. Ojalá supiera lo que sus captores pretendían hacer con ellas. Sin duda, Caroline no le haría daño a su propia hija, ¿no? Ella era la única que corría peligro de verdad.

—Escucha, voy a atarte la mordaza alrededor del cuello, así parecerá que la has escupido y, con suerte, nadie sospechará nada.

Poco tiempo después, alguien bajó por las escaleras y encendió la lámpara del techo. Kayla y Nell parpadearon y se juntaron en un rincón, con las manos a la espalda.

—Así que por fin estás despierta. Bueno, una cosa que sale bien, al menos. —Era Alex, frunciendo el ceño igual que lo hacía Wes—. Por un momento pensé que la muy idiota te había matado.

—Todavía no, aunque no me cabe duda alguna de que le habría gustado —respondió Kayla, mirándole con expresión desafiante—. Pero un poco más y matas a tu sobrina. ¿En qué demonios estabas pensando? Amordazar a una niña pequeña es peligroso. Ha estado a punto de asfixiarse, ¿lo sabías?

—¿Cómo que amordazar...? Yo no la he amordazado.

—Bueno, pues alguien lo ha hecho. He conseguido soltarla justo a tiempo. Mira, todavía tiene la mordaza colgando —dijo Kayla, haciendo un gesto de cabeza hacia la bufanda de color fucsia que había alrededor del cuello de Nell.

Alex cerró los puños y pareció enfurecerse más, si tal cosa era posible.

—Te lo juro por Dios, voy a retorcerle el pescuezo. De todas las ideas estúpidas y desquiciadas... —le faltaron las palabras para continuar.

Nell volvió a estallar en lágrimas.

—No, tío Alex. P-por favor no mates a Kayla. La q-quiero mucho.

—¿Qué? Oh, no, princesa, no voy a hacerle daño. Estaba hablando de otra persona y, en cualquier caso, no era más que una manera de hablar. Te lo prometo.

La barca se estremeció, como si acabara de detenerse y, poco después, chocaron ligeramente con algo. Kayla contuvo la respiración, preguntándose si habían alcanzado su destino, pero Alex se sentó en cuclillas delante de su sobrina.

—¿Puedes quedarte aquí un rato más? Necesito que sigáis aquí abajo mientras yo me ocupo de algunos asuntos. Cuando acabe, te prometo que te llevaré de vuelta a casa.

Nell asintió.

—¿A Kayla también?

Alex se levantó y miró a Kayla, con la indecisión reflejada en la cara.

—Claro que sí, princesa —dijo al fin—. Veré lo que puedo hacer.

Parecía agotado y harto, y Kayla casi sintió pena por él. Casi, pero no del todo. Lo ocurrido era culpa suya en parte y resultaba más que claro que no se traía nada bueno entre manos.

Se dio la vuelta, subió hacia la cubierta y desapareció por la trampilla. Todo estaba en silencio, el único sonido que se oía era el de las olas golpeando el casco. Kayla todavía notaba el balanceo, pero intentó no hacer caso. No quería añadir un mareo a sus ya numerosos problemas. Se preguntaba a qué distancia estaban de la costa y si sería posible nadar hasta tierra, pero decidió que sería demasiado arriesgado intentarlo con Nell.

Estaba pensando en qué más podía hacer cuando oyó una conmoción en cubierta.

Oyeron a alguien hablando a través de un altavoz y, a continuación, una serie de voces gritando y pasos corriendo en todas direcciones. La voz aguda de una mujer, quizá Caroline, mezclada con los tonos graves de varios hombres. ¿Qué estaba ocurriendo? ¿Había acudido alguien a rescatarlas? Una pequeña esperanza nació en su interior, pero entonces cayó en la cuenta de que fuera quién fuese, era posible que no supieran que ellas estaban a bordo. Estaba bastante segura de que habían detenido el bote por otros motivos.

Kayla acababa de decidir que tenían que subir a cubierta cuando alguien se lanzó escaleras abajo. Esta vez era Caroline, que saltó al lado de Nell, la agarró y se la llevó. Antes de que tuviera tiempo para reaccionar, la mujer ya estaba en mitad de las escaleras acarreando a la niña, que lloraba y pataleaba. Kayla se quedó clavada en su sitio y Caroline desapareció por la trampilla.

—Mierda.

¿Qué pretendía ahora aquella lunática? Tenía que averiguarlo. Las piernas, dormidas, le obedecieron al fin y se puso en pie, aunque tamba-

leándose. Con cuidado, subió las escaleras y echó un vistazo a la cubierta, donde se encontró con una escena de lo más extraño que tenía lugar bajo los focos de dos barcos de la guardia costera. Se hizo sombra con la mano para ver mejor.

—¡Sé que mi ex marido está detrás de esto! —chilló Caroline. Sujetaba a Nell con la fuerza de una mujer desesperada—. ¡Ya le podéis decir que retire la denuncia o lanzaré a su preciosa hija al mar y nunca volveréis a verla!

—Caroline, por el amor de Dios, ¿has perdido la cabeza? —exclamó Alex, corriendo por la cubierta hacia ella con el ceño fruncido.

—No te acerques más, Alex, o te mato —declaró Caroline. Sacó un cuchillo de alguna parte y lo blandió delante de ella. Nell gritó y se quedó inmóvil. Kayla pensó que la pobre niña debía de estar en estado de shock, después de llevarse tantos sustos. Ella misma se encontraba bastante afectada por lo ocurrido, así que no podía ni imaginarse cómo podía afectar todo aquello a una pequeña de siete años.

Alex miró el cuchillo, incrédulo. Era largo y afilado, de aspecto letal.

—¿De dónde diablos has sacado eso? —preguntó, sacudiendo la cabeza sorprendido—. Caro, sé razonable —dijo, hablando en tono persuasivo—. Vamos, cariño, no hagas una tontería. Es tu hija. Sabes que luego te arrepentirás.

—Lo único de lo que me arrepiento es de no haberle hecho daño a mi ex marido cuando tuve la oportunidad. Podría haberle matado mientras dormía tantas veces, prender fuego a su adorada casa, pero no lo hice. He sido una tonta —siseó la mujer—. ¡Wes! —gritó de repente—. ¿Estás ahí?

—Sí, Caroline, aquí estoy —llegó la voz por encima del agua, desde algún lugar fuera del alcance de los focos.

—¡Ja! ¡Lo sabía! No has podido resistirte y venir a regodearte, ¿verdad? Pues esta vez la última palabra la tengo yo. Aquí no hay ningún juez de mierda que vaya a hacerte un favor.

Empezó a acercarse a la borda poco a poco y Kayla se preparó para echar a correr por la cubierta. Si aquella loca arrojaba a su propia hija por la borda, ella saltaría detrás. Tenía que salvar a la niña. No había otra opción. A no ser que Wes la alcanzara antes; a Kayla no le cabía duda de que él también se lanzaría al agua.

Durante un buen rato, todos se quedaron inmóviles, intercambiando miradas e intentando evaluar las opciones que tenían. Habían llegado a un punto muerto; tal y como estaban las cosas, no había ninguna salida que garantizara el bienestar de Nell. Kayla veía claramente que Caroline iba drogada hasta las cejas. Tenía aquel brillo salvaje en los ojos que indica que estaba fuera de sí y no era consciente de lo que hacía. Aquello la hacía imprevisible y doblemente peligrosa.

Pero no podía vigilar a todo el mundo a la vez.

Kayla vio que Alex echaba un vistazo en la dirección de la que había venido la voz de su hermano y que se fijaba en la borda. Cuando siguió su mirada, distinguió una figura envuelta en las sombras, subiendo a cubierta. «¡Wes, gracias a Dios!» Alex hizo un movimiento brusco, presumiblemente para distraer a Caroline y evitar que se percatara de la presencia de su hermano. Entonces se detuvo, preocupado, sin apartar los ojos del cuchillo afilado que esta blandía. Miró de nuevo a su alrededor y vio a Kayla, que no había tenido tiempo de agacharse. Aun así, no dijo nada. En vez de delatarla, hizo un pequeño gesto de cabeza en dirección a Caroline; Kayla asintió. El hombre iba a intentar algo y ella estaría lista para ayudarle. Igual que Wes, que se había ocultado tras un montón de cajas que había en la cubierta.

—¿Vas a decirles que se vayan, Wes? —gritó Caroline hacia la oscuridad. Le temblaba un poco la voz.

No hubo respuesta. Obviamente, si Wes contestaba revelaría su escondite. Kayla se preguntó si Caroline sospecharía algo, pero sus palabras demostraron que no era así.

—¿Wes? Ah, ya lo entiendo. ¡Ahora te has enfurruñado!

Con una risotada histérica, Caroline se acercó a la borda un poco más. Durante un momento, Kayla pensó que la mujer tiraría a su aterrorizada hija al agua y ahogó un grito.

Con perfecta coordinación, Alex y Wes eligieron aquel momento para atacar. Se lanzaron hacia ella, cada uno por un lado.

—¡Caro! —gritaron los dos hermanos. Caroline se volvió primero hacia Wes, de manera que Alex aprovechó para arrebatarle a su sobrina de entre los brazos. Tuvo que apartarse de un salto cuando la mujer se dio cuenta de lo que estaba haciendo y empezó a atacarle con el cuchillo. Le alcanzó en la parte superior del brazo, pero lo único que hizo Alex fue gruñir y echar a correr hacia la borda, llevado a Nell consigo. Con la niña entre los brazos, saltó al agua.

Kayla le vio emerger entre las olas a pocos metros de distancia y, con Nell al lado, empezar a nadar en la oscuridad. Comprendió que se dirigía hacia el barco del guardacostas y suspiró, aliviada. Por fin, Nell estaba a salvo.

Mientras, Caroline seguía intentando ensartar a Wes con el cuchillo. Por desgracia, este no había conseguido inmovilizarla. La mujer gritaba a todo volumen, diciendo todo tipo de barbaridades, cualquier cosa que se le pasara por la cabeza, maldiciendo su suerte y a su ex marido. Los dos daban saltos por la cubierta en un baile macabro; Wes apenas conseguía mantenerse alejado del cuchillo que, destellando en la noche, le buscaba una y otra vez. No parecía que pudiera detenerla sin que le hiriese y Caroline atacaba cada vez con más ferocidad. Se había convertido en una posesa, no sabía dónde terminaba su mano y empezaba el cuchillo. Kayla sintió la rabia burbujeando en su interior, dirigida a aquella mujer que pretendía hacerle daño al hombre que amaba. Era un odio puro, hirviente. Nunca había experimentado nada parecido. Solo había una manera de aplacar aquel sentimiento. Actuó sin pensárselo dos veces.

Terminó de salir de la trampilla de un salto y echó a correr hacia Caroline. Se lanzó contra ella por la espalda y empezó a darle puñetazos.

—¡Cállate de una vez, por el amor de Dios!

—¡Kayla, no! —exclamó Wes, aunque ella apenas le oyó, estaba demasiado furiosa como para detenerse. Se olvidó del cuchillo, se olvidó de que Caroline era mucho más alta que ella y, lo que era más importante, se olvidó de que estaban en un barco. La cubierta se inclinó de repente y los tres cayeron hacia un lado. Kayla perdió el equilibrio y se agarró a Caro para frenar la caída, pero ya era demasiado tarde.

Rodaron por la cubierta y ella se apresuró a apartarse de la otra mujer, buscando a Wes para ver si se había hecho daño. Él también se había quedado fuera del alcance de su ex mujer, pero resultó ser un esfuerzo innecesario. Caroline emitió un extraño borboteo y quedó inerte. Sus ojos miraban al cielo, pero no parpadeaba. Kayla miró hacia abajo y vio una mancha roja que se extendía rápidamente sobre el suelo blanco y brillante de la cubierta. Caroline había caído sobre su propio cuchillo.

—Santo cielo, ¿qué he hecho?

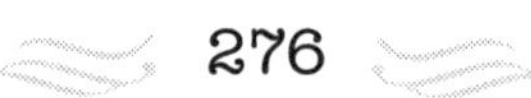

Paralizada por lo sucedido, se quedó sentada y se limitó a contemplar la cara de sorpresa de Caroline. No podía moverse. Una vez más, las palabras de la gitana le volvieron a la cabeza: «veo agua y dolor, una mancha roja propagándose sobre blanco...». Tenía razón. Kayla intentó recordar qué más había dicho la anciana, pero el esfuerzo le resultó excesivo.

—¿Kayla? ¿Estás bien? —Wes gateó hasta donde estaba y le puso una mano en el hombro, dándole una ligera sacudida. Ella consiguió asentir, pero cerró los ojos. No podía soportar mirarle. Debía de estar furioso con ella, por no haberle escuchado. Era culpa suya que Caroline estuviera muerta...—. Kayla, tengo que ir a ocuparme de Nell, pero volveré, ¿de acuerdo? Tú quédate aquí.

Asintió de nuevo y Wes se fue. Al poco rato le llegaron más voces y manos que la ayudaron a levantarse, pero Kayla apenas se percató de su presencia. Entonces, alguien la envolvió en una manta. Se echó a llorar. El cuerpo le temblaba al son de los sollozos y los hipidos, pero no podía controlarlo.

—Ya está, señorita, ya ha pasado lo peor. Todo irá bien. La niña se recuperará, igual que usted. No se preocupe.

La amable voz siguió intentando consolarla, pero ella no le prestaba atención. ¿Cómo iba a ir todo bien? Con lo que había hecho aquella mujer, Wes nunca más volvería a pensar en casarse. Y Nell la odiaría por haber causado la muerte de su madre. La llevarían a juicio por homicidio involuntario. Allí ya no había un futuro para ella. No le quedaba nada.

Capítulo 27

—¿**P**adre? Padre, por favor, no te vayas todavía.

Jago abrió un ojo con esfuerzo y luego el otro; tardó un momento en enfocar la vista y ver al joven que estaba sentado junto a su cama.

—Agua —graznó, con la voz quebrada. No le sorprendió el sonido, teniendo en cuenta que se sentía como si le hubieran raspado la garganta con clavos; la notaba dolorida y ardiente.

—Vamos, deja que te ayude.

Levantó la cabeza de Jago y le acercó un vaso a los labios. Jago bebió la mitad del contenido. El líquido frío era una bendición, aunque le doliera tragarlo. Parpadeó y volvió a mirar a Wesley.

—No deberías estar aquí. Podrías contagiarte —dijo.

—No me voy a contagiar —dijo el joven, sacudiendo la cabeza—. El médico ha dicho que te lo has buscado tú solo, echándote a la mar en una noche tan fría. ¿En qué estabas pensando, padre? Tendrías que habérselo dejado a los demás. Ahora tienes una bronquitis y puede que hallas pillado una pulmonía.

Wesley sabía a qué se dedicaban Jago y sus compañeros, pero había aprendido a mirar hacia otro lado; aquel hombre le había mostrado que sus salidas clandestinas servían para ayudar a los miembros más desafortunados de la comunidad. El chico se había convertido en un señor que se preocupaba por sus arrendatarios, pero había ocasiones en las que ni siquiera eso bastaba. El contrabando era un mal necesario.

—Todavía no soy tan viejo —protestó Jago—. Me necesitan. Debo supervisar las cosas.

—La tía Sophie me ha dicho que ya estabas enfermo cuando saliste —dijo Wesley. Se levantó abruptamente y empezó a caminar de un lado a otro, nervioso—. Anoche pensé que te estabas muriendo.

Jago oyó el sufrimiento en la voz de su hijo y le llenó de calor saber que el muchacho se preocupaba por él. Sophie y él habían tenido dos hijos más, pero Wesley era especial, aunque jamás dejó que se notara que sentía por él cierta preferencia. Algo le daba vueltas por la cabeza y frunció el ceño, intentando recordar qué era. Cuando cayó, se volvió hacia Wesley, sorprendido.

—¿Qué me has llamado antes?

Wesley dejó de dar vueltas y se dejó caer en la silla de nuevo.

—Padre —dijo, mirando a Jago desafiante—. Te he llamado padre. —Al ver que no respondía, añadió—. No estoy ciego, ¿sabes? En esta casa hay espejos.

Jago no pudo reprimir una sonrisa al oír aquello, pero enseguida volvió a ponerse serio.

—Ya te he contado que tu abuelo, *sir* Philip Marcombe, también era mi padre —dijo, pero Wesley le miró enfurruñado.

—He visto su retrato y los del resto de la familia. Ningún Marcombe ha salido tan moreno, solo tú. Me ha parecido que tal vez estando al borde de la muerte admitirías la verdad.

Jago cerró los ojos y respiró hondo.

—Deja de decirme que me muero, que no es el caso —se quejó. Abrió los ojos y observó a Wesley—. Admitiré la verdad orgulloso, siempre y cuando quede entre nosotros dos.

—¿A qué viene tanto secretismo? ¿Te avergüenzas de mí? Tú mismo eres un hijo ilegítimo, ¿no debería darte igual? —espetó. Ahora que estaba convencido de que su padre se hallaba fuera de peligro, Wesley no vio motivo para contener su enfado.

—Vamos, muchacho, ¿no te he enseñado a usar la cabeza? Piénsalo. ¿Qué habría ocurrido si hubiera proclamado a los cuatro vientos que eras mi hijo? Habrías perdido Marcombe Hall, que ahora pertenecería al sapo de Henry, y no habrías sido más que el hijo de un tabernero.

—Me habría dado igual. No habría sabido lo que me perdía, ¿no? —Wesley seguía con el ceño fruncido.

—Ah, pero se te olvida una cosa. A tu madre la habrían tachado de ramera, aunque ya no estuviera para oírlo. ¿Te habría parecido bien? —preguntó. Wesley parecía estar a punto de decir algo de lo que luego se arrepentiría, así que Jago levantó una mano—. No, no se lo merecía. Y te voy a contar por qué.

Pese al ardor que sentía en la garganta, le contó a su hijo la verdad acerca de su madre y de aquel marido suyo que la había tratado tan mal. El muchacho tenía casi dieciocho años, edad suficiente como para conocer la historia del asesinato de su madre. Sin embargo, al enterarse, se quedó estupefacto. Cuando terminó, se volvió a tumbar sobre las almohadas y se esforzó por respirar.

—¿Lo entiendes ahora? No podía dejar que mi hermano venciera, ni siquiera después de su muerte. Si te hubiera reconocido como hijo mío, habría sido una victoria para John —añadió. Puso la mano en el brazo de Wesley—. Pero no pienses, ni por un momento, que me daría vergüenza llamarte hijo. Te aseguro que, si en algún momento hubiera sido necesario, lo habría hecho.

El joven asintió y apoyó la mano sobre la de su padre, estrechándosela con fuerza.

—Lo comprendo, padre. Gracias por contarme lo que ocurrió.

—Siempre quise contarte la verdad, pero pensaba que sería mejor esperar. Ya veo que me equivoqué.

—No, casi nunca te equivocas —respondió el muchacho, sonriendo—. Más te vale no equivocarte acerca de tu salud, también, porque no voy a permitir que me dejes todavía, ¿entendido?

—No sufras, hijo. Tendrás que aguantarme muchos años más.

La sala estaba iluminada muy tenuemente cuando Kayla se despertó, por lo que supuso que era de noche. Sentía la cabeza embotada, más que dolorida. Debían de haberle dado píldoras para dormir o analgésicos muy fuertes. Tal vez fuera lo mejor. Lo peor de la conmoción ya había pasado y, por fin, podía pensar de manera racional. Sabía que, técnicamente, la muerte de Caroline no había sido culpa suya; la mujer se lo había buscado y había sido un accidente, pero aun así se sentía fatal por lo ocurrido. Debería haber dejado la situación en manos de profesionales o, tal vez, de Wes, que habría sabido ocuparse de su ex mujer. Pero había permitido que la rabia la controlara y su ataque había sido el catalizador del desastre. ¿Sería Nell capaz de perdonarla algún día por haber causado la muerte de su madre?

Suspiró y giró la cabeza sobre la almohada. Su mirada se encontró con un par de ojos muy azules y, por un segundo, el corazón le dio un vuelco, pero enseguida comprendió que no se trataba ni de Wes ni de Jago. Era Alex.

—Shh —susurró—. Hay un policía en la puerta.

—¿Qué? ¿Por qué?

Durante un segundo se preguntó si la arrestarían por homicidio involuntario, pero Alex desveló el misterio.

—Estoy bajo custodia policial, ¿recuerdas? Me han pescado del agua junto con Nell, pero puesto que estaba herido me han traído aquí en vez de llevarme a comisaría. Supongo que no había más camas libres en el hospital, porque si no no nos habrían puesto en la misma habitación, no me cabe duda.

—¿Qué estabais haciendo, Alex? ¿Contrabando? ¿Drogas?

—Sí —suspiró, mirando al techo—. No sé cómo he podido ser tan estúpido, pero alguien me convenció de que sería una manera de conseguir dinero fácil. Un amigo de Caro, que me lo pintó como si fuera pan comido. Habían trabajado juntos en alguna ocasión y nunca les habían pillado. Me dijeron que lo único que tenía que hacer era acercarme con mi yate a un punto de encuentro y entregar a otro barco los paquetes que nos habían dado unos días antes. Entonces, alguien se ocuparía del resto y me pagarían mi parte. Parecía lo más sencillo del mundo. Y la verdad es que el dinero me hacía falta para pagar algunas deudas. Hace tiempo que Caro y yo vivíamos muy por encima de nuestras posibilidades.

—Bueno, de no ser por Wes os habríais salido con la vuestra. Debió de seguirme por el pasadizo secreto y supongo que os oyó hablar.

—¿El pasadizo secreto? Así que entraba y salía por ahí. Siempre me pregunté...

—¿No lo sabías?

—No, nunca la acompañaba por las noches. Sabía que a veces venía Marcombe Hall, pero pensaba que se limitaba a rondar los jardines, o vete a saber qué. No estaba siempre... muy cuerda.

—¿Quieres decir que iba drogada?

Alex le dedicó una sonrisa de arrepentimiento.

—Sí, casi siempre. Y cada vez peor. Creo que se había pasado a drogas más duras y que había dejado atrás los antidepresivos y esas cosas. Yo solo le daba a la cocaína de vez en cuando —dijo, y se estremeció—. Nunca más, te lo aseguro. Nunca más. —Sacudió la cabeza—. Así que encontró el pasadizo secreto, ¿eh? Hay que joderse. Wes y yo nos pasamos la infancia buscándolo y nunca dimos con él.

—Está detrás del armario de mi habitación. Bueno, de la que era la habitación de Caroline.

—Eso lo explica. Pensaba que todavía tenía un duplicado de las llaves de la casa. De hecho, eso es lo que me dijo —comentó. Se pasó la mano por la cara, como si aquello fuera demasiado.

—Ha sido una suerte que Wes haya ido a buscar ayuda en vez de intentar rescatarnos él solo, como hice yo —comentó Kayla. Miró a Alex, pensativa—. ¿Estás enfadado con él por haber llamado a la policía, o a los guardacostas, o lo que fuera?

—¡Qué va! Para nada, yo habría hecho lo mismo. Estaba pensando en ti y en Nell, eso es todo. Lo cierto es que no suele meterse en nada que me traiga entre manos. Mi mayor error fue embarcarme en esto con Caro. Quería devolvérsela a Wes, de una manera u otra, y pensé que le fastidiaría. Caro podía resultar muy... tentadora, cuando se lo proponía. Supongo que me sentí halagado por el hecho de que me quisiera a mí en lugar de a él. ¡Ja! Menudo idiota estoy hecho. Me temo que me tuvo bajo su hechizo durante una temporada, no le vi los defectos hasta que ya fue demasiado tarde.

—No le habrías hecho daño a Nell, ¿verdad?

—¡Claro que no! La quiero muchísimo, jamás se me hubiera pasado por la cabeza que su propia madre pudiera tratarla tan mal. Nunca acabé de creerme las historias que me contaba mi hermano. Ahora veo que debería haberle escuchado.

—Sí, es muy raro. ¿Por qué crees que se comportaba así?

—Celos, simple y llanamente. Caro no podía soportar no ser el centro de atención. Para Wes, ella era su mundo; pero cuando nació Nell se vio obligada a compartir su afecto. Y no se le daba bien compartir. Siempre había sido así: fue hija única y estaba muy mimada, ya sabes cómo va eso. Y... bueno, las drogas también ayudaron, claro. Esta noche se había tomado algo, se le notaba en los ojos. Nell está mucho mejor con Wes, no me cabe duda. —Alex se volvió hacia ella de nuevo—. Os habría devuelto a las dos a Marcombe, ¿sabes? Y más después de ver que había amordazado a su propia hija. Nunca os habría llevado a Francia ni habría hecho caso de las sugerencias de Caro. ¿Me crees?

—Sí —dijo Kayla, y cerró los ojos. Sentía que no le quedaba ni una gota de energía—. ¿Qué será de ti ahora?

—Bueno, supongo que me mandarán a la cárcel. Es lo que me merezco, así que no me quejo.

Kayla sonrió.

—Eso sí que me sorprende. La mayoría de delincuentes no se lo toman tan bien.

—No, supongo que no. Creo que por fin he madurado, ahora tengo que aceptar mi castigo y luego seguir adelante. Te aseguro que nunca volveré a hacer algo tan estúpido.

—Me alegro de oírlo. Durmamos un poco, Alex. Me empieza a doler la cabeza. Te prometo que, si puedo, iré a visitarte.

—Gracias. Que duermas bien.

A la mañana siguiente, cuando Kayla se despertó, Alex y el policía ya se habían ido. Aun así, se alegraba de haber podido hablar con él durante la noche. Le había visto desde una nueva perspectiva. Pese a todo, tenía la sensación de que a partir de ahora las cosas le irían mejor, al menos una vez hubiera cumplido su sentencia.

Le preguntó al médico cómo estaba Nell y este le aseguró que la niña se recuperaría.

—Se ha llevado un buen susto, eso sí, pero a menudo los niños son más fuertes de lo que parecen. Su padre está con ella.

—Ya. Será mejor que no les moleste.

Esperó toda la mañana, pero Wes no acudió a verla y cada vez se sentía más desanimada. Puede que fuera incapaz de soportar la idea de estar a su lado después de lo ocurrido. Eso la deprimía. Por la tarde le dieron el alta tras una última revisión y tomó un taxi hasta Marcombe Hall. Annie, de lo más preocupada, estaba esperándola, y le costó un buen rato calmarla y contarle lo que había ocurrido.

—Oh, santo cielo, quién lo hubiera dicho... —se lamentó Annie—. Siempre supe que había rivalidad entre los hermanos, pero no hasta este punto. ¡Y esa Caroline! Oh, pobrecita Nell...

Al final, Kayla adujo dolor de cabeza para escabullirse e irse a su cuarto, incapaz de enfrentarse a más lamentaciones. Seguía en la habitación cuando Wes volvió del hospital, a media tarde. Llamó a su puerta, le dijo que pasara y él entró de puntillas.

—Kayla, ¿cómo estás? —preguntó. Se sentó al borde de la cama. Se le veía pálido y parecía cansado; normal, dadas las circunstancias. Quería abrazarle y consolarle, pero se reprimió. Todavía no tenía claro qué pensaba del papel que había desempeñado en aquel drama.

—Estoy bien, gracias. Me duele la cabeza, pero el médico ha dicho que lo más probable es que me duela unos días más —dijo. Apartó la mirada—. ¿Cómo está Nell?

—Está bien, gracias a Dios. Todavía algo asustada, pero la tienen sedada casi todo el rato; cuando se despierta, cada vez parece más recuperada —contestó. Se pasó una mano por el pelo con gesto cansado.

—Me alegro. Siento haberle causado dolor, pero fue un accidente, te lo juro.

—Oh, no fue culpa tuya. Estoy seguro de que Nell lo entenderá. Pero le va a costar asimilar todo lo sucedido. Y a mí también. Pensar que Alex, mi propio hermano... Bien, tendría que haber acudido a mí para solucionar sus problemas. No sé por qué no lo hizo. Aunque, a decir verdad, la última vez que lo hizo le contesté que estaba harto de saldar sus deudas.

Kayla se moría de ganas de que la envolviera en sus brazos y la abrazara, pero Wes estaba sentado, inmóvil, mirando a la nada. El silencio se hizo palpable entre ambos.

—Quizá sería mejor que durmieras un poco —sugirió Kayla al fin. Él asintió y se levantó, como embelesado.

—Sí, tengo que admitir que estoy un poco cansado. Ya hablaremos luego.

Sin mirar atrás, salió de la habitación. No usó la puerta privada que conectaba sus habitaciones, sino la que daba al pasillo. Kayla comprendió que aquello significaba el fin de la intimidad entre ambos y, en cuanto cerró la puerta, se acurrucó en la cama y se echó a llorar. Lloró hasta que no pudo más.

Wes se tambaleó camino de su habitación, demasiado cansado como para pensar con claridad. Había estado despierto toda la noche anterior y todo el día, sin apartarse del lado de su hija hasta que el médico le aseguró que se recuperaría. El esfuerzo le estaba pasando factura. Estaba agotado, física y mentalmente.

Se desvistió y se dejó caer sobre la cama, aunque tenía la sensación de que se le olvidaba algo relacionado con Kayla. Pero, en aquel momento, estaba demasiado cansado como para razonar. Estaba demasiado cansado para cualquier cosa que no fuera quedarse dormido.

Al día siguiente, cuando Wes se despertó por fin, Kayla había desaparecido. Y con ella sus pertenencias. El día anterior se había olvidado de algo, y entonces le vino a la cabeza. Tendría que haberse quedado con ella, en su cama o haberla invitado a su habitación, pero estaba tan acostumbrado a irse a su cuarto que, con el cansancio, no se le había ocurrido hasta ahora. Y, al parecer, ya era demasiado tarde.

—¿A dónde ha ido Kayla? —le preguntó a Annie, que lloraba en silencio. Estaba ocupada en la cocina, como siempre, pero no trabajaba con su ímpetu habitual.

—A Londres. Ha dicho que no quería entrometerse en un momento tan difícil —dijo. Annie le dedicó una mirada de preocupación—. He intentado que se quedara, se lo prometo, pero estaba decidida. Ha dicho que era mejor que se fuera, que Nell la odiaría por haber causado la muerte de su madre y... oh, no sé qué más. No he podido hacerla entrar en razón.

—Ya veo.

Wes apretó los dientes y se dirigió a su despacho. Lo primero era lo primero. Debía ocuparse en primer lugar de su hija y, luego, se permitiría pensar en Kayla.

Capítulo 28

El campamento gitano estaba en un claro junto a un riachuelo, con las caravanas situadas en forma de media luna, como para protegerse entre ellas. Cuando se acercó a caballo, Jago suspiró, aliviado. Había tardado semanas en dar con ellos y estaba más cansado de lo que podría haber imaginado. La luz de las hogueras le llamaba y en el aire flotaban suaves melodías.

Sin embargo, no había venido en busca de entretenimiento y al llegar se dirigió a la caravana más antigua sin hablar con nadie. Estaba pintada de colores vivos y decorada con grecas exquisitas, y Jago sabía que, pese a ser la más vieja, era la mejor de todas. Y era donde vivía la mujer a la que quería ver.

Le estaba esperando en un porche diminuto, sentada en un escalón y contemplando el infinito como si tuviera todo el tiempo del mundo. Cuando Jago se acercó, levantó la vista brevemente y sonrió.

—Hola, muchacho. Te estaba esperando.

Jago se agachó para darle un beso en la mejilla, marcada por el tiempo pero todavía cálida y suave.

—Hola, yaya Tess —contestó con calma. Estaba acostumbrado a su habilidad para ver el futuro—. ¿También sabes por qué he venido? —preguntó, mientras ataba su caballo a un arbusto cercano.

—Esta vez no, jovencito, pero imagino que me lo dirás pronto. Ven a comer algo primero, seguro que estarás hambriento.

Que le llamaran «muchacho» y «jovencito» le hizo sonreír, ya que no cabía duda de que estaba haciéndose mayor, pero su abuela llevaba tantos años en este mundo que, quizá, para ella no era más que un adolescente. Asintió y la siguió hasta la pequeña hoguera que ardía cerca de su caravana. Se sentó en el suelo seco, a su lado. Devoró con rapidez el plato que le sirvió, se lo devolvió y le dio las gracias. Se quedaron sentados un rato en amigable silencio, mientras Jago la examinaba de reojo. Su madre biológica había muerto cuando nació y la yaya Tess había sido lo más parecido a una madre que había tenido; ella le había criado y la quería mucho. Era una mujer muy sabia. Había heredado varios dones místicos de sus ancestros y él nunca cometió el error de subestimar sus habilidades. Sin embargo, en esta ocasión, necesitaba ayuda de otro tipo. Intentó encontrar las palabras adecuadas, pero le resultaba difícil.

—Necesito que me ayudes, yaya Tess —dijo al fin. La anciana asintió como si aquello fuera inevitable y Jago continuó—: Se trata de la próxima vida, no de la terrenal. ¿Alcanzan tan lejos tus poderes?

—Eso depende, muchacho —replicó. Frunció el ceño, haciendo que pareciera una pasa arrugada—. No puedo despertar a los muertos, si es eso lo que quieres, aunque puede que consiga hablar con uno o dos. Tampoco puedo cambiar el destino de alguien cuando todo está ya en marcha, solo puedo advertirle antes. ¿Qué es lo que quieres de mí?

Jago dudó un momento. Tal vez estuviera pidiendo lo imposible, pero valía la pena intentarlo.

—Hay alguien con quien me gustaría reunirme algún día, yaya Tess. Una mujer. Me amaba tanto como yo a ella, pero hace tiempo que la perdí. ¿Habría alguna manera...?

La anciana gitana se volvió hacia el fuego con cuidado y se quedó inmóvil, mirándole a los ojos. Permaneció sentada en aquella posición durante un largo rato, como si fuera una estatua, mientras le tanteaba la mente. Jago no se inmutó, ni siquiera parpadeó; ya estaba acostumbrado a su manera de hacer. Incluso intentó ayudarla concentrándose en su mirada penetrante, como le había enseñado cuando era pequeño. Finalmente, apartó la vista con un largo suspiro.

—Has actuado como un insensato, pero lo has hecho por amor, así que todavía hay esperanza. Has hecho lo correcto al acudir a mí, hijo. Creo que puedo ayudarte, pero no será fácil, habrá que cumplir ciertas condiciones. ¿Estás dispuesto a tener paciencia?

—Esperaré toda la eternidad, si hace falta.

La anciana soltó una carcajada.

—Bueno, quizá no tardemos tanto, pero no andas desencaminado. Te va a parecer una eternidad, eso sí. ¿Estás seguro de que esto es lo que quieres?

—Sí —contestó. De lo único que había estado tan seguro en su vida era del amor que sentía por Eliza. Sophie también descansaba en paz, y Wesley y sus medio hermanos eran hombres hechos y derechos, así que ya no le necesitaban. Sabía que estaba llegando al fin de su vida, aquello era lo único que le quedaba por hacer.

La yaya Tess le sonrió.

—Muy bien. Comencemos...

—Has vuelto al fin, pero no pareces muy feliz. ¿Asumo que me traes malas noticias?

—No, Jago. De hecho, te traigo noticias increíbles. La he encontrado, a tu Eliza. Todo este tiempo ha estado en la habitación de Wes, ¿te lo puedes creer? Era el único sitio en el que no se me ocurrió mirar.

—¡Fantástico! ¿Era tal como la describí? ¿Viste la prueba?

—¿Te refieres al soneto de Shakespeare? Sí, lo vi.

—Excelente. Ahora puedes venderme al dueño del retrato de Eliza, con un buen margen de beneficio, y todos contentos. ¿Por qué pones esa cara?

Kayla suspiró.

—Es una larga historia, Jago, pero no te preocupes, me aseguraré de que vuelvas junto a Eliza. No quiero dinero. De hecho, lo único que quiero es olvidar que existes.

—No lo entiendo.

—Escúchame y te contaré una historia muy triste.

Una semana más tarde, Annie irrumpió en el despacho de Wes.

—Ha llegado un paquete enorme para usted. Vale más que venga y lo vea usted mismo.

—¿Un paquete? No he pedido nada —contestó. Confundido, Wes la siguió hacia el vestíbulo.

—Han hecho falta dos hombretones para moverlo, ni más ni menos —le dijo Annie.

—No me sorprende, pero ¿qué es?

Wes fue en busca de una palanca, ya que el mal llamado paquete no estaba envuelto en papel, sino que iba metido dentro de una caja de madera. Llevaba varias etiquetas de «frágil» y «tratar con cuidado», así que dedicó un buen rato a abrirla con delicadeza. Cuando al fin se las arregló para separar el contenido del plástico de burbujas, Wes soltó un silbido. Estaba delante del retrato enorme de un hombre joven de aspecto familiar. Colgando del marco, había un sobre pegado con cinta adhesiva; Wes lo abrió:

Querido Wes:

Por favor, acepta este retrato como regalo para agradecerte el tiempo que he pasado en Devon, que ha sido maravilloso. El hombre del retrato es, si no me equivoco, el abuelo de tu tátara tatarabuelo, Jago Kerswell. Tuvo una relación ilícita con la esposa de tu antepasado, Eliza, cuyo retrato ya posees (es el que tienes en tu habitación). Puesto que estaban profundamente enamorados, me parece que se merecen estar juntos ahora, ya que no pudieron estarlo en vida. No me preguntes cómo lo sé, pero es la verdad, y espero que no te ofendas al averiguar que tu linaje no es tan perfecto como el primer sir John lo pintaba. Incluyo tu árbol genealógico y algo más de información acerca de tus antepasados, que puede que te resulte interesante. Por favor, cuelga los retratos el uno junto al otro, eso es lo único que te pido.

Dale recuerdos a Nell, la echo muchísimo de menos. Dile una vez más que siento lo ocurrido. Espero que, con el tiempo, consiga perdonarme.

Atentamente:
Kayla

Wes contempló el retrato de su antepasado y sonrió por primera vez en muchos días. El parecido entre ellos era innegable, todavía más si lo comparaba con Alex. No dudaba de las palabras de Kayla. A menudo, al observar los retratos de la galería, se había preguntado por qué se habían vuelto todos morenos y de pelo negro de golpe, cuando hasta entonces la familia había sido de tez pálida y pelo rubio. Siempre lo había atribuido a alguna esposa de piel morena, pero ahora sabía la verdad.

—Vaya, vaya, sinvergüenza. Así que es todo culpa tuya, ¿eh? —dijo, mirando a Jago—. Bueno, muchas gracias. Por fin empiezo a ver la luz al final del túnel.

Al volverse para ir a buscar a Nell, le pareció por un instante que el hombre del retrato le respondía con una sonrisa descarada, pero cuando se detuvo para mirarlo con atención, lo vio tan serio como antes. No había sido más que un efecto óptico, sin duda. Silbando, echó a andar por el vestíbulo.

Capítulo 29

Kayla alisó una arruga imaginaria de su elegante falda y se aseguró de que todos los botones de la americana a juego estuvieran bien abrochados. Cuando ya no encontró más motivos para posponer lo que debía hacer, levantó la mano y llamó al timbre de Marcombe Hall. Oyó que retumbaba por las estancias de la casa y reprimió un estremecimiento. No debería haber venido.

Pero no sabía cómo habría podido evitarlo.

Echó un vistazo a la tarjeta de bordes dorados que sostenía en la mano y tragó saliva, ansiosa. El mensaje era claro y, sin duda, significaba que era bienvenida:

Señorita Michaela Sinclair:
Por la presente la invitamos a una
GALA CON BEBIDAS Y CANAPÉS
con motivo de la presentación oficial de un nuevo retrato
de Thomas Gainsborough, recién añadido a la colección de
Marcombe Hall.
El 15 de julio a las 15:00, en la galería del primer piso de
Marcombe Hall.
SRC

Kayla se alegraba mucho por Jago, ya que esto debía de significar que su retrato había sido colgado junto al de Eliza por fin. Solo quería verlo allí una última vez, antes de cerrar aquel capítulo de su vida. Entonces podría seguir adelante. O eso esperaba.

La puerta se abrió; un joven de uniforme le hizo una reverencia y tomó la invitación que le tendió. Nunca le había visto y asumió que le habían contratado para la ocasión. Era obvio que sería un gran acontecimiento, puede que incluso acudieran el alcalde y otros dignatarios. Los nervios que le retorcían estómago se calmaron un poco. Si había mucha gente, podría pasar desapercibida. Perfecto.

—Por favor, sígame —dijo el joven, guiándola escaleras arriba. Una vez en el rellano, señaló hacia la larga galería—. La gala es aquí, señorita.

—Gracias.

Kayla oyó la suave música clásica y quedó impresionada. Al parecer, Wes no había reparado en gastos para aquel evento, incluso había contratado músicos. A juzgar por el joven del vestíbulo, seguramente también habría un servicio de *catering* y camareros profesionales. Se alegraba de que se hubiera tomado tantas molestias por Jago. Si todavía estaba escuchando, el viejo sinvergüenza estaría de lo más satisfecho por haber sido el causante de tal alboroto.

Sin embargo, cuando entró en la galería, frenó en seco. Todavía oía la música, que flotaba desde alguna parte, pero no había músicos en la sala. Tampoco había camareros, solo un par de mesas cubiertas por manteles blancos, sobre las que reposaban botellas de champán en enfriaderas, copas de cristal y bandejas con canapés. Pero lo peor de todo era que no había nadie más en la galería.

Kayla giró trescientos sesenta grados. Ni un alma.

La vista se le fue hacia los dos retratos enormes, que ahora colgaban de la pared el uno al lado del otro.

—Hola —susurró, pero hablar con el cuadro en aquel lugar la hizo sentirse tonta. La expresión enigmática de Jago seguía en su sitio; le pareció que sonreía, pero no contestó. No es que esperase una respuesta, al menos, no en público. Sin embargo, en aquel momento no había público, lo que era muy extraño.

—¿Dónde está todo el mundo?

Una vez más, no recibió respuesta, así que empezó a sentirse incómoda. No podía ser que fuera la primera invitada en llegar, ¿verdad?

Miró el reloj, eran las tres y diez. Había llegado un poco tarde a propósito, para poder desaparecer entre la multitud.

Frunció el ceño. ¿Qué diablos estaba pasando?

Entonces, alguien entró por una puerta lateral y se le acercó.

—Kayla. Has venido.

Aquella voz que tan bien conocía hizo que el corazón le palpitara con tanta fuerza que apenas pudo responder. Wes. Le había echado de menos. Oh, cuánto le había echado de menos. Verle ahora, al fin, la había dejado sin aliento. El mero hecho de tenerle cerca era suficiente para que se derritiera y la compostura, que tan segura había estado de poder mantener, le salió volando por la ventana. «Maldita sea.»

—Mmm, sí. Sí, claro que he venido. Quería ver a Jago y a Eliza... juntos, quiero decir —repuso. El torbellino que sentía en su interior la había dejado sin palabras, así que se mantuvo en silencio y se quedó mirando a Wes.

¿Por qué no la había llamado? ¿Ni mandado un mensaje de texto? ¿O dado cualquier otra señal de vida? Había estado dos semanas sin saber nada de él, más allá de una nota breve en la que le daba las gracias por el cuadro y prometía que se pondría en contacto pronto. Entonces había recibido la invitación formal.

Se detuvo delante de ella y se metió las manos en los bolsillos, como si no estuviera seguro de qué hacer con ellas. Estaba magnífico, llevaba un traje gris marengo (de diseño, si no se equivocaba) y la camisa y la corbata a juego. La barba incipiente que le cubría el mentón (puede que también de diseño) le daba ganas de alargar el brazo y acariciarle. Para evitar la tentación, se puso las manos tras la espalda. Tenía los ojos del mismo azul brillante que siempre, pero en ellos veía cierta precaución. Tragó saliva y apartó la mirada. Así que Wes estaba vestido para la ocasión, pero ¿qué ocasión? Allí no había nadie más.

—Estás fantástica —dijo—. La ropa elegante te sienta bien.

—Gracias, pero empiezo a dudar si ha valido la pena arreglarse. ¿Qué está pasando, Wes? ¿Me estás gastando una broma?

Él sacudió la cabeza.

—No, no es una broma. Es que parecía la única manera de conseguir que volvieras. Parecías decidida a quedarte en Londres. Ni siquiera llamaste para preguntar por Nell, pero supuse que vendrías para ver qué tal estaba tu cuadro —explicó, frunciendo el ceño ligeramente.

—¿Yo? Pero si estaba esperando a que me llamaras tú —soltó—. Creía que me avisarías cuando Nell estuviera lista para verme. No quería entrometerme. Al fin y al cabo, acababa de vivir una experiencia traumática, y estas cosas cuestan de superar.

—¿De verdad? —preguntó Wes. Se relajó visiblemente y, al fin, sonrió—. Pues gracias a Dios.

—¿Qué quieres decir? La muerte de Caro fue culpa mía. He sido yo la que ha dejado a Nell sin madre. ¿Se lo has dicho? Debería haberte escuchado, pero...

Wes levantó una mano para detener su avalancha de palabras.

—Nada de lo ocurrido fue culpa tuya, pensaba que te lo había dejado claro. Nell no te culpa, ni yo tampoco. Caro se lo buscó ella sola. Mi hija es solo una niña y no es el momento para que lo entienda, pero cuando sea mayor le contaré lo que ocurrió con las drogas y el resto de detalles desagradables. De momento, está muy bien y se muere de ganas de verte. Si es que quieres verla.

—Claro que sí. La he echado mucho de menos —dijo, aunque no añadió «y a ti también».

Wes se dio la vuelta.

—¡Nell! —exclamó—. Ya puedes salir.

La pequeña salió corriendo hacia ellos desde una puerta al otro lado de la galería. Estrechó las piernas de Kayla entre sus brazos, hasta que ella se agachó como pudo para darle un abrazo de verdad.

—Kayla, Kayla, ¡te he echado tanto de menos! ¿Por qué no dijiste que te ibas?

Kayla parpadeó para contener las lágrimas.

—Yo también te he echado de menos, cariño. Fue porque, esto... hubo una emergencia. Surgió algo de lo que tenía que ocuparme —dijo. Levantó la vista hacia el padre de la niña, que asintió, dando a entender que no le importaba aquella pequeña mentira.

—¿Has terminado ya? —quiso saber la pequeña—. ¿Puedes quedarte aquí?

—Esto, pues... —Kayla se quedó sin palabras, no sabía qué decir, pero Wes acudió en su ayuda.

—Deja que Kayla se levante, Nell. ¿Te acuerdas de lo que te he dicho antes?

Un brillo travieso apareció en los ojos de la niña, que soltó una risita.

—Sí, papá.

—Pues vamos. ¿Estás lista? —preguntó Wes. Le dio la mano a su hija—. A la de tres, ¿te parece?

Nell asintió.

—Una, dos y ¡tres!

Los dos apoyaron una rodilla en el suelo y dijeron al unísono:

—¿Quieres casarte con nosotros? ¡Te queremos!

Wes sacó la mano libre del bolsillo sujetando una cajita de joyería de estilo clásico. En su interior, apoyado sobre terciopelo blanco, había un anillo antiguo exquisito; era un solitario de oro con una amatista de color violeta rodeada por diamantes en forma de dos corazones. Kayla nunca había visto nada tan bello y ahogó un grito.

Miró a los ojos azules de Wes y vio el amor que brillaba en sus profundidades. Sentía que iba a llorar de la felicidad, pero se dio cuenta de que Wes y Nell todavía esperaban su respuesta.

—Sí, por supuesto —dijo con un hilo de voz. La emoción no le permitía hablar más alto—. Si estáis seguros.

Él se levantó.

—Nunca hemos estado tan seguros de algo, ¿verdad, Nell?

La niña estaba bailando a su alrededor, saltando con un pie y con otro por la alegría.

—Sí, es verdad, papá. Vamos, haced lo de los anillos, como en las películas de Disney.

Wes se echó a reír, sacó el anillo de su estuche y se lo colocó a Kayla en el dedo anular de la mano izquierda. Era del tamaño adecuado, como si estuviera justo en su lugar.

—Es perfecto —susurró—. Muchas gracias.

—Y tú, ¿estás segura? —preguntó—. Ya ves en lo que te estás metiendo —dijo, haciendo un gesto de cabeza en dirección a Nell—. No va a ser un lecho de rosas, precisamente.

Kayla sonrió, con los ojos empañados.

—No me lo perdería por nada del mundo —dijo—. Te quiero. Os quiero a los dos —añadió, y se echó a reír ante las payasadas de Nell.

—Yo también te quiero. ¿O debería decir «nosotros también te queremos»?

Wes la besó como si no quisiera soltarla nunca, pero su hija tenía otros planes. Le dio un tirón de la americana que vestía.

—Ahora que hemos terminado con lo importante, ¿podemos comer ya? Tengo hambre. Por favor, papá. Me lo has prometido.

Con renuencia, dejó de besarla.

—No habrá paz para los sinvergüenzas —suspiró—. Como descubrió mi antepasado Jago, sin duda.

Kayla se echó a reír.

—Oh, créeme, puede que fuera un sinvergüenza, pero por fin ha conseguido descansar. De verdad.

Echó un vistazo por encima del hombro de Wes hacia los dos retratos y vio que la sonrisa de Jago le daba la razón. Le guiñó un ojo e hizo un gesto de cabeza hacia Eliza. Cuando Kayla la miró, sus labios se movieron y un suave murmullo le alcanzó los oídos:

—Gracias, se lo agradeceremos eternamente.

—¿Perdona? ¿Has dicho algo? —preguntó Wes. Había estado concentrado en calmar a Nell, pero ahora se había vuelto hacia Kayla.

—Es solo que no puedo creer la suerte que tengo.

Él volvió a besarla y la atrajo hacia sí.

—El que tiene suerte soy yo. No voy a dejarte ir nunca más. Estaremos juntos para siempre.

Igual que Eliza y Jago, al fin.

Christina Courtenay
Ya en tu librería
Vientos Alisios
Libros de seda
Vientos alisios

Vientos alisios

Corre el año 1732 en Gotemburgo, Suecia, y Jess Van Sandt sabe muy bien que el suyo es un mundo de hombres. Convencida de que su padrastro le está escamoteando la herencia que es suya por derecho, se decide a impedirlo. Y la solución se presenta en forma de un escocés muy atractivo, Killian Kinross, que ha sido él mismo desheredado por su abuelo. En un intento de recuperar su fortuna, le propone un matrimonio de conveniencia. En ese momento, a Killian le ofrecen la oportunidad de su vida: participar en una expedición de la Compañía Sueca de las Indias Orientales. Pero el viaje acaba por no salir como esperaba...

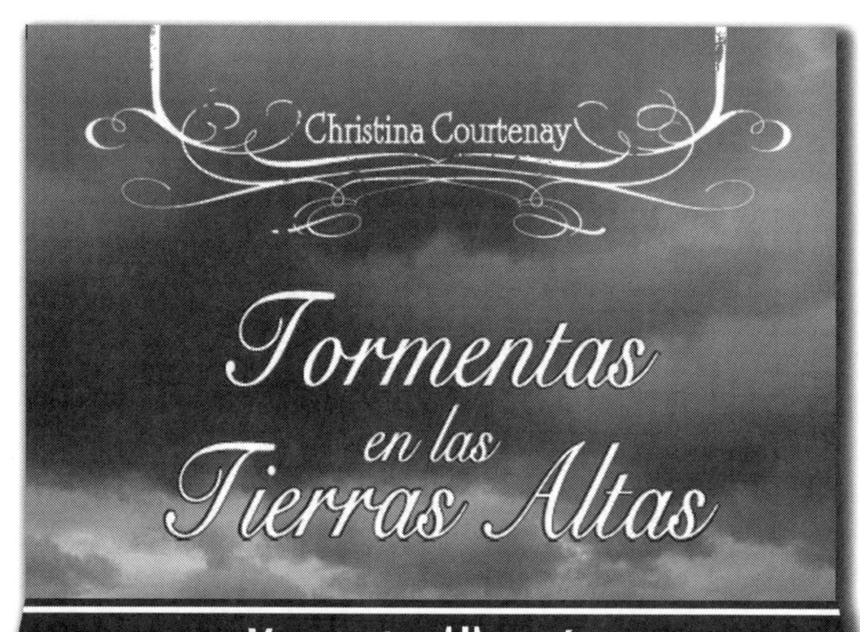

Christina Courtenay
Tormentas en las Tierras Altas

Ya en tu librería
Libros de seda
vientos alisios

Tormentas en las Tierras Altas

¿En quién podemos confiar cuando todo parece derrumbarse a nuestro alrededor? ¿Es posible volver a amar cuando tu primer gran amor te traiciona de manera inesperada? Corre el año 1754 y Brice Kinross, hundido tras la traición de su hermano y de su prometida, necesita empezar de nuevo y olvidar. Por eso, cuando le proponen dejar Suecia e instalarse en las Tierras Altas escocesas para ocuparse de la hacienda familiar, acepta sin dudarlo. Pero los problemas le esperan en la propiedad de sus antepasados: Seton, el hombre bajo cuya responsabilidad su padre dejó Rosyth ocho años antes, se ha dedicado a expoliar la finca. Brice solo encuentra en Rosyth una aliada, Marsaili Buchanan, y junto a ella tratará de desenmascarar a Seton.

Muy pronto en tu librería

Nieblas monzónicas

Corre el año 1759 y Jamie Kinross ha decidido dejar Suecia e irse lo más lejos posible, a la India, para huir de su pasado. Allí inicia una nueva vida y se establece como comerciante de gemas. Pero los problemas llegan pronto: la familia de su mentor es secuestrada por el crimen organizado y él se pondrá en marcha para ayudarle a recuperarla, viajando hasta Surat y llevando consigo el talismán perdido de un rajá indio. Al llegar a la ciudad conocerá a Zarmina Miller, una viuda bella y rica, sí, pero también arrogante, a la que se conoce como «la viuda de hielo». Todo un reto... Sin embargo, pronto descubrirá que el hijastro de ella está implicado en el secuestro y que Zarmina también tiene un pasado que olvidar.

Muy pronto en tu librería

El suave susurro
de los sueños
SEDA ROMÁNTICA

El suave susurro de los sueños

Algunos sueños no deberían hacerse realidad...

Maddie Browne pensaba que había superado la pesadilla recurrente que la atormentó siendo una niña, pero tras la revelación de un secreto familiar sorprendente, esa pesadilla regresa para asustarla de nuevo: el mismo columpio en el mismo jardín, el gigante pelirrojo y los brazos atezados que la atrapan por detrás e intentan llevársela...

En un intento por olvidar sus problemas, Maddie viaja a Devon para pasar un tiempo con sus amigos, Kayla y Wes. No obstante, verá claro que el relax no está en su agenda tras el perturbador encuentro con una vidente gitana. Por no hablar del peligrosamente atractivo hermano de Wes, Alex. Y además, está el hecho de que la pesadilla de Maddie parece estarse haciendo realidad...

Síguenos:

librosdeseda.com

facebook.com/librosdeseda

twitter.com/librosdeseda